BASTEI
LÜBBE

Als Bastei Lübbe Taschenbuch sind erhältlich:

14769 Der dunkle Hauch der Angst
14954 Der süße Duft des Blutes

Über die Autorin:

Tatjana Stepanowa, geb. 1966 in Moskau und studierte Juristin, ist eine der erfolgreichsten Kriminalschriftstellerinnen Russlands. Wie ihre berühmte Kollegin Alexandra Marinina war auch sie im Polizeidienst tätig. Aus ihrer Feder stammen bisher zwölf Kriminalromane, deren Heldin die Reporterin Katja ist und die in Russland bisher eine Gesamtauflage von über zwei Millionen Exemplaren erreichten.

Tatjana Stepanowa

Der kalte Kuss des Todes

THRILLER

Ins Deutsche übertragen von
Magret Fiseler

BASTEI
LÜBBE

BASTEI LÜBBE TASCHENBUCH
Band 15 184

Erste Auflage: August 2004

Vollständige Taschenbuchausgabe

Bastei Lübbe Taschenbücher ist ein Imprint
der Verlagsgruppe Lübbe

Deutsche Erstveröffentlichung
Titel der russischen Originalausgabe:
В моей руке – ГИБЕЛЬ (In meiner Hand – Verderben)

Umschlaggestaltung: www.coverdesign.net
Titelbild: Mauritius-Images, Nonstock
Satz: hanseatenSatz-bremen, Bremen
Druck und Verarbeitung: GGP Media, Pößneck
Printed in Germany
ISBN 3-404-15184-4

Sie finden uns im Internet unter
www.luebbe.de

Der Preis dieses Bandes versteht sich einschließlich
der gesetzlichen Mehrwertsteuer.

INHALT

PROLOG

Über den vom nächtlichen Regen aufgeweichten Feldweg zockelte ein alter, rostiger Wolga. Am Dach war ein Gepäckträger angebracht, auf dem Bretter und Kisten festgezurrt waren. Im Wageninnern befanden sich gebündelt und gepackt alle Habseligkeiten, die man auf der Datscha brauchte. Am Steuer saß ein älterer Mann mit Brille, Stoffmütze und Hörgerät. Der Motor des Wolga ächzte angestrengt, als müsste er einen steilen Berg erklimmen und könnte die Steigung nur mit letzter Kraft bewältigen.

»Ich sehe doch mal lieber nach, was los ist.« Der Mann hielt und stieg entschlossen aus dem Auto. »Vielleicht ist eine Öldichtung leck, und der Motor gibt womöglich noch den Geist auf.«

Seine Frau schaute gähnend auf die Uhr: halb vier in der Früh. Zu beiden Seiten der Chaussee stand der Wald wie eine schwarze Wand; das trübe Licht der Scheinwerfer durchdrang die dichten Nebelschleier nur ein paar Meter weit. Fröstelnd zog die Frau ihre Jacke fester um den Oberkörper, stieg aus und ging zum Gebüsch am Straßenrand. Ihre Schritte klangen dumpf im Nebel. Dann verstummten sie, um gleich darauf wieder zu ertönen – schnell und eilig.

»Da ist jemand«, flüsterte sie erschrocken. »Lass uns von hier verschwinden! Rasch!«

»Sofort, sofort.« Der Mann machte sich immer noch am Motor zu schaffen.

»Komm endlich! Da ist jemand! Ich hab ihn gesehen, im Wald! Und da war ein Gestank, dass einem schlecht werden konnte ...« Sie schlug die Autotür so heftig zu, dass es knallte.

Ihr Mann setzte sich wieder hinters Steuer.

»Was du dir immer alles einbildest!« Er schüttelte den Kopf. »Wer soll denn um diese Zeit hier rumlaufen?«

Er ließ den Motor an. Mühsam setzte der Wolga sich in Bewegung. Immer wieder sah die Frau sich mit gehetzten Blicken um. Auch der Mann, angesteckt von ihrer Angst, schaute jetzt über die Schulter.

Da! Was war das? Ein Schatten huschte durch den Nebel, überquerte die Chaussee und war wieder verschwunden, als hätte er sich im Dunst aufgelöst.

»Ist sicher bloß ein Landstreicher«, knurrte der Mann. »Irgendein Penner. Die laufen heutzutage ja überall herum.«

Seine Frau griff schweigend ins Handschuhfach. Der Mann sah, wie sie sich hastig ein paar runde weiße Nitroglyzerinpillen in die hohle Hand schüttete. Ihre Hände zitterten. Eine Tablette rollte herunter und fiel auf den Sitz.

Von Osten kam eine leichte morgendliche Brise auf. Der Nebelschleier lichtete sich und gab den Blick auf den Himmel frei. Über dem Wald hing die bleiche Scheibe des Mondes, starr und unbeweglich. Im Dickicht piepste verschlafen ein kleiner Vogel. Ihm folgte ein zweiter, dann noch einer. Jemand hatte ihren Schlaf gestört. Dann erklang ein seltsames Geräusch – ein lautes Schmatzen und Plätschern, als stillte ein Tier seinen Durst an einer Wassertränke. Das Geräusch kam aus einer tiefen Schlucht, deren Abhänge dicht mit jungen Espen und Birken bewachsen waren. Auf dem lehmigen Grund der Schlucht rieselte ein dünner Bach, die Reste von Schmelzwasser. In einer Grube, die sich unter den Wurzeln einer umgestürzten Birke gebildet hatte, lief das Wasser zu einem winzigen See zusammen.

Neben der Grube konnte man undeutlich eine große, stämmige Gestalt erkennen, die sich über das Wasser beugte. Plötzlich bewegte sie sich und wurde für einen Augenblick vom Mondlicht beschienen, das durchs Laubwerk fiel. Es war ein bis zum Gürtel nackter Mann. Er bückte sich, holte tief Luft und tauchte den Kopf ins Wasser. Dann begann er zu spucken und zu husten. Wasserspritzer flogen in alle Richtungen, als er den Kopf schüttelte, mit bloßen Händen hastig das Schmelzwasser schöpfte und es sich auf Brust und Schultern schüttete, als wolle er irgendetwas abwaschen.

Jetzt richtete der Mann sich auf. Mit einem Sprung setzte er über die umgestürzte Birke hinweg und stieg dann ohne Eile zum Grund der Schlucht hinunter. Sein Gang war weich und geräuschlos. Er hielt sich an den Stämmen und Wurzeln fest, die aus dem Lehm ragten, und kletterte geschickt den steilen Abhang hinunter. Für eine Sekunde erstarrte er und lauschte. Irgendwo weit hinter dem Wald ertönte das Pfeifen eines Zuges. Dort befand sich eine kleine Bahnstation für die Datschensiedlung. Der Morgen trat in seine Rechte, der erste Frühzug traf ein.

Der Mann holte tief Luft. Noch nie hatte er sich so wohl gefühlt. Die leichte Brise trug ihm verschiedene Gerüche zu: klebrige Blätter, feuchte Baumrinde, Erde, den Duft frischer Tannennadeln und auch jenen unausrottbaren Geruch, der immer noch auf seiner Haut haftete: salzig, herb, unverwechselbar. Und noch etwas anderes – einen scheußlichen Gestank, der aus dem Unterholz von der anderen Seite des von einem Feldweg durchschnittenen Waldes herüberwehte. Von dort, wo vor einer knappen halben Stunde der alte Wolga mit dem stotternden Motor gehalten hatte. Es war der klebrige, Übelkeit erregende Geruch nach faulendem Fleisch. Der Ruf der letzten Beute.

Der Mann krümmte sich und glitt lautlos ins Unterholz, ein grauer Schemen im Frühnebel. Nur die Zweige der Tannen schaukelten leicht, sodass sich Regentropfen davon lösten und auf die Erde fielen.

1 Die liegen gelassene Knarre

Unerwartete Ereignisse pflegen meist im unpassendsten Augenblick über uns hereinzubrechen. Eigentlich war Katja Petrowskaja in einer ganz banalen Dienstsache zum Milizrevier von Rasdolsk gefahren: Sie wollte eine Reportage über einen Einsatz mit dem Decknamen »Merkur« schreiben. In dem ländlichen Moskauer Bezirk gab es ständig Verstöße gegen die Handels- und Verbrauchergesetze. Als Kriminalreporterin beim Pressezentrum der Moskauer Miliz berichtete Katja für den »Moskauer Landboten« regelmäßig über solche Operationen.

Sie saß im Büro des Revierchefs, Oberstleutnant Spizyn, und hatte gerade das Aufnahmegerät eingeschaltet, als wie ein Blitz aus heiterem Himmel ein Anruf des Diensthabenden kam.

Kaum hatte Katja die lakonische Information »Auftragsmord« gehört, war sie fest entschlossen, diesmal eine der Ersten am Tatort zu sein – koste es, was es wolle – und alles aus erster Hand zu erfahren, selbst wenn der höfliche Oberstleutnant Spizyn es ablehnen sollte, Katja dorthin mitzunehmen. Doch der Chef der Rasdolsker Miliz reagierte auf ihre Bitte ausgesprochen originell: »Sind Sie mit dem Auto hier, Jekaterina Sergejewna?«

»Ja, mit dem Shiguli vom Pressedienst. Unser Kameramann fährt.«

»Dann könnten Sie doch mich und meinen Kollegen dorthin fahren.« Spizyn räusperte sich verlegen. »Wir sind im Moment mit Autos ziemlich knapp. Der Einsatzwagen ist zurzeit unterwegs, und für die Fahrzeuge der Kripo gibt es kein Benzin – zum Teufel mit der verdammten Rationierung! Nehmen Sie mich mit. Dann könnten wir uns auf diese Weise gegenseitig einen Gefallen tun.«

»Selbstverständlich. Wer wurde denn ermordet?« Verstohlen schaltete Katja das Aufnahmegerät in ihrer Handtasche wieder ein.

Als sie den Namen Sladkich hörte, hätte sie vor Überraschung fast einen lauten Pfiff ausgestoßen. Igor Sladkich genoss weit über Moskau hinaus seine sehr fragwürdige Berühmtheit. Was hatte er im Laufe seiner achtunddreißig Lebensjahre nicht schon alles gemacht! Ende der Achtzigerjahre war er Kaderoffizier bei einer Spezialeinheit des KGB gewesen, Anfang der Neunziger Vorsitzender des Rechtsschutzfonds »Schild und Gesetz«, danach Besitzer einer Kette von Wein- und Wodkahandlungen; dann hatte er selbst Wodka produziert und wurde schließlich Abgeordneter der Staatsduma im Block der ökonomisch unabhängigen Kandidaten sowie Gründer und Vorsitzender der republikanischen Partei des freien Unternehmertums.

Bei den letzten Wahlen zur Duma waren Partei und Block von Sladkich mit Pauken und Trompeten durchgefallen: Unter den Kandidaten hatten sich Leute mit krimineller Vergangenheit befunden; als dies an die Presse durchsickerte und öffentlich bekannt wurde, gab es einen Riesenskandal. Außerdem sammelte die Steuerfahndung bereits seit vier Monaten Material über Sladkich, da er im Verdacht der Steuerhinterziehung stand. Die Staatsanwaltschaft interessierte sich ebenfalls lebhaft für ihn – aus einem anderen, noch gewichtigeren Grund: Der Name Sladkich war in unmittelbarem Zusammenhang mit einem Mordfall aufgetaucht. In Rasdolsk waren zwei Mitglieder der so genannten Michailow-Gruppe, einer organisierten Verbrecherbande, am helllichten Tag vor ihrem Auto erschossen worden.

Sladkich erklärte, eine Gruppe von »Rowdys«, wie er sich im Verhör ausdrückte, habe »einen Anschlag auf seine Ehre und Würde« verübt. Er und sein Bodyguard hätten sich strikt an die Regeln der Notwehr gehalten. Laut Aussage Sladkichs habe der Bodyguard sich im kritischen Augenblick einer der Maschinenpistolen bemächtigt, welche die »Rowdys« bei sich trugen, und »versehentlich« mehrere Schüsse daraus abgefeuert. Die Aussage des Abgeordneten ließ sich schwer überprüfen, da am zweiten Tag nach dem Zusammenstoß mit den unbekannten »Rowdys« der Bodyguard selbst ums Leben kam. Er überquerte in angeblich nicht ganz nüchternem Zustand die Straße und wurde überfahren. Wagen und Fahrer konnte man niemals ermitteln.

Nun hatte auch Sladkich selbst dran glauben müssen. Katja entnahm den knappen Mitteilungen von Oberstleutnant Spizyn, dass der Wodkakönig auf die übliche Weise ins Jenseits befördert worden war: Der Killer hatte gewartet, bis sein Opfer aus dem Haus trat.

»Gleich erfahren wir alles vor Ort«, verhieß Spizyn finster. »Die Nachbarn von gegenüber sollen den Schuss gehört haben.«

Als sie auf den Hof des Hauses gefahren waren, sah Katja auch schon die Leiche. Wie Spizyn berichtete, hatte Sladkich in diesem Neubau vor drei Monaten sämtliche drei Wohnungen auf einer Etage gekauft, die Zwischenwände abgerissen und die geräumigen Apartments nach westeuropäischem Standard einrichten lassen. Wie es hieß, besaß er außerdem Wohnungen in Moskau und im Ausland sowie eine kleine Villa in einer landschaftlich besonders reizvollen und ökologisch sauberen Region an der Kljasma.

Nun lag Sladkich mit dem Gesicht nach unten auf dem asphaltierten Weg, nur wenige Meter von seinem nagelneuen Jeep entfernt. Die Kugel hatte dem ehemaligen Abgeordneten glatt den Kopf durchschlagen. Katja stellte keine überflüssigen Fragen. Wie alle anderen wartete sie auf das Wichtigste: Würde man die Stelle finden, von der aus geschossen worden war? Würde man die Waffe entdecken? Vorläufig bemühte sie sich, möglichst in der Nähe des Kameramanns zu bleiben. Der rackerte sich ab, denn er wusste jetzt schon, dass die Aufnahmen, die er hier in Rasdolsk machte, noch am selben Tag über sämtliche Fernsehkanäle flimmern würden.

Im Moment der höchsten Anspannung wurde Katja durch die Ankunft zweier neuer Personen am Ort des Geschehens abgelenkt.

Es waren Nikita Kolossow und Renat Chalilow. Kolossow war Chef der Mordkommission in der Moskauer Hauptverwaltung der Miliz (und hatte, wie Katja wusste, eigentlich schon seit einer Woche Urlaub), und Chalilow ...

Ihre Blicke trafen sich, und sofort fühlte Katja sich ein wenig unbehaglich. Renat Chalilow, ein großer, plumper Mann, trat mit unverhohlener Freude auf sie zu, umarmte sie und gab ihr einen geräuschvollen Kuss auf die Wange. Irgendwie kamen Katja Umarmungen und Küsse neben dem leblosen Körper und unter den Augen der im Hof versammelten Gaffer reichlich unpassend vor. Aber selbst unter diesen deprimierenden Umständen konnte sie ihre Freude über die Begegnung mit Renat nicht verbergen. Leider gehörte er nicht mehr zum Kreis ihrer Kollegen. Sechs Jahre zuvor hatte man ihn wegen Mordes zu einer Gefängnisstrafe verurteilt.

Es war am 9. Mai geschehen, dem Tag des Sieges. Nach Dienstschluss feierten die Milizionäre wie üblich in ihrem Kreis. Als Renat nach Hause zurückkehrte – er wohnte damals in einer Kommunalwohnung im Zentrum von Kamensk –, sah er, dass neben dem Denkmal für die Kriegsgefallenen ein ausländischer Wagen hielt und drei Betrunkene ausstiegen. Wie es später taktvoll im Protokoll hieß, begingen diese Bürger »eine unschickliche Handlung, die die öffentliche Ordnung empfindlich störte«. Schlichter ausgedrückt: Nachdem sie sich reichlich mit Bier abgefüllt hatten, hielten sie es nicht bis nach Hause aus und erleichterten sich direkt auf den Rasen um das Denkmal. Zuerst fielen derbe Worte zwischen ihnen und Renat; dann kam es zu Handgreiflichkeiten: drei Betrunkene gegen einen auch nicht mehr ganz nüchternen Milizionär. Und dann krachte ein Schuss. Einen der Betrunkenen traf die Kugel in die Brust. Der Mann war auf der Stelle tot. Die beiden anderen flüchteten. Das Gericht wertete den Vorfall als Mord. Eine fatale Rolle spielte dabei die Tatsache, dass Renat über eine Waffe verfügte, die Angreifer jedoch nicht, und dass er – ein Hauptmann der Miliz, eine Amtsperson – zum Zeitpunkt des Geschehens »in alkoholisiertem Zustand« war. Man verurteilte ihn zu sieben Jahren Freiheitsstrafe. Nach fünf Jahren wurde er wegen guter Führung vorzeitig entlassen.

Katja war von der temperamentvollen Begrüßung noch ein wenig außer Atem, als Chalilow bemerkte (ein bisschen zynisch, wie sie fand): »Jetzt hat es sich ausgehüpft für unseren kleinen Springinsfeld.«

Offenbar wusste Renat über das Vorgefallene bereits Bescheid. Und auch für den Chef der Mordkommission schien es keine besondere Überraschung zu sein.

Katja beobachtete Kolossow, der in ein Gespräch mit Spizyn und dem Untersuchungsführer der Staatsanwaltschaft vertieft war. Mehrere Einsatzleute gesellten sich zu ihnen, und die ganze Gruppe steuerte auf den dritten Eingang des Gebäudes zu. Hatte man dort etwas gefunden? Katja wollte schon hinterherschlüpfen, doch der Wachposten vor dem Hauseingang hielt sie an.

Als Kolossow schließlich in den Hof zurückkehrte, erkannte Katja an seinem Gesichtsausdruck, dass er etwas sehr Wichtiges und für den Fall Wesentliches gesehen hatte.

»Er ist es, ohne Zweifel«, sagte Kolossow zu Chalilow. Der nickte nur, und beide eilten so rasch zum Auto, als interessierten die Untersuchung der Leiche und des Tatorts sowie die Vernehmung der Zeugen, die den Schuss gehört hatten, sie überhaupt nicht mehr.

Katja fasste sich ein Herz.

»Renat, bitte, warte doch!« Sie rannte hinter ihm her und holte ihn ein. »Was war dort, Renat? Habt ihr die Waffe gefunden? Wisst ihr, wer der Mörder ist? Ihr wisst es, nicht wahr?«

Chalilow beugte sich zu Katja.

»Er hat die Knarre liegen gelassen«, flüsterte er ihr zu. »Das hat er immer getan, der Schweinehund. Aber heute hat er einen Fehler gemacht, Katja. Er war unvorsichtig.«

»Was für eine Knarre, Renat? Sind seine Fingerabdrücke darauf?«

»Genau darum geht es, Katja – was für eine Knarre.« Chalilow lächelte entschuldigend. »Mehr kann ich dir leider nicht sagen.«

Erst als Kolossows Shiguli schon fast außer Sichtweite

war, begriff Katja, dass Renat sie auf das wichtigste Beweisstück in diesem Fall aufmerksam gemacht hatte, das zu dem Mann führen würde (oder schon geführt hatte?), der erst zwei Stunden zuvor einen anderen Mann erschossen hatte.

2 Der Blutsbruder

Kolossow hätte mit jedem Zweifler um einen Kasten Bier gewettet, dass der Mord an Sladkich innerhalb der nächsten vierundzwanzig Stunden aufgeklärt sein würde. Diesmal wusste er wirklich alles über den Fall: dass der Mord im Auftrag der Michailow-Bande ausgeführt worden war, dass man den ehemaligen Duma-Abgeordneten mit einem Gewehr der Marke »Colt-Sporter« mit Zielfernrohr erschossen hatte und, was am wichtigsten war – er kannte sogar den Namen des Mannes, der vor gerade erst zwei Stunden diese Importwaffe in seinen behandschuhten Händen gehalten hatte.

Auf Sladkich war durch eine Luke vom Dachboden seines Hauses geschossen worden. Das war für einen Scharfschützen die günstigste Position: Von dort konnte man den ganzen Weg vom Eingang bis zum Wagen überblicken – neun Meter Asphalt von der Haustür bis zu Sladkichs Jeep. Wer dem Abgeordneten hier aufgelauert hatte, war offensichtlich bestens mit seinen Gewohnheiten vertraut. In der letzten Woche war er regelmäßig hier gewesen, um die Handwerker zu beaufsichtigen, die seine neue Wohnung renovierten. Auch an diesem Tag war alles wie immer gewesen: Die Arbeiter hatten das Parkett abgeschliffen, und Sladkich war persönlich erschienen, um die Arbeit zu begutachten. Um Viertel vor eins war er eingetroffen, zwanzig

Minuten in der Wohnung geblieben und dann aufgebrochen, um zum Essen zu fahren. Ungefähr fünf Minuten später vernahmen die Arbeiter einen einzelnen Schuss. »Hörte sich an wie ein Silvesterknaller«, berichteten sie. »Wir sind gleich zum Fenster gerannt, und da lag der Boss auf dem Asphalt und zappelte mit den Beinen. Grässlich, wie er sich im Tod noch quälen musste!«

Das Gewehr, aus dem der Schuss abgefeuert worden war, fand man direkt am Tatort: auf dem Dachboden, sorgfältig an die Wand gelehnt. Dass an der Waffe selbst keine Spuren sein würden, war allen sonnenklar. Trotzdem wurde das Gewehr genau untersucht, eingestäubt, eingepackt und zur weiteren Begutachtung ins Labor geschickt. Es gab keinen Zweifel: Das war die Mordwaffe. Nicht nur, weil es die richtige Marke war, eine »Colt-Sporter« – wichtiger noch war ein Merkmal, das sie von allen anderen Waffen auf der Welt unterschied: ein tiefer, fast zwei Zentimeter breiter Kratzer, eine Furche auf dem Zielfernrohr. Genau jenes besondere Kennzeichen, das der Informant genannt hatte, der Renat Chalilow zuarbeitete.

Auf der Fahrt nach Rasdolsk fragte Kolossow sich immer wieder, ob sie vielleicht doch eine Chance gehabt hätten, den Tod dieses Mannes zu verhindern. Doch zum wiederholten Male kam er nach Abwägung sämtlicher Fakten zu dem eindeutigen Schluss, dass es Igor Sladkich vom Schicksal bestimmt gewesen war, Grants Opfer zu werden. Aber vielleicht würde er zumindest sein letztes Opfer sein. Dafür jedenfalls lohnte es sich jetzt, mit aller Energie zu kämpfen.

Dass sein Urlaub so unerwartet unterbrochen worden war, tat Kolossow nicht sonderlich Leid. Er hatte ohnehin nicht recht gewusst, was er im Urlaub anfangen sollte – Geld, um wegzufahren, hatte er wie immer keins. Nur die schon seit Ewigkeiten geplante Reparatur seines Autos, zu der er schon gar keine Lust mehr hatte, und gelegentliche Treffen mit Freunden zum Schaschlik im Grünen standen auf dem Plan. Als Chalilow ihn am 30. Mai zu Hause anrief und um ein sofortiges Treffen bat, reagierte Kolossow daher sehr gelassen. Er wusste, Renat würde ihn nicht wegen irgendwelcher Bagatellen stören.

Der Grund für den Anruf war eine Information, die Chalilow von einem seiner Spitzel bekommen hatte: Die Michailow-Bande habe »eine Knarre bestellt«. Eine auf den ersten Blick nicht weiter ungewöhnliche Information. Es war kein besonderes Geheimnis, dass die Michailow-Gang von Zeit zu Zeit ihr Waffenarsenal auffüllte – schließlich waren sie Banditen. Der springende Punkt war, welche Art von Waffe man bestellt hatte. Aus irgendeinem Grund wollten die Michailow-Leute unbedingt eine »Colt-Sporter« haben, eine ausländische und nach verbreiteter Meinung nicht allzu komfortable Waffe; sie verdankte ihr Prestige in erster Linie dem berühmten Markennamen, ihrem fantastischen Preis und einer passablen Optik. Der Wert dieser Information bestand darin, dass bereits in drei Fällen von Auftragsmord eine am Tatort zurückgelassene »Colt-Sporter« gefunden worden war. Und in allen drei Fällen gab es einen konkreten Verdächtigen, der auf der Landesfahndungsliste stand. Es handelte sich um Wsewolod Antipow, in der Unterwelt besser unter dem sentimentalen Spitznamen »Käpt'n Grant« bekannt.

Grants erster Schuss hatte in Murmansk gekracht. Im Herbst 1996 liquidierte er dort den Manager einer ortsansässigen Reederei. Seine beiden nächsten Opfer waren Moskauer: der Besitzer einer Kette von Supermärkten, die rund um die Uhr geöffnet hatten, sowie dessen Leibwächter.

Im dritten Fall war das Opfer ein zurückgezogen lebender Invalide zweiten Grades, der in einer dreistöckigen Villa mit Aufzug und Tiefgarage in Odinzowo bei Moskau wohnte. Dieser Alte, der acht Vorstrafen auf dem Buckel hatte, fungierte seit vielen Jahren als Kassenwart einer Bande aus Kolomna. Seine Ermordung erboste die Gang bis zur Weißglut. Sie schworen, nicht nur mit den Auftraggebern abzurechnen, sondern auch herauszubekommen, wer den Abzug betätigt hatte. Die Miliz erhielt in diesem Fall ein Geschenk von der Mafia: Grants Name wurde nicht länger geheim gehalten.

Doch Antipow-Grant erwies sich als harte Nuss. Er verschwand, war plötzlich wie vom Erdboden verschluckt. Man vermutete ihn an den verschiedensten Orten: von Griechenland bis Schweden, von Teneriffa bis Miami wurden alle möglichen Verstecke genannt. Grant verfügte über genügend Geld, und er war noch jung, flexibel und abenteuerlustig. Kurz und gut: Nachdem die landesweite Fahndung nach Grant ausgerufen worden war, verschwand er für ein Jahr aus dem Sichtfeld der Justiz.

Ein sehr wesentliches Detail, seine Gewohnheiten betreffend, stellte man jedoch fest: Er bevorzugte bei der Beseitigung seiner Opfer einen ganz bestimmten Waffentyp, eine »Colt-Sporter«, und ließ das Gewehr jedes Mal am Tatort zurück. Über die Gründe, die ihn veranlassten, ein so teures und auf dem russischen Waffen-Schwarzmarkt sehr seltenes Gewehr zu benutzen, konnten die Ermittler nur Vermutungen anstellen. Vielleicht trieb Grant auf diese Weise seinen Preis in die Höhe und zwang seine Auftraggeber, mehr Geld auf den Tisch zu legen, denn die Kosten für den Erwerb einer Waffe trägt bei einem Auftragsmord fast immer die »interessierte Partei«.

Vielleicht handelte es sich aber auch um eine Art von Imagepflege. Oder es war noch viel einfacher: Da Grant kein professioneller Scharfschütze war, sondern nur ein begabter Amateur, verließ er sich nicht auf seine eigenen Fähigkeiten, sondern vertraute vollkommen der berühmten Waffenmarke – sein Colt-Gewehr würde ihn im entscheidenden Moment schon nicht im Stich lassen.

Die Informationen, die Chalilow von seinem Mittelsmann bekommen hatte, waren höchst aufschlussreich. Offenbar war ein erbitterter Feind der Bande aufgetaucht, mit dessen Beseitigung die Michailow-Gang keinen Geringeren als Antipow-Grant beauftragt hatte. Dass dieser seine tropischen Strände verlassen und sich wieder auf das Territorium seiner Heimat begeben hatte, die ihn gar nicht schätzte, konnte nur eins bedeuten: Grant war pleite. Und die Summe, die die Michailow-Leute auf den Kopf des Opfers ausgesetzt hatten, war offensichtlich so hoch, dass sowohl die animalische Vorsicht des Killers als auch seine bisherige Abneigung, sich im Aktionsradius der Miliz und der auf Rache sinnenden Kolomna-Bande aufzuhalten, bedeutungslos für ihn geworden waren.

Chalilows Neuigkeiten kamen für Kolossow unerwartet. Viel Zeit zum Überlegen blieb nicht: Der Informant hatte berichtet, dass nur ein einziges Exemplar einer solchen Waffe – »das wegen eines kleinen Mangels, einem Kratzer auf der Optik, noch zu haben gewesen war« – an die Michailow-Bande verkauft worden sei. Wann und wo die Michailow-Leute das Gewehr an Grant übergeben würden, falls dieser tatsächlich als Killer vorgesehen war, konnte der Informant natürlich nicht wissen. Leider wusste er auch ein anderes wichtiges Detail nicht: wen man diesmal zu liquidieren gedachte.

In wenigen Stunden gingen Kolossow und Chalilow alle möglichen Varianten durch. Dass der Schuss innerhalb der nächsten vierundzwanzig Stunden fallen würde, stand außer Zweifel: Wenn Grant die Waffe erst einmal in Empfang genommen hatte, pflegte er die Ausführung des Auftrags nicht auf die lange Bank zu schieben, denn mit der Lebensweise und dem Tagesablauf seiner Opfer machte er sich gewöhnlich schon vorher vertraut. Außerdem würde es hier passieren, in der Moskauer Provinz – der Gegend, in der die Michailow-Bande ihre Interessen schützte. Aber wen genau sie aufs Korn genommen hatten und in welchem der vierzig Bezirke dieses Gebiets der Auftragsmord verübt würde, blieb natürlich ein Geheimnis. Man konnte nur die Karte des Moskauer Umlands studieren und hilflos warten, aus welchem Bezirk die Nachricht vom nächsten blutigen Zwischenfall eintraf.

Und nun war die Nachricht also aus Rasdolsk gekommen, und das Opfer hieß Sladkich. Womit dieser den Unmut der Michailow-Bande erregt hatte, ließ sich leicht erraten: Offenbar hatte ihr Anführer Michailow, bekannt unter dem Spitznamen Brillanten-Goscha, ein wenig verspätet beschlossen, sich für seine am Kriegerdenkmal gefallenen Kollegen und Mitstreiter zu rächen. Tief im Innern spürte Kolossow fast so etwas wie Erleichterung, als er erfuhr, dass man gerade Igor Sladkich erschossen hatte, denn der Bursche war eine ausgesprochen unerfreuliche Erscheinung. Zwar prahlte er damit, dass er einmal in einer Eliteeinheit gedient und »den Amin-Palast in Kabul gestürmt hatte«, aber auch das war kein allzu großes Ruhmesblatt in seiner Biografie, denn schon nach kurzer Zeit war er wegen Feigheit und Verrat von Dienstgeheimnissen aus dieser Einheit ausgeschlossen worden.

Während der Perestroika stürzte Sladkich sich ins Geschäftsleben. Er machte aus allem Geld: aus Wodka, aus gepanschtem aserbaidschanischem Schnaps, aus denaturiertem Spiritus, aus Ölfirnis und anderen, zur inneren Anwendung völlig ungeeigneten Substanzen. Aber nun hatte der gezielte Schuss eines anderen Schurken namens Antipow-Grant den guten Igor Sladkich beseitigt. Der Kreis hatte sich geschlossen.

Daran, dass Grant diesmal nicht entwischen und der Fall aufgedeckt würde – wie auch die anderen von ihm begangenen Verbrechen –, zweifelte Kolossow auch aus einem anderen Grund nicht. Seit drei Tagen nämlich saß nun schon ein gewisser Anton Karpow, der in einer Drogenhöhle in Mythischtschi festgenommen worden war, im Untersuchungsgefängnis. Karpow, in gewissen Kreisen besser unter dem Spitznamen »der Hai« bekannt, befand sich bei seiner Festnahme im Zustand völliger Unzurechnungsfähigkeit. In den Taschen seines mit Erbrochenem besudelten Jacketts entdeckte man bei der Durchsuchung drei Tütchen Heroin.

Das Rauschgift nahm man zum formellen Anlass, Karpow zu verhaften. Aber der tatsächliche Grund – und das wurde sogar vor den lokalen Mitarbeitern der Miliz sorgfältig geheim gehalten – war die Tatsache, dass der drogensüchtige Dieb ein Blutsbruder Grants war.

Die beiden hatten zusammen in einem Lager bei Irkutsk gesessen. Dort in der Zone hatte Grant dem »Hai« bei einem unvorhergesehenen Zwischenfall das Leben gerettet. Später erfuhr die Lagerverwaltung durch ihre Vertrauensleute, dass die beiden sich verbrüdert hätten: Sie hatten das Blut aus ihren aufgeschnittenen Handtellern vermischt und einander geschworen, ihr Leben lang unverbrüchlich füreinander einzustehen. Diese außergewöhnliche Art und

Weise, freundschaftliche Beziehungen herzustellen, war in letzter Zeit beliebt geworden. Nicht nur die Kriminellen verbrüderten sich miteinander, sondern auch durchaus solide, respektable Leute: Parteifunktionäre, Geschäftsleute, Showstars und alle diejenigen, die auf Grund übler Erfahrungen einem schlichten Manneswort nicht mehr trauten, sondern Schwüre und allerlei mystischen Klimbim verlangten.

Nachdem Kolossow Rasdolsk verlassen hatte, setzte er sich über Funk mit seinem Vorgesetzten in Verbindung, schilderte kurz die Situation und bekam grünes Licht für eine unverzügliche »Bearbeitung« Karpows. Wenn überhaupt jemand eine Antwort auf die Frage geben konnte, wo man Grant in den ersten Tagen nach dem Mord suchen musste, war es sein Blutsbruder, da war Kolossow sicher.

Um die nötigen Informationen aus dem Hai herauszuholen, war er schon seit längerem präpariert worden. Seit rund vierundzwanzig Stunden befand er sich im Zwangsentzug. Zwei Ermittler aus Kolossows Abteilung, die im Untersuchungsgefängnis Dienst hatten, spähten von Zeit zu Zeit durch den Spion in der Zellentür des Hais und warteten auf das Zeichen ihres Chefs. Als Kolossow sie anrief, wurden sie aktiv.

Man beschloss, den Hai an der frischen Luft, ohne überflüssige Augen- und Ohrenzeugen, in die Mangel zu nehmen. Ihm wurde eröffnet, man müsse ihn aufs Revier bringen, um gewisse Formalitäten der Ermittlung zu regeln, die vom Gesetz über den Besitz von Drogen vorgeschrieben waren. Doch auf der Jaroslawler Chaussee wurde der Geländewagen der Miliz, in dem sich der mit Handschellen gefesselte Karpow befand, vom weißen Shiguli des Chefs der Mordkommission eingeholt.

Kolossow und Chalilow stiegen aus und gingen auf den Geländewagen zu. Als Chalilow das bleiche, von dicken Schweißtropfen bedeckte Gesicht des Hais sah, seine zitternden Hände, die seltsame Mattigkeit und Trägheit der Bewegungen, die sofort den Drogenabhängigen verrieten, flüsterte er Kolossow zu: »Glasige Augen. Mit dem braucht man nicht viel Umstände zu machen.«

»Nicht viel Umstände« bedeutete: dem Hai direkt die Droge im Tausch gegen Informationen über Grant anzubieten. Kolossow seufzte tief. Das war ein klarer Gesetzesverstoß. Er kannte mehrere Kollegen, die wegen solcher Tricks in hohem Bogen aus dem Dienst geflogen waren. Im Grunde hasste Kolossow derartige »Arbeitsmethoden« und hielt sie für schmutzig und seines Berufs nicht würdig. Aber leider fehlte die Zeit für raffiniertere Schachzüge – zum Beispiel, einen erfahrenen Spitzel auf den Hai anzusetzen und ihn in der Zelle auszuhorchen. Grant musste sofort gefunden werden. Kolossow war sicher: Wenn der Killer überhaupt angreifbar war, dann nur in den ersten Stunden nach der Ausführung seines Auftrags, solange er überzeugt war, seine Aufgabe sauber und ordentlich gelöst zu haben, und sich völlig sicher fühlte, verborgen in einem geheimen, im Voraus vorbereiteten Versteck.

Den Chef der Mordkommission kannte der Hai bereits. Chalilow jedoch blickte er verschreckt und fragend an.

»Na, spielt das Herz verrückt, Anton?«, erkundigte Chalilow sich mitfühlend.

Karpow senkte den Blick. Offenbar überlegte er fieberhaft, warum man ihn an diesen verschwiegenen Ort gebracht hatte – in diese kleine, mit Sträuchern bewachsene Schlucht am Rand der Chaussee. Ein gutgläubiger Trottel war er keineswegs.

»Ich habe dich nach deiner Gesundheit gefragt«, erinnerte ihn Chalilow.

»Siehst du das nicht selbst? Siehst du es nicht? Ihr lasst mich weder krepieren noch leben!« Karpows Stimme zitterte.

»Dein schlechter Zustand könnte sich rasch bessern«, sagte Kolossow. Karpow starrte ihn durchdringend an. Ja, der clevere Hai erriet sofort, was ihm die beiden jetzt vorschlagen würden. Er wusste nur noch nicht, worum es bei dem Handel ging.

»Wenn du nicht willst, sag es gleich, dann gibt es eben kein Gespräch.« Chalilow grinste. »Überleg's dir gut.«

Der Hai schluckte.

»Seid doch keine Unmenschen ... Macht euch nicht lustig über mich. Ich kann nicht mehr. Mir ist schlecht.«

»Es ist deine Entscheidung.« Chalilow zuckte mit den Schultern. Dann blickte er Kolossow an. Dem fiel ihr Gespräch vorher im Auto ein. »Von mir aus können sie alle an der Nadel hängen«, hatte Renat erbarmungslos erklärt. »Umso leichter ist es für uns, sie weich zu klopfen. Wir werden ja sehen, was für den Hai wertvoller ist: ein Schuss Heroin oder der Kopf seines Blutsbruders, dem er ewige Treue geschworen hat.«

»Mir gefällt das nicht«, sagte Kolossow. »Solche Leute gelten als unheilbar krank. Stell dir vor, Karpow hätte Krebs – dann würden wir sicher nicht so mit ihm umspringen.«

»Er hat aber keinen Krebs«, parierte Chalilow. »Und du brauchst dich nicht mit Gewissensbissen zu quälen. Es geht nicht um diesen erbärmlichen Langfinger, sondern um einen Auftragskiller.« Er wandte sich dem Dieb zu. »Also, Anton«, trieb er ihn an, »denk nicht lange nach, die Zeit drängt.«

»Und ... und habt ihr es dabei?« Karpows Stimme bebte.

»Hier ist es.« Auf der Hand seines Versuchers erblickte der Hai in Augenhöhe ein Fläschchen mit einer trüben Flüssigkeit.

»Du willst mich reinlegen, du Mistkerl!«, zischte der Hai, war jedoch wie gebannt und konnte den Blick schon nicht mehr von dem Fläschchen abwenden.

Kolossow empfand Mitleid, als er diesen braunhaarigen Burschen mit den markanten männlichen Gesichtszügen betrachtete. Sicher ein Typ, der den Frauen gefallen hatte. Jetzt allerdings war nichts Menschliches mehr im Blick des Hais, nur nackte Gier und hündisches Flehen.

Chalilow griff in die Innentasche seiner Jacke und holte mit trägen, gemessenen Bewegungen eine noch verpackte Einwegspritze heraus. Der Hai zog zischend die Luft durch die zusammengebissenen Zähne und verbarg das Gesicht in den mit Handschellen gefesselten Händen.

»Ihr Hunde«, schluchzte er auf. »Ihr alle seid Hunde.«

»Wirst du reden? Ja oder nein?«

»Ja doch! Ja, ja, ja!«

»Na prima. Kommst du selber damit klar, oder sollen wir dir helfen?«

»Das kann ich selber!« Karpow warf die gefesselten Fäuste heftig nach vorn. »Nimm das ab, los, los!«

Einer der Milizionäre, der jüngste von Kolossows Mitarbeitern, öffnete schweigend die Handschellen und wandte sich ab. Kolossow sah, wie sehr ihm diese widerwärtige Szene gegen den Strich ging.

Mit feierlicher Miene, als zelebrierte er ein Ritual, durchstach Chalilow mit der Nadel den Gummipfropf und zog die Flüssigkeit in die Spritze auf.

»Worauf wartest du?« Der Hai riss sich bereits krampfhaft

das Jackett von den Schultern und zog den Ärmel seines stutzerhaften Angora-Rollis hoch. »Los doch!«

»Wann hast du dich mit Grant getroffen?«, fragte Kolossow leise.

Der Hai erstarrte.

»Grant ist für mich wie ein Bruder«, flüsterte er. »Was tut ihr? Seid doch Menschen!«

»Wir sind Menschen, Anton«, antwortete Chalilow. »Aber ansonsten haben wir hier das Sagen.« Und er tat so, als ließe er die Flüssigkeit zurück ins Fläschchen laufen.

»Ich weiß nichts über ihn! Er arbeitet immer allein! Ehrenwort!«

»Es ist ja wohl kein Geheimnis für dich, dass dein Blutsbruder wieder zurück ist.«

Der Hai schwieg. Nur seine Wangenmuskeln arbeiteten.

»Die Kumpel haben's mir erzählt«, sagte er schließlich mit zittriger Stimme. »Aber ich schwöre bei allem, was ihr wollt – wir haben uns schon 'ne halbe Ewigkeit nicht mehr getroffen.«

»Das glaube ich dir sogar«, knurrte Chalilow. »Dein Blutsbrüderchen hat mal wieder einen Kunden um die Ecke gebracht. Die Arbeit ist ihm wichtiger als Verwandtenbesuche. Aber jetzt erzähl uns mal frank und frei – wo sollen wir Grant suchen?«

Der Dieb fuhr zusammen, als hätte ihn eine Wespe gestochen.

»Woher soll ich das wissen? Ich sagte doch, wir haben uns lange nicht getroffen!«

»Na, wozu hast du denn deinen Verstand, Hai?« Chalilow warf die Spritze zusammen mit dem Fläschchen in seiner Hand spielerisch in die Höhe. »Dein Brüderchen ist ein konservativer Mensch, er ändert seine Gewohnheiten nicht.

Na? Du sagst doch, er arbeitet immer allein. Was macht er denn nach der Erledigung eines Auftrags? Auf welche Weise verschwindet er? Hat er ein Auto? Welche Marke? Wo hat er es stehen?«

Karpow schwieg hartnäckig. Sein Schweiß floss in Strömen.

»Er nimmt niemals ein Auto mit zur Arbeit«, presste er schließlich hervor.

»Wie kommt er dann weg?«

»Er hat mir mal gesagt«, der Hai starrte jetzt unverwandt auf die Spritze, »das Wichtigste ist die Einfachheit.«

»Und was heißt das?«

»Bevor er einen Auftrag erledigt, da ... da spioniert er die Gegend aus. Öffentliche Verkehrsmittel, Fahrtrouten und so weiter ... Er sieht sich die nächste Haltestelle an, egal ob von Bus, Straßenbahn, U-Bahn, Zug oder was weiß ich. Wenn alles sauber und ordentlich erledigt ist«, der Hai stockte kurz, »lässt er das Gewehr zurück, verschwindet spurlos zu der Haltestelle, steigt ein und fährt los. Autos werden gnadenlos gefilzt, hat er mir beigebracht, da kann es schnell ungemütlich werden. Die öffentlichen Verkehrsmittel sind sicherer.«

»Und wohin fährt er?«

»Meist mietet er sich für zwei Tage, manchmal für eine Woche eine Wohnung oder ein Haus. Er setzt sich in den Bus oder die Bahn, fährt ein paar Stationen, steigt aus und wartet in aller Ruhe ab – manchmal vierundzwanzig Stunden, manchmal länger. Dann fährt er zu einer anderen Adresse – meist hat er mehrere in Reserve.« Der Hai verstummte und atmete tief durch. Er erinnerte an einen Ball, aus dem man die Luft gelassen hat.

Chalilow brummte viel sagend, zögerte einen Moment,

reichte ihm dann aber die Spritze. Krampfhaft stach der Hai sich die Nadel in den Unterarm und lehnte sich dann völlig ermattet im Sitz zurück. Allmählich ging sein Atem wieder gleichmäßig.

»Hunde seid ihr trotzdem«, flüsterte er müde, »ich hasse euch.«

Kolossow besprach sich im Flüsterton kurz mit seinen Leuten und erteilte ein paar Anweisungen; dann fuhr der Geländewagen mit dem Hai wieder davon.

»In sieben Minuten schläft er ein.« Chalilow blickte auf die Uhr. »Er wird gar nicht mehr richtig kapieren, was ihm geschehen ist.«

Anstelle einer Dosis Heroin hatte der Hai eine Lösung aus Dimedrol und Reladorm bekommen. Die Dosierung des Schlafmittels war so hoch, dass sie selbst einen Stier umgeworfen hätte.

Die ganze Sache hatte beim Chef der Mordkommission einen widerlichen Nachgeschmack hinterlassen, doch die Operation hatte ihren Zweck erfüllt. Während Chalilow über Funk Verbindung zum Präsidium aufnahm, studierte er aufmerksam eine in großem Maßstab gehaltene Karte des Bezirks Rasdolsk.

»Über den Prospekt der Textilarbeiter fährt nur eine einzige Buslinie, die Elf. Haltestellen gibt es in beiden Richtungen. Eine ist direkt an der Hausecke, die andere ... die andere ist ungefähr zweihundert Meter vom Lebensmittelgeschäft entfernt. Was haben wir alles an der Strecke? Das Haus der Kultur, eine Schule, ein Krankenhaus, eine Fabrik für Elektrogeräte. Dann kommt die Arbeitersiedlung Mebelny, danach ...«

»Danach kommen nur noch die Datschen und der Fluss. Die Kljasma.« Kolossow schaute nicht auf die Karte, er wusste es auch so. »Und in der anderen Richtung sind nur das Militärhospital und dann die Endstation. Wenn er nicht zum Bahnhof gefahren ist und sich in den Vorortzug gesetzt hat, dann ...«

»Er kann sich auch in der Stadt etwas gemietet haben.« Chalilow blätterte im Atlas. »Andererseits ist es jetzt auf dem Land ruhig und menschenleer. Die Saison hat noch nicht angefangen. Sommerfrischler sind fast keine da, die Kinder noch in der Schule. Vielleicht hat dieser Halunke uns ja auch irgendwas vorgeflunkert, Nikita ...«

»Trotzdem bleibt uns keine andere Wahl, als ihn zu suchen, Renat. Die Strecke der Buslinie hat immerhin ein gewisses System. Eine Rettung vor dem Chaos.«

Und so suchten sie nach Grant. Quadratmeter um Quadratmeter wurde durchkämmt, die gesamte Fahrtroute der Linie Elf: Stadt, Vorstädte, Siedlungen, Dörfer. Im Eifer der Suche verging fast unmerklich die Nacht.

Im Osten flimmerte bereits ein schmaler heller Streifen, doch der Wald zu beiden Seiten der Chaussee stand immer noch wie ein Monolith, wie eine undurchdringliche schwarze Mauer.

»Eine prächtige Gegend ist das hier.« Chalilow reckte sich genüsslich auf dem Sitz, dass seine Gelenke knackten. »Also, was liegt noch an unserer Strecke? Polowzewo und dahinter Uwarowka. Nichts als Datschen, bis direkt zum Fluss. Und die Endstation der Linie Elf. Womit fangen wir an?«

»Mit dem, was vor unserer Nase liegt.« Kolossow nickte zum Wegweiser mit der Aufschrift »Polowzewo«, der im Frühnebel schimmerte.

Rund dreihundert Meter hinter dem Wegweiser bogen sie von der Chaussee auf eine schmale betonierte Landstraße ab und hielten vor einem gestreiften Schlagbaum, der die Einfahrt in die Datschensiedlung versperrte. Neben dem Schlagbaum stand wie eingewurzelt eine vom Regen dunkle Baubude mit einem Drahtzaun – die Behausung des Wachmanns. Sofort schlug laut und bösartig ein Hund an.

Der Wächter, ein hinkender alter Trunkenbold, wurde aus dem Bett geholt und konnte lange nicht begreifen, was die beiden Ankömmlinge von ihm wollten. Mit stumpfem Blick sah er auf das Foto von Grant.

»Na und? Was hat der angestellt?«

»Haben Sie diesen Mann gesehen?«, fragte Kolossow.

»Was ist das für 'ne Art, mitten in der Nacht die Leute hochzujagen.« Der Wächter gähnte ausgiebig. »Ja, ja, den hab ich gesehen. Der hat die Datscha von der alten Prosorowa gemietet. Vor einer Woche oder so kam er schon mit den Schlüsseln angefahren. Hat mich gebeten, den elektrischen Boiler zu überprüfen.«

»Was ist das für eine Alte?«, fragte Kolossow.

»'ne Witwe, 'ne Professorsche. Prosorowa ... Dolores ... Rom ... Romualdowna, irgend so was Unaussprechliches. Sie ist schon an die achtzig und kommt selber kaum noch her. Die Datscha hat sie ständig vermietet. Letztes Jahr waren schon Mieter drin, und jetzt ist dieser Bursche gekommen. Die Rente reicht ja vorn und hinten nicht, deshalb ...«

»Ist dieser Mann heute schon da gewesen?«, unterbrach Kolossow ihn.

»Woher soll ich das wissen? 'n Auto ist keins gekommen, und Licht hat auf der Datscha auch nicht gebrannt. In der Straße da vorn ist es, das fünfte Haus.«

Der Wächter schaute den seltsamen Besuchern nach. Sie ließen ihren Wagen gleich neben seiner Bude stehen und gingen mit schnellen Schritten zu dem bezeichneten Haus. Der Wächter kratzte sich unter der Achsel, schnauzte den Hund an und stolperte zurück in seine Bude, um weiterzuschlafen.

3 Zu spät gekommen!

Das von einem hohen Zaun umgebene Haus wirkte auf den ersten Blick still, dunkel und unbewohnt. Die Gardinen vor den Fenstern waren zugezogen, doch irgendjemand befand sich offenbar im Innern des Hauses, denn als Kolossow und Chalilow sich der Gartenpforte näherten, erblickten sie am anderen Ende des Grundstücks neben dem Schuppen einen dunkelblauen Shiguli. Die Pforte war unverschlossen. Vorsichtig überquerten sie die mit Löwenzahn überwucherte Wiese. Ein kurzer Blickwechsel, und Chalilow schlich geräuschlos durchs Gras und umrundete das Haus vom Schuppen aus, während Kolossow direkt auf die Eingangstür zusteuerte.

Im Grunde war das alles völlig regelwidrig – der abenteuerliche Versuch einer Festnahme. Grant war sicher nicht der Mann, der beim Zuruf »Waffen fallen lassen!« widerspruchslos gehorchte. Folglich hätte man eigentlich Unterstützung holen und eine Überwachung des Hauses anordnen müssen. Aber irgendein inneres Gefühl sagte Kolossow, dass er jetzt gleich zupacken musste, ohne zu zögern. Beruflicher Ehrgeiz und Selbstüberschätzung waren seine Hauptfehler, das wusste er, doch es war ihm keineswegs gleichgültig, wer die Lorbeeren für eine so außergewöhnliche Festnahme erntete.

Die Tür zur Terrasse war merkwürdigerweise auch nicht

verschlossen. Im Haus herrschte Grabesstille. Kolossow verharrte regungslos auf der Schwelle. Was waren das nun wieder für Schliche? Das Auto stand doch hier! Und der Wächter hatte ihn auf dem Computerbild identifiziert. Aber diese gastfreundlich geöffnete Tür ... Als wollte er jemanden einladen, oder als wartete er in der Dunkelheit versteckt geduldig ab: Willkommen, ungebetener Gast, gleich geht's dir an den Kragen.

Kolossow bewegte sich geräuschlos vorwärts. Er sah eine dunkle Terrasse und rechts die Tür zum Wohnzimmer. Davor führte eine Wendeltreppe in den ersten Stock. In der Ecke der weiße Fleck eines Kühlschranks. Ein dumpfes Knurren und Rattern ließen Kolossow zusammenzucken. Verdammt! Es war nur der Kühlschrank, der sich eingeschaltet hatte. Kolossow überlegte schon, wie er am geschicktesten den offenen Raum vom Türpfosten bis zur Terrassenecke durchqueren könnte, als plötzlich Chalilow auf der Vordertreppe auftauchte.

»Komm schnell! Er ist hinter dem Haus. Wir sind zu spät gekommen.« Chalilow keuchte, als hätte er einen Hundertmeterlauf hinter sich.

Zwei Stunden später, das Einsatzkommando auf dem Datschengrundstück arbeitete bereits und der Untersuchungsführer der Staatsanwaltschaft, ein Mann von der Spurensicherung und der Gerichtsmediziner krochen buchstäblich auf allen vieren durchs Gras und untersuchten Zentimeter für Zentimeter den neuen Tatort, saß Nikita Kolossow auf einer niedrigen, unbequemen und halb verfaulten Bank, die Ellbogen auf einen ebenso niedrigen und unbequemen Gartentisch mit abblätternder Tischplatte gestützt, und blinzelte in die Sonne. Sie schimmerte rötlich, als ginge sie gleich unter, dabei war es gerade halb acht Uhr morgens.

Nikita kam es vor, als sähe er den Mars, den Roten Planeten. Diese Vision verhieß nichts Gutes.

»Wie seltsam das alles ist, Nikita Michailowitsch!« Mit schweren Schritten trat Kassjanow, Untersuchungsführer der Staatsanwaltschaft, auf Kolossow zu. Er sah müde aus; sein Gesicht war grau und zerknittert, und er hatte dunkle Schatten unter den Augen. »Wann haben Sie ihn entdeckt?«

»Genau um Viertel vor fünf«, presste Kolossow hervor. Sich eine solche Festnahme durch die Lappen gehen zu lassen! Er konnte seine Wut noch immer nicht bezähmen.

»Der Gerichtsmediziner vermutet, dass der Tod zwischen halb drei und drei Uhr nachts eingetreten ist.« Kassjanow raschelte mit den Papieren in seiner Mappe. »Er untersucht gerade irgendwelche geheimnisvollen Blutflecken und hält sich mit genaueren Aussagen vorläufig noch zurück ... Tja, und was meinst du dazu?«

Kolossow schwieg.

»Offenbar ist sein Genick gebrochen«, fuhr Kassjanow fort. »Und der Hals ... Ist dir so was Schreckliches schon mal unter die Augen gekommen? Teufel noch mal!«

Kolossow nickte mechanisch. Er hatte die Leiche eher zu Gesicht bekommen als Kassjanow. Und das entsetzte, hilflose, zornige »Teufel noch mal!« hatte er auch schon von Renat Chalilow gehört.

Als sie um das Haus gegangen waren, hatte Chalilow, der inzwischen statt einer Pistole eine Taschenlampe in der Hand hielt, ins Gras geleuchtet. Vor einem Holzstoß gleich neben dem Zaun erblickte Kolossow aus den Kletten ragende Beine in hellblauen Jeans. Der Lichtkegel bewegte sich nach rechts, und sie sahen das Gesicht jenes Mannes, der ihnen von Computerbildern und Fotos aus dem Verbrecheralbum so gut bekannt war. Die Augen aufgerissen, die Zungenspitze zwischen den blau angelaufenen Lippen zerbissen.

»Du liebe Güte, so viel Blut!«, entsetzte sich Chalilow. »Was ist denn da passiert?«

Grant lag auf dem Rücken. Sein Kopf war auf unnatürliche Weise zur Seite verdreht, als hätte er versucht, ihn um hundertachtzig Grad zu wenden. Doch nicht die bizarre Lage der Leiche zog Kolossows Aufmerksamkeit auf sich, sondern die furchtbare Halswunde. Ein riesiges Loch mit eingerissenen Rändern. Das Gras unter der Leiche war schwarz vor Blut. Auch auf den Zweigen des Jasmin, der unter den Fenstern wuchs, und auf dem Brennholz erblickte Kolossow unzählige Flecken und Spritzer. Sogar auf dem Zaun, in ungefähr einem Meter Höhe über dem Boden, fanden sich noch Blutspuren.

Das Licht der Taschenlampe bewegte sich weiter, und im Gras blitzte irgendetwas matt auf. Kolossow bückte sich: Neben Grants rechter Hand, die mit Erde beschmutzt war und zwischen deren Fingern Tannennadeln steckten – offenbar hatte er im Todeskampf den Boden aufgekratzt –, lag eine Pistole vom Typ TT. Es schien, als wäre Antipow-Grant von irgendetwas aufgeschreckt oder alarmiert worden und wollte sich verteidigen, hatte aber nicht mehr rechtzeitig abdrücken können. Jemand war ihm zuvorgekommen.

»Auf der Pistole sind Antipows Fingerabdrücke. Ist soeben durch den Detektor überprüft worden«, teilte Kassjanow trocken mit und riss Kolossow aus seinen Gedanken. »Es ist seine Pistole. Ohne Nummer, in gutem, gebrauchtem Zustand. Nur ist er diesmal nicht dazu gekommen, die Waffe zu benutzen. Und das bei seiner berühmten Reaktionsschnelligkeit! Man hat ihm den Hals gebrochen. Keine Kugel in den Kopf, kein Messerstich in den Rücken ... man hat ihn praktisch mit bloßen Händen erledigt. Und dann auch noch diese grässliche Wunde am Hals ... Das ist kein Schnitt, das ist ein Riss. Iwan Pawlowitsch war ganz sicher, dass das Gewebe zerrissen wurde ... Muskeln, Luftröhre, Kehlkopf.« Kassjanow raschelte erneut geschäftig mit den Papieren in seiner Mappe. »Wir sollten uns schon mal einen netten kleinen Plan überlegen. Du weißt ja selbst, wie unsere Chefs auf das alles reagieren werden.«

Das wusste Kolossow nur zu gut. Der Mordfall Sladkich war zu einem Rohrkrepierer geworden, und das würde den Vorgesetzten gar nicht gefallen. Was hatten sie nun davon, dass Grant der Verdächtige war? Bei diesem Killer war jetzt nichts mehr zu holen. Kolossow warf seinem Gesprächspartner einen schiefen Blick zu. Nur zu, Staatsanwalt, schreib. Wer hat Grant umgebracht, wozu, weshalb ... Versionen gab es mehr als genug.

Version eins: Wenn Grant tatsächlich den Auftrag der Michailow-Gruppe ausgeführt hatte, Sladkich zu beseitigen, sollte er das Honorar für seine Arbeit höchstwahrscheinlich in Raten bekommen. Alles auf einmal würden die Michailow-Leute bestimmt nicht zahlen – Brillanten-Goscha, ihr ungekrönter Anführer, war berühmt für seinen phänomenalen Geiz, und hier ging es um fünfstellige Dollarsummen. Also hätte Grant heute im Laufe des Tages oder am Abend (er pflegte solche Geschäfte schnell abzuwickeln) den Rest des Honorars von den Gangstern bekommen müssen. Und Brillanten-Goscha trennte sich eben nur höchst ungern von seinem Geld ...

Version zwei: Grant war von der Kolomna-Mafia aufgespürt und erledigt worden. Sie hatten ihm den Mord an ihrem Kassenwart nicht verziehen.

»Mit dem Boden hier ist auch nichts anzufangen. Man kann nichts erkennen«, drang Kassjanows knurrige Stimme zu Kolossow. »Keine vernünftigen Spuren, keine Schuhabdrücke ... Aber trotzdem, ich habe den Eindruck, dass hier eine ganze Bande am Werk war. Welche Kraft müsste man haben, mit einem solchen Burschen allein fertig zu werden!«

Bis jetzt war nicht klar, wie viele Leute an dem Mord beteiligt gewesen waren. Ein einziger? Eine Gruppe? Reifenspuren hatten auf der asphaltierten Straße vor der Gartenpforte nicht festgestellt werden können. Sollten die Brüder von der Mafia dahinter stecken, waren sie bestimmt prahlerisch im Mercedes aufgekreuzt. Zu Fuß zu gehen hatten diese Leute längst verlernt. Natürlich war auch möglich, dass für Grants Beseitigung ebenfalls ein Killer engagiert worden war.

»Ich glaube, wir müssen heute ein paar Männer zur Kontrolle in das Zigeunerlager schicken.« Kassjanow verfolgte seine Linie unbeirrt weiter. »Vielleicht haben die etwas damit zu tun.«

Drei Kilometer entfernt, nicht weit von der Arbeitersiedlung Mebelny, lag die so genannte Zigeunervorstadt. Die Lokalverwaltung hatte die Gegend als Bauland deklariert; jetzt errichteten die Roma dort dreistöckige Villen samt Tiefgaragen.

»Iwan Pawlowitsch möchte Sie sprechen.« Der Mann von der Spurensicherung trat auf sie zu.

Grants Leiche, die bereits untersucht und fotografiert worden war, lag jetzt auf einer Segeltuchtrage an der Hausmauer.

»Ich möchte Ihre Aufmerksamkeit auf einige Beobachtungen lenken, Kollegen.« Der Gerichtsmediziner, ein winziger, grauhaariger Gnom, den alle hinter seinem Rücken nur Iwan den Schrecklichen nannten, wischte die Grashalme ab, die an seinem Overall klebten. »Die Verteilung der Blutspuren. Sehen Sie hier.« Er wies auf den Holzstoß und auf die Bretter des Zauns. »Diese ganze Farbpalette in Blutrot ist meiner Meinung nach sehr ungewöhnlich.«

»Was meinen Sie damit?« Kassjanow horchte auf.

»Ich neige immer mehr zu der Ansicht, dass diese Blutspritzer ... genauer gesagt sind es keine Spritzer, denn bis hier konnte das Blut gar nicht spritzen ... einen sozusagen künstlichen Ursprung haben.«

Iwan Pawlowitsch hatte die lästige Angewohnheit, seine Ansichten äußerst gewunden darzulegen, aber es hatte noch nie einen Fall gegeben, in dem seine Thesen sich als falsch erwiesen hatten.

»Die Art und Weise, wie dieser Mann zu Tode kam, war meiner Meinung nach wie folgt: Er wurde überraschend von hinten überfallen. Der Tod trat fast augenblicklich ein. Ursache war der Bruch der Halswirbel. Die Wunde an der Kehle ist postmortalen Ursprungs. Hier diese Spuren«, der Gerichtsmediziner zeigte auf die Blutstropfen an den unteren Zweigen des Jasminstrauchs, »dürften sich in dem Moment gebildet haben, als dem Opfer die Wunde an der Kehle zugefügt wurde. Das Blut spritzte wie eine Fontäne heraus. Aber diese Spuren hier am Zaun und am Brennholz sind erst später entstanden.«

»Was soll das heißen – später?«

»Sie sind zu weit von der Leiche entfernt, und ihre Gestalt ist für derartige Spritzer völlig untypisch. Außerdem sind es viel zu viele. Schmierspuren sind es aber auch nicht. Es ist also nicht anzunehmen, dass der Mörder versucht hat, sich die blutverschmierten Hände am Zaun und am Holz abzuwischen. Dem Aussehen nach erinnern diese Spuren an Spritzer – das Blut ist von oben nach unten geflossen –, aber sie sind zu niedrig, als dass sie ...«

»Iwan Pawlowitsch, das kapiere ich nicht«, gestand Kolossow ehrlich.

Der Gerichtsmediziner ließ sich in die Hocke nieder.

»Derjenige, der auf so ungewöhnliche Weise mit Antipow abgerechnet hat, Kollegen, hat sich auch im Anschluss an die Tat recht unkonventionell verhalten.« Pawlowitschs Brille funkelte in der Sonne. »Möglicherweise hat es sich so abgespielt: Jemand saß hier neben der Leiche, schöpfte mit der hohlen Hand das aus der Wunde fließende Blut ...«

Kolossow wechselte einen Blick mit dem Untersuchungsführer.

»Sie wollen uns doch kein Ammenmärchen von einem Vampir erzählen, Iwan Pawlowitsch?«, sagte Kassjanow spöttisch lächelnd.

»Ich behaupte ja nicht, dass jemand das Blut getrunken hat, das aus der Halswunde des Opfers geflossen ist«, entgegnete der Mediziner ungerührt. »Ich stelle lediglich Vermutungen über äußerst ungewöhnliche Manipulationen mit dem Blut an. Jemand könnte über der Leiche gesessen haben, entweder in der Hocke, so wie ich jetzt, oder auf allen vieren kniend. Dann hat er absichtlich das Blut mit der Hand geschöpft und – ich wiederhole, ebenfalls mit Absicht – hier, hier und hier verspritzt.«

»Wozu?«, fragte Kolossow ehrlich verwundert.

»Fragen Sie mich nicht.« Pawlowitsch hob die Schultern. »Das alles sind Vermutungen. Vielleicht irre ich mich ja.«

Wann hättest du dich je geirrt!, dachte Kolossow, dem es plötzlich heiß wurde, was nicht nur an der Sonne lag, die bereits merklich wärmte. Für Mitte Mai waren die Temperaturen ungewöhnlich hoch.

Die restliche Zeit, die bis zur Lagebesprechung im Präsidium am Tatort verbracht wurde, verging mit der üblichen hektischen Routinearbeit: Mitarbeiter wurden abkommandiert, um die Datschensiedlung zu überprüfen und die Einwohner zu befragen; ein Plan für die Suchaktionen wurde aufgestellt, über die man im Präsidium Bericht erstatten musste; Verantwortliche für die Überprüfung der verschiedenen Versionen vom Tathergang wurden bestimmt. Man unternahm auch den Versuch, einen Spürhund einzusetzen, doch aus irgendeinem Grund weigerte das Tier sich hartnäckig, die Spur aufzunehmen, und winselte nur jämmerlich.

Kolossow erfüllte seine Aufgaben als Vorgesetzter wie ein Roboter. Die schlaflose Nacht machte sich bemerkbar.

Obwohl noch keine Datschensaison war, hatte sich vor dem Zaun eine kleine Gruppe neugieriger Bürger versammelt, mit denen sich der Inspektor und die Männer vom Einsatzkommando unterhielten. An ihren gelangweilten Gesichtern erkannte Kolossow, was die Leute dachten: alles nur Humbug, nicht ein Krumen nützliche Information.

»Mit uns die Kraft des Kreuzes ... Gott schütze uns, Gott schütze uns ...«

Kolossow trat durch die Gartenpforte auf die Straße. Eine bucklige Frau in einer zerrissenen, wattierten Jacke und in Überschuhen drückte ihr Gesicht gegen den Zaun. Der scharfe Gestank eines lange nicht gewaschenen Körpers schlug ihm entgegen.

»Gott schütze uns, Gott schütze uns«, murmelte die Landstreicherin. Ihre trüben Augen waren auf den Gartenweg gerichtet, über den soeben die Bahre mit der Leiche Grants zum vor dem Haus vorgefahrenen Krankenwagen getragen wurde. »Im Wald ... im Dickicht verwandelt es sich, nimmt andere Gestalt an ... Tod bringt es, Tod ... Augen wie Kohlen, hu-hu-hu! Schnell fort, sonst beißt es dich tot ...«

»Was ist denn das für eine Vogelscheuche?«, erkundigte Kolossow sich leise beim Inspektor. »Eine Obdachlose?«

Der tippte sich mit dem Finger viel sagend an die Stirn.

»Das ist Serafima Ostrouchowa. Blauäugelchen Sima, nennen sie hier alle. Sie ist übergeschnappt«, erklärte er. »Früher war sie bloß eine Quartalssäuferin, da hatte sie noch einen Funken Verstand, aber jetzt ... Das sind die Promille in ihrem Blut, Genosse Major. Sie faselt nur noch unverständlichen Blödsinn.«

»Lüg nicht, Jewgenjitsch, erzähl deinem Vorgesetzten keine Märchen über Dinge, von denen du nichts weißt. Nicht der Wodka hat Serafima um den Verstand gebracht, sondern die Angst.«

Verdutzt blickte Kolossow die Frau an, die aus der Menge der Gaffer aufgetaucht war und sich ungeniert in ihr Gespräch einmischte – eine adrett gekleidete Alte in einem geblümten Flauschkittel.

»Ja, Serafima ist aus Angst verrückt geworden«, wiederholte sie überzeugt. »Das hat auch der Doktor im Krankenhaus gesagt. Irgendwer hat sie erschreckt. Wir haben sie ja schon bekniet, die Nachbarinnen und ich: Sag uns, was passiert ist, Serafima! Aber sie schweigt nur, blickt wirr um sich und brummt dauernd was vom Tod.« Die Alte bekreuzigte sich inbrünstig.

Kolossow beeilte sich, zum Wagen zu kommen. Der Tag hatte gerade erst begonnen, und er steckte bis zum Hals in

Arbeit. Später dachte er noch oft darüber nach, wie es kam, dass wir vor lauter sinnloser Hektik manchmal gerade jene Dinge nicht beachteten, die wirklich wichtig und wesentlich waren.

4 Der Clan

»Es ist betrüblich, liebe Freunde, aber es lässt sich nicht leugnen: In letzter Zeit treffen wir uns hauptsächlich aus traurigen Anlässen wie hier und heute. Erneut haben wir einen großen Verlust erlitten, einen – ich scheue mich nicht, dieses Wort zu gebrauchen – unersetzlichen und fatalen Verlust für unser leidgeprüftes Land, dessen Kultur nun ihrem Schicksal überlassen ist ...«

Katja seufzte verstohlen. Sie mochte keine Beerdigungen, keine Friedhöfe, Trauermärsche, Tränen, Gräber, in die leise rumpelnd Särge hinabgelassen wurden, keine feuchte Friedhofserde, die man auf den schimmernden Deckel aus Eichenholz hinunterwerfen musste ...

Hierher nach Wagankowo, zur Beerdigung von Kirill Basarow, war Katja ausschließlich Wadim Krawtschenko zuliebe gekommen. Er hatte sie vorgewarnt: »Es ist besser, wenn wir dort als richtiges Ehepaar auftreten. Meinem Vater liegt sehr daran ...« Und er hatte dabei gelächelt. Katja hatte dieses selbstzufriedene Besitzerlächeln unangenehm berührt. Nein, Wadim, sagte sie sich, trotz all deines äußerlichen Schliffs bist du kein wahrer Gentleman. Und schrecklich eingebildet bist du auch. Manchmal war Katja zutiefst erstaunt: Wie konnte es bei all ihrer Verschiedenheit nur sein, dass sie schon so viele Jahre mit Wadim zusammen war? Denn im Grunde waren sie tatsächlich fast schon wie ein altes Ehepaar.

Katja kannte Wadim Krawtschenko bereits sehr lange – so lange, wie sie auch Sergej Meschtscherski schon kannte. Einerseits gefiel es Katja, dass sie alle drei schon seit ihrer Studienzeit an der Lumumba-Universität dicke Freunde waren, andererseits ärgerte es sie, machte sie manchmal sogar zornig. Diese Freundschaft rief zu viele widersprüchliche Gefühle in ihr hervor.

Vor zwei Jahren beispielsweise war sie beinahe schon entschlossen gewesen, ihre Wahl zu treffen: Sergej Meschtscherski hatte ihr im Grunde des Herzens immer besser gefallen als Wadim, trotz seiner eher geringen Körpergröße und seiner schmächtigen Gestalt. In ihren Träumen sah sie bereits, wie dieser gebildete, schüchterne und gutherzige Mann ihr den blitzenden Goldring an den Finger steckte. Katja gab ihm sogar zu verstehen, dass sie nur noch auf ein klares Wort von ihm wartete – aber nichts geschah.

Erst ein Jahr später erfuhr sie von dem »Männergespräch« am Tresen zwischen Sergej Meschtscherski und Wadim Krawtschenko. Genauer gesagt, geredet hatte nur Wadim; Sergej hatte die meiste Zeit geschwiegen. Nein, sie hatten sich nicht zu Geschmacklosigkeiten verstiegen, hatten keine Streichhölzer gezogen, keine Münze geworfen und die Entscheidung dem Zufall überlassen. Sie hatten bloß miteinander geredet wie gute Kumpel. Und hatten alles selbst entschieden, untereinander, und sich nicht einmal dafür interessiert, ob Katja mit ihrer Entscheidung einverstanden war.

Nach diesem denkwürdigen Abend verschwand Sergej für lange Zeit aus Katjas Blickfeld. Ohne Angabe von Gründen. Doch irgendwann tauchte er wieder auf. Natürlich wäre er bereit gewesen, ihr zu erklären, warum er zurückgekehrt war. Nur hatte sie mittlerweile selbst die Lust verloren,

Sergej danach zu fragen. Inzwischen nämlich hatte Wadim Krawtschenko sich »ernsthaft und für lange Zeit«, wie er sagte, in ihrem Leben eingenistet und schlug wie ein Pfau sein Rad, charmant und zärtlich. Man nannte sie »ein reizendes Paar«. Sergej Meschtscherski musste sich mit der altmodischen Rolle des Hausfreundes begnügen.

Jetzt, als Katja in der schweigenden Trauergemeinde auf dem Friedhof stand, spürte sie wie immer die Nähe Wadims und Sergejs. Sie lauschte dem Redner und war insgeheim entzückt: Was für ein samtener, einfühlsamer Bariton, was für ein erlesenes Auftreten! Bestimmt ein Schauspieler. Flüsternd erkundigte sie sich bei Wadim, wer der Mann sei. Wie sich herausstellte, war er der frühere Direktor des »Zentrums für Kunstschaffende«, und er hatte offensichtlich keine Eile, die Rednertribüne zu verlassen. Er pries den Verstorbenen wortgewaltig als »Lehrer, Meister und unvergleichlichen Künstler«. Wadim raunte Katja zu, man erwarte zur Beerdigung auch eine Regierungsdelegation, die aber aufgehalten worden sei. Deshalb zog man jetzt sämtliche Reden in die Länge, damit die Zeremonie nicht schon vor der Ankunft der hohen Gäste zu Ende war.

Plötzlich rauschte ein Seufzer der Erleichterung wie ein Windstoß durch die Menge: Offenbar war die Delegation eingetroffen. Dann aber stellte sich heraus, dass es sich bloß um eine Abordnung des Verbandes der Filmschaffenden und um die Jury des Wettbewerbs »Kinotaurus« handelte. Irgendwelche völlig unbekannten Leute zwängten sich durch die Menge und schleppten riesige Blumensträuße und Kränze herbei. Blitzlichter flackerten.

Katja suchte in der Menge nach Bekannten: Da drüben stand Krawtschenkos Vater – seine Größe und Statur hoben ihn trotz der Last seiner siebzig Jahre immer noch aus der

Masse heraus. Katja dachte daran zurück, wie erstaunt sie anfangs gewesen war, dass Krawtschenko senior – ein KGB-General – so eng mit vielen berühmten Künstlern befreundet war. In der geräumigen Wohnung an der Neshdanowa-Straße versammelten sich bei Familienfeiern viele Leute, die Katja aus dem Fernsehen kannte oder von denen sie oft in der Zeitung las. Früher einmal, in den Siebzigerjahren, hatte Krawtschenko senior beim KGB die nicht ganz unbekannte Abteilung Eins für Außenaufklärung geleitet und über weitreichende Verbindungen verfügt. Ende der Neunzigerjahre war der erste Teil seiner »Memoiren« in Russland und im Ausland erschienen und ein Bestseller geworden.

Für Katja hegte der alte Mann eine besondere Zuneigung und versprach ihr ständig, sich an den zweiten Teil seiner Erinnerungen zu setzen. Jetzt drängte Katja sich bis zu ihm durch, und er fasste sie schweigend unter. Doch gleich darauf zogen irgendwelche anderen Bekannten ihn fort, und Katja blieb wieder allein in der Trauergemeinde zurück. Sie fühlte sich müde und war nicht einmal mehr neugierig (was doch eigentlich ihr ausgeprägtester Charakterzug war), wer alle diese Größen und Berühmtheiten waren, die an diesem Tag auf den Wagankowskoje-Friedhof gekommen waren, um sich von dem »genialen« Basarow zu verabschieden. Um sich abzulenken, musterte sie die Mitglieder der Familie Basarow, die unmittelbar am Grab standen. Sie hatte gehört, dass man sie in Moskau nur als den »Clan« bezeichnete. Und warum auch nicht? Es war ja wirklich ein Clan, eine Familie im besten Sinne des Wortes, mit festen, tiefen Wurzeln, alten Traditionen und Verbindungen. Und wie ausgesucht waren es lauter Männer: die Söhne und Enkel. Der verstorbene Kirill Basarow hatte nicht nur im russischen Film eine weithin sichtbare Spur hinterlassen. Wie alle im

Land, hatte auch Katja sich in diesen Tagen der Trauer sämtliche berühmten Filme Basarows im Fernsehen angeschaut – von den optimistischen Komödien aus den frühen Fünfzigerjahren, die davon handelten, »wie gut es sich im Sowjetland lebt«, bis zu den werkgetreuen Verfilmungen der russischen Klassiker. Der Patriarch des Clans hatte nicht nur viele Kilometer Filmband hinterlassen, sondern auch ein starkes Geschlecht.

»Halt durch, Katja, bald ist es vorbei«, flüsterte Wadim, der plötzlich aus der Menge auftauchte, und unterbrach ihre Gedanken.

Krawtschenko junior war nach Abschluss seines Studiums zunächst in die Fußstapfen des Vaters getreten. Aber schon 1993 verließ er die Reihen des KGB-FSB und machte es auf der Jagd nach dem schnellen Dollar vielen seiner Kollegen nach – er wurde professioneller Bodyguard. Seit einigen Jahren war er Security-Chef bei Wassili Tunigunow, dem für seine Tollheiten berüchtigten Moskauer Multimillionär, von dem man erzählte, er habe mehr Geld als Beresowski, und der in gewissen Kreisen besser unter dem Spitznamen »Tunichtgut« bekannt war.

Leider war das Glück Krawtschenkos Boss nun nicht mehr hold: Auf Grund seines chronischen Alkoholismus in Verbindung mit seinem Alter hatten sich seine vielen Zipperlein verschlimmert, und mit Tunigunows Gesundheit ging es langsam, aber sicher bergab. Derzeit bestand Krawtschenkos Arbeit hauptsächlich darin, seinen Boss in ausländische Kliniken und Sanatorien zu begleiten. In einigen Tagen würden sie nach Österreich fliegen, nach Bad Hall, wo Tunigunow stationär untersucht werden sollte. Wadim sagte, sie würden dort nicht länger als einen Monat verbringen.

Die Trennung verdarb Katja die Laune: Es blieb kaum Zeit zum Packen, und nun auch noch diese Beerdigung, an der sie »unbedingt« teilnehmen mussten, weil sonst die Familie Basarow, mit der die Familie Krawtschenko schon so lange eng befreundet war, kein Verständnis haben würde ...

»Wo gehst du nachher hin, Katja? Zur Arbeit?«

Katja drehte sich um. Natürlich, Meschtscherski. Der traurige, fürsorgliche Hausfreund.

Am Vortag, dem Tag davor und sogar an diesem Morgen hatte sie vergeblich versucht, im Präsidium neue Einzelheiten zum Mord an Igor Sladkich zu erfahren. Niemand von ihren Kollegen aus dem Pressezentrum wusste Genaueres. »Du warst doch selbst am Tatort, was fragst du uns!«, wunderten die Kollegen sich und stichelten: »Was ist denn mit deinen Verbindungen?« Nun war Katja schon seit drei Tagen erfolglos hinter Nikita Kolossow her. Mal war er auf einer Besprechung beim Chef, mal bei der Staatsanwaltschaft. Heute, am Freitag, noch dazu am Nachmittag, war schon gar nicht daran zu denken, dass man ihn in seinem Büro antreffen könnte. Und als Sergej jetzt fragte, wohin sie »nachher« wolle, antwortete Katja wahrheitsgemäß, dass sie nichts geplant habe.

»Eigentlich wollte ich noch ein bisschen mit Lisa schwatzen«, sagte sie. »Wir haben uns eine Ewigkeit nicht gesehen.«

Lisa Ginerosowa kannte Katja seit ihrer Sandkastenzeit. Früher waren sie Nachbarn auf der Staatsdatscha gewesen. In der Folgezeit tauchte zwar Lisa nicht oft, aber regelmäßig an Katjas Horizont auf. Eine enge Freundin war sie nicht, eher eine gute alte Bekannte.

Lisa hatte am Maurice-Thorez-Institut studiert und arbeitete anfangs als Übersetzerin für Italienisch und Französisch beim Verlag »Ausländische Literatur«. Dann entdeckte sie plötzlich ihr Talent als Journalistin (der Verlag zahlte inzwischen nur noch Hungerlöhne) und begann für die teuren, schicken Modemagazine zu schreiben. Zurzeit betätigte sie sich als »Haute-Couture-Beobachterin« beim »Stil der neuen Zeit«, erhielt ihre Honorare in Dollar und fütterte ihre Leser mit ausführlichen Exzerpten aus den Eigenpublikationen der größten italienischen Modehäuser.

Seither war für Lisa »Stil« in allen Dingen der höchste Wert. Katja hatte den Verdacht, dass dieses Wort auch bei dem bisher glücklichsten Ereignis in Lisas Leben ein Schlüsselbegriff war – bei ihrer bevorstehenden Eheschließung mit Stepan Basarow, dem Enkel von Kirill Basarow, dessen Sarg man immer noch nicht feierlich in die Erde senken konnte: Die hohe Abordnung wollte und wollte nicht eintreffen.

Lisa stand neben ihrem zukünftigen Schwiegervater Wladimir Kirillowitsch Basarow, dem ältesten Sohn des verstorbenen Patriarchen. Katja sah ihren gesenkten rothaarigen Kopf in der Menge und den Strauß weißer Rosen, den sie fest an die Brust drückte. Als Schönheit konnte man Lisa nicht bezeichnen, aber sie hatte Rasse und Charme – und wunderbare, große graue Augen. Mit solchen Augen konnte man auch das Herz eines so begehrten Bräutigams wie Stepan Basarow bezwingen.

Vor vielen Jahren hatten die Basarows auch auf der Staatsdatscha Urlaub gemacht. Wladimir war damals stellvertretender Abteilungsleiter im ZK gewesen; später hatte er einen leitenden Posten im Ministerium für Öl und Gas bekleidet. Als sich Anfang der Neunzigerjahre die politische Lage abrupt änderte, fand er ein warmes Plätzchen bei einem russisch-kanadischen Jointventure. Und jetzt hatte Lisa nicht nur einen Bräutigam, »einen jungen Mann aus einer angesehenen Moskauer Familie«, sondern auch einen höchst stattlichen und wohlhabenden Schwiegervater, um den man sie beneiden konnte.

Aus den Zeiten der Datscha erinnerte Katja sich nicht mehr an die Basarows – sie war damals noch zu klein gewesen –, doch an der Uni hatte sie die Familie wiedergesehen. Als Katja ihr Jurastudium an der Moskauer Universität aufgenommen hatte, waren die Brüder Basarow im achten Semester gewesen. Für drei Dinge waren sie an der Fakultät bekannt: den berühmten Großvater – »ja, genau der, hast du seine Filme gesehen?« –, den hoch gestellten Vater und »die eigene Karre«. Zum achtzehnten Geburtstag hatte der Großvater seinen Enkeln einen Shiguli geschenkt, was Ende der Achtzigerjahre ein wirklich fürstliches Geschenk war.

Die beiden Basarows waren Zwillingsbrüder und kaum zu unterscheiden. Es ging das Gerücht, dass sie diese Ähnlichkeit bei Prüfungen schamlos ausnutzten.

An der Uni hatte Katja mit den beiden kaum ein Wort gewechselt. Erst viele Jahre später hörte sie von Wadim und Sergej wieder von den Zwillingen; die Männer kannten einander fast von Kindesbeinen an. Katja konnte sich nicht genug wundern, wie klein das riesige Moskau manchmal doch war.

Lisa Ginerosowa hatte Stepan Basarow bei einer winterlichen Kreuzfahrt über das Rote Meer kennen gelernt. Von dieser Bekanntschaft erzählte sie ganz begeistert. Später nahmen sich die beiden eine gemeinsame Wohnung. Katja erfuhr von Lisa, dass Stepan nichts dagegen gehabt hätte, diese nicht offizielle Beziehung auch in Zukunft fortzusetzen. »Mir blieb nichts anderes übrig, als dem Schicksal kräftig nachzuhelfen. Ich hab ihm Szenen gemacht«, berichtete

Lisa über ihre Bemühungen, eine möglichst vorteilhafte Partie zu machen. »Was hätte ich sonst tun sollen? Er ist jetzt gerade in dem Alter, in dem die Männer entweder ein achtzehnjähriges Model zum Standesamt schleifen oder eine Frau aus ihren eigenen Kreisen heiraten, die zu ihnen passt, was Stil und Perspektive angeht.«

Übrigens hatte die vorsichtige Lisa in den anderthalb Jahren, die diese Beziehung schon dauerte, Katja kein einziges Mal vorgeschlagen, ihre lukrative Eroberung persönlich zu besichtigen, sondern sich strikt an das erste Gebot einer klugen Frau gehalten: Mach einen Mann, auf den du selbst ein Auge geworfen hast, niemals mit deiner Freundin bekannt.

Und so sah Katja auf dieser Beerdigung die beiden Brüder zum ersten Mal nach den zehn Jahren wieder, die seit ihrem Studium nun schon vergangen waren. Die Jungen hatten sich in Männer verwandelt und sahen eher schon ein wenig älter aus als die ungefähr dreißig, die sie waren. Flüsternd erkundigte sich Katja bei Wadim, welcher der Zwillinge Stepan und welcher Dmitri sei. Es stellte sich heraus, dass der mit den leicht angegrauten Schläfen Dmitri war; der andere, der zum schwarzen Anzug eine hässliche pfauenbunte Krawatte trug, war Stepan.

Neben den beiden stand ein noch sehr junger Bursche von vielleicht neunzehn Jahren, mit braunem Haar, bronzener Haut und jeder Menge Gel in der schick gestylten Frisur. Sein kanariengelber Rolli unter der schwarzen Wildlederjacke stach auffallend ins Auge. Katja hielt ihn zutreffend für den jüngsten Basarow, Iwan, der Sohn Wladimirs aus zweiter Ehe, ein Halbbruder der Zwillinge. Seine Mutter war vor einigen Jahren gestorben; danach hatte Wladimir nicht wieder geheiratet.

Lisa, die Katja erspäht hatte, drückte Iwan ihren Rosenstrauß in die Hand und zwängte sich durch den dichten Kreis der Leute, die um das Grab standen, zu der Freundin durch.

»Ich kann dort einfach nicht länger stehen«, flüsterte sie. »Alle starten einem buchstäblich ein Loch in den Bauch. Die ganze Zeit habe ich Angst, dass irgendetwas an mir nicht richtig sitzt, dass die Strumpfhose runtergerutscht ist oder so was.«

»Alles in Ordnung«, beruhigte Katja die Freundin und warf einen Blick auf das gut sitzende schwarze Kostüm, das Lisa trug. Lisa kleidete sich, mit Rücksicht auf ihren »Stil«, immer nur in Schwarz, wie eine Dohle.

»Natürlich tut es mir Leid um den Alten, aber er hat sein Leben gelebt, sechsundachtzig Jahre – was will man mehr! Das letzte halbe Jahr war er bettlägerig. Gelähmt. Sie hatten eine Pflegerin eingestellt, die ihn füttern und auf den Topf setzen musste.« Lisa seufzte. »Schrecklich, nicht? Im Fernsehen haben sie jetzt wieder seine Filme gezeigt. Was für ein Mann! Und was war zum Schluss aus ihm geworden! Ob wir wohl auch mal solche Wracks werden?«

Katja nickte mechanisch. Sie beobachtete, wie Wadim zu seinem Vater ging; dann traten beide gemeinsam auf Wladimir Basarow zu und sprachen ihm ihr Beileid aus.

»Doch wenn es auf der Welt so etwas wie Gerechtigkeit gäbe, hätte der Alte noch bis zum Herbst durchgehalten«, hörte sie Lisa unzufrieden flüstern. »Am 6. Juni wäre eigentlich meine standesamtliche Trauung mit Stepan gewesen. Aber jetzt wurde wegen des Todesfalls alles auf den August verschoben.«

»Was macht das schon aus?«, sagte Katja leise, als sie sah, dass die Lippen der Freundin zitterten. »Es ist doch auch so alles entschieden. Einen Monat früher oder später ... Er kann ja nicht mehr weglaufen.«

Lisa senkte den Blick. Katja merkte, dass die Freundin ihr etwas sagen wollte, sich aber nicht recht dazu durchringen konnte.

»Er hat sich sehr verändert, Katja«, gestand Lisa schließlich. »Zuerst habe ich gedacht, das ist der Stress nach seiner Krankheit, aber inzwischen ... weißt du«, sie senkte die Stimme zu einem Wispern, »manchmal scheint es mir, er ist froh, dass es so gekommen ist ... dass er jetzt einen offiziellen Grund hat, alles zu verschieben. Ja, ich bin mir beinahe sicher.«

»Das ist doch Unsinn.« Katja legte ihr den Arm um die Schultern. »So sind die Männer – mal Ebbe, mal Flut. Man braucht doch nur zu sehen, wie er dich anschaut.«

Eine Bewegung ging durch die Menge, als die Nachricht, dass die lang erwartete Delegation endlich eingetroffen war, sich in Windeseile in der ganzen Trauergesellschaft verbreitete.

»Das ist Dmitri, der herüberschaut – übrigens nicht zu mir, sondern zu dir. Wohin Stepan sieht, kannst du gar nicht feststellen, er hat ja seine Sonnenbrille auf.«

In diesem Augenblick hörte Katja, wie Wadim halblaut zu Meschtscherski sagte: »Onkel Wladimir ist ganz schön heruntergekommen, hast du das bemerkt? Nur noch Haut und Knochen und ganz grau im Gesicht. Es muss ihn doch arg mitgenommen haben.«

Die Leute kamen nun, um der Familie Basarow ihr Beileid auszusprechen. Als Erste kondolierten die Mitglieder der Regierungsdelegation, nach ihnen alle anderen. Ein Kirchenchor begann zu singen.

Endlich waren alle Trauerreden verklungen, der Militärsalut abgeschossen, und alles wurde ruhig. Über dem Grab wuchs ein Sandhügel empor, der im Nu von einem gewaltigen Berg Girlanden, Kränzen, Blumenschalen und Sträußen bedeckt war.

Als alles vorbei war und die Menge langsam den Friedhof verließ, nahm Wadim Katja mit zu den Zwillingsbrüdern. Stepan stand neben Lisa, den Arm lässig um ihre Taille gelegt. Dmitri hatte die Hände tief in den Taschen seines Jacketts vergraben und blickte finster umher.

Erneut fiel Katja die erstaunliche Ähnlichkeit der Brüder auf – beide waren stämmig, mit runden Gesichtern, mittelgroß, gut gebaut. Aber jeder hatte auch seine Besonderheiten: Dmitri neigte sichtlich zur Fülligkeit. Und als Stepan seine dunkle Brille abnahm, um Katja zu begrüßen, zeigte sich, dass er schielte.

»Na denn, Kinder, behaltet meinen Opa in guter Erinnerung. Möge die Erde ihm leicht sein«, sagte er. »Wie steht's, begießen wir das Ereignis?«

Katja fing Wadims Blick auf, der zu besagen schien: In unserer Männergesellschaft sind Damen nicht erwünscht. Bleib hier, mein Schatz, und halt auch Lisa fest.

»Leider muss ich zurück zur Arbeit«, log Katja, ohne mit der Wimper zu zucken. »Fahrt nur los, Jungs, ihr braucht uns nicht wegzubringen. Lisa und ich finden den Weg auch alleine zurück. Stimmt's, Lisa?«

Stepan Basarow ließ seinen Blick über sie gleiten.

»Einverstanden«, sagte er. »Danke, dass Sie ... dass du gekommen bist. Du hast doch nichts dagegen, Katja, dass ich einfach ›Du‹ sage? Sehr schön. Ich mag es nicht, wenn Frauen ständig widersprechen.« Dabei lächelte er Lisa an.

»Wer mag das schon?« Wadim grinste. »Aber trotzdem, Mädels, wir bringen euch erst nach Hause.«

Schweigend gingen sie zu den Autos. Die Sonne brannte heiß vom Himmel. Katja kniff die Augen zusammen. So eine Hitze! Und es war doch erst Mai. Was würde das für ein Sommer werden?

»Ich gehe, ohne den Blick zu heben ...«

Sie drehte sich um. Hinter ihr schritt Dmitri Basarow. Er hatte den Vers halblaut vor sich hin gesprochen.

»Die Sonne«, erklärte Katja. »Sie ist so grell, dass mir die Augen tränen.«

»Ich erinnere mich an Sie. Wadim hat mir gesagt, Sie hätten ebenfalls Jura studiert.« Dmitri griff in seine Jackentasche. »Hier, nehmen Sie.«

»Was ist das?«

»Damit die Sonne Ihnen nicht in die Augen sticht und Sie nicht das Gesicht verziehen müssen.«

Er befestigte eine Sonnenbrille am Riemen ihrer Handtasche. Es war genau die gleiche Brille wie die seines Bruders, teuer und hochmodern.

»Danke, das ist nicht nötig. Was soll ich damit?«

»Lehnen Sie doch nicht gleich ab! Es ist ja kein Geschenk. Wenn wir uns das nächste Mal treffen, geben Sie mir das gute Stück zurück. Einverstanden?«

Als die Männer Katja und Lisa an der Metro-Station »Barrikadnaja« abgesetzt hatten und laut hupend davongebraust waren, meinte Lisa: »Mein Gott, die Kerle finden immer einen Grund für ein Besäufnis! Sogar eine Beerdigung kommt ihnen dafür gerade recht. Wenn du wüsstest, Katja, wie müde ich von all dem bin.«

An ihrem bitteren Tonfall, der so gar nicht zu ihrer sonst ironisch abgeklärten Art passte, erkannte Katja: In dieser berühmten Familie, als deren vollwertiges Mitglied Lisa sich bereits fühlte, gab es vieles, worüber vor Außenstehenden nicht gesprochen wurde. Wie übrigens auch in anderen Familien.

Insgeheim hatte sie schon beschlossen, Wadim morgen zu bitten, Dmitri die Sonnenbrille bei Gelegenheit zurückzugeben.

5 Die Spurensucherin

Am Montag kam Katja um halb neun abgehetzt im Büro an und riss sofort das Fenster weit auf. Unten auf der Straße brausten die Autos über den Asphalt. Irgendwo heulte unablässig eine Alarmanlage. Das durchdringende Geräusch übertönte das Liebesgurren der Tauben auf dem Fenstersims. Über den Dächern leuchtete ein strahlendblauer Maihimmel mit lustigen Wolkenlöckchen. Ein Wetter wie im Urlaub, aber an diesem Tag konnte Katja gar nichts damit anfangen.

Sie hoffte, aus diesem Montag ein Maximum an Informationen über den Auftragsmord herauszuholen. Zunächst erkundigte sie sich, ob der Chef der Mordkommission sich an seinem Platz befand. Es stellte sich heraus, dass Kolossow zu einer Dienstbesprechung beim Chef war. Das kam Katja gerade recht – sie beschloss zu warten und legte sich geduldig auf die Lauer.

Ihr Beruf als Kriminalberichterstatterin im Allerheiligsten einer so seriösen und soliden Institution wie der Hauptverwaltung der Moskauer Miliz erinnerte Katja nicht selten an die schwierige Arbeit eines Jägers oder Spurensuchers. Eine einmal aufgenommene Spur – ein Fall, in dem Katja die künftige Sensation witterte – veranlasste sie im buchstäblichen Sinne des Wortes, Jagd auf das gesuchte Wild zu machen. In die Kategorie »Wild« fielen all jene, die direkt oder indirekt über Informationen zum Fall verfügten und einen interessanten und brauchbaren Kommentar für die Presse geben konnten.

Doch ein Frontalangriff auf Amtspersonen erbrachte selten das gewünschte Resultat. Das Wörtchen »Presse« wirkte auf Untersuchungsführer und Ermittler beunruhigend und besorgniserregend. Daher musste Katja zu verschiedenen Tricks greifen. Sehr rasch wurde ihr klar, dass alle diese wichtigen, ungeheuer beschäftigten Spezialisten in der Mehrzahl nur ganz gewöhnliche Männer waren, und der Weg zum Herzen eines Mannes führt bekanntlich über den Magen.

Deshalb wollte Katja den schwer greifbaren Kolossow in der Mittagspause abpassen. Sie rief ihre Freundin im Sekretariat an, und diese versprach zurückzurufen, sobald die Mitarbeiter der Kriminalmiliz sich auf den Weg zum Mittagessen machten.

Im Anschluss daran wollte Katja ein Gespräch mit Wanjetschka Woronow führen, der nicht nur bei der für sie hochinteressanten Mordkommission arbeitete, sondern auch noch ein begabter Dichter war. Zwischen ihm und Katja bestand aus diesem Grund eine gewisse Seelenverwandtschaft – ein Umstand, den sie schamlos ausnutzte. Wenn Woronow seine neuesten Verse ins Pressezentrum brachte, um »das unvoreingenommene Urteil echter Literaturkenner einzuholen«, gab sie sich alle Mühe, seiner dichterischen Eitelkeit zu schmeicheln, um ihm anschließend wie zufällig Fragen über all jene Dinge zu stellen, die sie interessierten. Woronow war jung und unerfahren, wie alle Poeten, und aus diesem Grund eine wertvolle Informationsquelle.

Ohne lange zu fackeln, rief Katja den Dichter an, und der kam schnurstracks angeflogen wie die Motte zum Licht.

»Was meinst du, Katja – kann ich das zum Wettbewerb an die Zeitung schicken?«, erkundigte er sich schüchtern, nachdem Katja mit ihren Lobhudeleien fertig war.

»Natürlich, unbedingt!«, versicherte Katja voller Begeisterung.

Ungefähr fünf Minuten lang sprachen sie noch über Literatur; dann pirschte Katja sich vorsichtig an den Fall heran. Die Nachricht, dass man Grant des Mordes an Sladkich verdächtigte und der Profikiller noch dazu unter dem Verdacht stand, drei weitere Auftragsmorde verübt zu haben, hatte Katja zutiefst erstaunt. Die Neuigkeit, dass man Grant selbst tot aufgefunden hatte – zwölf Stunden nach dem von ihm begangenen Verbrechen –, überraschte sie schon nicht mehr allzu sehr. Was sollte daran verwunderlich sein? So wurden die Spuren verwischt. Doch Katjas Ruhe hielt nur so lange an, bis der redselige Woronow ihr im Vertrauen berichtete, auf welche Weise man den Killer erledigt hatte.

»Wie seltsam ... Wäre es nicht einfacher gewesen, den Kerl einfach abzuknallen?«

Weder mit Sladkich noch mit Grant verspürte sie das geringste Mitleid (und war selbst ein wenig erschrocken über ihre Hartherzigkeit).

»Und heißt das jetzt, wir stecken in einer Sackgasse?«, stellte sie die nächste Frage.

Woronow blickte auf die Uhr.

»Was ich nicht weiß, Katja, das weiß ich nicht«, gestand er. »Wir werden unsere Pflicht tun. So, jetzt muss ich los.«

Nach diesem Besuch war Katjas gesamte Energie plötzlich verpufft. Es war nämlich so, dass die angesehene Zeitschrift »Criminal Digest« einen längeren Artikel über den Stand der Ermittlungen in diesem Aufsehen erregenden Fall bei ihr in Auftrag gegeben hatte (sämtliche Fernsehkanäle berichteten über nichts anderes mehr). Der Chefredakteur persönlich hatte Katja am Wochenende sogar zu Hause angerufen. Für eine solche Reportage gab es ein ansehnliches Honorar. Und nun so was. Grant ermordet, Sladkich ermordet. Zwei Morde innerhalb von vierundzwanzig Stunden. Ob Nikitas Männer sich für den ermordeten Killer genauso ins Zeug legen werden?, überlegte Katja müde. Nikita kann diese ganze Publicity ja auf den Tod nicht ausstehen. Sein heimliches Credo ist schließlich allgemein bekannt: Je öfter und schneller die Gauner sich gegenseitig umlegen, desto besser. Vielleicht tut er jetzt einfach so, als bearbeiteten sie diesen Mordfall, und in Wirklichkeit drehen sie bloß Däumchen?

Bis zur Mittagspause war noch viel Zeit, und Katja musste warten. Brav schwitzte sie über einem Artikel für die »Straßenpatrouille«. Plötzlich streikte ihr Kugelschreiber. Sie suchte in ihrer Handtasche nach dem Reservekuli und stieß dabei auf Dmitri Basarows »Blue Blockers«, seine teure Sonnenbrille. Im Nu war ihre Konzentration dahin. Die Beerdigung fiel ihr wieder ein.

Am Freitag war Wadim um halb eins in der Nacht stark angetrunken vom »Herrenabend« erschienen. Katja wusste, dass er sich sogar in einem solch gefährlichen Zustand noch ans Steuer setzte. Wie oft hatte sie sich deswegen schon mit ihm gezankt!

Samstagmorgen, sie lagen noch im Bett, hatte sie versucht, ihm wegen »Trunkenheit am Steuer und sträflichem Leichtsinn« eine Szene zu machen, doch Wadim lächelte sie nur schlaftrunken an und vergrub sein Gesicht wieder im Kissen. Anschließend musste Katja das treue Frauchen spielen, das für die Dienstreise des Mannes die Koffer packt. Wadim flog zwar nur für zwei bis drei Wochen nach Österreich, nahm aber einen unglaublichen Berg an Sachen mit. Am liebsten hätte Katja seine Klamotten zusammengeknüllt, in den Koffer gestopft und, wie die Heldin in dem unvergesslichen Film »Frauen am Rande des Nervenzusammenbruchs«, in hohem Bogen aus dem Fenster in den Müllcontainer geschleudert.

Wadim, wieder nüchtern, glatt rasiert und nach Eau de Toilette duftend, schmeichelte sich nach allen Regeln der Kunst ein und stand ihr die ganze Zeit im Weg herum. Bei ihm nannte sich das »packen helfen«. Er redete munter drauflos, hauptsächlich Tratsch über die Basarows, den er am Abend zuvor im engen Kreis gehört hatte. So erfuhr Katja auch, dass in der Männerrunde einer gefehlt hatte – Iwan, der jüngste der Brüder.

»Ich glaube, ihre Beziehungen untereinander sind ein wenig angespannt«, meinte Wadim. »Aber was müssen sie denn schon teilen? Hast du gesehen, wie sie leben? Jeder hat seine eigene Karre, und was für eine! Sogar dieser Grünschnabel hat seinen Opel oder Audi, aber seine Brüder sagen, er traut sich nicht zu fahren, setzt sich nicht selbst ans Steuer. Keine Frage, Basarow senior ist ein stinkreicher Bursche. Aber nur Dmitri arbeitet in seiner Firma mit, irgendwo in der juristischen Abteilung. Stepan hat sich von der Rechtswissenschaft endgültig verabschiedet. Weißt du, welches Talent er bei sich entdeckt hat? Gestern hab ich's erfahren und hätte mich fast hingelegt.«

»Was denn für eins?« Katja fragte ganz mechanisch; sie legte gerade Wadims Schuhe in seine Sporttasche.

»Das Talent zum Pädagogen. Und was glaubst du, welches Fach er sich ausgesucht hat? Nicht mehr und nicht weniger als ›Leben und Tod‹.«

»Kapier ich nicht.«

»Gestern hat er uns davon erzählt. Er leitet jetzt eine Militärsportschule, eine Art Survival-Camp. Sergej und er hatten nur noch ein Thema – wie überlebt man in Extremsituationen. Wenn ich vom Sankt Gotthard zurückkomme, werde ich mal bei Stepan vorbeischauen. Vielleicht kann ich bei ihm auch für meine Jungs etwas Nützliches erfahren.«

»Ihr habt euch gestern bei ihm voll laufen lassen, und die arme Lisa konnte euretwegen bis spät in die Nacht nicht nach Hause«, sagte Katja vorwurfsvoll.

»Wir waren ja gar nicht bei Stepan, sondern in ihrer gemeinsamen Wohnung.«

»In wessen Wohnung?«

»In der Wohnung der Zwillinge. Der Herr Papa hat ihnen am Prospekt des Friedens eine Vierzimmerwohnung gekauft. Da wohnt Dmitri jetzt allerdings allein. Übrigens«, Wadim warf Katja einen Seitenblick zu, »wenn du glaubst, deine Lisa hätte ihren Bräutigam schon völlig handzahm, irrst du dich. Sie leben jetzt schon einen Monat getrennt.«

»Wie bitte? Sie wollten doch eigentlich schon am 6. Juni heiraten.«

»Stepan steckt im Moment dauernd in Uwarowka. Die Basarows haben dort eine Datscha – der Großvater hat sie noch gebaut. Nicht weit davon entfernt liegt ein ehemaliges Erholungsheim. Das hat er offenbar schon seit über einem Jahr gepachtet. Zuerst wurde es renoviert, aber mittlerweile ist es komplett als Feldlager ausgestattet worden.«

»Ein Lager? Wozu denn?«

»Für seine Schule. Training an der frischen Luft, Joggen und alles, was dazugehört. Das heißt, unser Kämpfer weilt jetzt meist bei seinen Adepten. Und was Lisa betrifft ... Es würde nicht schaden, wenn man sie darüber aufklärte, wen sie da eigentlich so unbedingt heiraten will.«

»Worüber aufklären?« Katja begriff gar nichts mehr.

Doch Wadim brach das Thema unvermittelt ab. »Alles nur Tratsch, Katja. Ich will das jetzt nicht wiederkäuen.«

Beinahe hätte sie ihm eine spitze Antwort gegeben: Was hast du denn gerade die ganze Zeit gemacht, mein Lieber? Doch sie hielt sich zurück.

Um halb eins war der Artikel für die Zeitschrift fertig. Katja rief bei ihrer Bekannten im Sekretariat an, und diese teilte ihr mit, Kolossow sei gerade an ihrer Tür vorbeigekommen – offenbar auf dem Weg in die Kantine. Ohne eine Sekunde zu verlieren, rannte Katja in Windeseile aus dem Büro und lief die Treppe hinunter, wobei sie immer zwei Stufen auf einmal nahm.

Während sie im Vestibül vor dem Aufzug auf und ab ging, tat sie so, als betrachte sie die bunten Titelbilder der Zeitschriften am Bücherkiosk. In Wirklichkeit beobachtete sie mit Adleraugen die Treppe. Ah, da kam er ja, der Lang erwartete.

»Was kostet die Daphne DuMaurier?«, erkundigte Katja sich laut, als Kolossow den Kiosk erreicht hatte. »Geben Sie mir bitte ›Gasthaus Jamaica‹ und ... oh, einen Moment, ich glaube, ich habe mein Geld vergessen, ich muss schnell noch mal nach oben ins Büro ... guten Tag, Nikita!« Zorn über ihre Vergesslichkeit und aufrichtige Freude beim Anblick des bekannten Gesichts mischten sich sehr überzeugend in ihrer Stimme.

»Nehmen Sie das Geld für das Buch von mir ... und für mich bitte die ›Komsomolskaja Prawda‹.« Er reichte Katja das »Gasthaus Jamaica« und erwiderte erst jetzt ihre Begrüßung. »Guten Tag, Katja.«

»Vielen Dank. Ich geb dir das Geld heute Nachmittag zurück«, versprach Katja.

»Gehen wir.« Er ließ ihr den Vortritt in die Kantine.

Nachdem sie sich an einen kleinen Ecktisch gesetzt hatten, dachte Katja traurig: Da sind wir beide nun Freunde. Und ganz offensichtlich gefalle ich ihm. Wozu dann eigentlich diese ganze dumme Komödie, zum Teufel? Wozu dieses Auflauern und Abpassen? Was ist einfacher, als ohne Umschweife zu sagen: Ich interessiere mich brennend für den Mord in Rasdolsk. Wir beide, Nikita, kennen uns nun schon so lange, kannst du mir als einer guten Freundin nicht mehr darüber verraten?

Seufzend spießte sie mit der Gabel ein wenig Rübenpüree auf. »Du bist so lieb, Nikita. Wenn ich mir vorstelle, ich hätte noch mal bis in den dritten Stock laufen müssen, um das Geld zu holen, und hier wären die leckersten Sachen alle schon weg gewesen ...«

»Willst du Süßholz raspeln, Katja?« Er trank einen Schluck Tomatensaft. »Verflucht, der ist ja gezuckert! Wer kommt denn auf die Idee, Zucker in Tomatensaft zu tun?«

»Irgendein Original«, warf Katja rasch ein. »Jetzt gibt es überall nur noch Originale. Wie ich gehört habe, auch in Rasdolsk ... euren Grant hat man ja auch auf höchst originelle Weise umgebracht.«

Kolossow schob das Glas mit dem Saft zu Katja hinüber.

»Irgendwann bringst du mich mit deiner Allwissenheit noch zur Verzweiflung«, sagte er. »Woher weißt du denn jetzt schon wieder über Grant Bescheid?«

»Ist an der Sache irgendwas faul, Nikita?«

»Ja.«

»Und was?«

»Das weiß ich noch nicht.«

Sie blickten einander an. Sie beide hatten schon früher mit Fällen zu tun gehabt, bei denen »etwas faul war«. Beim letzten Mal war Kolossow selbst zu Katja gekommen. Nun musste er daran denken, dass Katjas Hilfe ihm damals durchaus von Nutzen gewesen war.

»Brauchst du Stoff für einen Artikel?«, fragte er ohne Umschweife.

»Wäre nicht schlecht.«

»Ich mache es kurz: Vorläufig wirst du über diesen Fall nichts schreiben.«

»Und wie lange dauert dieses ›vorläufig‹?«

»Bis ich dir grünes Licht fürs Schreiben gebe.«

»Und was kriege ich stattdessen?« Katja stützte das Kinn auf die Fäuste.

»Stattdessen kannst du gleich mit mir nach Rasdolsk fahren – natürlich nur, wenn du willst. Es gibt dort ein paar interessante Neuigkeiten. Genug für deine unersättliche Neugier, glaub ich.«

»Wage es ja nicht, ohne mich loszufahren – ich bin sofort zurück! In einer Minute!« Katja stürzte aus der Kantine.

Schon seit langem wusste sie eins genau: Nikita Kolossow sagte und tat niemals etwas ohne Grund. Beim letzten Mal hatte er sie in seine Berufsgeheimnisse eingeweiht, weil er ihre überschäumende Fantasie für nützlich hielt. Was kann in Rasdolsk los sein?, überlegte Katja fieberhaft. Ein Auftragsmord – anschließend beseitigt man den Killer, um die Spuren zu verwischen. Das wird in solchen Fällen und bei dieser Art von Verbrechen fast immer so gemacht. Was ist für Nikita so unverständlich daran?

Katja konnte noch nicht ahnen, dass die Frage, was in diesem malerischen Winkel vor den Toren Moskaus vor sich ging, bald auch für sie persönlich wichtig werden sollte. Sehr wichtig. Von der Antwort auf diese Frage würden Leben und Tod abhängen.

6 Ein Ort, an dem Menschen verschwinden

Katja hatte nicht die leiseste Ahnung, was sie in Rasdolsk erwartete. Aber sie stellte dem Chef der Mordkommission keine überflüssigen Fragen. Schweigend starrte sie aus dem Fenster des Shiguli. Der Frühling ging zu Ende; ringsum breiteten sich leere, unbestellte und mit Unkraut überwucherte Felder aus.

»Nikita, warum ist niemand auf den Feldern?«, entschloss sie sich schließlich zu fragen.

»Wer sollte denn da sein?«

»Na, Bauern. Kolchosarbeiter ...«

»Das ist Brachland.« Kolossow bog in die Landstraße ein. »Das Säen und Ernten haben sie in Rasdolsk längst verlernt. Da gibt es nur noch eine schwächliche Viehwirtschaft, damit die Datschenbewohner frische Milch bekommen. Aber alles andere ist weg – aus und vorbei.«

Er verringerte die Geschwindigkeit, und sie gelangten auf eine ruhige Dorfstraße, die gleich hinter dem Wald begann. Katja blickte sich um: alte Datschen, einige sicher noch aus der Vorkriegszeit.

»Wo sind wir hier eigentlich?«, fragte sie.

»Polowzewo.« Kolossow hielt vor einem zweistöckigen Haus mit Veranda, das von der Zeit dunkel geworden war. »Hier ist Grant ermordet worden, Katja.«

Kolossow war sich noch unschlüssig. Sollte er Katja in alle

Einzelheiten einweihen? Irgendetwas sagte ihm, dass Katja ihm in diesem Fall vielleicht nützlich sein konnte. Dieses Gefühl hatte er früher schon einmal gehabt, und es hatte sich bezahlt gemacht, sich davon leiten zu lassen. Aber vielleicht war alles viel einfacher: Er hatte Katja einfach gern um sich. Sehr gern sogar. Nur konnte er sich diesen Wunsch aus Stolz und einer Art unvernünftigem Eigensinn nicht eingestehen.

Den Tatort musste er sich noch ein zweites Mal anschauen. So ging er immer vor. Gewöhnlich tat er das allein und ohne Zeitdruck, besichtigte den Schauplatz des Verbrechens in aller Ruhe und versuchte, sich ein Bild der Ereignisse zu machen.

Katja wartete offensichtlich auf Erklärungen. Kurz berichtete er ihr die wichtigsten Fakten.

»Du bist so sicher, dass es tatsächlich dieser Grant war, der Sladkich ermordet hat. Gibt es Beweise dafür?«

»Ja, und zwar eindeutige.«

»Sind wir hier eigentlich allein? Wo stecken die Besitzer?«

»Die Besitzerin. Dolores Romualdowna Prosorowa. Eine Professorenwitwe und Rentnerin. Sie ist zurzeit bei ihrem Sohn, einem Physiker, in Spanien. Sie hat dort noch viele Verwandte aus den Zeiten des Bürgerkriegs. Abgereist ist sie am 2. Mai, das haben wir bereits ermittelt.«

»Und auf welche Weise hat ein Krimineller wie Grant Bekanntschaft mit dieser ehrbaren Witwe geschlossen und ist ihr Mieter geworden?«

»Das müssen wir noch klären. Ihre Nachbarn in Moskau sagen, sie käme in ungefähr zwei bis drei Monaten zurück. Offenbar hat sie die Datscha für die Dauer ihrer Abwesenheit vermietet. Aber an wen? An Grant selbst? Er wollte dort ja nur für zwei, drei Tage unterschlüpfen. Männer wie er bleiben nicht lange an einem Ort.«

»Ich weiß«, sagte sie mit würdevollem Nicken. »Heutzutage muss man jemanden auch gar nicht persönlich kennen lernen, um eine Datscha zu mieten. Man ruft einen Makler an oder kauft sich einfach die Zeitschrift ›Von Hand zu Hand‹ und sucht sich die passende Gegend aus, da findet man immer was. Kann man sich mit dem Besitzer über den Preis einigen, ist die Sache unter Dach und Fach.«

Kolossow widersprach nicht. An Katjas Ausführungen machte ihn nur die Bemerkung von der »passenden Gegend« hellhörig. Grant hatte tatsächlich die kürzeste Verkehrsverbindung zwischen Tatort und Versteck gewählt. Und wie es aussah, hatte er das alles im Voraus geregelt. Aber hatte er es wirklich selbst getan?

»Gehen wir hinters Haus. Da gibt's einiges, das du sehen solltest«, sagte er.

Das Blut am Zaun war schon schwarz geworden und erinnerte an übel riechenden, zähen Lack. Katja betrachtete die Flecken schweigend.

»Hier sind Spuren – hier und da drüben. Die Leiche lag hier, als Renat und ich sie gefunden haben, an der Ecke des Schuppens.«

»Weißt du, Nikita, erzähl mir lieber gleich, was ihr entdeckt habt. Ich merke doch, dass du mir irgendwas verschweigst. Wenn man Grant das Genick gebrochen hat, wieso ist dann an verschiedenen Stellen so viel Blut? Da kann man ja auf die abenteuerlichsten Ideen kommen.«

Kolossow gab sich einen Ruck und berichtete ihr von der Wunde an Grants Hals, die diesem nach Eintritt des Todes zugefügt worden war. Erst am Vorabend hatte ihn der Gerichtsmediziner noch einmal angerufen, um ihm mitzuteilen, dass das Gutachten fertig sei. Seine Stimme hatte einen merkwürdigen Beiklang gehabt – irgendwie unsicher, was

Kolossow verwundert hatte: Normalerweise konnte man Iwan Pawlowitsch in seinem makabren Job kein X für ein U vormachen, und nun plötzlich diese Zweifel ...

»Die Pistole ist Grant also aus der Hand gefallen?«, fragte Katja. »Und er hat nicht einmal mehr Zeit gehabt, einen Schuss abzufeuern?«

»Es ist kaum anzunehmen, dass er sofort schießen wollte, Katja. Ich glaube, irgendetwas hatte seine Aufmerksamkeit erregt. Aber es hat ihn nicht besonders erschreckt. Hätte er sich ernsthaft bedroht gefühlt, hätte er sich im Haus auf die Lauer gelegt und entweder sofort aus allen Rohren gefeuert, oder er hätte sich schnellstens in seine Karre gesetzt und wäre abgehauen. Aber er ist bloß nach draußen gegangen, um nachzusehen. Die Pistole hat er sowieso immer bei sich.«

»Wenn er draußen etwas gesehen hat, kann das nur von da aus gewesen sein.« Katja zeigte auf die mit Strohmatten verhängten Fenster der Veranda. »Durch die Ritzen wahrscheinlich ... Hast du in Erfahrung bringen können, ob die Straße in der betreffenden Nacht von Laternen beleuchtet war?«

»Nein, es war dunkel. Auf dem Tisch haben wir die Überreste seiner Mahlzeiten entdeckt. Alles nur Vakuumverpackungen: Schinken, Fertigsuppen, Forelle, Brot, Kaffee. Verpflegung für genau vierundzwanzig Stunden. Danach wollte er ...«

Kolossow stockte. Vorläufig brauchte Katja nichts davon zu wissen, dass er die Michailow-Bande verdächtigte, diesen Mord auf dem Gewissen zu haben. Chalilow prüfte bereits nach, ob die Michailow-Leute nur zum Schein versprochen hatten, den Killer binnen vierundzwanzig Stunden nach der Ermordung Sladkichs auszuzahlen, ihn in Wirklichkeit jedoch in eine tödliche Falle gelockt hatten. Vorläufig aber gab es noch keine Erkenntnisse; deshalb behielt er die Theorie lieber noch für sich.

»Ich versuche die ganze Zeit, mir vorzustellen, wie das passiert ist.« Katja bückte sich und berührte vorsichtig einen Blutfleck am Zaun. »Du sagst, diese Flecken können nicht dadurch entstanden sein, dass das Blut aus der Wunde gespritzt ist, weil sie zu weit von der Leiche entfernt sind. Aber das würde bedeuten, der Mörder hat die Flecken absichtlich auf dem Zaun hinterlassen. Das muss unbequem für ihn gewesen sein – sich so tief zu ducken und dabei zu hantieren.« Sie ließ sich im Gras auf ein Knie nieder. »Diese Stelle am Brennholz und am Zaun kann man nur erreichen, wenn man auf allen vieren kriecht.«

Sie schwiegen. Katja knipste eifrig mit dem mitgebrachten Fotoapparat. Kolossow haderte mit sich selbst. Da war er hergekommen, um alles in Ruhe zu überdenken und seine Schlüsse zu ziehen – und hatte nur Katja im Kopf. Doch er kam einfach nicht dagegen an.

»Und wohin jetzt?«, erkundigte Katja sich unschuldig. Irgendetwas musste sie fragen; er starrte sie so seltsam an.

»Aufs Revier.« Kolossow marschierte entschlossen zum Wagen zurück. Er wollte aus zwei Gründen zum Milizrevier in Rasdolsk: Er musste mit Spizyn besprechen, wie die Suche nach dem Täter oder den Tätern organisiert werden sollte, und er wollte sich genauer über die neuen Ermittlungsergebnisse informieren.

Die neuesten Nachrichten hatte ihm erst am Vortag ein Kollege aus der Abteilung für Vermisstenmeldungen und Identifizierung unbekannter Toter gebracht. Dieser Major Jegorow war nicht aus eigener Initiative in der Mordkommission erschienen, sondern befolgte eine entsprechende Dienstanweisung: Wenn in einem Bezirk ein Mord geschah, war seine Abteilung verpflichtet, sämtliche vorhandenen Informationen über diesen Bezirk zur Verfügung zu stellen – hatte es dort Vermisste oder nicht identifizierte Leichen gegeben? Anfangs kamen Kolossow die Ausführungen Jegorows völlig uninteressant und deplatziert vor, aber dann ...

Jegorow berichtete, dass im April – ein genaueres Datum ließ sich nicht feststellen – im Bezirk Rasdolsk ein gewisser Fjodor Grigorjewitsch Soljony spurlos verschwunden war. Er hatte in einer Kommunalwohnung im Stadtzentrum von Rasdolsk gelebt und war bei der Miliz als notorischer Radaubruder bekannt. Bereits Anfang April war er nicht mehr in seine Gemeinschaftswohnung zurückgekehrt und blieb verschwunden, doch die Nachbarn aus der Kommunalka hatten erst eine Woche später die Miliz benachrichtigt. Kolossow schrieb sich den Familiennamen ins Notizbuch, doch Jegorow sah ihm an, dass er es nur pro forma tat.

»In Rasdolsk tut sich übrigens noch so einiges.«

Wie sich herausstellte, ging Jegorow regelmäßig die Computerdatei durch, in der sämtliche Vermissten aus dem ganzen Land verzeichnet waren.

»Sieh mal hier – ein gewisser Jakowenko, Andrej Gennadjewitsch.« Jegorow legte Kolossow ein Blatt Papier auf den Schreibtisch. Es war der Computerausdruck eines Fotos: ein forscher, junger blonder Mann in Matrosenhemd und Tarnanzug, mit Schnurrbart und einer deutlich sichtbaren Narbe über der rechten Augenbraue. »Ein Oberleutnant. Mitglied der Spezialeinheit ›Sirene‹. Vermisst seit dem dreißigsten April dieses Jahres. Nach dem Schichtwechsel hat er um acht Uhr dreißig seine Dienststelle verlassen, ist aber nicht zu Hause angekommen.«

»Wo wohnt er denn?«

»In Moskau. Mit Vater, Mutter, jüngerer Schwester ... Erst waren sie nicht allzu besorgt. Du kannst dir ja vorstellen, wie die Arbeit bei dieser Truppe aussieht. Irgendein Zwischenfall, und ab in den Hubschrauber. Mal verfrachten sie dich nach Grosny, mal nach Kamtschatka. Die Spezialtruppe ›Sirene‹ ist eine Eliteeinheit, die eigens für den Kampf gegen den bewaffneten Terrorismus geschaffen wurde. Doch als Andrej am nächsten Tag immer noch nicht zurückkam, riefen seine Eltern bei seinem Vorgesetzten an.«

Kolossow betrachtete das Foto und blickte dann Jegorow fragend an.

»Die geschiedene Frau dieses Andrej lebt in Rasdolsk. Euer Mord hat natürlich nichts damit zu tun, obwohl ...« Jegorow schwieg einen Augenblick. »Wenn man bedenkt – gleich zwei Vermisste innerhalb eines Monats in diesem kleinen Provinzkaff ... Mit einem Wort, wenn du in Rasdolsk bist, behalte immer im Auge: Vielleicht ist das so ein Ort, an dem Menschen verschwinden?«

Kolossow kamen diese Spekulationen eher abwegig vor: Sladkich, Grant, das waren typische Auftragsmorde. Diese Vermissten dagegen ... Was sollte es da für eine Verbindung geben? Außerdem war ihr Tod ja noch gar nicht mit Sicherheit festgestellt – Leichen waren bis jetzt keine gefunden worden. Doch laut Dienstanweisung war er verpflichtet, jedem Hinweis nachzugehen, der zur Lösung des Falles beitragen konnte. Deshalb hatte er sich mit Spizyn in Verbindung gesetzt, und der hatte versprochen, neue Erkundigungen zu den Fällen von Soljony und Jakowenko einziehen zu lassen.

Auf dem Revier von Rasdolsk, wo sie gegen fünf Uhr eintrafen, schloss Kolossow sich mit dem Revierchef in dessen

Büro ein – offensichtlich hatten Spizyn und er Geheimnisse vor Katja. Sie wartete geduldig in der Wachstube. Nach etwa fünf Minuten tauchte ein blutjunger Leutnant auf. Sofort hefteten sich ihm zwei Frauen an die Fersen, die ihm schon im Korridor aufgelauert hatten. Katja, die nichts Besseres zu tun hatte, lauschte ihrem Gespräch. Die Frauen beschwerten sich lautstark. Der einen war ihre Ziege gestohlen worden, der anderen mehrere Hühner. Sie forderten vom Diensthabenden, dieser »dreisten Räuberei müsse ein Ende gemacht und dem frechen Dieb das Handwerk gelegt werden«.

»Das ist hier in Mebelny nicht der erste Vorfall dieser Art!«, keifte die eine. »Den Basykins ihre Ziege ist auch verschwunden, und bei den Sidorows waren es die Karnickel!«

»Wer sollte denn eure Ziege stehlen? Die ist vermutlich ausgebüxt«, sagte der Wachhabende stirnrunzelnd.

»Das konnte sie ja gar nicht, sie war angepflockt. Eine gute Ziege, fünf Liter Milch hat sie gegeben! Wenn du unsere Anzeige nicht aufnimmst, gehen wir zum Staatsanwalt!«

»Was seid ihr für Leute! Gebt schon her.« Der Wachhabende stopfte die Papiere in seine Aktenmappe. »Euer Viehzeug hat mir gerade noch gefehlt. Wir haben wichtige Fälle hier im Bezirk – einen Mord, ihr habt vielleicht davon gehört –, und ihr kommt mit solchem Kleinkram ...«

»Ich bin Mutter von zwei kleinen Kindern. Was soll ich machen ohne die Milch, kannst du mir das sagen? Soll ich vielleicht dich melken?«

Kolossow schaute zur Tür herein, und der Wachhabende, der über und über rot geworden war, komplimentierte die aufdringlichen Klägerinnen auf der Stelle hinaus.

»Ich habe Ihren Auftrag ausgeführt, Genosse Major.« Er zog ein Notizbuch aus der Aktenmappe. »Hier sind die Aussagen von Soljonys Nachbarn. Und hier von Jakowenkos Frau. Aber sie kann über ihren Exmann nicht viel sagen. Sie wohnt nicht mehr in Rasdolsk bei ihren Eltern, sondern in Mebelny.«

»In Mebelny?« Kolossow zog ein finsteres Gesicht. »Schon lange?«

»Ein halbes Jahr. Ihre Oma ist gestorben und hat ihr dort ein Häuschen hinterlassen. Ihren Exmann, Jakowenko, hat sie zu der Zeit, im April, gar nicht gesehen. Er hat sie zu Ostern angerufen, und das war's.«

»Hast du sie gefragt, warum sie sich haben scheiden lassen?«

»Habe ich. Sie sagt, sein Job habe ihr gründlich gestunken. Er sei fast gar nicht mehr zu Hause gewesen, und viel Gehalt hätte er auch nicht bekommen.«

»Wusste Jakowenko, dass sie nach Mebelny gezogen war?«

»Natürlich. Er hat sie dort ja angerufen.«

Katja hörte dem Gespräch zu und verstand gar nichts mehr. Wer war das jetzt wieder – Jakowenko? Und wieso hatte Nikita bei der Erwähnung der Siedlung Mebelny so auffällig gestutzt? Vielleicht hatte ihn der Umstand beunruhigt, dass Mebelny, wo die Ehefrau des Vermissten wohnte, nur fünf Kilometer von Polowzewo entfernt lag, wo man Grant auf so seltsame und barbarische Weise umgebracht hatte? Aber was folgte daraus?

Vorläufig wohl gar nichts. Trotzdem bemerkte Kolossow: »Weißt du was, Leutnant – das ist eine ernste Sache. Hör dich mal um in Mebelny, an der Bahnstation. Zeig das Bild von dem Vermissten herum.«

»Zu Befehl.« Der Wachhabende nickte. An seiner ernsthaften, konzentrierten Miene erkannte Katja, dass er diesen

Mann wohl mit weit größerem Eifer suchen würde als irgendwelche verschwundenen Ziegen.

»So, dann auf in die Leichenhalle.« Kolossow blickte Katja an und sah anschließend nach, wie spät es war: achtzehn Uhr, der Arbeitstag war zu Ende. Doch den Gerichtsmediziner konnte man gewöhnlich auch noch zu viel späterer Stunde an seinem Arbeitsplatz im Bezirkskrankenhaus antreffen.

»Nikita, willst du mir nicht erklären, was das alles bedeutet?« Im Auto ging Katja, die bis jetzt geschwiegen hatte, zum Angriff über. »Du hast mich mitgenommen, aber ich fühle mich wie eine Idiotin, weiß von nichts, werde nicht informiert. Das ist nicht fair.«

»Wir haben verabredet, dass du mir mit deinen Zeitungsartikeln nicht auf die Nerven gehst«, brummte Kolossow. »Und dafür nehme ich dich mit. Sonst nichts.«

»Sag doch wenigstens, wer dieser Jakowenko ist!«

Er fing ihren Blick auf. Im Fall des Falles konnte Katja einen Mann so ansehen, »wie es nötig war«. Schweren Herzens unterwarf er sich – nein, nicht ihrem kapriziösen Tonfall, nicht ihrer hartnäckigen Neugier, sondern diesen Augen ...

Katja lauschte seinem knappen Bericht und ärgerte sich: Wie geizig er mit seinen Informationen war! Und dabei sah er sie nicht einmal an. Vor allem erklärte er überhaupt nichts! Was hatten denn irgendwelche spurlos Verschwundenen mit einem Auftragsmord an einem früheren Abgeordneten zu tun?

Katja seufzte erleichtert, als sie in den Hof des Krankenhauses fuhren. Vielleicht würde sie ja von dem Pathologen irgendetwas Brauchbares für ihren geplanten Artikel erfahren. Eigentlich hatte sie, trotz ihrer jahrelangen Berufspraxis bei der Miliz, immer noch Angst vor Leichenhallen und versuchte, solche Besuche zu vermeiden, wenn irgend möglich. Zum Glück empfing sie der Gerichtsmediziner – ein winziger, gnomenhafter älterer Mann mit Brille und in weißem Kittel – nicht in der Anatomie, sondern in seinem Büro und schaltete gleich gastfreundlich den Teekocher ein.

Während Katja, bescheiden in eine Ecke gekauert, den Tee trank, studierte Kolossow aufmerksam das gerichtsmedizinische Gutachten zu Sladkich und Antipow-Grant, das der Arzt für die Staatsanwaltschaft vorbereitet hatte. Dann reichte er die Blätter an Katja weiter.

Igor Sladkich war fast auf der Stelle tot gewesen – Kopfschuss. Er hatte vermutlich nicht einmal mehr das Krachen gehört. Aber sein Mörder, Grant ... Bruch der Halswirbel, Riss des Kehlkopfs, Riss der Kopfschlagader ...

Sie wollte schon eine Frage nach weiteren Einzelheiten stellen, doch Kolossow kam ihr zuvor: »Iwan Pawlowitsch, wie ist Ihrer Ansicht nach diese Risswunde an der Kehle entstanden?«

Der Arzt kaute nachdenklich auf einem Keks.

»Mit was für einer Waffe ihm diese Wunde zugefügt wurde, kann ich nicht sagen. Es muss ein ziemlich ungewöhnlicher Gegenstand gewesen sein. Das Fleisch ist buchstäblich herausgerissen! Übrigens haben wir Reste davon noch am Tatort gefunden, nicht weit von der Leiche entfernt. Es macht ganz den Eindruck«, der Alte sah zu Katja hinüber, »als sei es beabsichtigt gewesen, genau die Halsschlagader zu zerreißen.«

»Und wie viele Personen haben Ihrer Meinung nach Antipow überfallen?«, meldete Katja sich zu Wort.

»Einer, von hinten. Für das Opfer kam der Überfall völlig

überraschend. Ich vermute, es wurde eine spezielle Kampfsporttechnik angewandt: ein fester Griff, eine jähe Drehung des Halses nach rechts und dann ein Ruck nach oben.«

»Das heißt, jemand hat ihm das Genick gebrochen. Mögliche andere waren vermutlich nur dabei, um Schmiere zu stehen.« Kolossow nahm Katja das Gutachten aus der Hand und gab es dem Pathologen zurück.

»Können Sie das nicht selber Kassjanow geben, Nikita?«, fragte der. »Er hat schon angerufen und um möglichst schnelle Erledigung gebeten. Ihr Kurier in der Staatsanwaltschaft ist zurzeit wohl krank und kann nicht kommen. Und dann geben Sie ihm das hier doch auch gleich.«

»Was ist das?« Kolossow betrachtete den kleinen Umschlag, der an die Papiere geheftet war.

»Das habe ich bei der zweiten Untersuchung von Antipows Leiche entdeckt. Es sind Haare.«

»Haare?«

»Genau. Ich habe sie auf seiner Hose und an seinem rechten Jackenärmel gefunden. Von dem Ermordeten dürften sie kaum stammen – er hat ganz kurze braune Haare. Die hier sind aber etwa fünf Zentimeter lang und viel heller. Und ihre Struktur ... Ich habe alles so genau wie möglich beschrieben. Kassjanow kann ja die entsprechende Order geben, und ihr schickt sie zur Begutachtung. Für Haare bin ich leider kein Spezialist.«

Als sie das Büro des Pathologen verließen, dämmerte es bereits. Katja war nach diesem hektischen Tag todmüde. Der Benzingestank und das Gerüttel wegen der Schlaglöcher auf den Moskauer Landstraßen verursachten ihr Kopfschmerzen.

»Warum bist du so still geworden, Katja?«, fragte Kolossow, zündete sich eine Zigarette an und blies den Rauch zum Fenster hinaus. Rasdolsk lag schon gut zehn Kilometer hinter ihnen.

»Du hast gesagt, irgendwas sei faul an der Sache. Darüber denke ich nach.«

»Du weißt jetzt genau so viel über den Fall wie ich.«

Wohl kaum, dachte Katja. Denn du, mein Lieber, weißt im Unterschied zu mir das Allerwichtigste: Warum ihr so überzeugt seid, dass gerade Grant der Mörder von Sladkich ist. Wer den Auftrag für diesen Mord erteilt hat, für wen Grant gearbeitet hat. Das ist der Schlüssel zu diesem Fall, darauf muss man alle Theorien aufbauen.

»Setz mich nicht vor meinem Haus ab, sondern da vorn an dem kleinen Laden«, bat Katja, als sie in ihre Straße einbogen, den Frunse-Kai.

Zum Abschied blinkte Kolossow mit den Scheinwerfern. Katja schlüpfte rasch in den dunklen Hof: schon halb zehn, jetzt hätte gerade noch gefehlt, dass Wadim sie in der Gesellschaft von Nikita sah! Abends joggte er ja immer am Kai entlang. Die Beziehungen zwischen Katjas Freunden waren ziemlich kompliziert. Sergej stand mit Kolossow auf gutem, sogar freundschaftlichem Fuß. In einem für sie alle denkwürdigen Fall hatten die beiden einander sehr geholfen. Wadim dagegen, der den Chef der Mordkommission nur aus ihren Erzählungen kannte, lehnte es rundweg ab, ihm persönlich zu begegnen, und versäumte keine Gelegenheit, überhebliche oder giftige Bemerkungen über ihn zu machen.

Während Katja mit dem Aufzug in den vierten Stock fuhr, überlegte sie, was sie Wadim als überzeugenden Grund für ihr spätes Nachhausekommen auftischen könnte. Mit Kolossow wollte sie ihn nicht ärgern. Sie war entschlossen, ihren sensiblen Freund an diesem Abend mit Samthandschuhen anzufassen; schließlich reiste er ja am Mittwoch ab. Und sie hatten nur noch diese Nacht, den nächsten, mit Besorgungen ausgefüllten Tag und eine zweite kurze Frühlingsnacht.

7 Hetzjagd

Die Zeit von Dienstag bis Freitag zog sich für Katja endlos lange hin. Wadim flog am Mittwoch nach Wien, und in Katjas Wohnung am Frunse-Kai kehrten augenblicklich Leere und Langeweile ein. Über Sladkich und Grant dachte sie kaum noch nach. Schließlich aber war sie diesen Trübsinn satt und wurde böse auf sich selbst – Wadim kam ja schließlich zurück und passte schon auf sich auf. Außerdem hatte er beim Abschied durchaus nicht gramgebeugt gewirkt. Stattdessen hatte er sie mit jeder Menge Aufträge eingedeckt: Vergiss das nicht, kauf dies, kauf das, komm dort nicht zu spät.

Der unangenehmste Auftrag fiel ausgerechnet auf den freien Samstag am Wochenende. Ein Auftrag, den Katja nicht hatte ablehnen können. Niemand anders als Wadims Vater hatte sie nämlich gebeten, die Gedächtnisfeier für Kirill Basarow zu besuchen und seinen Angehörigen im Namen der Familie Krawtschenko Mitgefühl und Beileid auszusprechen. Er hatte sie angerufen, über seine Gallensteine geklagt und sie dann gebeten – »natürlich nur, wenn es dir nichts ausmacht« –, ihn bei der Feier zu vertreten. »Ich selber fühle mich nicht in der Lage, meinem Freund die Ehre zu erweisen, Katja. Und Wadim ist verreist. So musst du es für uns tun – Blumen bringen und in unser aller Namen sprechen. Wenn keiner von unserer Familie erscheint, wäre das ausgesprochen unhöflich ...«

Kurz, Katja konnte ihm diese Bitte nicht abschlagen. Wadims Vater war immer gut zu ihr gewesen. Außerdem wurden in der Familie Krawtschenko alle diese Konventionen äußerst penibel beachtet. Auch Sergej würde zur Gedächtnisfeier kommen; er vertrat seine Großmutter, die mit Kirill Basarows Witwe befreundet war. Von ihm erfuhr Katja, dass die Feier nicht in der Moskauer Wohnung des »Patriarchen« stattfinden sollte, sondern auf dem Land, auf seiner Datscha in Uwarowka, die die Kinder von ihm geerbt hatten. Mein Gott, so eine weite Fahrt zu völlig unbekannten Leuten, dachte Katja missmutig. Als sie dann noch hörte, dass Sergej schon um acht Uhr morgens losfahren wollte, und das an einem Samstag, sank ihre Laune endgültig auf den Tiefpunkt.

»Nichts zu machen, Katja«, erklärte Sergej ihr am Telefon. »Ich habe mit Stepan schon vor einer Woche verabredet, ihn zu besuchen. Seine Survival-Schule ist im ehemaligen Erholungsheim in Otradnoje einquartiert, nur einen Steinwurf von Uwarowka entfernt. Das wird ein wichtiges Geschäftstreffen für mich, verstehst du. Wenn wir uns einig werden, bekommt unsere Firma einen großen Auftrag für die Lieferung von Spezialausrüstung.«

Im letzten Jahr hatte Sergej sich mit viel Energie den Geschäften des Reisebüros »Moskauer Geographischer Club« gewidmet, dessen Mitinhaber er bis dahin nur nominell gewesen war. Katja wartete ständig auf die Nachricht vom unvermeidlichen Bankrott seiner Firma, aber irgendwie hielt sie sich über Wasser. Gewinne waren allerdings weit und breit nicht in Sicht. Auf alle Vorhaltungen Katjas hatte Sergej immer die gleiche Antwort: »Wir bieten nun mal Abenteuerreisen der besonderen Art an. Vorläufig läuft noch nicht alles rund, aber wer hat heutzutage keine Probleme? Mein Beruf hat jedenfalls Perspektive. Jetzt geht das Diving-

Geschäft gerade erst so richtig los. Wir knüpfen Kontakte mit afrikanischen Firmen und planen ein Projekt mit Ballonfahrten. Hör dir mal an, was ich mir dazu überlegt habe ...«

Katja schüttelte zu all seinen Ideen meist nur skeptisch den Kopf.

Mit tiefem Seufzer stellte sie den Wecker auf sechs Uhr morgens. Sie war so müde, dass sie das Gefühl hatte, sie bräuchte mit dem Kopf das Kissen nur zu berühren, um sofort einzuschlafen. Aber so war es nicht. Ob es an der Schwüle lag oder an der leeren, dunklen Wohnung – sie konnte nicht schlafen. Sie sah plötzlich wieder die verfallene Datscha und den verwilderten Garten, den sie zusammen mit Kolossow besichtigt hatte, den Jasmin unter den Fenstern und die schwarzen, übel riechenden Flecken am Zaun. Weshalb hatte er sie eigentlich mit zum Tatort genommen? Und warum spürte sie nicht wie Kolossow dieses ungreifbare »etwas ist faul«, das ihn offensichtlich immer stärker beunruhigte? Früher hatte ihre Intuition sie nie im Stich gelassen ...

Schon am frühen Morgen war es heiß und dunstig. Am Himmel zeigten sich Fetzen grauer, zottiger Wolken. Von der Sonne beschienen, wirkten sie wie die Vorboten eines Orkans. Katja verspürte bei ihrem Anblick eine unbestimmte Unruhe.

Sergej erschien pünktlich zur verabredeten Stunde am Frunse-Kai. Unterwegs warf er hin und wieder einen Blick in den Rückspiegel auf Katja. Sie hatte sich hinter ihn gesetzt und hielt vorsichtig einen Strauß feuchter roter Rosen auf dem Schoß, der in knisterndes Zellophan verpackt war.

An diesem Morgen war sie ungewöhnlich schweigsam und nachdenklich.

»Fühlst du dich nicht gut, Katja?«

»Es ist so drückend.«

Sergej betätigte den Knopf des Fensterhebers und ließ die Scheibe an seiner Seite herunter, damit Katja nicht im Zug sitzen musste. Dann sagte er: »Falls du dir wegen Wadim Sorgen machst ... Er ist gut angekommen und ruft dich bei erster Gelegenheit an.«

»Du lieber Himmel.« Katja schnaubte. »Sehe ich etwa aus wie die verlassene Penelope?«

»Aber irgendwas beunruhigt dich.« Sergej zuckte die Achseln: Wenn du nicht reden willst, auch gut.

Katja schaute zum Fenster hinaus. Nein, Wadim hatte nichts damit zu tun. Ihm hatte sie von Mittwoch bis Freitag nachgetrauert; das war genug. Aber an diesem Morgen, am Samstag, als sie gerade fieberhaft durch die Wohnung rannte, um ihre Sachen für Uwarowka zu packen, hatte das Telefon geklingelt. Es war Lisa Ginerosowa, die nicht mehr schlafen konnte. Sie wollte wissen, ob Katja »zum Trauern« komme.

»Andrej Krawtschenko hat angerufen und gesagt, er könne nicht kommen, dafür aber du ...« Als Katja bejahte, freute Lisa sich.

»Gut, dass du kommst. Wenigstens ein lebendiges Gesicht bei dieser trübsinnigen Veranstaltung. Wir wollen gegen drei losfahren, und ich dachte, ich frage dich rechtzeitig ...«, sie stockte kaum merklich, »ob du nicht mit uns zusammen fahren willst. Dmitri nimmt mich mit. Er fährt noch ins Büro, und dann holt er mich unterwegs ab. Er hat gesagt, wenn du Lust hast, könntest du doch mit uns ...«

Aha, so ist das, dachte Katja und erklärte, sie habe sich

schon mit Sergej verabredet. Doch Lisa hatte noch etwas auf dem Herzen.

»Ich muss dich um Rat fragen, Katja, aber ich möchte, dass du zuerst selbst alles siehst ...« Wieder zögerte sie. »Es geht um Stepan. Ich habe dir ja schon beim letzten Mal von ihm erzählt. Er ist ein komplizierter Mensch. Manchmal ist es sehr schwierig mit ihm, und ich ... Ich wüsste gern, was du davon hältst ...«

Lisas verworrene Worte und ihr Tonfall hatten Katja aufhorchen lassen: Was ging da vor? Das alles sah Lisa gar nicht ähnlich. Abgeholt und mitgenommen vom Zwillingsbruder Dmitri. Und wo steckt der heiß geliebte Bräutigam? Wieso kümmert der sich nicht um seine Braut?

Dmitris Sonnenbrille hatte Katja sofort in ihre Handtasche gesteckt, um sie dem Burschen zurückzugeben, und damit hatte sich die Sache. Dass Dmitri Basarow sich für sie interessierte, hatte Katja schon auf dem Friedhof gespürt. In solchen Dingen haben Frauen ein untrügliches Gespür. Aber dieses Interesse hatte sie nicht gefreut, sondern im Gegenteil geärgert. Plötzlich verspürte sie wieder einen heftigen Widerwillen, nach Uwarowka zu fahren. Und jetzt auch noch Lisa mit ihrer trüben Stimmung und Sergej mit seiner betulichen Fürsorglichkeit ...

Sie fuhren aus Moskau heraus, die neue, vor kurzem instand gesetzte Staro-Russki-Chaussee hinunter. An einigen Stellen kam es Katja so vor, als wäre sie schon mal hier gewesen oder wenigstens vorbeigefahren – vor noch gar nicht langer Zeit. Aber sie wusste um ihren schlechten Orientierungssinn, selbst in ihr bekannten Straßen, gar nicht zu reden von irgendeiner Landstraße außerhalb der Stadt. Sie kamen in einen Wald. Die Chaussee war wie leer gefegt.

»Fahr ein bisschen langsamer, Sergej. Hier ist die Luft so

schön frisch.« Katja ließ auch das Fenster auf ihrer Seite herunter. »Hier müsste man leben können – in so einem nach Tannennadeln duftenden Paradies. Wir werden in unserem Hexenkessel noch ersticken.«

»Stepan ist derselben Meinung«, antwortete Sergej. »Natur, Freiheit, der Mensch und die Erde.«

Katja lehnte sich zum Fenster hinaus, horchte. Was war das? Irgendwo in der Nähe bellten wie rasend Hunde ...

»Müssen wir noch weit?«

»Nur noch vier Kilometer.« Sergej warf einen Blick auf die neben ihm liegende Straßenkarte. »Stepan hat gesagt, wir müssen erst am Flussufer entlang, in das Wäldchen zur Siedlung und ...«

Er verstummte und trat abrupt, mit einer instinktiven Bewegung, auf die Bremse. Katja, die ein solches Manöver nicht erwartet hatte, stieß mit der Brust schmerzhaft gegen den Vordersitz. Zuerst konnte sie nichts erkennen, aber dann ...

»Mein Gott, Sergej, du hast ihn überfahren!«

»Nein, nein, er ist auf die Straße gerannt, aber ich habe ihn nicht mal berührt!«

Sergej riss die Autotür auf und eilte über den Asphalt. Katja verfing sich mit den Absätzen in der Gummimatte, sprang aber schließlich auch aus dem Auto. Auf der Straße, nur einen Meter vor den Scheinwerfern des Shiguli, saß ein Kind. Ein kleiner Junge von ungefähr acht Jahren in einem schmierigen Adidas-Anzug und verdreckten Turnschuhen. Braun gebrannt, schwarzhaarig und schwarzäugig, ähnelte er einer jungen Dohle.

Sergej hockte sich auf den Asphalt und begann den Kleinen gründlich zu untersuchen und abzutasten. Katja war ganz aufgeregt.

»Bist du verletzt? Wo tut es weh? Am Bein? Am Bauch? Weiter oben?«

»Ich habe ihn nicht angefahren, Katja«, brummte Sergej. »Ich bin sehr reaktionsschnell, ich ... Da ist ein Schlagloch im Asphalt. Wahrscheinlich ist er gestolpert und umgeknickt. Warum sagst du nichts, Junge? Bist du so erschrocken?«

Der Kleine konnte nicht antworten, weil er krampfhaft nach Luft rang – seine magere Brust blähte sich wie ein Blasebalg. Er war nass vor Schweiß und krallte sich angstvoll an Katjas Arm fest. Seine entsetzten Blicke waren auf den Wald gerichtet. Und da hörte Katja erneut das wütende Gebell, diesmal ganz nah. Augenblicke später flog ein gestreifter Pitbull aus dem Gebüsch auf die Straße. Ihm folgte ein zweiter, weißer; dann ein stämmiger Boxer mit stumpfer Schnauze.

Die Hunde erstarrten für einen Moment. Katja spürte, wie ihre Knie vor Angst zitterten. Die gefletschten Zähne, das heisere Knurren, der kleine Junge auf der Straße ... Was ging hier vor?

»Haut ab!«, kreischte sie. Irgendwer hatte ihr mal gesagt, man dürfe einem bösartigen Hund nicht zeigen, dass man Angst vor ihm habe. »Haut ab, ihr Biester!«

Sergej half dem Kleinen auf die Beine.

»Geh zum Auto«, flüsterte er. »Langsam, ganz langsam. Um Gottes willen nicht rennen.«

Wer weiß, wie die Ereignisse sich weiter entwickelt hätten. Vielleicht hätten die Hunde doch noch zugebissen, wären nicht plötzlich zwei Männer in Tarnanzügen aus dem Gebüsch gesprungen. Einer brüllte die Hunde an, die sich gehorsam zu ihren Herrchen trollten. Einen Moment lang holten beide Seiten tief Luft – die einen vor Schreck, die anderen, weil sie nach dem raschen Spurt außer Atem waren. Dann rief Katja wutentbrannt: »Sind das Ihre Hunde? Wie können Sie die von der Leine lassen? Sie hätten uns fast in Stücke gerissen!«

Die beiden Hundehalter, noch ganz junge Burschen, flachsblond und stämmig, bückten sich wie auf Kommando und packten die Hunde an den Halsbändern. Karabinerschlösser klickten.

»Ihre Bestien haben ein Kind verfolgt.« Sergej setzte den Jungen auf den Vordersitz. »Wie können Sie so etwas zulassen? Der Kleine ist voller Panik auf die Straße gerannt. Wir hätten ihn um ein Haar überfahren.«

»Halt dich geschlossen, Alter, und fahr weiter«, sagte der eine Mann drohend. »Schnapp dir deine Zicke, und verkrümel dich.«

Sergej wurde rot vor Zorn. Katja spürte, es roch nach einer Schlägerei. Mein Gott, der schmächtige kleine Sergej würde sich doch wohl nicht mit diesen Kleiderschränken prügeln! Diese Burschen würden ihn zum Krüppel schlagen! Doch Furcht hatte Katja jetzt keine mehr; die Wut nahm ihr den Atem. »Zicke« hatten diese Typen sie genannt. Na, sie sollten die »Zicke« kennen lernen!

»Ihr Mistkerle!«, rief sie. »Ich rufe über Funk die Miliz. Dann wird man euch festnehmen, und mit diesen Spielchen hier ist Schluss!« Sie zog ihren Ausweis aus der Handtasche und hielt ihn hoch. Auf der Brust des einen Mannes, der näher kam, um Katjas Ausweis in Augenschein zu nehmen, erblickte sie ein rundes Abzeichen mit einem gezackten weißen Blitz auf schwarzem Untergrund.

Das Ende ihrer Drohrede kam für Sergej vollkommen überraschend: »Wenn ihr in eurem verdammten Überlebenscamp nichts weiter lernt, als andere Leute zu beschimpfen und einzuschüchtern, werden wir eurem Basarow höchstpersönlich die Meinung sagen!«

Weder Katjas Milizausweis noch ihr forsches Auftreten hatten die jungen Männer sonderlich beeindruckt – doch der Name Basarow wirkte augenblicklich.

»Schon gut, entschuldigen Sie.« Der Kerl mit dem Abzeichen zog den zähnefletschenden Pitbull mit einem Ruck zurück. »Das wollten wir nicht, ehrlich. Das ist doch auch bloß 'ne Zigeunerrotznase. Fahrt weiter.«

Damit verließen sie die Chaussee und verschwanden im Wald, als hätte es sie nie gegeben.

»Ein Irrenhaus.« Sergej zog dem Jungen den linken Turnschuh aus und betastete seinen geschwollenen Knöchel, der nackt und schmutzig war – Socken oder Kniestrümpfe trug er unter seiner Adidas-Hose nicht. »Die rühren dich nicht mehr an, hab keine Angst.«

»Dreckskerle.« Der Junge gewann unerwartet die Gabe, zu sprechen, zurück. »Hast du 'ne Fluppe, Onkel? Oder gib mir gleich zwei. Eine zieh ich mir sofort durch, die andere is' auf Vorrat ... Ist das aus Silber da bei dir? Echtes Silber?« Er stieß mit seinem schmuddeligen Finger auf den Krawattenhalter an Sergejs Hemd.

»Fluppe?«, fragte der verblüfft. »Was meinst du?«

»Na, 'ne Zigarette, was denn sonst? Seit zwei Stunden hab ich keine mehr gequalmt.«

Sergej reichte dem Knirps eine Schachtel Zigaretten. Der klaubte sich die halbe Packung heraus. Eine Zigarette steckte er sich zwischen die Lippen, die anderen schob er sich unters Hemd, fuhr suchend in die Hosentasche, zog ein Feuerzeug heraus und zündete sich die Zigarette an.

»Dreckskerle«, wiederholte er. »Die hätten mich nie erwischt, wenn eure Blechkiste nich' gewesen wär.«

In seiner Stimme lag ein leichter südlicher Akzent, obwohl er ein fließendes Russisch sprach. Ja, natürlich – ein Zigeunerjunge. Er sah genauso aus wie seine Stammesgenossen, die sich in der Metro und in den Vorortzügen herumtrieben – laut, schmutzig, manchmal dreist und unverfroren, manchmal verloren und kläglich wie alle Kinder, die man in der Welt der Erwachsenen ihrem Schicksal überlässt.

»Die Hunde haben dich doch nicht verletzt?«, fragte Katja.

»Au, au, mein Bein tut so weh! Ach, Tante, ham Se nich' 'n bisschen Kleingeld? Nur für 'ne Fanta ...«

»Wo wohnst du?« Sergej wechselte einen raschen Blick mit Katja. Sie konnten diesen zynischen kleinen Bettler ja nicht gut auf der Straße liegen lassen. »Wo sind deine Eltern? Wir bringen dich zu ihnen, ja?«

»Ich zeig euch den Weg. Ist das deine Karre, Onkel? Schäbige Kiste. Du solltest mal sehen, was für 'nen schicken Schlitten mein Alter fährt!«

»Dein Vater?« Sergej ließ den Motor an. »Das musst du uns zeigen. Sag mal, wie heißt du eigentlich?«

Katja war darauf vorbereitet, hinter der Straßenbiegung ein typisches Nomadenlager zu erblicken: gestreifte Federbetten im Gras, unzählige laut krähende Kinder, verrußte Teekessel über Lagerfeuern, Zigeunerinnen in türkischen Röcken und Strickjacken, säuerlicher Gestank von Urin, Schweiß und Benzin.

Doch die Straße führte stattdessen zu einer ganz gewöhnlichen Moskauer Vorortsiedlung. Sie fuhren über die Hauptstraße, die zugleich die einzige war, und gelangten auf eine große Baustelle. Ein Stück davon entfernt, am Rand des Waldes, der dunkelblau vor dem Horizont schimmerte, standen nagelneue Häuschen aus Backstein mit Ziegeldächern. Der Zigeunerjunge deutete mit dem Finger auf den größten der Neubauten, ein Haus mit Spitzdach und Bogenfenstern im ersten Stock.

Erst als sie auf das Tor der gewaltigen Umzäunung zufuhren, die das beeindruckend große Grundstück umschloss, fiel es Katja wieder ein: Dies hier war das so genannte Zigeunerdorf. Auf der Straße sah man hauptsächlich Frauen und Kinder. Sergej hob den Jungen aus dem Auto, trug ihn zum Tor und klopfte. Es vergingen etwa zwei Minuten, dann wurde die Pforte weit aufgerissen und zwei junge Zigeunerinnen kamen herausgeeilt. Sie schnatterten mit dem Jungen in ihrer Sprache: Offenbar erzählte er ihnen von seinen Abenteuern. Dann wand er sich aus Sergejs Armen, stützte sich auf die beiden Frauen und hüpfte auf einem Bein zum Haus. Die Pforte schlug zu. Sergej und Katja drehten sich um, wollten zum Auto zurück.

»Mädchän – jungär Mann, warten Sie!« Hinter dem Zaun ertönte eine rollende Bassstimme. »Einän Augänblick.«

Wieder ging wie durch ein Sesam-öffne-dich die Pforte auf, und ein großer, würdevoll aussehender alter Zigeuner erschien. Er trug eine mit grauem Persianer gefütterte Weste um die Schultern.

»Bittä hereinzukommen. Seien Sie meinä Gäste.«

»Entschuldigen Sie, aber wir haben es eilig«, lehnte Sergej höflich ab. »Der Junge hat sich offenbar nur den Fuß verstaucht, das gibt sich bald wieder. Wir müssen leider weiter.«

»Einä Minute noch, gleich kommt meinä Schwester härrunter. Da ist sie schon«, beharrte der Zigeuner.

Noch nie hatte Katja eine so ungeheuer dicke Frau gesehen. Sie passte nur mit Mühe durch die Pforte. Gekleidet war sie ganz in Schwarz. Ihr braunes Gesicht, über das sich ein Netz feiner Falten zog, hatte noch die Spuren einstiger Schönheit bewahrt: strahlende schwarze Augen unter schweren Lidern, volle, geschickt nachgezogene Lippen, dichte Brauen, rabenschwarzes Haar, das im Nacken zu einem Knoten zusammengebunden war, dicke braune Arme voller Goldreifen. Sie mochte fünfundfünfzig sein, nicht älter, und ihr Auftreten war das einer Königin.

»Danke, meine Lieben.« Die Zigeunerin neigte den Kopf. »Mein Enkel ist alles, was ich auf dieser Welt habe. Böse Menschen gibt es überall. Wie soll man ihn vor solchen Menschen schützen? Schwer ist das, sehr schwer. Die arme alte Leila allein ist dazu nicht im Stande. Aber es gibt ja auch gute Menschen, die helfen.«

Hinter ihrem breiten Rücken tauchte eine junge braunhäutige Frau auf, ebenfalls ganz in Schwarz. Um ihren Hals hing ein riesiges Medaillon an einem langen Goldkettchen. In der Hand hielt sie ein silbernes Tablett. Darauf standen zwei Gläser, eins aus Kristall, das andere aus rotem böhmischem Glas.

»Auf Ihr Wohl!« Die Dicke reichte Sergej mit einer Verneigung das Kristallglas, während sie Katja das böhmische Glas hinhielt. Ohne mit der Wimper zu zucken, stürzte Sergej den Inhalt hinunter und seufzte zufrieden. Katja musste neidisch daran denken, dass er aus Afrika an die Gastfreundschaft der Eingeborenen gewöhnt war. Vorsichtig nahm sie ein Schlückchen: Sieh einer an, das war ja ein vorzüglicher Martini Rosso!

»Noch einmal danke, ihr Lieben.« Die Stimme der Zigeunerin war dunkel und melodisch wie ein Violoncello. Sie nahm Katja behutsam bei der Hand. »Wie kann ich Ihnen das vergelten, meine Liebe?«

»Nicht doch, das ist nicht nötig. Wir freuen uns, Sie kennen gelernt zu haben«, murmelte Katja, die plötzlich das Gefühl hatte, dieses Gesicht schon einmal gesehen zu haben.

»Kommen Sie, wann immer Sie wollen. Unsere Tür ist stets offen, unser Tisch gedeckt. Gleich, welche Sorge Sie drückt, Krankheit, Liebeskummer, weite Reisen, ferne Freunde, unbekannte Wege ... Leila hilft Ihnen nach besten Kräften. Zu jeder Zeit, zu jeder Stunde.« Die Zigeunerin lächelte Katja an. »Wir beide, meine Liebe, werden uns bestimmt wiedersehen.«

»Weißt du, wer das war?«, fragte Katja, nachdem sie das Zigeunerdorf verlassen hatten. »Das war Madame Leila – ich hätte gleich darauf kommen müssen, aber es ist mir erst jetzt eingefallen. Die berühmte Wahrsagerin. Neulich ist sie noch im Fernsehen aufgetreten. Sie ist schon lange in diesem Metier, nur hat sie früher in Kurkino gelebt und ist erst vor kurzem hierher gezogen. Ein tolles Haus, das sie sich da hingestellt hat – offenbar von den Honoraren für ihre Zauberkünste und Heilkräfte. Ich habe schon damals auf der Uni von Madame Leila gehört. Alle Mädels, die heiraten wollten, sind vorher nach Kurkino gefahren, um sich von ihr weissagen zu lassen. Und dieser Hosenmatz, den Basarows Schläger mit Hunden gehetzt haben, ist ausgerechnet ihr Enkel ...«

»Wie bist du darauf gekommen, dass die Kerle aus Basarows Lager waren?«, fragte Sergej mit gerunzelter Stirn.

Katja erzählte ihm von dem Abzeichen und fügte hinzu: »Manchmal habe ich solche unerwarteten Eingebungen. Aber du musst zugeben, Sergej, das ist finsterstes Mittelalter – einen Menschen mit Hunden zu jagen! Eine Hetzjagd auf einen Zigeunerjungen! Was ist dieser Stepan Basarow eigentlich für ein Mensch? Findest du nicht, dass er ziemlich seltsame Typen in seinem Camp hat?«

»Gleich sind wir da, dann werden wir ja sehen.« Sergej war Pragmatiker. »Aber ich glaube, da liegt ein Missverständnis vor. Allerdings ... beim Begräbnis hat sein Vater Wadim und mir gegenüber eine Anspielung gemacht, die ich damals nicht recht ernst genommen habe.«

»Eine Anspielung worauf?«

»Es ging um irgendwelche Komplikationen nach einer Krankheit.«

Katja seufzte. »Es ist erst halb elf, und wir stecken schon bis über beide Ohren in Abenteuern. Mein Gott, hatte ich Angst vorhin auf der Straße. Ich dachte, du hättest den Jungen überfahren«, sagte sie. »Übrigens, was war in deinem Kristallglas?«

»Wodka.«

»Seltsam, wie Madame Leila sich von mir verabschiedet hat: ›Wir beide, meine Liebe, werden uns bestimmt wiedersehen.‹ Was wollte sie damit sagen?«

»Wahrscheinlich, dass es meist Vertreterinnen des schönen Geschlechts sind, die zu Wahrsagerinnen pilgern«, sagte Sergej lächelnd. »Uns Männern braucht man nichts zu prophezeien. Wir haben auch so längst alles begriffen und uns damit abgefunden.«

Katja warf ihm einen Seitenblick zu. Sieh mal einer an, Herr Graf! Ein Wodka, und gleich bist du wieder obenauf.

»Übrigens, an deiner schicken Krawatte fehlt die silberne Nadel, nach deren Echtheit dich der Knirps vorhin befragt hat.«

8 Das Camp

Das ehemalige Erholungsheim lag in einem schattigen, dämmrigen Nadelwald am Ufer des Flusses Kljasma. Ein dreistöckiges Gebäude mit verglastem Anbau, in dem sich früher die Kantine für die Urlauber befunden hatte, sowie ein kleineres, einstöckiges, frei stehendes Haus – vielleicht die ehemalige Krankenstation oder ein Verwaltungsgebäude – machten den gesamten Komplex aus. Im Augenblick erweckte nur das kleinere Haus einen bewohnten Eindruck.

Die Anlage war von einer halb zerfallenen Backsteinmauer umgeben. Auf der Hofseite grenzte ein Hundezwinger daran an, in dem Boxer, Pitbulls und Schäferhunde untergebracht waren. Die Tiere begrüßten Sergejs Shiguli mit ohrenbetäubendem Gebell. Im Hof vor dem Hauptgebäude erblickte Katja zwei Burschen, braun gebrannt, barfuß und halb nackt. Sie bespritzten sich gegenseitig mit Wasser aus einem Schlauch.

Der Geruch von Buchweizengrütze wehte vom Fluss herüber. Als Katja aus dem Auto stieg, sah sie am Ufer unter einer alten, schräg gewachsenen Birke eine regelrechte Feldküche, in der sich ein weiterer bis zum Gürtel nackter junger Mann zu schaffen machte; über seine Bermudashorts hatte er sich eine Schürze gebunden. Sein Kollege – im Matrosenhemd, die Hose des Tarnanzugs bis zu den Knien aufgekrempelt – hackte munter Holz.

Stepan Basarow erschien ganz plötzlich, wie aus der Erde gewachsen.

»Wir waren für heute Morgen verabredet, und jetzt ist schon Zeit zum Mittagessen«, bemerkte er, als er Sergej die Hand schüttelte und dann so tat, als erblicke er Katja erst in diesem Moment. »Hallo. Das ist ja ein unerwarteter Gast!«

Katja fühlte sich unbehaglich. Offensichtlich freute Basarow sich nicht besonders über ihr Erscheinen und versuchte dies auch gar nicht zu verbergen. Sofort verspürte Katja Zorn auf Sergej: Er hatte sie aus unerfindlichen Gründen mit hierher geschleppt und in diese peinliche Lage gebracht.

Basarow war ausgesprochen lässig gekleidet, in ein einstmals schwarzes, vom vielen Waschen und der Sonne jedoch ausgebleichtes Baumwoll-T-Shirt. Eine billige dicke Hemdbluse umspannte straff die durchtrainierten Schultern und die breite Brust. Die Ärmel waren bis zu den Ellbogen hochgerollt. Auf der braun gebrannten Haut sah man halb verheilte Schrammen und Abschürfungen.

»Kann ich die Rosen in einen Eimer oder ein Wasserfass stellen?«, fragte Katja. »Ich möchte sie gern frisch überreichen.«

Stepan schien ihre Bitte gar nicht gehört zu haben. Er besprach mit Sergej bereits lebhaft einen geschäftlichen Anruf: Irgendjemand hatte sich nicht gemeldet oder nicht rechtzeitig angerufen. Überhaupt kam es Katja von Anfang an so vor, als wolle Stepan ihr zu verstehen geben, dass sie Luft für ihn war. Immerhin erschien kurz darauf ein junger Kerl, ebenfalls in verschossenem T-Shirt, und bot Katja an, »sich um die Blumen zu kümmern«.

»Willst du Tee?«, fragte er dann und ging sofort zum

formlosen »Du« über. »Dann komm mit. Der Meister hat gesagt, ich soll mich auch um dich kümmern.«

Katja blickte sich um: Sergej und Stepan waren bereits hinter dem bewohnten Haus verschwunden. »Der Meister« – wie sich das anhörte! Als Katja nach Otradnoje gefahren war, hatte sie sich das Survival-Ausbildungscamp als eine Art Kaserne vorgestellt: in Reih und Glied marschierende Rekruten, zackige Kommandos, Backsteine, die mit der Handkante zerschlagen wurden, Schaukämpfe. An Ort und Stelle aber sah alles anders aus. Die Stille fiel Katja als Erstes auf – eine Stille, wie sie für eine Gemeinschaft kräftiger junger Männer sehr ungewöhnlich war: keine Gespräche, kein Gelächter, keine Witze.

Als sie um das dreistöckige Gebäude herumgegangen waren und zur Feldküche gingen, sah Katja mehrere Schüler des Camps. Es waren alles kräftige junge Kerle von ungefähr neunzehn Jahren aufwärts. Jeder war konzentriert mit irgendeiner Aufgabe beschäftigt – und diese Aufgaben waren ziemlich sonderbar.

Einer beispielsweise saß im Lotussitz unter der schiefen Birke. Vor ihm stand ein gewöhnlicher Toilettenspiegel, und der junge Bursche bemalte sich sorgfältig das Gesicht. Doch Katja konnte keinerlei Tarnfarben entdecken. Im Gras vor dem jungen Mann erblickte sie stattdessen Moosklumpen, Blätter, Erdhaufen und Lehm in verschiedenen Farbschattierungen, außerdem Baumrinde und violette, giftig aussehende Pilze. All dieses zerriebene, zerkrümelte, ausgepresste und zerkaute Zeug (vor Katjas entsetzten Blicken steckte sich der Bursche einen der Pilze in den Mund und spuckte sich den graublauen Brei auf die Hand) wurde als Tarnfarbe benutzt.

Hinter ihm, an Reckstangen, die in die Bäume geschlagen

waren, machten smarte Typen in khakifarbenen Westen Klimmzüge. Die zahlreichen Taschen und Fächer ihrer Westen standen klobig ab und erschwerten den Trainierenden offenbar durch zusätzliche Gewichte ihre Aufgabe. Ein anderer junger Mann verharrte zunächst regungslos im Handstand und begann dann, schwierige und kraftraubende akrobatische Übungen zu machen.

Als sie sich der Feldküche näherten, bemerkte Katja einen Baumstumpf von beeindruckenden Ausmaßen, den man aus der Erde gerissen und auf einen niedrigen Hügel zwischen zwei junge Kiefern gestellt hatte. An den Kiefernstämmen waren zwei Plakate mit dem runden Logo der Schule befestigt: ein schwarzes Feld auf weißem Grund, darin ein gezackter weißer Blitz – das gleiche Abzeichen, das Katja auf der Brust der Männer gesehen hatte, die den Zigeunerjungen verfolgt hatten. Vor dem Baumstumpf war ein bronzener Dreifuß in den Boden gerammt, einer von der Art, wie man sie in Chinaläden kaufen konnte. Darin schwelten Kohlen. Wie von einem Opferaltar stieg ein bläulicher Rauchstreifen in den Himmel. Der Baumstumpf war quer eingeschnitten, und in dem glatten, polierten Einschnitt steckten über Kreuz zwei Furcht erregend große Finnmesser.

Das alles gefiel Katja überhaupt nicht. Sie dachte wieder an die zähnefletschenden Hunde auf der Landstraße. Als sie sich an ihren Begleiter wandte, um zu fragen, was all diese Symbole bedeuteten, sah sie plötzlich ein Augenpaar. Die Augen blickten sie von unten aus dem Gras an, kalt und prüfend. Katja prallte zurück. Das Herz klopfte ihr wild in der Brust. Der Mann, der ausgestreckt im Gras gelegen hatte, erhob sich schweigend. Er trug einen dunklen Kampfanzug, der mit Grasbüscheln getarnt war.

Katja wich erschrocken zurück. »Was soll das?«, fragte sie flüsternd ihren »Betreuer«.

»Nichts Besonderes«, entgegnete der Mann gleichmütig. »Eine Tarn- und Ausdauerübung. Man darf sich mehrere Stunden lang nicht bewegen oder seine Körperhaltung ändern. Komm weiter, aber sperr die Augen auf, wohin du trittst.«

Ja, sperr bloß Augen und Ohren auf ... Katja drehte sich neugierig um. Der wieder zum Leben erwachte Mann kontrollierte die Stoppuhr an seinem Handgelenk, offenbar um sich selbst zu überprüfen. Bei der Feldküche wurde Katja endlich ein Stuhl angeboten, genauer gesagt, ein Holzblock, auf dem ein Brett lag. Der Koch schenkte ihr heißen Tee, der nach Minze und anderen Kräutern duftete, in einen Plastikbecher.

Fünf Minuten verstrichen. Katja trank schluckweise und fächelte sich mit einem abgerissenen Zweig Luft zu. Es wurde immer schwüler. In ihrem schicken schwarzen Kleid war ihr entsetzlich heiß. Sie kam sich albern vor, wie sie unsicher auf dem verdammten wackeligen Holzblock saß; außerdem fürchtete sie, mit der Strumpfhose an einem Splitter hängen zu bleiben.

»Ueshiba hat gelehrt, dass man dem Schüler als Erstes die Technik des Kampfes beibringen muss. Aber solange er nicht rund geschliffen ist wie eine Kugel, ist das sinnlos.« Stepan und Sergej traten aus den Sträuchern auf die Lichtung. Stepan hielt einen geraden, polierten Stock in der Hand und klopfte sich damit auf die Hüfte. »Auch das gehört zu unseren Aufgaben hier. Der Schliff geht natürlich nicht immer problemlos, nicht bei allen ... das, was du eben gesehen hast, ist nur der Anfang. Eine erste und sicher die unterste Stufe. Doch unsere Bestrebungen gehen viel weiter.

Weißt du, zu mir kommen nur Leute, die meist schon wissen, was sie wollen und wofür sie mich bezahlen. Doch ich warne sie sofort: Bei mir herrscht freiwillige Diktatur. Wer sich nicht an meine Disziplin und meine Forderungen hält, kann wieder verschwinden. Wir haben hier ganz unterschiedliche Leute. Es gibt die Jungs aus dem Security-Bereich, andere kommen direkt nach dem Militärdienst, wieder andere sind demobilisierte Fallschirmspringer und ehemalige Leistungssportler. Alle kommen aus eigener Initiative zu mir. Ihnen allen sage ich von Anfang an, dass es mir völlig egal ist, wessen Anhänger und Fans sie sind – ob von Oyama oder Takemura. Bei mir fangen alle wieder bei Null an. Ich sag den Jungs immer: Wenn ihr lernen wollt, wie man mit einer Waffe oder verschiedenen Spezialgeräten umgeht, dann sucht euch einen anderen Lehrer und ein anderes Survival-Ausbildungscamp – nachdem ich euch gelehrt habe, richtig zu leben und das eigene Leben so kostbar wie Gold zu achten, und nachdem ich euch die Bedingungen gezeigt habe, die euch auf dem von euch selbst gewählten Weg begegnen können. Ich sage euch, wenn ihr in den Zeiten des Krieges anfangt ...«

»Du sprichst so seltsam vom Krieg, Stepan«, unterbrach ihn Sergej und lächelte Katja entschuldigend an. »Als könne er jeden Moment ausbrechen oder als habe er schon begonnen ...«

Basarow nickte dem Koch zu, und der schenkte ihm und Sergej Tee ein.

»Der Krieg, Sergej, wird kommen. Da mach dir mal nichts vor. Es nutzt nichts, den Kopf in den Sand zu stecken und so zu tun, als wüssten wir von nichts. Ich habe in diesen Jahren Dinge gesehen ... Wie viele Beispiele hat allein Jugoslawien geliefert! Man zerstört die Gemeinschaft der Slawen. Man reißt sie in Stücke. Jeder, der Lust hat, zerrt und schnippelt daran herum. Und das ist erst der Anfang. Wenn wir uns nicht bewusst machen, wer wir sind und wessen Blut in unseren Adern fließt, und wenn wir nicht zur Besinnung kommen und uns vereinigen und so fest zusammenballen wie meine Faust hier, ist es aus und vorbei mit uns. Man wird uns zerquetschen und vernichten. So war es, und so wird es sein: Nur der Stärkste überlebt. Wir aber sind schwach, kränklich, degeneriert. Unsere Männer ...« Er blickte Katja an. »Apropos ... Katja, was ist für einen richtigen Mann eine Beschäftigung, für die er sich nicht schämen muss? Wie siehst du als Frau das?«

Sie zuckte die Achseln. Was für eine seltsame Art, sich mit den Leuten zu unterhalten! Und dieser Blick ... Ihr wurde beinahe unheimlich. Basarow schielte; außerdem lag etwas seltsam Bedrückendes darin, wie er einen Gesprächspartner anblickte: eine Mischung aus Schüchternheit und seltsamer Unruhe, sodass es einem peinlich wurde, ihm lange in die Augen zu schauen.

»Ich habe keine Ahnung«, sagte Katja. »Ihr Männer setzt selber eure Prioritäten.«

»Krieg, Jagd, Sex.« Wieder schien Stepan sie gar nicht zu hören. »Aber das Leben zwingt einen, sich um zweitrangige Dinge zu kümmern: Familie, Arbeit, Geld.«

»Entschuldige, aber deine Neophyten, wie du sie nennst, sind doch auch aus dem Grund zu dir gekommen, weil sie eine weitere Möglichkeit erlernen wollten, Arbeit zu finden und Geld zu verdienen.« In Sergejs Stimme lag Ironie.

»Es ist nicht meine Sache, womit sie sich später beschäftigen. Wir sprachen eben vom Krieg ... Ja, möglich, dass manche meiner Schüler ihre Fähigkeiten zu Geld machen. Lokale Konflikte sind unvermeidbar. Der Kaukasus, Tadschikistan ... das ist erst der Anfang. Jetzt sehen die Jungs sich in ihrer Fantasie als Söldner, Spezialagenten oder Partisanen. Na, und wenn schon. Sollen sie träumen. Die Hälfte wird gar nichts, und die andere Hälfte geht vielleicht ins Business, so wie mein Bruder. Niemand weiß, was ihn erwartet. Aber falls sie doch den Kriegspfad betreten, lehre ich sie nicht, wie man tötet – davon konntest du dich ja überzeugen. Ich lehre sie zu überleben. Berge, Steppen, Wälder ... das sind die Orte, wo der Mensch der Gegenwart sich besonders schwach, schutzlos und nicht angepasst fühlt. Ich lehre die Menschen, unter extremen Bedingungen zu überleben. Ohne Ausrüstung, eiserne Ration, Kompass, Streichhölzer, Uhr. Sie werden keinen Hunger leiden, selbst wenn ihnen keine normale Speise zur Verfügung steht. Sie werden im Stande sein, fast alles zu essen, was die Natur uns gibt. Kein Scharfschütze wird sie abknallen können, weil sie wissen, wie man sich so verbirgt, dass keiner sie entdecken kann.«

»Auf so einen Unsichtbaren bin ich eben fast getreten«, warf Katja ein. »Wie lange hat er da eigentlich gelegen?«

»Sechs Stunden.«

»Übrigens, Stepan«, bemerkte Sergej, »dieses interessante Porträt, das bei euch hängt, wen stellt es dar?«

»Einen japanischen Offizier. Wenn ein Neuling zu mir kommt, zeig ich ihm das Bild und sag ihm, er soll all seine Kampfsportidole vergessen, von Steven Seagal bis Jackie Chan. Sie sind nichts im Vergleich zu diesem Mann. 1943 sprang er mit dem Fallschirm auf die Insel Guam im Pazifik ab, wobei der Fallschirm von den Amerikanern zerstört wurde. Der Mann wurde Partisan und floh in den Dschungel. Und dort blieb er achtundzwanzig Jahre lang. Der Krieg war längst zu Ende, aber er kämpfte weiter, ganz auf sich allein gestellt, weil er keinen Befehl erhielt, die Kampfhandlungen einzustellen.«

»Achtundzwanzig Jahre als Partisan im Dschungel? Da hat er sich vermutlich in einen Wilden verwandelt«, bedauerte Katja den Japaner. »Und was hat er im Wald gegessen?«

»Alles, was der Wald hergibt. Von Natur aus ist der Mensch ein Allesfresser. Man muss sich nur an ungewöhnliche Speisen gewöhnen.«

»Können nur Männer unter solch extremen Bedingungen überleben?« In Katja erwachte allmählich die Reporterin; sie wurde neugierig. »Oder gibt es in deinem Survival-Ausbildungscamp auch Frauen?«

»Wenn eine mutige Frau zu uns kommt und für das Training bezahlt, nehmen wir sie auf.« Basarow trank einen Schluck Tee. »Sie muss sich nur an bestimmte Regeln halten und ein paar Dinge vergessen.«

»Welche?«

»Übertriebenes Ekelgefühl zum Beispiel. Und dann muss sie eine Aufnahmeprüfung machen.«

»Angenommen, ich käme zu euch und würde das Geld bezahlen – welchen Test müsste ich machen?«

»Den einfachsten. Sagen wir mal ...« Stepan bückte sich, scharrte im Gras herum und legte Katja etwas auf die Hand.

Sie zuckte zusammen. Es war eine Raupe. Eine widerliche, sich windende, fette grüne Kohlraupe.

»Ein Test für unsere Alice im Wunderland: ›Iss mich.‹«

»Was?« Katja schreckte entgeistert zurück.

»Damit bist du bereits durchgefallen.« Stepan nahm die Raupe und steckte sie sich in den Mund. Einen Moment stockte er, und der fette grüne Wurm wand sich verzweifelt hin und her, eingequetscht zwischen seinen Zähnen. Dann schluckte er ihn hinunter.

Katja spürte Brechreiz aufsteigen. Unter Aufbietung all ihrer Willenskraft riss sie sich zusammen und atmete tief durch.

»Nicht sehr appetitlich, aber es geht. Man kann sich darauf einstellen. Nicolas Cage hat vor dem ›Kuss des Vampirs‹ lebendige Kakerlaken zerbissen. Das ist Hollywood. Aber im Wald kann man sich bei Hunger nicht mehr aussuchen, was man isst«, sagte Basarow mit ruhiger Stimme. »Nimm die nährenden Säfte aus allem in dich auf, was läuft und kriecht, hüpft und springt, muht und blökt. Der Ekel ist eine Frucht der Zivilisation.«

»Aber die eigene Natur derart zu vergewaltigen – also weißt du ...« Sergej, den diese Übelkeit erregende Vorführung ebenfalls sichtlich beeindruckt hatte, schüttelte sich.

»Was ist in unserem Leben keine Vergewaltigung? Auch wenn man zur Arbeit geht, muss man sich oft gewaltsam überwinden, so wenig Lust hat man. Gewalt, Zwang, Selbstdisziplin – ohne kommt man nicht weit. Das haben meine Jungs hier sehr genau begriffen. Im Großen und Ganzen kommen wir gut miteinander aus. Wir tun keinem was ...«

»Ihr tut keinem was? Schön wär's!«, platzte Katja heraus. »Während du hier Raupen futterst, richten deine Schüler Gott weiß was an. Abzeichen mit Blitzen. Altäre. Messer. Scharfe Hunde, mit denen Kinder gehetzt werden. Die reinste SS züchtet ihr heran! Supermänner, wie? Übermenschen, hm? Und wenn dann ein Zigeuner auftaucht, heißt es: Halali, die Jagd ist eröffnet!«

»Was redet sie denn da?« Stepan wandte sich an Sergej. Der berichtete kurz von dem Zwischenfall auf der Landstraße.

»Sag doch gleich, dass ihr Nazis seid! Stattdessen erzählst du irgendwelchen Schwachsinn von extremen Bedingungen und Selbstdisziplin!« Katja konnte sich nicht beruhigen.

»Wir sind keine Nazis. Wir befassen uns überhaupt nicht mit Politik«, erwiderte Stepan, und wieder bemerkte Katja ein spöttisches Funkeln in seinem Blick. »Man kann nicht die ganze Herde nach einem einzigen räudigen Schaf beurteilen und den Hirten erst recht nicht. Also gut, gehen wir, und sehen wir uns die Jäger mal an.«

Basarow führte sie zu dem bewohnten Trakt. Dort hatten sich vor der Freitreppe etwa fünfzehn junge Männer versammelt. Offensichtlich waren sie gerade von irgendeinem Training im Wald zurückgekehrt – außer Atem, erschöpft und schweißnass. Einer von ihnen, nicht besonders groß, aber gelenkig wie eine Katze, stieß einen lauten Pfiff aus und rannte auf Basarow zu. Halblaut besprachen sie irgendetwas miteinander. Katja musterte die »Neophyten« verstohlen. Nein, wie gewöhnliche Sportler sahen sie nicht aus, diese schmetterlingsbunten Jungen in ihren teuren Markenklamotten. Gepflegt wie teure, selbstbewusste, starke Rennpferde und doch gleichzeitig gesichtslose graue Schatten: leise Stimmen, Gesichtszüge, die man sofort wieder vergaß, knappe, präzise Gesten. Plötzlich wurde ihr klar, dass sie die Männer, mit denen sie auf der Straße aneinander geraten waren, nicht wiedererkennen würde. Aber Stepan schien offenbar gar keine Gegenüberstellung zu brauchen.

Auf seinen Pfiff hin stellten die Schüler sich in einer Reihe auf. Basarow schritt langsam die Reihe ab. Mit seinem Stock tippte er einem der jungen Burschen an die Brust, dann einem zweiten. Die beiden traten vor.

»Wieder mal auf Abwegen?«, fragte er leise. »Ich habe euch gewarnt.«

»Ja, du hast uns gewarnt, aber das war doch bloß ein Zigeunerbalg, und ...« Weiter kam der Mann nicht. Basarow schleuderte den Stock fort und packte den Burschen an der Brust.

»Was hast du denn? Wir haben doch bloß ... der hat geklaut wie ein Rabe, der verdammte Bengel ...«

Ein furchtbarer Hieb gegen den Kiefer schleuderte den Mann zu Boden. Katja begriff gar nicht, was geschah, so blitzartig und erbarmungslos waren Basarows Schläge, die wie ein Hagelschauer auf die Männer niederprasselten, die gegen die Regeln der Disziplin verstoßen hatten. Das Knacken von Knochen, Stöhnen, Ächzen, ins Gras gespuckte Blutklumpen ... Augenscheinlich hielt Stepan die beiden nicht für ernsthafte Gegner; er verprügelte sie methodisch und nach allen Regeln der Kunst, als wollte er an ihnen die Taktik des Nahkampfs demonstrieren. Die unbeweglich in Reih und Glied stehenden Schüler beobachteten das Schauspiel schweigend.

»Ruft meinen Geschäftsführer an, holt euer verdammtes Geld und haut schnellstens von hier ab!« Basarow trat einen der am Boden liegenden Schüler mit dem Fuß. »Verschwindet!«

Weiter würdigte er sie keines Blickes mehr. Sie rappelten sich schwerfällig auf und humpelten zum Haus.

»Ist sonst noch etwas nicht in Ordnung?« Basarow drehte sich zu Sergej und Katja um.

»Nein.« Beide wichen seinem Blick aus.

Stepan trat ganz dicht an Katja heran.

»Das wolltest du doch, oder? Du wolltest doch, dass diese Kanaillen bestraft werden. Ist der feinen Dame jetzt etwa übel? Halten ihre zarten Nerven das nicht aus?«

»Das reicht, Stepan.« Sergej machte ein finsteres Gesicht.

»Ich denke, es wird Zeit, wir müssen fahren. Bis wir da sind, ist es Viertel vor zwei ... Fährst du mit deinem Wagen oder mit uns?«

»Wartet einen Moment, ich will mich nur rasch umziehen. Die Oma mag diese Klamotten nicht.« Basarow schaute zum Himmel. »Die reinste Sauna ist das heute. Das gibt am Abend bestimmt noch ein Gewitter.«

Katja und Sergej warteten neben dem Auto auf Basarow. Der Eimer mit den Rosen wurde gebracht. Die Blumen ließen schon die Köpfe hängen.

»Seid ihr euch über die geschäftlichen Dinge einig geworden?«, fragte Katja. Das Schweigen wurde so drückend, dass sie es kaum mehr ertragen konnte.

»Ja. Sie wollen uns einen großen Auftrag für die Lieferung von Bergsteigerausrüstung geben. Basarow plant eine Trainingsfahrt in den Kaukasus, nach Dombai.« Sergej antwortete nur widerstrebend. Katja kannte ihn gut genug, um zu begreifen: Was er hier gesehen hatte, gefiel ihm gar nicht. Er bereute jetzt schon, diesen Kontakt geknüpft zu haben, brachte es aber nicht fertig, abzulehnen – ein weicher Charakter.

»Die haben unter den Kiefern so einen merkwürdigen Altar«, sagte sie.

»Hab ich gesehen.«

Katja wartete auf Erklärungen, doch Sergej schwieg, und so stellte sie eine andere Frage: »Von welchem Krieg hat er gesprochen? Krieg mit wem? Nun sei doch nicht so stumm wie ein Fisch!«

»Was willst du hören?« Sergej öffnete die Wagentür. »Im Prinzip tun sie hier nichts Böses, sie üben bloß ... Niemand verheimlicht etwas. Stepan hat mich sogar für heute Abend zu einer Feier eingeladen. Die Jungs, die den Kurs beendet haben, werden zu Meistern geweiht. Mit Politik hat das alles wirklich nichts zu tun.«

Katja spürte, dass er irgendetwas zurückhielt, aber nicht deutlicher werden wollte.

»Sag mir offen und ehrlich, Sergej – was machen sie hier? Was wird hier gelehrt?«

»Das hat er dir doch schon gesagt: Überlebensstrategien in Extremsituationen. Jugoslawien und Tschetschenien, du weißt ja. In den Städten haben unsere Soldaten sich zufriedenstellend geschlagen, aber sobald der Schauplatz der Kampfhandlungen sich in die Berge verlagerte, in die großen Wälder, konnten unsere Soldaten sich nicht immer an die neue Umgebung anpassen. Der Mensch der Gegenwart hat die Fähigkeit, in der Natur zu überleben, völlig verloren. Und in diesem Survival-Camp hat man es sich zum Ziel gesetzt, solche Fertigkeiten wiederzuerlangen.«

»Ich bin bereit, wir können fahren.« Stepan, nun mit schwarzer Hose und weißem Hemd bekleidet, kam die Vortreppe des Hauses herunter. Katja würdigte er keines Blickes, als wäre sie Luft. Am Hundezwinger hielt ein junger Mann ihren Wagen mit einem Pfiff an, beugte sich auf Basarows Seite zum Fenster hinunter und flüsterte ihm etwas zu. Katja verstand: »Es geht ihm schlecht, offenbar ein Bruch ...«

»Dann legt ihm eine Schiene an.« Basarow zuckte mit den Schultern. »Er ist selbst schuld. Hat sich decken wollen und den Arm hingehalten.«

Die Rede war offenbar von den beiden Bestraften. Katja begriff: In diesem Survival-Camp war es nicht üblich, sich über Schmerzen und Verletzungen zu beklagen. Mitleid kannte hier niemand.

9 Die Raubtierkrankheit

Die Datscha der Basarows – ein großes, mehrmals umgebautes Haus – lag auf einem weitläufigen Grundstück, das von einer dichten Hecke umgeben war. Im Garten erfreuten lebhafte Farben das Auge: gestutzte Fliederbüsche, sorgfältig angelegte Beete mit einem Teppich aus Margariten, Levkojen, Stiefmütterchen, Narzissen und Tulpen. Diese gepflegte Gartenlandschaft wurde durch Kieswege, Bodenlaternen, zwei Gartenlauben und ein ausgedünntes, von allem Buschwerk befreites Stück ursprünglichen Waldes ergänzt – silbrige Tannen, Linden, Eichen. Vor der Veranda standen schicke Gartenmöbel und Sonnenschirme. Am Tor parkten mehrere ausländische Limousinen.

Die Ankömmlinge wurden auf der Veranda von einer mürrischen älteren Frau mit Brille – offenbar einer Hausangestellten – und von Waleri Basarow empfangen. Katja sah den berühmten Regisseur zum ersten Mal aus der Nähe und war ein wenig befangen. Doch der Fassbinder-Schüler sagte zu allen Gästen nur ein und dieselben freundlich-müden Sätze: »Vielen Dank, dass Sie gekommen sind. Treten Sie ein, und erholen Sie sich von der Fahrt.«

Zur Gedächtnisfeier lädt man gewöhnlich die nahen Bekannten und Freunde des Verstorbenen ein, und Katja war ziemlich verwundert, dass unter den Gästen keine Altersgenossen des Toten waren. Die ältere Generation war nur durch seine zweiundneunzigjährige Witwe vertreten, Anna Pawlowna Mansurowa, in vergangenen Zeiten eine berühmte sowjetische Schauspielerin, die in zahllosen Filmen mitgewirkt hatte. Jetzt war diese vertrocknete, geschminkte, gepuderte und mit einer grellbrünetten Perücke gekrönte Alte an den Rollstuhl gefesselt, den sie aber trotz ihres hohen Alters sehr geschickt bediente. Zu ihr führte man die Gäste zuerst.

Lisa flüsterte Katja zu: »Die alte Hexe ist total plemplem, achte gar nicht auf ihr Gefasel.« Anna Pawlowna beklagte sich kokett bei fast jedem Gast: »Er wollte mich verlassen. Das ganze Leben war er ständig hinter anderen Weibern her ... Wäre er nicht gestorben, hätte er mich bestimmt verlassen. Sogar die Krankenschwester wollte er heiraten ...«

Auch der verdutzten Katja erzählte die Alte diese Geschichte. Dmitri Basarow, der seiner Großmutter Katja und Sergej mit den Worten vorstellte: »Und das ist die Frau von Wadim, du erinnerst dich sicher, der Sohn von Andrej Krawtschenko. Und das ist der Enkel von Jelena Alexandrowna ...« Er flüsterte Katja zu: »Arteriosklerose. Kann man nichts machen. Ihr erster Mann war Admiral bei der Flotte. 1945 hat er sie sitzen lassen und eine Krankenschwester aus dem Frontlazarett geheiratet. Jetzt im Alter bringt sie alles durcheinander.«

Um Punkt drei Uhr setzten sie sich an den großen ovalen Tisch. Es waren nicht allzu viele Gäste versammelt: außer Waleri Kirillowitsch, seiner ausländischen Frau – einer Österreicherin oder Schweizerin, die kein Wort Russisch sprach (die Rolle der Dolmetscherin übernahm bereitwillig die allgegenwärtige Lisa) –, der Hausangestellten, den jüngeren Basarows und der übrigen »Jugend« waren nur drei ältere Ehepaare anwesend.

Natürlich, die meisten Altersgenossen des »Patriarchen« liegen längst unter der Erde, dachte Katja, und die, die noch leben, sind Ruinen wie seine Frau und schaffen es gar nicht mehr bis hierher.

Das Wort ergriff nun Waleri Kirillowitsch, der als Gastgeber am Kopfende des Tisches saß. Er hielt eine kurze Rede zum Gedenken an den Verstorbenen. Katja fragte leise Dmitri, der neben ihr saß, wo denn sein Vater sei, Wladimir Kirillowitsch, und warum man ihn nicht am Tisch sähe.

»Er fühlt sich nicht wohl. Wahrscheinlich kommt er etwas später«, lautete die Antwort.

Bevor alle ins Esszimmer gingen, hatte es einen Zwischenfall gegeben, der deutlich zeigte, wie schwierig das Verhältnis zwischen den Zwillingen und ihrem jüngeren Bruder Iwan war. Aus dem Fenster hatte Katja gesehen, wie Iwan mit dem Auto zur Datscha gebracht worden war. Offenbar hatten Freunde ihn hergefahren, doch sie wurden nicht ins Haus gebeten. Iwan stieg die Treppe zur Veranda hinauf, warf seine Sporttasche aufs Sofa und wollte schon das Esszimmer betreten, als Stepan ihn packte und ihn brüsk zu sich heranzog.

»Geh erst mal unter die Dusche«, befahl er.

»Lass mich in Ruhe.« Der Junge versuchte sich loszureißen.

»Tu, was ich dir sage. Nimm Schwamm und Bürste, und schrubb dir die Viren deiner aidsverseuchten Freunde vom Leib.«

»Stepan, bitte nicht heute, an einem solchen Tag!« Lisa kam herbei und zupfte ihren Verlobten erschrocken am Ärmel. »Warum setzt du ihm so zu? Geh schon, Iwan. Die Oma hat nach dir gefragt. Geh!«

»Lass meine Freunde aus dem Spiel!« Iwan schrie so laut, dass man auf ihn aufmerksam wurde. »Es geht dich nichts an, wer bei uns mit wem befreundet ist, wer mit wem schläft und wie!« Er machte sich mit einem Ruck los und stürmte die Treppe hinauf in den ersten Stock.

Es war bereits eine ganze Reihe ergreifender Trinksprüche auf das Gedächtnis des Verstorbenen ausgebracht worden. Erwähnt wurden jedoch nur die guten Taten und Eigenschaften, wie es Sitte ist. Zuerst ergriffen Verwandte das Wort, dann ein berühmter Drehbuchautor, ein greiser Schriftsteller und schließlich eine gebrechliche, aber immer noch kokette Sängerin. Zum Schluss erhob sich Waleri Kirillowitsch, sichtlich schwankend. Katja war bereits aufgefallen, dass der Fassbinder-Schüler unmäßig dem Alkohol zusprach und rasch betrunken wurde, ungeachtet der flehentlichen Gesten seiner ausländischen Frau.

»So, Kinder, und jetzt sein Lieblingsstück. Stepan, trag seine Lieblingsverse vor«, verlangte der Regisseur.

Stepan stand langsam auf. Katja war wütend auf sich selbst, denn beim Essen hatte sie immer nur ihn ansehen müssen, doch sie konnte nicht anders. Dieser Mann zog sie genauso an, wie er sie abstieß. Er prügelte seine Kameraden blutig und flößte allen Entsetzen ein, aber er war auch verteufelt attraktiv: groß, kräftig, breitschultrig und mit stolzer, aufrechter Körperhaltung.

Stepan schenkte sich einen Wodka ein. Er trank nicht viel. Auch gegessen hatte er wenig – eigentlich hatte er nur mit der Gabel in Salat und Gemüse gestochert und die Fleisch- und Fischgerichte, unter denen der Tisch sich bog, gar nicht angerührt.

»Also, Großvater, wir wünschen dir gute Reise in eine bessere Welt. Und Frieden. Um uns brauchst du dir keine

Sorgen zu machen. Bei uns wird alles gut.« Mit einem Zug leerte er sein Glas.

»Gott sei mit dir auf der letzten Reise,
Kommst ans Ziel, ist auch der Weg wohl weit,
Mond und Sterne leuchten dir durchs Dunkel,
Hast geleert den Kelch der Lebenszeit.«

Er zitierte das »Totenlied« aus den »Liedern der Westslawen«. Katja hätte es nicht für möglich gehalten, dass man ein Gedicht von Puschkin so vortragen konnte.

»Sanfter als das Fieber war die Kugel,
Und du starbst so wie du lebtest: frei ...
Und die nass geschwitzten Flanken
Deckt er mir mit deiner Haut ...«

Als er geendet hatte, schwiegen alle einige Sekunden.

»Ja, da spürt man die große Schule«, bemerkte der angetrunkene, melancholisch gewordene alte Drehbuchautor. »Da spürt man die edle Herkunft.«

»Das Slawentum ... unser Schmerz ...« Waleri Kirillowitsch erhob sich schwankend. »Vater war ein weiser Mann. Schon vor zehn Jahren hat er uns gewarnt, aber wir wollten nicht auf ihn hören. Jetzt haben wir die Quittung bekommen. Unser Imperium ist zusammengebrochen. Zerfall, Zerrüttung, Korruption, Krieg, nichts als Chaos und Schmutz ... sei still, Magda!«, herrschte er seine Frau an, die irgendetwas auf Deutsch gesagt hatte. »Was verstehst du schon von unserem Schmerz?«

Eine lautstarke Diskussion über Politik begann. Katja hielt Ausschau nach Lisa – sie hatte sich doch einen Rat von ihr holen wollen. Doch die Freundin ging ganz in ihrer Rolle als Gastgeberin auf.

»Na, Katja, hat es Ihnen bei Stepan gefallen? Sergej hat mir gerade von euren Abenteuern erzählt.« Sie drehte sich um – hinter ihr stand Dmitri mit einem Schälchen Erdbeeren. »Bitte, bedienen Sie sich.«

»Es hat mir überhaupt nicht gefallen.« Katja ging ins Wohnzimmer, und er folgte ihr. Auch dieser Raum war so altmodisch und schlicht eingerichtet wie alle anderen auf der alten Datscha: dunkle Eichenholzmöbel aus den Fünfzigerjahren, ein Ledersofa mit Sesseln vor dem backsteinummauerten Kamin, an den Wänden unzählige Fotos. Die meisten zeigten Basarow bei den Dreharbeiten zu seinen Filmen, mal mit dem Megafon des Regisseurs in der Hand und einer schräg bis aufs Ohr geschobenen Baskenmütze, mal auf der Kameraplattform zusammen mit dem Kameramann, mal Arm in Arm mit bekannten Schauspielern, mal am Schreibtisch mit einer Pfeife im Mund. Der einzige exotische Gegenstand in diesem halbdunklen Zimmer war ein abgewetztes Bärenfell auf dem Fußboden.

»Ihr Bruder ist ein seltsamer Mensch, Dmitri«, sagte Katja nachdenklich. »Sie sehen ihm sehr ähnlich, das gleiche Gesicht, und trotzdem ... Die Verse, die er eben vorgetragen hat, waren wunderbar und gleichzeitig schrecklich. ›Deckt er mir mit deiner Haut ...‹ Ich habe früher nie auf den Schluss dieser Ballade geachtet. Das Original stammt doch von Mérimée, nicht wahr?«

»Ja. Mein Großvater wollte einen Film drehen, in dem sich Motive aus der ›Guzla‹ und aus der Legende vereinigten, die Mérimée in ›Lokis‹ erzählt. Er hat uns immer von der ›Bärenhochzeit‹ vorgeschwärmt – das ist ein alter Stummfilm aus den Zwanzigerjahren. Kennen Sie ihn?«

In diesem Moment kam Anna Pawlowna, die Räder ihres Rollstuhls mit den Händen drehend, ins Zimmer gefahren.

»Gib mir das Telefon, Dmitri«, befahl sie mit knarrender Stimme. »Ständig versteckt man es vor mir. Was ist das für ein nettes junges Mädchen? Ich kann mich nicht mehr genau erinnern.«

Katja wurde ein zweites Mal vorgestellt, diesmal als »Verwandte von Andrej Krawtschenko«. Ihr fiel auf, dass Dmitri es diesmal vermied, sie »Wadims Frau« zu nennen.

»Katja interessiert sich für die ›Bärenhochzeit‹, Oma. Bleiben Sie ein Weilchen bei ihr, bis ich das Telefon gefunden habe«, flüsterte er ihr zu.

»Ein göttlicher Film. Kult, wie man heute sagen würde. Die Malinowskaja hat mitgespielt ... erinnern Sie sich an sie? Ein Star des Stummfilms. Sie war eine wirkliche Schönheit. Ich sehe sie noch vor mir, als wäre es gestern gewesen. 1927 haben wir uns bei Janschin kennen gelernt.« Die alte Schauspielerin schmatzte mit den Lippen. »Ich war noch ein ganz junges Mädchen, fing gerade erst beim Film an. Damals schwärmten alle von der ›Hochzeit‹. Alles wurde neu interpretiert: Mystik, Erotik, der Tiermensch, Liebe und Leidenschaft ...«

»Hier ist es, ich hab's gefunden.« Dmitri kehrte zurück und reichte der alten Frau das Handy.

»Was soll ich damit? Ich will niemand anrufen. Lena ist krank, Dolores verreist, und die anderen ... die können selbst anrufen.« Die Alte machte eine ärgerliche Handbewegung. »Legt mir das Telegramm von Bertolucci auf den Tisch. Lisa kann es mir später aus dem Italienischen übersetzen. Worüber haben wir gerade gesprochen, meine Liebe? Ach ja, der Tiermensch, die Leidenschaften ... In Mérimées ›Lokis‹ ist vieles nur angedeutet, nicht wahr?«

Katja nickte. Das Geschwätz der alten Frau erinnerte sie an das Zirpen von Zikaden im Gras.

»Das Wichtigste hat er nämlich verschwiegen. ›Der Bär hat die Gräfin verschleppt!‹ Wessen Sohn war der junge Graf denn eigentlich? Der Sohn eines Menschen oder eines Bären? Hat das Tier die entführte Frau vergewaltigt? Mérimée hat es verstanden, über dieses ganze ›jouir‹, wie die Franzosen es nennen, absichtlich den Schleier des Unausgesprochenen zu legen.« Die alte Frau schüttelte den Kopf. »Heute würde man sich nicht schämen, eine saftige Sodomieszene ins Drehbuch zu schmieren!«

»Oma!« Dmitri musste grinsen. »Erschreck mir meine Gäste nicht.«

»Mit der Wahrheit, Dmitri, kann man niemanden erschrecken. Alles hat sich geändert. Das Leben ist verronnen wie Sand, der einem durch die Finger rieselt. Kirill ist tot, hat mich verlassen.« Die Greisin schluchzte auf. »Sagt Marussja, sie soll Tee mit Zitrone bringen, seid so gut.«

Dmitri ging mit Katja auf die Veranda.

»Leider ist sie schon völlig verwirrt«, sagte er. »Katja, ich wollte Sie schon die ganze Zeit etwas fragen.« Er stemmte plötzlich einen Arm gegen die Wand und versperrte ihr den Weg. »Sind Sie absichtlich nicht gemeinsam mit mir gefahren?«

Sie zuckte die Schultern.

»Nein, wieso? Sergej wollte mit Ihrem Bruder über Geschäfte sprechen, und deshalb haben wir verabre...«

»Ich führe die Geschäfte meines Bruders.« Dmitri kam noch näher. »Ist Wadim längere Zeit verreist?«

»Für zwei ... für eine Woche.«

»Und sind Sie schon lange mit Sergej befreundet?«

»Sergej kenne ich seit meiner Kindheit. Er ist ein Freund von Wadim und mir.«

»Darf ich Sie morgen anrufen?«, fragte er ganz unvermittelt und beugte sich zu ihr, um sie zu küssen.

»Ach, hier seid ihr. Katja – kannst du mir helfen, das Eis zu servieren? Es ist Zeit für den Nachtisch.« Lisa war auf die Veranda getreten, hatte die delikate Situation blitzschnell eingeschätzt und kam ihrer Freundin zu Hilfe. Dmitri ließ langsam die Arme sinken.

»Meine Hilfe braucht ihr wohl nicht, oder?«, fragte er.

»Du schlägst ja doch nur alles kaputt wie ein Bär. Komm, Katja.«

Doch Lisa führte ihre Freundin nicht in die Küche, sondern stieg mit ihr in den ersten Stock.

»Mir stehen dieses Essen, die Trinksprüche und die ganze blöde Datscha bis zum Hals«, flüsterte sie böse. »Als Stepan und ich noch keine eigene Wohnung hatten, haben wir hier gelebt. Ihm gefällt es hier – der Wald, sagt er, die Stille, die gute Luft. Aber ich hatte schon nach kurzer Zeit die Nase voll! Alles nur Gerümpel. Und der Alte hatte lauter Schrullen, ein echter Vertreter der schöpferischen Intelligenzija. Mal hat er Ikonen gesammelt, mal Samoware, mal alte bäuerliche Gerätschaften – Hufeisen, Räder, Kummets. Hat das ganze Haus mit dem alten Plunder voll gestopft. Kein Stil, kein Komfort. Wahrscheinlich wird die Datscha an Stepan fallen. Waleri hat ein Haus in Österreich, und Dmitri baut sich gerade ein finnisches Cottage neben dem Haus seines Vaters. Übrigens«, sie warf Katja einen Seitenblick zu, »nimm dich vor Dmitri in Acht.«

»Keine Bange.« Katja ging zur Balkontür und öffnete sie, um frische Luft in das verstaubte Zimmer zu lassen. Rings um das gesamte erste Stockwerk führte ein schmaler Balkon.

»Unser guter Dmitri ist nämlich kalt wie ein Fisch. Er hat nichts als Geld im Kopf. Und sein Geschmack in Bezug auf Frauen ...« Lisa verzog das Gesicht. »Vulgär und grob. Er lässt sich gern bedienen. Es gab da mal so eine Geschichte. Bei einer unserer Feten hat er eine Freundin von mir kennen gelernt. Ein wirklich nettes Mädchen mit Stil, keine Vogelscheuche, aus wohlhabender Familie. Sie hat mich später angerufen, in Tränen aufgelöst. Dmitri war mit ihr umgesprungen wie mit der letzten Nutte. Na, du wirst selber sehen.«

»Gar nichts werde ich sehen«, erklärte Katja kategorisch.

»Das hat er mit Stepan gemeinsam, diese Rücksichtslosigkeit im Bett und ... wenig Respekt für uns Frauen, wenig Zärtlichkeit, nichts als ...« Lisa stockte erneut. »Sie sind Zwillinge, stehen sich sehr nahe. Manchmal denke ich, diese Nähe ist für sie das einzig Wichtige auf der Welt. Nur Dmitri kann auf Stepan Einfluss nehmen, nur auf ihn hört er. Und für Dmitri ist es umgekehrt genauso, er hängt an Stepan. Das ist ein echtes Gefühl, da täusche ich mich nicht.«

»Sergej und ich waren übrigens heute in diesem berühmten Survival-Camp«, bemerkte Katja und berichtete der Freundin kurz, was sie dort gesehen und erlebt hatte.

»Ja, ich war auch schon ein paar Mal dort. Männer! Immer müssen sie Räuber und Gendarm spielen, bis sie alt und grau sind. Wir Frauen haben nicht viel von den Kerlen. Vielleicht ist es dieses Survival-Camp, das ihn beeinflusst, aber vielleicht ... Ich sagte ja schon, Stepan hat sich sehr verändert. Wir sind schon lange zusammen, aber jetzt kommt er mir manchmal wie ein völlig Fremder vor.«

»Du sagtest, dass er irgendeine Krankheit gehabt hat. War es etwas Ernstes?«

Lisa machte ein düsteres Gesicht.

»Es war ernst, aber jetzt ... jetzt weiß ich nicht mehr. Ich wollte mich mit dir darüber beraten. Er hatte Trichinelliasis. Die ›Raubtierkrankheit‹.«

»Raubtierkrankheit? Was ist das? Davon höre ich zum ersten Mal.«

»Die Symptome sind anfangs die gleichen wie bei einer Grippe: Fieber mit Temperaturen bis an die vierzig Grad. Sich mit Trichinelliasis zu infizieren, sagte der Arzt, ist in der heutigen Zeit genauso leicht möglich, wie sich irgendeine Tropenkrankheit zu holen. Und schuld an allem ist nur Stepans Snobismus und seine Geltungssucht.«

Katja lauschte ihrer Freundin immer aufmerksamer.

»Vor einem Jahr«, fuhr Lisa fort, »tauchten bei Wladimir Kirillowitsch irgendwelche amerikanischen Investoren in der Firma auf. Die Firma war gerade in finanziellen Schwierigkeiten und brauchte dringend Geld. Na, da hat man diese Investoren nach Kräften umschmeichelt und ihnen jeden Wunsch von den Augen abgelesen. Das volle Unterhaltungsprogramm à la russe. Zum Schluss haben sie die Amis bis nach Kostroma zur Eberjagd gebracht und dafür extra einen Hubschrauber gemietet. Dort haben sie Eber und Elche gejagt, sind dabei so richtig in Fahrt gekommen und sagten sich: Jetzt wollen wir einen Bären erlegen! Die Gäste sollen staunen! Natürlich konnte man keinen Meister Petz aufspüren, aber zum abschließenden Bankett wurde Bärenfleisch herangeschafft, das sie irgendwelchen Jägern abgekauft hatten. Die Amerikaner waren schwer beeindruckt, aber Gott sei Dank hat keiner von ihnen etwas von dem Fleisch gegessen. Nur Stepan mit seiner ausgefallenen Ernährung war ganz begeistert und hat das Fleisch probiert – und die Quittung bekommen. Das Bärenfleisch war mit Trichinen infiziert. Das ist ein Wurm, den Raubtiere häufig im Körper haben. Stepan hat im Krankenhaus gelegen. Zuerst schien es wieder besser zu gehen, aber dann gab es Komplikationen mit dem zentralen Nervensystem. Er wurde zur Untersuchung in die Neurochirurgie überwiesen, wo eine Computertomographie gemacht wurde. Man hat ihm Hormone gespritzt – so hoch dosiert, dass es einen Ackergaul umgeworfen hätte. Und dann ...«

»Was dann?« Katja schaute auf die Hände ihrer Freundin: Lisa presste krampfhaft die Finger zusammen.

»Dann schien sich alles zu normalisieren. Die Therapie war abgeschlossen, er wurde entlassen. Aber ich weiß nicht, Katja ... ich habe manchmal den Eindruck, er hat sich verändert. Immerhin war es das Gehirn, das in Mitleidenschaft gezogen war, verstehst du? Die anderen – Wladimir Kirillowitsch und Dmitri – erzählen mir nicht alles.« Lisa stand auf und trat ans Fenster. »Seit Februar habe ich Stepan kaum noch gesehen. Er steckt die ganze Zeit in seinem Survival-Camp. Du wirst es nicht glauben, aber es hat damit angefangen, dass er sich über mein Kleid aufgeregt hat. Plötzlich wollte er unbedingt, dass ich mein Hochzeitskleid bei Alexander McQueen kaufe. Alexander experimentierte damals gerade mit Fellen und Häuten, wälzte seine Kleider in Schmutz und applizierte Fellbüschel und tote Heuschrecken darauf. Stepan verlangte hartnäckig, ich solle bei der Hochzeit in so einem Ding vor seiner Familie erscheinen. Pelz auf nackter Haut, verstehst du? Wie eine Nutte. Zuerst hielt ich es für einen Witz. Aber nein! Eine Riesenszene hat er mir deshalb gemacht. Und dann ... dann habe ich mit Wladimir

Kirillowitsch gesprochen. Schließlich steht viel Geld auf dem Spiel. Das Ergebnis war, dass Stepans Kreditkarte mit einem besonderen Vermerk versehen wurde. Immer wenn er jetzt Geld ausgeben will, werden sein Vater oder Dmitri verständigt.«

»Soll das heißen, er kann nicht frei über sein Geld verfügen?«, fragte Katja überrascht.

»Verfügen schon, aber sein Vater und sein Bruder sind stets auf dem Laufenden, wofür er es ausgibt. Und jetzt wurde auch noch die Hochzeit aufgeschoben. Ich weiß gar nicht, wie ich mich ihm gegenüber verhalten soll. Manchmal hat er ganz wilde Fantasien.«

Die Frauen zuckten zusammen, denn hinter dem Vorhang war geräuschlos Stepan aufgetaucht. Offenbar war er über den Balkon und durch die geöffnete Balkontür gekommen.

»Habt ihr Geheimnisse?« Er trat auf Lisa zu, fasste sie am Kinn und hob ihr Gesicht zu sich empor. »Bestimmt hat sie sich beklagt, dass ich grob zu ihr bin. Wie ist das, Katja, ist Wadim manchmal auch richtig grob zu dir?«

Katja erhob sich aus dem Sessel. Wenn die beiden ihre Beziehungsprobleme klären wollten, war es besser, sie machte sich aus dem Staub.

»Unten läuft Dmitri ganz verloren durch den Saal.« Stepan umarmte seine Braut und küsste sie auf den Hals. »Du brauchst gar nicht zu versuchen, dich aus meinen Bärentatzen zu befreien.« Ohne sich um Lisas Sträuben zu kümmern, küsste er sie noch einmal. »Übrigens, Katja – du bist der Grund, warum mein Bruder sich betrunken hat. Was sollen wir mit ihm tun, hm?«

Stepans spöttischer Blick machte Katja verlegen. Nach Lisas Erzählungen und den Erlebnissen im Camp fühlte sie sich in Stepans Gegenwart unwohl. Sie wünschte sich Sergej herbei.

»Was guckt ihr denn so?« Stepan ließ seine Verlobte los. »Ich wollte euch holen. Unten haben sich schon alle versammelt. Man wartet nur noch auf euch.«

»Kommst du, Katja?« Sergejs schmächtige Gestalt tauchte in der Tür auf – Katjas Wunsch hatte sich erfüllt. Verwundert blickte Sergej von einem zum anderen.

»Was ist denn mit euch los?«, wollte er wissen.

»Nichts.« Katja ging zur Tür. »Es ist schon spät, wir müssen nach Hause.«

Doch als sie die Treppe hinunterging, wurde ihr klar, dass sie jetzt noch nicht fahren konnte. Es waren offenbar weitere Gäste eingetroffen. Im Wohnzimmer erblickte sie vier eindrucksvoll aussehende Männer in teuren Maßanzügen, die sich lebhaft mit Waleri Kirillowitsch unterhielten. Sergej erklärte ihr leise, dass die verspäteten Ankömmlinge bosnische Serben seien, gute Freunde der beiden älteren Basarows. Katja kam es so vor, als sei diese ausländische Delegation weniger zur Gedenkfeier für den »Patriarchen« hier als vielmehr aus einem anderen Grund, der nichts mit der Trauer um den Toten zu tun hatte.

Und sie irrte sich nicht. Stepan lud alle Anwesenden ein, an einer Weihefeier teilzunehmen. Mehrere seiner Schüler hatten den Lehrgang beendet, und an diesem Abend sollte ihnen ein »Meisterdiplom« verliehen werden.

Die Nacht war feucht und schwül. Am anderen Ufer des Flusses hörte man fernes Donnergrollen. Das lang erwartete Gewitter näherte sich. Die Lichtung vor den Kiefern war von den Scheinwerfern der geparkten Autos hell erleuchtet. Vor dem Altar hatte man zwei große Feuer entzündet.

Im roten Schein der Flammen hatten sich die bis zum

Gürtel nackten Schüler in zwei Reihen aufgestellt und bildeten eine Art lebendigen Korridor. Sie skandierten: »Die Rüstung haben sie fortgeworfen ... wie rasende Götter schlugen sie sich ... stark wie Bären ... die Feinde fielen rechts und links ... wie vom Blitz erschlagen ...« Es klang wie eine Furcht erregende Hymne ohne Musik.

Verstohlen betrachtete Katja die Gäste. Waleri Kirillowitsch, der sich kaum noch auf den Beinen halten konnte und sich auf den Arm seiner Frau stützte, flüsterte den bosnischen Serben irgendwelche Erklärungen zu. Diese lächelten und nickten billigend. Dann zogen sich zwei von ihnen bis zum Gürtel aus und stellten sich ebenfalls in die Reihe. Auf ihrer Brust bemerkte Katja eine komplizierte Tätowierung. Sergej streckte neugierig den Kopf vor, während Lisa finster ins Feuer starrte. Unter den jungen Leuten fehlte nur Iwan Basarow.

Stepan stand seitlich neben dem Altar: eine dunkle Gestalt vor dem Hintergrund des Waldes. Langsam ging er auf den Baumstumpf zu. Offenbar befanden sich in dem Einschnitt besondere Vertiefungen, denn er zog die beiden Finnmesser heraus, drehte sie um und steckte sie über Kreuz wieder hinein, diesmal mit der Spitze nach oben.

»Mit Gott«, sagte er und gab ein Zeichen.

Doch die Weihe erwies sich als durch und durch heidnisches Ritual. Die Jungen nahmen Anlauf und vollführten einen Salto in der Luft, wobei sie durch die gekreuzten Messer sprangen. Das alles hatten sie wie eine Zirkusnummer eingeübt. Dann liefen sie zum Fluss, schwammen zum anderen Ufer und wieder zurück. Als die »Wassertaufe« vollzogen war, schritt Stepan die Reihe ab. Dabei schlug er jedem Schüler mit der flachen Hand kräftig gegen die nackte Brust. Katja reckte den Hals, um genauer zu sehen, was geschah –

und es lief ihr kalt den Rücken hinunter: Basarow presste jedem der Geweihten ein Metallabzeichen mit dem Logo des Survival-Camps ins nackte Fleisch. Ein Abzeichen mit einer langen spitzen Nadel, wie man sie zur Befestigung an Uniformen benutzt. Die jungen Männer schienen den Schmerz gar nicht zu spüren und auch nicht die feinen Rinnsale von Blut wahrzunehmen, die aus den Wunden rieselten.

Dann flammte ein Blitz auf, es donnerte, und strömender Regen setzte ein. Die Lagerfeuer erloschen. Die Zuschauer rannten zu ihren Autos. In Sergejs Shiguli saß Dmitri. Das Wasser lief nur so an seiner Kleidung herunter.

»Die reinsten Niagarafälle! Sergej, bring mich bitte zur Datscha zurück. Bei Onkel Waleri im Auto sitzen diese Jugoslawen und singen Lobeshymnen auf unseren russischen Bären«, sagte er. »Stepan ist doch immer wieder für eine Überraschung gut. Was der aus einer Trauerfeier machen kann! Sie brauchen gar nicht von mir abzurücken, Katja. Ich passe schon auf, dass ich Ihr schönes Kleid nicht schmutzig mache.«

»Wie kommen wir nachher wieder auf die Chaussee?«, fragte Sergej und warf im Rückspiegel einen flüchtigen Blick auf Dmitri und Katja. »Im Dunkeln und bei einem solchen Wetter kann ich mich schlecht orientieren.«

»Ihr fahrt bis zur Weggabelung. Da ist ein Schild. Links geht es nach Polowzewo, aber ihr müsst nach rechts abbiegen. Dann drei Kilometer geradeaus. Am Kontrollpunkt kommt ihr auf die Hauptstraße.«

»Polowzewo?« Katja zuckte zusammen. »Hier in der Nähe ist Polowzewo?«

Deshalb also hatte sie den ganzen Tag das Gefühl gehabt, Gegenden zu sehen, durch die sie schon einmal gefahren war!

Sie hielten an der Pforte, und Dmitri stieg aus dem Wagen. »Auf Wiedersehen. Danke, dass ihr gekommen seid. Katja ... Vater bittet dich, Andrej Krawtschenko auszurichten, dass er sehr gerührt ist. Er ruft ihn in den nächsten Tagen an.«

Katja wollte sich aus Höflichkeit noch einmal nach dem Befinden Wladimir Kirillowitschs erkundigen, der beim Essen gefehlt hatte, doch Dmitri hatte die Wagentür schon wieder zugeschlagen und war im strömenden Regen verschwunden.

»Na, wie waren deine Eindrücke?« Auf dem Rückweg fuhr Sergej langsam und vorsichtig.

»Gut, dass der Regen alle auseinander gejagt hat.« Ein Blitz zuckte auf, gefolgt von einem lauten Donnerschlag. Katja erschauerte und zog den Kopf ein. »O je, das erste Sommergewitter!«

»Und wie hat dir die Weihe gefallen?«

»Weißt du, was sie da deklamiert haben? Dieses ›die Rüstung haben sie fortgeworfen‹ und so weiter, das ist Snorri Sturluson, ›Heimskringla‹. Ein skandinavischer Dichter und Historiograph. So spricht er von den Berserkern. Was für ein seltsamer Mischmasch, den Stepan bei dieser Weihe vorgeführt hat. Slawische Folklore mit Serben und Purzelbäumen über Messer und plötzlich diese Berserker ... Berserker bedeutet übrigens unter anderem auch ›Bärengewand‹.«

»Die Jungs wollen bloß ein effektvolles Schauspiel, das man so schnell nicht vergisst, mehr steckt sicher nicht dahinter. Das mit dem Abzeichen auf der Brust ist allerdings barbarisch. Aber Stepan ist nicht besonders originell, was das angeht. Wie es heißt, werden in den Eliteeinheiten die Neulinge auf die gleiche Weise getauft.«

»Ja, ich hab davon gehört.« Katja verzog das Gesicht. »Wieso lieben Männer das nur so – Blut, Schmerz, Schläge? Und all diese seltsamen Rituale. Übrigens wurden die Berserker in den Sagas manchmal als Tiermenschen geschildert. Sie kämpften wie wilde Tiere, verbissen sich in die Kehlen ihrer Feinde ...«

Sie verstummte plötzlich und blickte in den Regen, der über die Windschutzscheibe strömte. Ein Wegweiser tauchte auf: »Polowzewo – 5 Kilometer«, mit einem weißen Pfeil, der nach links zeigte. Sergej bog in die andere Richtung ab, wie ihm gesagt worden war.

10 Operation »Falscher Demetrius«

Die Version, dass die Michailow-Bande hinter dem Mord an Grant steckte, war von der Staatsanwaltschaft und den Ermittlern von Anfang an als wichtigste Spur betrachtet worden und wurde sorgfältig überprüft, zunächst allerdings ohne besondere Eile. Dieser Spur ging Renat Chalilow nach, in dessen Arbeit sich Kolossow nicht einmischte. Er wusste, Renat sammelte Informationen und würde sie zur vereinbarten Stunde den Ermittlern auf den Tisch legen, detailliert aufgelistet und überprüft.

Aber es gab ein nicht unwesentliches Problem: Wie konnte man den Michailow-Leuten ihre Schuld überhaupt nachweisen? Der Killer, der den Auftrag ausgeführt hatte, war tot, womit ein nicht zu schließendes Loch in der Beweiskette klaffte. Eigentlich kam nur eine einzige Möglichkeit in Frage, die Bande in die Zange zu nehmen: Michailow und seinen Kumpanen die Bestellung der Waffe vom Typ Colt-Sporter nachzuweisen.

Das würde allerdings bedeuten, dass der sorgfältig getarnte V-Mann preisgegeben werden müsste, den man ins Netz des Untergrund-Waffenhandels eingeschleust hatte. Diesen Mitarbeiter als Kronzeugen der Anklage vor Gericht zu zerren war sowohl nach Ansicht der Miliz wie der Staatsanwaltschaft ein Fehler. Aber es gab keine andere Möglichkeit. Es handelte sich um einen Aufsehen erregenden Fall, über den sämtliche Massenmedien schon seit Wochen berichteten. Man warf den Justizbehörden bereits Ineffizienz und Unfähigkeit vor.

Die Verhaftung des Anführers der Michailow-Bande stellte für die Ermittler im Grunde keine besonders schwierige Aufgabe dar. Sie mussten nur auf eine passende Gelegenheit warten.

Über diese »Gelegenheit« – und noch einige andere Fragen – hatte Kolossow sich schon mehr als einmal mit Chalilow beraten. Er schätzte dessen Meinung. Zugegeben, manchmal neigte Renat zu allzu abenteuerlichen Lösungen, aber viele seiner Ratschläge und Ideen waren es wert, ernst genommen zu werden. So war Chalilow zum Beispiel der Ansicht, man müsse in der jetzigen Situation die Fälle von Sladkich und Grant erst einmal trennen. Er beharrte darauf, dass Brillanten-Goscha, der Anführer der Michailow-Bande, zumindest für den ersten Fall zur Verantwortung gezogen werden müsse. Die Festnahme, schlug Chalilow vor, könne bei der Geburtstagsfeier von Bems stattfinden, einer Mafia-Autorität und einem so genannten »Dieb im Gesetz«, der erst vor kurzem aus dem Straflager entlassen worden war. Nach Chalilows Informationen wollte Bems die Crème de la Crème der Unterwelt ins Restaurant »Bei Onkel Senja« einladen, das vor den Toren der Stadt an der Kiewer Chaussee lag, unweit vom Flughafen Wnukowo.

Chalilow zweifelte nicht daran, dass Michailow zu den Gästen gehören würde. Die beiden waren seit ihrer Jugend und ihren ersten Schritten im kriminellen Milieu freundschaftlich verbunden; außerdem waren sie sich ebenbürtig, was ihr Prestige betraf. Und in der Welt, in der Bems wie auch Brillanten-Goscha verkehrten, waren Ebenbürtige bemüht, sich gegenseitig den nötigen Respekt zu erweisen – schlechte Manieren konnten gefährlich werden.

Im Übrigen entsprach Michailow alias Goscha, für den Kolossow sich am meisten interessierte, wenig dem gängigen Bild des Mafia-Paten, wie die Gangsterfilme es in die Gehirne der Spießbürger eingepflanzt haben.

Brillanten-Goscha hatte die fünfzig schon hinter sich und war damit in einem Alter, in dem Seele und Körper eines Mannes sich nach Ruhe sehnen. Er besaß ein komfortables Haus im Dörfchen Chrapowo bei Mythischtschi, eine Ehefrau, einen vierbeinigen Freund – eine Bulldogge –, Immobilien auf Zypern, vier Limousinen und sogar eine Art legale Firma: eine Kette von Autowerkstätten. Keine nächtlichen Orgien in der Sauna, keine Mätressen, kein Kokain. Brillanten-Goscha war hager und hatte eine Glatze, wirkte ruhig und zurückhaltend. Er litt an chronischem Magenkatarrh und einer entzündeten Prostata, war ein glühender Anhänger von vegetarischer Ernährung und Yoga, konnte weibliche Gesellschaft nur schlecht ertragen, liebte das Dominospiel und Romanzen zur Gitarre. Aber die größte Leidenschaft in seinem Leben war das Anhäufen von Kapital. Von Geld trennte er sich nur höchst ungern. Blutige Abrechnungen mit Konkurrenten mochte er ebenfalls nicht und ließ es nur selten zum Äußersten kommen.

Eigentlich hatte Igor Sladkich sich selbst in Unannehmlichkeiten gebracht. Die dreiste Auseinandersetzung auf den Straßen von Rasdolsk mit den betrunkenen Michailow-Leuten, die der Exabgeordnete und sein Bodyguard mit einer Maschinengewehrsalve niedergemäht hatten, angeblich in Notwehr, war ihn teuer zu stehen gekommen. Sladkich hatte eine unzulässige Unverträglichkeit an den Tag gelegt und unter dem Schutz seines Abgeordnetenmandats straflos mit der Unterwelt konkurriert.

Im Prinzip, so urteilten Kolossow und Chalilow, als sie die möglichen Motive für Michailows Verhalten im Fall Sladkich durchgingen, hätte es für den Exabgeordneten gar nicht so bedauerlich ausgehen müssen, wäre er gleich reumütig zu Brillanten-Goscha gegangen und hätte den Mord gestanden. Offenbar hatte Brillanten-Goscha einen solchen Schritt auch erwartet. Es verging nämlich fast ein halbes Jahr, bis er sich zum Handeln entschloss. Fünfzig Lebensjahre, davon fünfzehn hinter Gittern, bedeuten schon einiges. Aber Sladkich hatte eine solche Langmut nicht zu würdigen gewusst.

Zunächst arbeitete Renat Chalilow wie geplant daran, die Frage zu klären, wann und wo der Killer gemäß Vereinbarung hätte bezahlt werden sollen. Und was noch wichtiger war: ob man das überhaupt ernsthaft vorgehabt hatte. Das Motiv für Grants Beseitigung konnte nämlich auch Michailows phänomenaler Geiz sein. Warum Geld aus den Händen geben, wenn man den, dem man es schuldet, umlegen kann?

Doch im Lauf seiner Arbeit stieß Chalilow auf ein interessantes Detail. Bei einem ihrer Treffen teilte er dem Chef der Mordkommission viel sagend mit: »Weißt du, Nikita, wir haben herausgefunden, dass Brillanten-Goscha den Hai noch nie gesehen hat. Dass Grant und dieser Fixer Blutsbrüder waren, das wusste er. Aber er ist dem Hai niemals persönlich begegnet. Verstehst du? Nie!«

Als Orientale liebte Renat es, nur halb zu sagen, was er meinte und dann zu beobachten, wie der Gesprächspartner reagierte. Kolossow kannte diese Marotte und wahrte diplomatisches Schweigen. Chalilow führte seine Idee weiter aus:

»Wir schnappen uns also die Bande – okay. Staatsanwaltschaft und Untersuchungsführer werden darauf bestehen, das Belastungsmaterial zu legalisieren, also zerren wir unsere Leute vor Gericht. Aber das hilft uns noch nicht viel weiter. Wie sollen wir Goscha bearbeiten? Einflussnahme in der Zelle können wir vergessen. Den kennt das ganze Gefängnis. Und er selber ist viel zu gewieft.« Chalilow zog verächtlich seine schwarzen Augenbrauen hoch. »Lärm, Ärger, Hektik ... Anwälte, Nervenkrieg. Goscha wird schweigen wie ein Grab, die Staatsanwaltschaft wird Ach und Weh schreien ... der Fall geht in die Binsen und so weiter.«

»Was schlägst du konkret vor?«, fragte Kolossow.

»Ich? Ich würde bei Brillanten-Goscha nach dem Muster des Falschen Demetrius vorgehen.«

Renat hatte völlig Recht – einen so erfahrenen Kriminellen wie Brillanten-Goscha erst nach der Verhaftung im Untersuchungsgefängnis aushorchen zu wollen war sinnlos. Was sie in erster Linie von ihm wissen wollten – ob er mit dem Mord an Grant zu tun hatte oder nicht –, würde Michailow kaum freiwillig erzählen.

Chalilow schlug eine andere Methode vor: alles zu tun, damit Michailow gezwungenermaßen mit der Wahrheit herausrückte. Man müsste ihn einfach zwingen, und das könnte nur ein einziger Mann – der Blutsbruder Grants, der von dem rasenden Wunsch nach Rache besessen war: der Hai oder vielmehr der Falsche Hai.

»Begreif doch, Michailow hat den Hai niemals gesehen«, wiederholte Chalilow hartnäckig.

Kolossow wusste genau, worauf er abzielte – in der Rolle des Falschen Hais wollte Renat selbst auftreten. Ja, dieser Bursche hatte durchaus das Zeug und Talent dazu, aber ...

»Das ist ein absolut wasserdichter Plan«, ereiferte sich

Chalilow. »Man muss die Sache nur so hinkriegen, dass er flieht und von seiner Wache abgeschnitten ist. Dann nehme ich ihn mir vor, von Mann zu Mann. Was haben wir bei diesem Plan zu verlieren?«

»Verlieren« konnte man dabei nicht zuletzt das Leben, doch Chalilow war ungewöhnlich hartnäckig und setzte sich durch. Irgendetwas musste in jedem Fall getan werden, um die Michailow-Hypothese zu überprüfen. Von oben war angeordnet worden, »die Ermittlungstätigkeit zu aktivieren«. Und so beschloss Kolossow, das Risiko einzugehen.

Sie warteten den Geburtstag von Bems ab. Dann sollte die ganze lustige Gesellschaft mit möglichst viel Trara und Aufsehen hochgenommen werden. Für den Sturm auf das ruhige kleine Restaurant »Bei Onkel Senja« hatte man eine große Zahl von Einsatzleuten abgestellt.

Und dann kam endlich die Nachricht: Bems hatte den »Onkel Senja« für den ganzen Abend des 26. Mai gemietet. Unter den geladenen Gästen an diesem Samstag war auch Michailow. Nach dem Plan des »Falschen Demetrius« sollten der ganze Lärm und das Spektakel bei der Erstürmung des Restaurants Brillanten-Goscha nur einen gehörigen Schreck einjagen. Auf keinen Fall durfte er verhaftet werden.

Bems hatte seine Gäste für acht Uhr abends bestellt. Michailow traf als einer der Ersten in Begleitung seiner Leute ein. Bems und er verschwanden zunächst in einem separaten Raum, um ein vertrauliches Gespräch unter alten Freunden zu führen, dann gingen sie in den großen Gesellschaftssaal. Um neun summte das Restaurant wie ein Bienenstock.

Das Signal zum Angriff kam um Viertel nach elf. Männer der Spezialeinheit OMON stürmten das Restaurant, als wäre es ein Nest von Terroristen und Selbstmordattentätern. Krachend flogen die Fensterscheiben heraus; die Tür wurde mit einem Vorschlaghammer eingeschlagen. Doch als die Miliz in den Saal stürmte und allen, die Widerstand leisteten, die Arme auf den Rücken drehten, ließ einer der Kellner Bems und Michailow schnell und unauffällig durch eine Seitentür auf den dunklen Hinterhof des Restaurants hinaus.

Geduckt rannte Michailow zu seinem Wagen. Er war allein, ohne seine Bodyguards, die im Saal geblieben waren, gebändigt von den Gummiknüppeln der Eliteeinheit. Brillanten-Goscha ließ sich auf den Fahrersitz plumpsen und trat aufs Gaspedal. Etwa drei Kilometer weit verfolgte ihn ein Wolga der Verkehrspolizei mit einem vor Altersschwäche ächzenden Motor. Aber den konnte er abhängen. Glaubte er zumindest ...

Kolossow schwirrte der Kopf, als er daran zurückdachte, wie sie eine endlose Zahl möglicher Verhaltensweisen Michailows »nach dem Sturm aufs Restaurant« durchgespielt hatten. Beispielsweise konnte er an einen x-beliebigen Ort fahren, sodass jeder vorstellbare Fluchtweg präpariert werden musste, um ihm unterwegs eine unverhoffte Begegnung zu bescheren.

Selbst in den letzten Minuten vor dem Sturm aufs Restaurant saßen sie noch in Kolossows Büro und gingen die verschiedenen Varianten durch. Das Büro hatte sich in einen Schminkraum verwandelt. Ein Ermittler, der über fünf Jahre Berufspraxis an einem Volkstheater verfügte, beschäftigte sich mit Renats Äußerem. Chalilow war besonders nervös wegen eines Präparats, das in seine Augen geträufelt wurde. Damit der sportliche, athletische Chalilow wie ein echter Fixer aussah, musste man eine Verengung seiner Pupillen bewirken. Dann warteten sie auf den Anruf, um ins Auto zu steigen und an den Ort zu fahren, den die Mitarbeiter, die mit der Beschattung von Brillanten-Goscha beauftragt waren, ihnen nennen würden.

Sie hatten alles richtig berechnet: Michailow, auch wenn ihm konkret nichts anzuhängen war, hatte trotzdem wenig Verlangen nach einer Begegnung mit der Miliz und zog es vor, sich aus dem Staub zu machen. Nachdem er eine Weile kreuz und quer über die Landstraßen gefahren war, kehrte er nach Moskau zurück. Er ließ den Wagen auf einem gebührenpflichtigen Parkplatz, überschritt genau um Mitternacht die Schwelle des Kiewer Bahnhofs und warf einen raschen Blick auf die Anzeigetafel. Um null Uhr dreißig fuhr von Gleis sechs der Schnellzug Moskau – Brjansk ab. Um null Uhr sieben stieg Michailow in Wagen Nummer neun ein. Er hatte zum doppelten Preis ein ganzes Abteil belegt. Um halb eins blickte er aus dem Zugfenster müde den entschwindenden Lichtern des Bahnhofs nach. Er beabsichtigte, in Kaluga auszusteigen; dort würde der Zug um fünf Uhr morgens eintreffen. Von dort wollte er vom Handy aus seinen Anwalt in Moskau anrufen, um sich über den Stand der Dinge zu informieren.

Der Schaffner machte seine Runde und kontrollierte die Fahrkarten. Michailow bat darum, ihm Tee zu bringen. Zehn Minuten später klopfte jemand an die Tür – offenbar wurde der Tee gebracht. Michailow streckte den Arm aus und öffnete das Schnappschloss der Abteiltür.

»Stellen Sie den Tee auf den Tisch, und bringen Sie mir ein sauberes Handtuch.« Er spürte, dass ihm fettiger Schweiß auf der Glatze stand, und hatte den dringenden Wunsch, sich zu waschen. Bei der Fahrkartenkontrolle hatte er dem Schaffner einen Fünfziger gegeben und verließ sich nun ganz auf dessen Flinkheit und Aufmerksamkeit. Er schaute nicht einmal in seine Richtung – er war zu müde, seine Nerven zum Zerreißen gespannt, die Augen fielen ihm zu. Nein, mit dreiundfünfzig noch solche Aufregungen, das war zu viel ...

Die dunkle Gestalt kam näher. Michailow drehte erstaunt den Kopf. Ein Paar irrer Augen mit unnatürlich verengten Pupillen starrte auf ihn herunter. Augen, die in dem blutleeren, bleichen Gesicht des baumstarken Unbekannten riesig und unbeweglich wirkten.

»So, du Laus, jetzt reden wir zwei mal Klartext«, zischte der Unbekannte. »Glaubst du, du kannst meinen Bruder in eine blutige Falle locken und kommst selber ungestraft davon? O nein, da irrst du dich. Ich bin dir schon lange auf den Fersen, du Hund! Die Hände auf den Tisch, aber schnell!«

Michailow schluckte einen Klumpen in der Kehle hinunter. Diese irren Augen, dieses Zischen, das an eine Kobra vor dem Zustoßen erinnerte ... Langsam legte er die Hände mit den Handflächen nach unten auf das Abteiltischchen. Unmittelbar vor seinem Gesicht blitzte die Mündung einer Pistole auf. Michailow sah, dass es eine Waffe mit Schalldämpfer war.

Um Viertel nach vier sprang Chalilow an der Station Kaluga-Sortirowotschnaja vom Trittbrett des Eisenbahnwagens. Der Zug fuhr genau nach Fahrplan. Bald würde er den Bahnhof von Kaluga erreichen. Nach dem Plan sollte Michailow alias Brillanten-Goscha dort festgenommen werden. Jetzt würde die Miliz leichtes Spiel mit ihm haben.

Chalilow überprüfte das tragbare Aufnahmegerät in seiner Brusttasche – die Aufzeichnung seiner nächtlichen Unterredung mit Goscha war Gold wert. Dann zündete er sich die erste Zigarette nach diesen verrückten fünf Stunden an.

Die Bahnhofsmiliz der kleinen Vorortstation brachte Chalilow zum Hauptbahnhof von Kaluga. Von dort rief er Kolossow an.

»Gesund und munter«, meldete er sich mit der vereinbarten Parole. »Und ich komme nicht mit leeren Taschen, sondern bringe ein nettes kleines Geschenk mit.«

»Komm zurück, Renat«, hörte er Kolossows müde, mürrische Stimme. »Hier bei uns steht es Schach und Matt.«

Und er seufzte so tief, als wäre eine unerträgliche Last auf ihn gerollt.

»Heute Morgen ist in Rasdolsk eine neue Leiche entdeckt worden. Die gleichen Begleitumstände, verstehst du? Die gleiche Handschrift ... Ich fahre jetzt zum Fundort. Sobald du zurück bist, ruf mich auf dem Handy an.«

Chalilow legte schweigend auf. Erst jetzt fühlte er sich zu Tode erschöpft.

11 Das Grab in der Schlucht

Im engen, schäbigen Büro der Kriminalmiliz von Rasdolsk saßen Katja und Kolossow einander gegenüber. Draußen, vor dem mit einem Gitter gesicherten Fenster, zog die Dämmerung herauf. Von der Straße drang der Lärm des Bahnhofsmarkts ins Innere, das Tuten der Vorortzüge, die Schritte von Passanten, die nach Hause eilten.

Der Wasserkocher begann zu brodeln. Kolossow zog den Stecker aus der Dose und goss das Wasser direkt in die Teetassen. Dann griff er unter den Tisch und holte eine angebrochene Flasche Kognak hervor. Katja wedelte abwehrend mit der Hand und zog ihre Tasse weg, woraufhin Kolossow nur sich selbst einen ordentlichen Schluck einschenkte. Katja betrachtete zum x-ten Mal melancholisch das Büro. Die letzten zwei Tage und Nächte war diese schäbige Höhle für den Chef der Mordkommission Wohnung und Stabsquartier zugleich gewesen.

So war also nun diese verrückte, abenteuerliche »Operation Michailow« praktisch ergebnislos geendet. Zähneknirschend dachte Kolossow an den ganzen unnützen Theaterdonner: den Sturm auf das Restaurant »Bei Onkel Senja«, die wilde Jagd durch Moskau, als die Beschatter berichteten, dass Michailow zum Kiewer Bahnhof fahre und Chalilow schnellstens zum richtigen Zug müsse, und wie anschließend die gesamte Mordkommission wie auf einer Bombe mit Zeitzünder saß und auf Nachrichten wartete. Zwar war Chalilow ein erfahrener Mitarbeiter, aber auch Brillanten-Goscha konnte man nichts vormachen. Und man wusste nicht, ob er bewaffnet war oder nicht.

Als Chalilow endlich aus Kaluga anrief, ahnte Kolossow schon, was Renat ihm sagen würde. Am Abend traf Chalilow dann persönlich in Rasdolsk ein, gerade als dort die Leiche geborgen wurde. Er konnte seine Enttäuschung nicht verhehlen – die von ihm so mühevoll in Erfahrung gebrachten Neuigkeiten kamen offensichtlich zu spät.

Kolossow lauschte seinem Bericht.

»Dass ich der Hai bin, hat Goscha sofort geglaubt. Ich hab ihm ganz zivilisiert die Knarre zwischen die Zähne gedrückt. Er hat sofort versucht, mich zu belabern. Ein gerissener Hund ist das, und gute Nerven hat er auch. Sogar in einer solchen Situation – er hat ja gemerkt, ich bin drogensüchtig und kann jeden Moment ausrasten –, sogar in einer solchen Situation hat er mit mir gesprochen wie ein gütiger Papa mit seinem psychisch gestörten Söhnchen. Ungefähr zwei Stunden haben wir so geschwafelt. Ich glaube nicht, dass seine Leute Grant beseitigt haben. Michailow war ehrlich erstaunt, verstehst du? Er hat keine hochheiligen Schwüre abgelegt – ihm war klar, dass ich in dieser Situation keinem Schwur geglaubt hätte. Nein, er hat ernsthaft überlegt und hat auch mich gebeten, selber nachzudenken, nichts Übereiltes zu tun. Und was Sladkich betrifft ... Da hat er sich sofort erboten, mir das restliche Geld als dem ›gesetzlichen Erben Antipows‹ auszuzahlen.«

Kolossow hörte schweigend zu. Er brachte es einfach nicht übers Herz, Renat mitzuteilen, dass das größte Rätsel schon längst mit viel weniger Aufwand an Kraft und Nerven gelöst worden war.

Zwei neue Tatverdächtige waren aufgetaucht. Kostik Listow und sein jüngerer Bruder Lenja. Die Brüder stammten aus einer kinderreichen Familie im Industriegebiet von Rasdolsk. Die Mutter war Alkoholikerin, der Stiefvater Invalide. Sie lebten schlecht und mussten oft hungern: Die Mutter, die als Hausmeisterin in einer Boilerfabrik arbeitete, vertrank regelmäßig alles Geld – sowohl ihren Lohn als auch die erbärmliche Sozialhilfe. Die beiden Brüder, achtzehn und fünfzehn Jahre alt, trieben sich von morgens bis abends in der Stadt und der Umgebung herum. Mal sammelten sie am Bahnhof Flaschen, mal fegten sie für einen symbolischen Lohn den Bürgersteig vor den Verkaufsbuden, mal gingen sie durch die Vorortzüge und bettelten.

Kolossow erinnerte sich gut an den eifrigen Inspektor Sidorow, der diese armen Narren geschnappt hatte. Schließlich hatte er selbst ihm vor anderthalb Wochen den Auftrag gegeben, gewissenhaft die Fälle der beiden Vermissten, Andrej Jakowenkos und dieses Säufers Soljony, zu überprüfen! Wie alle jungen, beflissenen Berufsanfänger machte Sidorow sich mit großem Ernst an die Aufgabe, die der »Chef aus dem Präsidium« ihm gestellt hatte. Er begann seine persönliche Fahndung, indem er sich mit der Vermisstenabteilung in Verbindung setzte und sich eine detaillierte Personenbeschreibung Jakowenkos geben ließ – welche Kleidung dieser vermutlich getragen und welche Gegenstände er bei sich gehabt hatte. Unter den Gegenständen war eine auffällige Uhr aufgelistet, von der Jakowenko, wie Kollegen und Angehörige erklärten, sich niemals getrennt hatte: eine so genannte »Kommandeursuhr«, die er als Belohnung für die Geiselbefreiung aus einem entführten Autobus in Pjatigorsk erhalten hatte.

Eine volle Woche graste Sidorow die Gegend um die

Siedlung Mebelny ab, wo Jakowenkos Exfrau wohnte, und unterhielt sich mit den Leuten. Eines Abends erblickte er plötzlich eben diese ungewöhnliche Uhr – Zifferblatt aus weißem Metall, russisches Staatswappen, Inschrift »Russisches Innenministerium« – am Handgelenk des Aserbaidschaners Achmed, der am Rasdolsker Bahnhof einen »Duchan« betrieb, einen kaukasischen Imbiss, an dem es Würstchen und Schaschlik, Bier und gefüllte Krautblätter gab. Der Imbiss bestand aus einer kleinen Plastikbude auf Rädern, zwei, drei Gartentischen samt wackligen Stühlen, einer Kaffeemaschine sowie einem Grill.

Achmed verwies den Milizionär sofort an die Brüder Listow. Eines Abends, irgendwann im April, berichtete er, seien sie vor seiner Bude aufgetaucht und hätten »ein Bierchen und was richtig schön Heißes zu mampfen« haben wollen. Achmed habe das Geld im Voraus verlangt. Und da habe Kostik ihm diese Uhr gezeigt. »Schaitan hat mich in Versuchung geführt, Boss, ich schwöre es«, versicherte Achmed und schlug sich mit der Faust an die mit schwarzem, wolligem Haar bewachsene Brust. »Hab nicht gefragt, wo sie das Ding herhatten. Essen wollten die Bürschchen – ojojoi, hungrig wie die Wölfe waren die! Ich hab ihnen für die Uhr Würstchen, Fleisch und Bier gegeben.«

Sidorow informierte nicht seine Vorgesetzten, sondern beschloss, die Fahndung auf eigene Faust zu Ende zu führen. Noch am selben Abend suchte er die Listows in ihrer Wohnung auf. Was dann geschah, erzählte er Kolossow.

»Du lieber Himmel, das war vielleicht eine Bruchbude, Nikita Michailowitsch! Ein grauenhafter Gestank, Geschrei und Gezeter. Die Mutter lag sturzbesoffen im Wohnzimmer, alle viere von sich gestreckt, und der Stiefvater, der Invalide ... wissen Sie, womit dieser Schnapsbruder sich sein Geld verdient? Er kastriert Kater! Aus dem ganzen Bezirk werden die Viecher zu ihm gebracht. Er nimmt von den Besitzern nur halb so viel wie die Tierklinik. Operiert wird im Badezimmer. Die ganze Wohnung quillt über vor Katern. Manche warten darauf, von ihren Besitzern abgeholt zu werden, manche sind vor Schmerz halb verrückt und rasen die Wände rauf und runter. Auf dem Fußboden im Flur, zusammen mit all den Viechern, kriechen die Kinder herum, eins kleiner als das andere. Sechs hat die Listowa insgesamt, alle von verschiedenen Kerlen. Ihr und diesem Schmarotzer hätte man schon längst die Erziehungsberechtigung nehmen müssen! Kostik und Lenja sind die Ältesten. Als ich kam, waren sie noch nicht da, sie tauchten erst später auf. Anfangs haben sie sich ziemlich gewunden, aber als ich ein bisschen Druck machte, haben sie halbwegs zusammenhängend berichtet. Na, dann hab ich sie gleich aufs Revier gebracht.«

Die Brüder Listow erzählten den Mitarbeitern der Miliz eine wilde Geschichte: Ende April gingen sie durch den Wald – über den Weg, der die Siedlung Mebelny mit der Bahnstation verbindet. Plötzlich sehen sie, da liegt am helllichten Tag auf einer umgestürzten Birke direkt am Wegrand ein Mann. »Was heißt ›liegt‹?«, wollten die Milizionäre wissen.

»So verrenkt«, sagten die Brüder, »als wär ihm schlecht geworden und er hätte sich über den Baumstamm gebeugt. Wir kommen näher, doch der Mann bewegt sich nicht. Aber da war verdammt viel Blut!«

Eine nicht weit entfernt liegende Sporttasche zog Kostiks Aufmerksamkeit auf sich. Darin befanden sich zwei Flaschen Sekt und eine Schachtel Pralinen. Vor dem Toten hatte Kostik, wie er erklärte, überhaupt keine Angst. »Wieso denn, wo er sich gar nicht gerührt hat?«, fragte er verwundert.

Am herabhängenden Arm des Toten erspähte Lenja die besagte Uhr und wollte sie ihm sogleich abnehmen. Doch sein Bruder hielt ihn zurück: Das darf man nicht, das ist fremdes Eigentum! Es war nämlich so, dass die Brüder in der Kindheit öfters lange Finger gemacht hatten, bis ihre Mutter sie »heilte« – sie hatte die beiden nach Strich und Faden verdroschen, sobald eine dahingehende Beschwerde von den Nachbarn gekommen war. So hatte sie ihren Sprösslingen fürs ganze Leben eingebläut: Man darf nicht stehlen.

»Wir nehmen die Sachen und verbuddeln den Kerl«, schlug der findigere Lenja vor. »Den findet keiner. Und niemand wird's sehen.« Die Brüder plünderten den Toten aus, hoben ihn von der Birke und zerrten ihn in die Sträucher. »Dort ist eine Schlucht, ein eingesunkener Schützengraben«, berichtete Sidorow. »Da haben sie ihn hineingeworfen, sind dann hinterhergeklettert, haben mit bloßen Händen ein Grab ausgehoben und Jakowenko dort verscharrt. Die Blutlache bei der Birke haben sie mit Zweigen und Erde abgedeckt. Ganz schön schlau für zwei solche Trottel. Die Sachen – die Sporttasche mit dem Sekt und den Pralinen, die Brieftasche und die Uhr – haben sie mitgenommen.« Über die Verletzungen, die der Tote aufwies, konnten die Listows nichts Konkretes sagen, außer: »Sein Kopf hat in alle Richtungen gebaumelt, wie an einem Faden.«

Mehr als sechs Stunden ununterbrochener Gespräche und guten Zuredens waren nötig, bis die Brüder sich an die Stelle erinnerten, wo sie den Mann vergraben hatten.

Kolossow traf am Sonntag gegen drei Uhr aus dem Präsidium an der Schlucht ein. Zu diesem Zeitpunkt hatte man das Grab bereits geöffnet, und die genaue Untersuchung der Leiche war im Gange. Jakowenko hatte länger als einen Monat in der Erde gelegen, doch man konnte sein Gesicht noch erkennen. Der Pathologe erklärte, das Grab sei offensichtlich von Tieren des Waldes unterwühlt worden. »Höchstwahrscheinlich war da ein Dachs am Werk. Am Körper finden sich zahlreiche Bisswunden. Was die Todesursache betrifft – wie im Fall Antipow liegt ein mechanisches Trauma vor: Bruch der Halswirbel.«

Kolossow erkundigte sich, ob es eine offene Wunde am Hals gebe.

»Das Gewebe ist stark geschädigt. Es scheint wohl eine Wunde vorzuliegen, aber ich habe ja gesagt, vielleicht waren es Tiere ... Genaueres wird das Gutachten zeigen.« Der Pathologe ließ sich auf keine Spekulationen ein.

Seine Kollegen aus der Abteilung für Spezialuntersuchungen nahmen Erdproben an der Birke und in der Schlucht und beschlagnahmten die Kleidung des Toten. Es galt, die Aussagen der Listows in sämtlichen Einzelheiten nachzuprüfen.

An jenem Abend blieb Kolossow auf dem Bezirksrevier und übernachtete dort. Am nächsten Morgen führte er ein Gespräch mit der Exfrau Jakowenkos, die in die Leichenhalle kam, um den Toten zu identifizieren; dann verhörte er persönlich die Brüder Listow und unterhielt sich mit den Eltern Jakowenkos, die nach Rasdolsk gekommen waren, sowie mit seinen Kollegen aus der Spezialeinheit »Sirene«.

Fünf von ihnen waren gekommen. Schweigend betraten sie sein »geborgtes« Büro, schweigend setzten sie sich.

»Hör mal, Major«, begann der dem Aussehen nach Älteste. »Du musst ihn finden, diesen Schuft. Andrej ...« Die Stimme versagte ihm. »Andrjucha hat mit uns zusammen in Karabach gekämpft, in Tschetschenien. Kaum einen Kratzer hat er abbekommen, wurde mit Orden ausgezeichnet ... und dann so was. Du musst den Mörder finden, Major. Und wenn es nicht genügend Beweise gibt, zum Teufel damit. Du brauchst uns nur seinen Namen zu sagen!«

Später, gegen Abend, sah Kolossow dann Katja. Sie stand am staubigen Fenster der Wachstube und blickte auf die ununterbrochen vorfahrenden Autos: Vertreter der Gebietsstaatsanwaltschaft, des Präsidiums, der Stadtverwaltung. Der dritte Mord in diesem ruhigen Bezirk – das war kein Scherz!

»Du hast völlig Recht, Nikita«, sagte Katja und unterdrückte einen tiefen Seufzer. »Irgendwas an dieser Sache ist faul. Nur hat es nicht erst mit dem Mord an Grant angefangen, sondern schon viel früher. Nicht wahr?«

Kolossow merkte, dass sie keine Antwort erwartete, fuhr sie aber trotzdem an: »Bist du immer noch auf der Suche nach knalligen Schlagzeilen für eine deiner Schauergeschichten? Übrigens musst du dich in Sachen Sladkich mittlerweile an die Gebietsstaatsanwaltschaft wenden. Die übernehmen den Fall. Wir schicken alle Materialien dorthin.«

»An Kassjanow, ich weiß. Ich habe heute schon mit ihm telefoniert und ein Interview vereinbart.«

»Du arbeitest wirklich effektiv.« Er grinste spöttisch. »Im Unterschied zu mir.«

»Nicht doch, Nikita. Ärgere dich nicht. Was konntest du schon tun? Du hast ja nicht einmal sicher gewusst, dass Jakowenko tot ist. Sind das seine Freunde, die gekommen sind? Arbeitskollegen?«

Kolossow nickte. Katja seufzte erneut. »Dieser Sidorow«,

sagte sie, »hat mir in epischer Breite von seiner Fahndung erzählt. Wie der sich aufspielt – schrecklich! Er schwört, höchstpersönlich den Mörder aufzustöbern.« Katja warf einen verstohlenen Blick auf den Chef der Mordkommission, dessen Miene so finster war wie eine Gewitterwolke. »Er hat mir von den Listows erzählt ... Zuerst waren sie ja wohl scharf auf den Sekt und die Pralinen. Offenbar hatte Jakowenko das alles gekauft, um es seiner Exfrau zu bringen. Vielleicht hatte er Sehnsucht nach ihr, wollte die Beziehung wieder aufnehmen ... Nikita, hast du mit diesen Jungen gesprochen?«

Wieder nickte er schweigend.

»Das heißt, die Möglichkeit, dass sie etwas mit dem Mord zu tun haben, habt ihr sofort ausgeschlossen? Warum eigentlich? Sie sind zu zweit, sie sind offensichtlich psychisch nicht ganz normal und ...«

»Katja, Jakowenko war sowohl im Boxen wie im Taekwondo ausgebildet. Du weißt doch, wo er gedient hat, in welcher Einheit. Und dann diese beiden schwachsinnigen Rotznasen ... Sowohl Grant als auch Jakowenko waren gesund, durchtrainiert, erfahren und vorsichtig. Mit ihnen wäre nur ein ebenso Starker fertig geworden.«

»Darf ich mir die Listows mal selber ansehen?«

»Nur zu. Der Kleinere ist schon entlassen, aber der Ältere sitzt vorläufig noch unten. Lenja ist von seinem Stiefvater abgeholt worden.«

»Meinst du den, der die Kater ... verstümmelt?«, fragte Katja stockend.

»Ja, bei denen geht's drunter und drüber. Hast du keine Lust, dir das mal anzusehen? Da könntest du tolle Fotos für deine Käseblättchen machen, mit gepfefferten Überschriften: ›Kastration im Klobecken‹.«

»Du solltest nicht so viel trinken, Nikita«, sagte Katja trocken.

Er hörte gar nicht hin, schüttelte den Kognak auf und gab wieder einen ordentlichen Schuss in seinen Tee.

»Vielleicht wärst du trotzdem so nett, mich zu diesem Listow zu führen?«, erinnerte sie ihn. »Sonst wird es noch zu spät.«

Die Zellen für Untersuchungsgefangene befanden sich im Souterrain. Dorthin führte eine steile Treppe, die nur von einer trüben Glühbirne beleuchtet wurde. Katja stieg auf ihren hohen Absätzen langsam und vorsichtig hinunter, stolperte am Ende der Treppe trotzdem und griff krampfhaft nach Kolossows Schulter. Er führte sie behutsam zur Stahltür des Gefängnistrakts und drückte auf den Klingelknopf.

»Wenn du einen Mann anfasst, Katja, solltest du es mit dem entsprechenden Gesichtsausdruck tun, damit er sich auch als richtiger Mann fühlt und nicht wie ein Türpfosten«, bemerkte er.

»Entschuldige, ich wollte gar nicht ... Wenn du keine Zeit hast, lass mich einfach hier und sag dem Wachhabenden, dass du mir erlaubt hast, mit Listow zu sprechen.«

»Keine Angst vor einem Unzurechnungsfähigen? Du bist ja mutig wie eine Löwin, Katerina.« Kolossow nickte dem Wachhabenden zu, der ihnen die Tür öffnete. »Dann mal her mit unserem Kostik ins Vernehmungszimmer. Er schläft doch nicht mehr?«

»Wenn er schläft, wecken wir ihn.« Der Wachhabende schritt an einer Reihe von Zellen entlang, blieb vor einer stehen, öffnete die Essensklappe und schaute hinein. »Listow, zum Verhör!«

Während der Häftling herausgeführt wurde, waren Kolossow und Katja schon in das kleine Vernehmungszimmer gegangen. Katja nahm am Tisch Platz. Kolossow stellte sich ans Fenster und kreuzte die Arme vor der Brust. Katja spürte seinen Blick auf sich ruhen.

»Du brauchst also frische Eindrücke für einen Artikel?«

»Ja.« Sie hatte keine Lust, mit ihm zu streiten: Er war in einer eigenartigen aufgebrachten, aggressiven Stimmung – kein Wunder bei der Menge Kognak, die er in sich hineingeschüttet hatte! Ihr gefiel das nicht.

Kostik Listow betrat das Büro, blinzelte in dem hellen Licht, kratzte sich wie ein Affe am Bauch und unter den Achseln, gähnte ausgiebig und ließ sich auf den am Fußboden angeschraubten Hocker fallen. Er sah viel jünger aus als achtzehn. Ein unverhältnismäßig großer Kopf, kurz geschorenes Haar, ein schmächtiger Körper, Hände mit schmutzigen, abgebrochenen Fingernägeln. »Ich will schlafen«, teilte er mit, als wäre es eine große Neuigkeit. »Wo ist Lenja?«

»Dein kleiner Bruder ist schon zu Hause.« Katja lächelte liebenswürdig. »Er ist entlassen worden, Kostik. Auch dich wird man bald entlassen. Sobald alles aufgeklärt ist, kannst du deiner Wege gehen.«

»Gut.«

»Ich möchte dich Folgendes fragen.« Katja dachte einen Augenblick nach. »Bist du zusammen mit deinem Bruder oft nach Mebelny gegangen?«

»Ja.«

»Und seid ihr zusammen auch mal nach Polowzewo oder nach Uwarowka gegangen?«

»Da muss man mit dem Bus fahren. Wir haben kein Geld. Manchmal sind wir zu Fuß hin, aber selten.«

»Ihr wart also schon mal dort. Und habt ihr unterwegs jemanden getroffen? Männer mit Hunden zum Beispiel?«

»Hunde muss man an der Kette halten«, sagte Kostik belehrend.

»Also ihr habt im Wald keine Leute mit Hunden gesehen?«

»Nein.«

»Und es hat euch auch niemand im Wald erschreckt, beschimpft oder beleidigt?«

»Oder hat der böse Wolf dort das Rotkäppchen gefressen?«, mischte Kolossow sich ein. »Katja, was willst du eigentlich von ihm wissen?«

»Hat jemand euch beleidigt?«, wiederholte Katja hartnäckig.

»Mich beleidigt keiner«, erklärte Listow. »Und wenn, kriegt er's von mir und meinem Bruder. Guck mal, was für Muskeln ich habe.« Er hielt ihr seinen mageren Arm vor die Nase. »Den pack ich an der Gurgel und mach ihn kalt, den Hurensohn!«

»Immer mit der Ruhe.« Kolossow zog ein finsteres Gesicht.

»Du bist also im Stande, einen Menschen umzubringen, Kostik?«, fragte Katja.

»Na klar.«

»Und das tut dir nicht Leid?«

»Nee, wieso? Menschen gibt's genug.«

»Hast du's denn schon mal probiert?«

»Nee. Wozu?«, fragte Listow verwundert zurück und gähnte wieder ausgiebig. »Ich will schlafen.«

»Wäre es dir nicht unheimlich, einen Menschen zu töten?« Katja ließ nicht locker.

»Was ist daran unheimlich? In der Schlucht im Wald ist 'n Hund erwürgt worden. Lenja und ich sind hingegangen, um uns das Vieh anzugucken. Ein ganz normaler Köter, bloß tot, und sein Kopf schaukelt hin und her, genau wie bei diesem Kerl auf der Birke.«

»Was war das für ein Hund, Kostik?«

»Ein böser. Den haben sie an der Tankstelle in Mebelny gehalten. Dann ist er denen weggelaufen, das haben uns die Jungs dort erzählt. Und dann haben sie das Biest in der Schlucht gefunden. Den Kopf ganz verdreht.«

»Wann habt ihr euch den Hund angesehen?«, fragte Kolossow.

»Weiß ich nicht mehr.«

»Im Winter, als Schnee lag?«

»Nee, wir hatten damals Flaschen mit, für Birkensaft.«

»Und kam der Saft schon?«

»Nee, der kam noch nicht. Was wollt ihr denn noch alles wissen? Ich will schlafen!«

Katja stand auf. Kolossow rief den Wachhabenden, und Listow wurde abgeführt.

»Man muss mit den beiden reden, Nikita«, sagte Katja. »Ausgiebig. Da muss ein Psychologe ran.«

»Du hast doch was Bestimmtes von Listow gewollt, nicht? Was wolltest du wissen?«

»Nichts.« Sie wandte sich ab. »Was war das für eine Geschichte mit dem erwürgten Hund?«

»Nikita Michailowitsch?« Der Wachhabende schaute ins Zimmer. »Die Experten aus Moskau brechen jetzt auf und lassen fragen, ob Sie mitfahren wollen.«

»Ich bleibe, aber meine Kollegin hier können sie mitnehmen. Sagen Sie den Leuten, sie sollen noch ein bisschen warten.«

Vor dem Büro trafen sie Sergej Nowogorski. Katja kannte ihn sehr gut: Er war der führende Fachmann in der Abteilung für Spezialuntersuchungen. Ein blendend aussehender

Mann, und das wusste er selbst nur zu gut. In seiner Abteilung waren sämtliche weiblichen Angestellten in ihn verliebt. Nowogorski war ununterbrochen damit beschäftigt, zu heiraten, sich scheiden zu lassen, die Wohnung zu tauschen und Alimente zu zahlen. Aber die Hoffnung auf ein privates Glück gab er dennoch nicht auf.

»Katja, schließt du dich uns an? In einer Viertelstunde fahren wir. Was habt ihr da, Tee?« Nowogorski wandte sein markantes Profil zum Tisch. »Mach mir auch einen, Katja, schön stark. Ich bin total erledigt von dieser Plackerei.«

Er lächelte charmant.

»Gibt es aus deiner Sicht irgendetwas Interessantes am Fundort, Sergej?«, fragte sie, während sie die zuvorkommende Gastgeberin spielte und Tee kochte. Kolossow goss dem Experten die Reste des dagestanischen Drei-Sterne-Kognaks in die Tasse.

»Bis jetzt kann man noch nicht viel sagen. Die Erdproben unter der Birke sind vermutlich positiv, dort gibt es Blutspuren. Was Jakowenkos Kleidung betrifft – davon konnte ich mir natürlich erst einen kleinen Fetzen ansehen, eine vollständige Untersuchung findet im Labor statt. Ich habe Partikelablagerungen in folgender Reihenfolge gefunden: Lehm – identisch mit dem in der Schlucht, in der der Tote vergraben wurde –, Baumrinde und Straßenstaub. Außer dem Lehm ist alles gut erhalten. Es ist seither ja schon viel Zeit vergangen.«

»Und was bedeutet diese Reihenfolge?«, fragte Katja.

»Dass die Listows vermutlich die Wahrheit sagen«, erklärte Kolossow. »Jakowenko ging an dem fraglichen Tag durch die Straßen Moskaus, fuhr mit Bus und Metro – daher der Straßenstaub. Dann kam seine Kleidung mit der Birke in Kontakt, und später wurde er in die Schlucht geschleift. Daher die Lehmspuren.«

»Es gibt noch ein ungewöhnliches Detail.« Nowogorski nahm einen Schluck heißen Tee und stieß einen wohligen Seufzer aus. »In Jakowenkos Mund wurden Haare gefunden.«

»Haare?« Kolossow stutzte. »Was für Haare? Warum hast du mir das nicht eher gesagt?«

»Weil sie erst ganz am Ende der Untersuchungen entdeckt wurden. Aber ich kann sowieso noch nichts dazu sagen, erst nach einem Gutachten im Labor. Übrigens sind die Untersuchungen zu Grants Leiche inzwischen abgeschlossen. Auch bei ihm hat man Haare gefunden. Keine Menschenhaare, sondern Haare aus dem Fell eines Tieres.«

»Eines Tieres?« Kolossow rieb sich das Kinn.

»Leider sind sie sehr schlecht erhalten, sodass sich nicht mehr feststellen lässt, von was für einem Tier. Irgendwelche zusätzlichen Farbstoffe gibt's nicht – das heißt, die Haare stammen nicht von einem Pelzmantel oder einem Kragen. Natur pur, sozusagen. Ein Haarbüschel, das aus dem Fell irgendeines Tieres herausgerissen wurde.«

»Bei einem Kampf?«, fragte Katja.

»Keine Ahnung.« Nowogorski zuckte die Schultern. »Das Blut darauf stammt jedenfalls von Grant. Dieses Tier befand sich am Tatort, als er überfallen wurde, oder kam kurz danach, und dann hat es sich mit Grants Blut befleckt.«

»Ist es Hundefell?«, fragte Katja.

»Wie ich schon sagte – wir konnten nicht feststellen, von welchem Tier die Haare stammen. Ich persönlich halte es nicht für Hundefell. Es sind lange grobe Haare und eine dichte Unterwolle. Das dürfte nicht von einem Hund sein.«

»Und was für Haare hatte Jakowenko im Mund?«

»Das wissen wir noch nicht.«

»Aber du hast sie doch in der Hand gehalten und gesehen. Ähneln sie den anderen?«

»Sieht so aus. Aber ich will keine Vermutungen anstellen.«

»Und wie ist dieses Fell in Jakowenkos Mund gekommen?«, fragte Katja.

Kolossow und Nowogorski wechselten einen kurzen Blick. Katja musste an Stepan und Sergej denken. Die hatten sich mit dem gleichen Blick angesehen, der besagte: typisch Frau!

»Hundertzwanzig Mal wo, fünfzig Mal wie und dreißig Mal warum.« Nowogorski trank seinen Tee aus. »Du bist genau wie meine zweite Frau Larissa, Katja. Ich hab's bloß drei Monate mit ihr ausgehalten, trotz ihrer unwiderstehlichen Reize. Genug gefragt, wir müssen jetzt fahren. Und ich bitte dich inständig, während der Fahrt zu schweigen. Sonst werfe ich dich unterwegs raus.«

»Wir kommen doch an Mebelny vorbei, nicht wahr?«, erkundigte Katja sich unbeeindruckt. »Da könnten wir einen kurzen Abstecher zum Fundort machen. Ich will mir mal die Birke und die Schlucht ansehen. Dann sag ich auf der ganzen Fahrt keinen Mucks mehr – versprochen.«

Nowogorski ging hinaus, doch Katja blieb noch einen Moment im Büro.

»Du bist jetzt wohl ganz nach Rasdolsk übergesiedelt, Nikita?«

»Wie man's nimmt. Wenn du mich besuchen willst – du bist jederzeit willkommen.«

»Du solltest mal für eine Weile nach Uwarowka fahren«, sagte Katja. »Und in die Umgebung. Unbedingt.«

Irgendetwas in ihrem Tonfall ließ ihn aufhorchen.

»Bist du schon mal in der Gegend gewesen?«

»Bekannte von uns haben dort eine Datscha.«

»Vielleicht könnten wir es uns da mal gemütlich machen, wenn die Leute nicht da sind.«

»Ich meine es ernst, Nikita! Du solltest bei der Arbeit nicht so viel trinken!« Sie schnaubte. »Die Datscha gehört Bekannten unserer Familie. Lass Arbeit Arbeit sein, und fahr dorthin. Du brauchst Erholung.«

»Sehe ich so schlecht aus?«

»Zum Gotterbarmen.«

»Aber du bist wie immer in Hochform. Munter, bissig ... Ach, was soll's, ich rede Blödsinn. Ich hab schon verstanden.« Er lehnte sich an die Wand. »Ich krieg einfach nichts auf die Reihe, Katja.«

»Ich begreife vorläufig auch noch nichts«, tröstete sie ihn. »Aber das alles wird sich schon fügen. Und fahr nach Uwarowka. Bitte.«

Katja beobachtete, wie das Licht in Kolossows Bürofenster schwächer wurde, als sie mit Nowogorski im alten Wolga der Abteilung für Spezialuntersuchungen davonfuhr. Nach etwa vier Kilometern gab Nowogorski ihren Bitten nach und bog bei Mebelny in Richtung Bahnhof ab.

»Na, dann hol dir deine frischen Eindrücke, Katja, aber flott, und dann nichts wie weg hier. Mir steht dieser Ort bis sonst wo. Es ist neun Uhr abends, meine Frau wartet schon sehnsüchtig auf mich!«

Seine wievielte ist das eigentlich?, fragte sich Katja, als sie aus dem Auto stieg. Das Licht der Scheinwerfer ließ in der zunehmenden Dämmerung einen ausgetretenen Pfad erkennen, der in den Wald führte. Nach gut fünfzig Metern erblickte Katja vor sich etwas Dunkles: einen Birkenstumpf, knapp einen Meter hoch; der Stamm des umgestürzten Baumes lag daneben.

»Hier haben die Listows Jakowenkos Leiche gefunden«, sagte sie zu Nowogorski, der ihr gefolgt war.

»Er soll quer über dem Stamm gelegen haben. Und sein Grab war da drüben, auf dem Grund der Schlucht.« Er wies in das dichte Buschwerk rechts vom Weg.

Katja ging noch ein Stück. Zwischen den Bäumen waren die hellen Lichter eines Hauses zu sehen. Ihr fiel wieder ein, dass der Inspektor aus Rasdolsk gesagt hatte, dort wohne ein Streckenarbeiter, dessen Frau Kassiererin am Bahnhof sei.

»Was ergibt sich also?« Katja kehrte zur umgestürzten Birke zurück. »Die Jungen haben Jakowenkos Leiche vormittags gefunden. Sie haben ihn ausgeplündert, in die Schlucht geschleift und vergraben. Hier lag er wie zur Besichtigung – schließlich ist gleich um die Ecke der Bahnhof. Weshalb haben die Fahrgäste und Datschenbesitzer ihn nicht schon vor den Listows entdeckt?«

»Von elf bis halb eins kommt kein Zug«, sagte Nowogorski widerwillig. »Hätten diese Trottel sich nicht eingemischt, wäre die Leiche um ein Uhr oder kurz darauf gefunden worden, sobald die Leute aus dem Zug nach Mebelny gekommen wären.«

Katja nickte. Dieses Detail gab ihr zu denken. Die Leiche hätte also gefunden werden müssen, wenn nicht ...

»Los, fahren wir weiter. Was zieht dich überhaupt so zu diesem verfluchten Ort?«

Nowogorski stapfte zum Auto zurück. Katja ging um die umgestürzte Birke herum und beeilte sich dann ebenfalls, von dort wegzukommen. In einem dunklen Wald, in dem Menschen ermordet werden, fühlte sie sich äußerst unwohl.

12 Männertränen

Was war das? Katja schlug mühsam die Augen auf. Telefon? Der elektronische Wecker zeigte eine ungeheuerliche Zeit: 4:17! Das war ja mitten in der Nacht! Draußen herrschte schwarzblaue Finsternis. Aber das Telefon klingelte hartnäckig. Katja streckte den Arm nach dem Hörer aus. Bestimmt war das Wadim, der sich in Bad Hall langweilte.

»Hallo, Wadim. Du hast wirklich kein Gewissen«, murmelte Katja schlaftrunken in den Hörer. »Weißt du nicht, wie spät es bei uns ist?«

Schweigen im Hörer. Dann ein heiserer Seufzer.

»Hier ist nicht Wadim. Ich bin's, Katja.«

»Wer ist ›ich‹?«

»Dmitri.«

Das hatte noch gefehlt! Katja richtete sich mühsam auf und stützte sich auf den Ellbogen. Der Zwilling hielt zwar sein Versprechen, bei ihr anzurufen, meldete sich aber ausgerechnet um vier Uhr früh. So eine Frechheit! Und seine Stimme klang irgendwie seltsam. Sicher war er wieder betrunken ...

»Dmitri, die Nacht ist nicht die geeignete Zeit für Gespräche«, sagte Katja so scharf, wie ihr noch halb benommener Zustand es erlaubte. »Alles Gute, und entschuldigen Sie. Wenn Sie wollen, können wir ...«

»Bitte legen Sie nicht auf! Bitte nicht! Katja, mein Vater ist gestorben.«

»Was? Mein Gott, Dmitri ... Wladimir Kirillowitsch? Wann?«

»Heute Abend.« Basarow hatte Mühe, zu sprechen; er presste die Worte gleichsam heraus. Es klang wirklich so, als sei er betrunken. »Ich rufe aus dem Auto an. Ich kann jetzt nicht allein sein, Katja. Ich möchte Sie sehen ... bitte ...«

»Natürlich, Dmitri, ich ... Es tut mir schrecklich Leid. Kommen Sie ruhig. Aber wo sind Stepan, Lisa und Iwan? Wo ist Ihr Onkel?«

»Sagen Sie mir bitte Ihre Adresse.« Er schien Katjas Fragen gar nicht gehört zu haben.

Stockend nannte sie ihm Straße und Hausnummer.

»Aber rasen Sie um Himmels willen nicht, Dmitri. Fahren Sie vorsichtig.«

Sie legte auf, sprang aus dem Bett, stürzte in die Küche und schüttete fast ein halbes Paket Kaffee in die Maschine. In seinem Zustand war starker Kaffee für Dmitri genau das Richtige. Dann zog sie sich das Erstbeste über, das ihr in die Hände fiel: Jeans, T-Shirt, Pullover.

Aus Sorge, ob Dmitri in seinem deprimierten Zustand heil ankommen würde, fuhr sie mit dem Lift nach unten, überquerte den dunklen Hof und trat hinaus auf die Uferstraße. Gerade erst setzte die Morgendämmerung ein, und eine nach der anderen erloschen die Straßenlaternen. Auf der anderen Seite der Moskwa tauchten aus dem Dunkel der Nacht die schwarzen Silhouetten der Linden in den Alleen des Gorki-Parks auf. Katja sah Dmitris Auto sofort – er fuhr mit viel zu hoher Geschwindigkeit. Zum Glück war die Straße völlig leer.

Dann bremste er auch schon mit kreischenden Reifen.

Katja lief zu ihm und beugte sich zum Fenster hinunter. Dmitris Gesicht war weiß wie eine Gipsmaske. Gebeugt, die Ellbogen auf das Lenkrad gestützt, saß er am Steuer.

»Kommen Sie, Dmitri, geben Sie mir Ihren Arm. Der arme Wladimir Kirillowitsch ... Erst der Großvater, jetzt der Vater. Sicher war er so erschüttert, dass sein Herz versagt hat, nicht wahr? Achten Sie gar nicht auf mich, Dmitri. Wenn Sie das Bedürfnis haben, zu weinen, dann tun Sie's, dann wird Ihnen leichter. Es ist dummes Zeug, dass Männer nicht weinen dürfen, wenn Kummer und Schmerz sie bedrückt ... dann dürfen sie, sollen sie weinen. Sagen Sie nichts, kommen Sie ... ja, so ist es recht. Geben Sie mir die Autoschlüssel. Wie riegelt man den Wagen ab? Dieser Knopf hier? Und die Alarmanlage? Ich mach das schon, ich weiß, wie das geht. Trinken Sie erst einmal eine Tasse heißen Kaffee, dann kommen Sie schon wieder zu sich.« Katja sah, dass er unter Schock stand, und redete drauflos, um ihn zu beruhigen. Nicht die Worte waren wichtig, sondern die Stimme, die Intonation, das Timbre.

Dmitri legte ihr den Arm um die Schultern und lehnte sich so schwer auf sie, dass es wehtat. Ihr war die Berührung unangenehm, doch sie machte keine Anstalten, sich zu befreien oder Dmitri wegzustoßen. Sie konnte seinen heftigen Herzschlag hören. Erst in der Küche, nach der zweiten Tasse starken Kaffees, kam er ein wenig zur Besinnung.

»Verzeihen Sie, dass ich Sie geweckt habe, Katja.« Er blickte sie an, schien sie aber gar nicht richtig wahrzunehmen.

»Das macht nichts, Dmitri. Bei einem solchen Schicksalsschlag, mein Gott ... der arme Wladimir Kirillowitsch. Soll ich vielleicht Andrej Krawtschenko anrufen?«

»So habe ich mir die nächste Begegnung mit Ihnen wirklich nicht vorgestellt.« Selbst in dieser Situation siezte er sie beharrlich weiter. »Wer hätte das gedacht ...«

»War es ein Herzanfall? Er fühlte sich ja schon bei der Totenfeier nicht gut«, sagte Katja. »Haben die Ärzte denn nichts gemerkt?«

Dmitri brach in Tränen aus, und tiefes Mitleid stieg in Katja auf. Männertränen waren schrecklich, weil Männer sich ihrer schämten und stets versuchten, sie zu unterdrücken oder zu verbergen. Und wenn es ihnen nicht gelang, verwandelten die Tränen sich oft in hysterisches Schluchzen, in einen regelrechten Zusammenbruch.

Katja brach beim Anblick des erschütterten Dmitri selbst in Tränen aus; sie hatte ohnehin nah am Wasser gebaut und hatte gleich Mitleid mit allem und jedem.

Als Dmitri sich ein wenig beruhigt hatte, gab sie ihm einen Schuss Kognak in den Kaffee.

»Wo ist es denn passiert?«, fragte sie. »Bei der Arbeit oder zu Hause?«

»Im Bad. Wir konnten nichts tun. Er hat seinen Elektrorasierer ins Wasser fallen lassen, verstehen Sie? Er konnte nicht einmal mehr um Hilfe rufen – ein Schlag und ...«

»Seinen Elektrorasierer?«

»Ja, ein Stromschlag hat ihn umgebracht. Als ich das Badezimmer betrat, lag mein Vater dort. Es war entsetzlich. Er hat in letzter Zeit nicht gearbeitet, hat sich mies gefühlt. Nach der Totenfeier ist er auf der Datscha geblieben, der guten Luft wegen. Marussja hat sich um ihn gekümmert. Eine Pflegerin wollten wir vorläufig noch nicht einstellen, er hatte ja noch keine Schmerzen ... Die Medikamente haben ihm geholfen. Warum musste er so sterben, mein Gott ...« Katja konnte Dmitri nur schlecht verstehen; er redete wie ein Wasserfall. »Er hat mich angerufen, hat mich gebeten zu kommen ... Iwan hat er auch angerufen ... als ob er es vorausgeahnt hätte, hat er uns alle versammelt. Wir saßen mit ihm zusammen beim Abendessen, alles war gut. Dann ... es war schon dunkel ... Katja, wir haben erst nach zwei Stunden seine Abwesenheit bemerkt! Nirgends war er zu finden. Onkel Waleri suchte oben nach ihm, und ich schaute ins Bad ... Und da war er, lag im Wasser, schwarz, schrecklich ... ich habe ihn im ersten Moment gar nicht erkannt! Er hat den Rasierer ins Wasser fallen lassen, wollte sich wohl rasieren ... Warum, zum Teufel, musste er sich mitten in der Nacht rasieren? Der Notarzt kam, künstliche Beatmung, Massage, aber er war schon tot ... alles war zwecklos ... zu spät.« Basarow lehnte sich an die Wand und schloss die Augen. »Ein Unfall, heißt es. Unvorsichtiger Umgang mit einem Elektrogerät. Der Arzt hat die Miliz gerufen. Ich kann jetzt nicht allein sein, Katja. Die leere Wohnung ... Verzeihen Sie bitte, dass ich so bei Ihnen hereingeplatzt bin, um diese Zeit ...«

Sie drückte schweigend seinen Kopf an ihre Brust. Sein Haar war dicht und hart und wurde an den Schläfen schon grau. Die Haut aber war jung, gepflegt und glatt.

»Ist Ihr Bruder noch dort geblieben?«, fragte sie.

»Ich habe ihn gar nicht gefunden. Nach dem Abendessen ist er nach Otradnoje abgebraust, wie immer. Den hält es nicht zu Hause, er muss nachts ständig auf Achse sein. Ich bin auf dem Weg hierher an seinem Camp vorbeigefahren, habe seine bekloppten Schüler aus dem Bett geworfen, aber er selber war nicht da. Und sie wussten nicht, wo er steckt.«

»Bei Ihnen auf der Datscha war die Miliz?«, erkundigte Katja sich vorsichtig.

»Der Notarzt hat sie gerufen. Er sagte, das sei bei Unfällen so vorgeschrieben. Onkel Waleri hat mit ihnen gesprochen, und Iwan, und Oma. Ich konnte nicht. Mir hat der Arzt eine Spritze gegeben. Es wird eine Autopsie gemacht. Das soll bei solchen Unfällen Vorschrift sein ...«

»Aber wie soll ich Ihnen helfen, Dmitri?« Katja schaute ihm in die Augen. »Sie sind stark, Sie müssen durchhalten, an Ihre Angehörigen denken, an Ihre Brüder und Ihre Oma. Sie sind jetzt das Oberhaupt der Familie. Sie und Stepan.«

»Stepan interessiert sich nicht mehr für die Familie. Er interessiert sich seit längerer Zeit für gar nichts mehr.« Dmitri beugte sich ganz nah zu Katja. »Sie reden mit mir wie mit einem Kind, Katja. Wie eine fürsorgliche Mutter mit ihrem kleinen Jungen.« Er strich ihr mit der Hand übers Haar und schob ihr behutsam eine verrutschte Strähne aus der Stirn.

»Wie kann ich Ihnen helfen, Dmitri?«, wiederholte sie leise.

Er wich ein Stück zurück. Wieder wirkte er wie erloschen, als hätte man eine Kerze ausgepustet. »Sie zittern ja am ganzen Körper«, sagte er. »Ist Ihnen kalt?«

»Ja, wahrscheinlich ... Es ist ein frischer Morgen, ich mache lieber das Küchenfenster zu.« Katja musste sich bewegen, umhergehen, reden. Nur nicht schweigen!

»Sie lügen, Katja. Sie haben Angst vor mir. Aber ich will Sie nicht ins Bett zerren, keine Bange, ich bin kein Schwein ...«

Er fuhr um halb sechs. Katja begleitete ihn bis zum Auto. Zum Abschied sagte er, dass er nachmittags auf die Datscha zurück müsse – man habe ihn gebeten, zur Miliz zu fahren. »Irgendwelche Formalitäten, bei denen meine Anwesenheit erforderlich ist ...«

Katja erbot sich, ihn zu begleiten. Vielleicht konnte sie als

»offizielle Person« ihm helfen; schließlich war sie beim Polizeipräsidium angestellt.

»So viele Todesfälle, Dmitri.« Sie seufzte kummervoll. »In eurer Familie nun schon der zweite. Und in eurer Gegend, bei Uwarowka, häufen sich die Katastrophen ... diese Morde, Sie haben sicher davon gehört.«

Er nickte, aber sie sah ihm an, wie fern ihm fremdes Unglück jetzt war.

»So habe ich mir unser Treffen wirklich nicht vorgestellt«, sagte er zum Schluss. »Tja ... das Schicksal hat es so gewollt.«

Katja kehrte ins Haus zurück, spülte die Tassen und machte sich für die Arbeit fertig. Sie wusste, dass sie aus dem morgendlichen Lagebericht noch Einzelheiten über das Vorgefallene erfahren würde. Und die anderen Ereignisse ...

Ich muss in dieses verflixte Rasdolsk, dachte sie, während sie Sergejs Nummer wählte, um ihm die Neuigkeit mitzuteilen. In dieser Gegend geht irgendetwas Seltsames vor, das ist nicht zu verkennen. Ein Elektrorasierer, der ins Wasser fällt ... ein Unfall ... ausgerechnet ...

13 Ein Unfall?

Kolossow versuchte gar nicht zu verbergen, dass auch ihm dieser Fall von Anfang an nicht gefallen hatte. Egal, was jetzt in Rasdolsk passierte – ein Betriebsunfall, ein Eisenbahnunglück oder sonst ein verdächtiges Vorkommnis –, jetzt würde *er* als Leiter der Mordkommission und Chef des Einsatz- und Ermittlungskommandos für alles zuständig sein.

Die Miliz war um dreiundzwanzig Uhr fünfzehn auf die Datscha der Basarows gerufen worden. Kolossow traf absichtlich ein klein wenig später ein, um den Kollegen aus dem Ort Gelegenheit zu geben, sich als Herren der Lage zu fühlen. Von den Basarows wusste er nur eins: Die Familie gehörte dank des Großvaters, des berühmten Regisseurs, zu einem Kreis, in dem kein Ereignis, nicht einmal das nebensächlichste, unbemerkt blieb. Vor kurzem erst waren auf dem Kulturkanal Reportagen vom Begräbnis des Regisseurs gezeigt worden; fast alle Sender hatten die alten Filme von ihm gebracht.

Und nun war ein weiteres Mitglied der Familie auf tragische Weise ums Leben gekommen.

Der allwissende und allgegenwärtige Sidorow gab Kolossow auf der Fahrt zur Datscha ein paar kurze Informationen über die Basarows.

»Die schwimmen im Geld, Nikita Michailowitsch«, teilte

er mit. »Auf die Datscha kommen sie selten. Aber auf dem Dach haben sie eine Satellitenschüssel installiert. Und als die Telefonleitung zur Siedlung zusammenbrach, hat Wladimir Kirillowitsch – das ist der, der jetzt gestorben ist – sofort Monteure aufgetrieben. Zwei Tage später war ein neues Kabel gelegt. Diese Leute haben einfach alles – Verbindungen, Geld, Einfluss. Den Großvater Kirill habe ich letztes Jahr nur dreimal gesehen. Aber er war ein rüstiger Alter. Zum Schluss soll er allerdings gelähmt gewesen sein. Einer von seinen Söhnen ist auch Regisseur und mit einer Ausländerin verheiratet. Es heißt, er habe selbst die Staatsbürgerschaft gewechselt. Und die Enkel ... Einer hat es geschafft, für Papas Geld bei der lokalen Verwaltung ein nettes Schnäppchen zu machen – das ehemalige Touristenheim in Otradnoje. Da üben sie sich jetzt in Kampfsportarten, Shaolin und so 'n Zeug. Aber es hat alles seine Ordnung, mit Lizenz und Registrierung, ich habe es persönlich überprüft.«

Auf der dunklen Veranda der Datscha wurden sie von einem Arzt und zwei alten Frauen empfangen. Die eine saß im Rollstuhl, die andere bemühte sich nach Kräften, diesen Rollstuhl von der Veranda zu schieben. Es stellte sich heraus, dass die Frau im Rollstuhl die Witwe des berühmten Regisseurs war, Anna Pawlowna Mansurowa (niemals hätte Kolossow in diesem verrunzelten alten Tintenfisch den Filmstar wiedererkannt, für den sein Großvater früher während des Krieges geschwärmt hatte). Die andere Frau war ihre Hausangestellte.

»Der Bär hat die Gräfin geraubt!«, rief die Mansurowa heiser und deutete mit dem Finger auf Kolossow. »Da ist er ja, da ist er – nun schießt doch! Mehr Licht, mehr Licht! Klappe – aus – noch mal! Mein Gott, was bin ich müde.

Wann ist diese Folter endlich vorbei? Lieber möchte ich tot sein. Wer ist denn das? Einer von den Statisten aus der Massenszene? Sagt Kirill, er soll diesen Burschen unbedingt in Großaufnahme bringen. Ein origineller Typ.«

Auf Kolossows verlegenes Lächeln hin winkte die Hausangestellte ab. »Sie redet wirres Zeug, achten Sie nicht darauf. Man hat ihr gerade von dem Unglück erzählt.«

»Ist der Tote ihr Sohn?«, fragte Kolossow.

»Sie war seine Stiefmutter, junger Mann.« Die Hausangestellte bückte sich und löste die Hände der Mansurowa, die sich um den Türpfosten geklammert hatten. »Anna, nun hören Sie schon auf! Warum schreien Sie so? Sie sind zu Hause, nicht im Filmstudio. Sehen Sie sich um – hier ist niemand außer Ihren Angehörigen. Und das ist die Miliz, die da gekommen ist.«

»Miliz? NKWD? Wieso? Will man mich verhaften? Weshalb? Um Gottes willen, lassen Sie mich Marschall Budjonny anrufen! Er wird nicht zulassen, dass man mir etwas zu Leide tut ...«

»Sie ist völlig senil, hat Halluzinationen«, erklärte die Hausangestellte den Besuchern und sprach dann wieder auf ihre Herrin ein: »Die sind doch nicht Ihretwegen hier, Anna. Man hat Ihnen doch gesagt, dass Wladimir tot ist; deshalb sind die Männer gekommen. Wladimir ist im Bad ausgerutscht und tödlich verunglückt. Kommen Sie zu sich, Anna. Begreifen Sie doch, was man Ihnen sagt. Ein Unglück ist geschehen!«

Ein wenig unsanft beförderte die Hausangestellte den Rollstuhl ins Innere des Hauses.

Als Letztes hörte Kolossow die Stimme der Mansurowa: »Der Bär schleppt die Frau fort! Schießt endlich! Noch mal, aber mit mehr Licht!«

Im Haus und im Hof eilten Menschen umher. Autos fuhren vor. Der Krankenwagen war aus Rasdolsk gekommen, zusammen mit den Notärzten aus dem zentralen Klinikum. Dazwischen liefen Mitarbeiter der Miliz und aufgeregte Nachbarn aus den umliegenden Datschen herum. Kolossow versuchte herauszufinden, wer aus dieser bunt gemischten Menge zur Familie Basarow gehören könnte. Die Zeugenvernehmungen hatte er auf später verschoben und beschlossen, sich zuerst den Ort anzusehen, wo der Unfall passiert war.

Alle bis auf den Notarzt wurden gebeten, das geräumige Badezimmer für einige Minuten zu verlassen. Die Leiche Wladimir Basarows lag in einer Blutlache auf dem gefliesten Fußboden, neben Wattetampons, zerbrochenen Ampullen und Spritzen. Ein tragbares Beatmungsgerät stand auf dem Boden neben seinem Kopf. Die Ärzte hatten offenbar alles versucht, jedoch vergeblich.

Kolossow inspizierte das Bad in aller Ruhe. Es war erst kürzlich renoviert worden: Eurodesign, das mit der übrigen Einrichtung der Datscha nicht besonders harmonierte. Eine große gusseiserne Wanne, daneben ein Waschbecken, eingebaut in einen Spiegelschrank, ein Handtuchtrockner, ein weiterer kleiner Schrank. Kolossow öffnete ihn: Shampoos, Zahnbürsten, Seife, Toilettenpapier, ein Föhn. Er beugte sich nach vorn, um die Tür in Augenschein zu nehmen. Von innen konnte sie nicht verschlossen werden. Ein Riegel fehlte; es gab nur einen drehbaren Türgriff. Die Wanne war zur Hälfte mit Wasser gefüllt, das längst kalt geworden war. Auf dem Boden der Wanne lag der Elektrorasierer: schwarzes Plastikgehäuse, Kabel und Stecker.

»Wer hat den Rasierer ausgeschaltet und den Stecker aus der Steckdose gezogen? Sie?«, fragte Kolossow den Arzt.

»Der Sohn des Toten. Der die Leiche gefunden hat.«

Kolossow krempelte sich die Ärmel auf und holte das Elektrogerät vorsichtig aus dem Wasser. Marke »Philips«. Am Kabel, direkt am Gehäuse, war die Plastikumhüllung geplatzt, sodass die nackten Drähte zu sehen waren. Kolossow rief durch die Tür, die Männer vom Einsatzkommando sollten Zellophan bringen, um das Beweisstück zu verpacken. Dann machte er sich daran, die Hände des Toten zu untersuchen. Auf dem rechten Handteller Wladimir Basarows waren deutlich graugelbe Brandbläschen und eine purpurne Rötung zu sehen.

»Schon Schwachstrom von fünfzig bis sechzig Volt ist lebensgefährlich, und hier haben wir die Standardspannung – zweihundertzwanzig Volt. Er hat offensichtlich das Kabel mit der nassen Hand an der Stelle angefasst, wo die Umhüllung beschädigt ist.« Der Arzt warf einen Seitenblick auf die Leiche. »Er war schon tot, als wir eintrafen. Der Sohn schrie: ›Tut doch etwas!‹, aber es war zu spät.«

»Ist er gefallen und in der Wanne ertrunken? Was meinen Sie?«, fragte Kolossow.

»Nein, die Symptome sind die von Asphyxie, nicht die eines Todes durch Ertrinken. Durch die Einwirkung von Strom tritt der Tod sehr schnell ein: Die Schädigung des zentralen Nervensystems führt zur Lähmung des Atemzentrums. Ich denke, die Autopsie wird das bestätigen. Er stand vermutlich aufgerichtet in der Wanne, nahm den Rasierer aus dem Schrank und steckte den Stecker in die Dose.«

»Die Steckdose ist gleich neben der Tür.« Kolossow bückte sich. »Hier ist ein Dreifachstecker. Der Handtuchtrockner ist ebenfalls angeschlossen.«

»Als er den Rasierer einschaltete«, fuhr der Arzt fort, »bekam er den tödlichen Schlag. Er stürzte und schlug mit dem

Hinterkopf auf den Wannenrand – vielleicht wird man bei der Autopsie ein Schädelhirntrauma finden. Und der Rasierer fiel ins Wasser. Das Ding hätte glatt explodieren können.«

»Ich könnte mir noch eine andere Version der Ereignisse vorstellen.« Kolossow betrachtete eingehend die Wanne. »Basarow nimmt den Elektrorasierer, der noch nicht ans Stromnetz angeschlossen ist, in die Hand. Er sieht das beschädigte Kabel. In diesem Moment betritt jemand das Badezimmer und steckt den Stecker in die Steckdose. Sie ist ja direkt neben der Tür, man braucht nur die Hand auszustrecken. Das Ergebnis wäre vermutlich das gleiche, nicht wahr?«

»Ja. Aber so etwas gibt es nur in drittklassigen Krimis«, knurrte der Arzt ungnädig. »Was soll der Blödsinn? Wer kommt denn auf solche Ideen?«

»Ist es etwa kein Blödsinn, sich mitten in der Nacht in der Badewanne zu rasieren?«

»Tja, was weiß ich. Die Autopsie wird das klären.« Der Arzt kratzte sich nachdenklich am Kinn. »Haben Sie denn ernsthafte Zweifel daran, dass es ein Unfall war?«

Kolossow machte die Badezimmertür weit auf: Jetzt waren die Kollegen aus Rasdolsk an der Reihe. Er würde sich inzwischen einen der Hausbewohner vornehmen. Aber wie sich herausstellte, waren die Familienangehörigen bereits allesamt vergeben: Mit Waleri Kirillowitsch, dem Bruder des Toten, sprach Oberst Spizyn selbst; die beiden hatten sich in ein Zimmer im ersten Stock zurückgezogen. Mit der jungen Blondine im schwarzen Rolli und in Jeans – der Braut eines der Söhne – unterhielt sich der Chef der lokalen Miliz. Der Hauptzeuge Dmitri Basarow – er hatte seinen Vater im Badezimmer gefunden – war nicht fähig, Rede und

Antwort zu stehen, denn er befand sich in einem Zustand völliger seelischer Erschöpfung. Ein Arzt und eine Krankenschwester bemühten sich um ihn, maßen seinen Blutdruck und gaben ihm irgendwelche Spritzen. Selbst die Hausangestellte wurde bereits von Kolossows eifrigen Kollegen vernommen. Doch als Kolossow am dunklen Wohnzimmer vorbeiging, hörte er plötzlich unterdrücktes Schluchzen. Er blieb stehen, beugte sich ins Zimmer und knipste das Licht an.

Auf dem Boden neben dem alten Ledersofa lag auf einem Bärenfell, mit dem Gesicht nach unten, ein Junge in weißen Jeans und einem modischen orangefarbenen Pullover. Seine Schultern zuckten. Das musste der jüngste Sohn des Toten sein. In dem ganzen Tohuwabohu hatte man ihn völlig vergessen. Kolossow ging durchs Zimmer und setzte sich, mit dem Rücken ans Sofa gelehnt, auf den Fußboden. Aus dem Bärenfell flog erschrocken eine verschlafene Motte auf und begann um die Lampe zu kreisen. Neben einem Sofabein lag ein Walkman mit gesplittertem Gehäuse. Entweder hatte man ihn gegen die Wand geschmettert, oder jemand hatte mit dem Schuhabsatz darauf getreten. Kolossow nahm die Kassette heraus; es war der Soundtrack zum Film »Das Fünfte Element«.

»Dein Vater wird gleich weggebracht. Möchtest du nicht Abschied von ihm nehmen?«, fragte er leise. Die Antwort bestand aus lautem Schluchzen.

»Wo ist deine Mutter? Verreist?«

»Ge-ge-storben ...«

Kein guter Anfang für ein Gespräch. Kolossow seufzte.

»Wie alt bist du?«

»A-achtzehn.« Der Junge drückte sein Gesicht noch fester in das staubige Bärenfell. »Sie kam bei einem Autounfall ums Leben, auf einer Bergstraße ... auf der Rückfahrt von einer Kur in Gagry. Ich ... ich habe bei meinem Großvater gelebt. Aber er ist auch gestorben ...«

»Ich habe davon gehört.« Kolossow seufzte erneut. »Und gesehen. Im Fernsehen. Deinen Großvater kannte man im ganzen Land. Seine Filme habe ich schon in der Schule gesehen. Du heißt nicht zufällig Kirill, ihm zu Ehren?«

»Nein. Ich heiße Iwan.« Ein vom Weinen verquollenes Gesicht schaute Kolossow an. »Wer sind Sie?«

Zum x-ten Mal stellte Kolossow sich vor.

»Mordkommission?« Der Junge richtete sich auf und stützte sich auf den Ellbogen. »Wieso Mordkommission?«

»Das ist nun mal mein Job. Ein ziemlich beschissener Job.« Kolossow reichte dem Jungen die Kassette. »Hier, nimm. Sie ist noch heil.«

»Zum Teufel damit!« Iwan vergrub das Gesicht wieder im Fell. »Lassen Sie mich in Ruhe.«

»Wem gehörte der Rasierapparat, Iwan?«, fragte Kolossow, als hätte er den letzten Satz gar nicht gehört.

»So ei... einen ... Schrott an... anzuschleppen.« Der Junge schluchzte so heftig, dass er ins Stottern geriet.

»Wem gehörte er?«

»Keinem. Er lag einfach im Bad herum. Verfluchtes Mistding ...«

»Und wer hat ihn gewöhnlich benutzt?«

»Dmitri. Der steht dauernd vor dem Spiegel und wienert sich die Visage.«

»Hast du den Apparat auch schon mal benutzt?«

»Ich hab meinen eigenen.«

»Was machst du eigentlich? Eine Ausbildung, eine Lehre?« Kolossow stellte seine Fragen, als spielte er Dart: einen Pfeil hierhin, einen Pfeil dorthin. Der Junge schien sich zu beruhigen; das hysterische Schluchzen hatte vorerst aufgehört. Das musste man nutzen.

»Wir haben ein Tonstudio ... für Musikaufnahmen. Ich bin der Imagemaker.«

»Aha. Und wessen Image machst du?«

»Das von unserer Gruppe, ›Amnesie des Herzens‹. Haben Sie die mal gehört?« Wieder stützte er sich auf. Eine Locke seiner dunklen, mit Gel gestylten Haare fiel ihm in die Stirn, und er strich sie mit einer fließenden, eleganten Geste zurück.

»Dein Vater ist tot, Iwan. Der Grund ist vermutlich das defekte Elektrogerät. Erzähl mir der Reihe nach, was gestern Abend passiert ist.«

Stotternd und stockend begann Iwan zu erzählen. Brauchbare Informationen musste man ihm allerdings mühsam aus der Nase ziehen.

»Und warum ist dein Vater in den letzten Tagen nicht zur Arbeit gefahren?«, fragte Kolossow.

»Er fühlte sich mies.«

»Er hatte sich wohl erkältet?«

»Nein!« Dieses »Nein« klang so scharf und böse, dass Kolossow begriff: Wenn er jetzt weiterbohrte, würde es wieder einen hysterischen Ausbruch des Jungen geben. Deshalb stellte er rasch eine neue Frage: »Ihr alle – deine Brüder, deine Oma, dein Onkel und diese Lisa –, ihr alle habt euch, wie du sagst, nach dem Abendessen von deinem Vater verabschiedet. Das stimmt doch? Und was hast du anschließend gemacht? Wo warst du?«

»Nichts hab ich gemacht. Ich hab hier gesessen.«

»Hier im Wohnzimmer?« Kolossow schaute zur Tür. »Und du hast nichts gehört? Das Bad ist doch gleich drüben auf der anderen Seite des Flurs.«

Iwan blickte auf den zerbrochenen Walkman. Plötzlich packte er ihn und schleuderte ihn mit aller Kraft gegen das Fenster. Glas splitterte. In diesem Moment begriff Kolossow.

»Tja, so was kommt vor«, murmelte er leise.

»Mein Vater hat um Hilfe gerufen, und ich ...«

»Und du hast Filmmusik gehört. Deine Brüder haben die Abwesenheit ihres Vaters zu spät bemerkt, und dein Onkel ...«

»War betrunken.« Iwan presste die Lippen zusammen. »Dieser jämmerliche Säufer! Eigentlich müsste er morgen zusammen mit Magda zurück nach München, aber jetzt bleibt er, um seinen Kummer zu ertränken.«

»Magda? Ist das seine Frau? Eine Ausländerin?«

»Ja. Und Stepan war sofort nach dem Essen verschwunden. Wahrscheinlich weiß er noch gar nichts.«

»Stepan ist dein ältester Bruder?«

»Ich habe zwei älteste Brüder. Zwillinge.« Iwan lächelte verzerrt. »Zwei Bären.«

»Wieso zwei Bären?«

»So hat Oma uns genannt, früher, als Kinder. Die drei Bären – wie in dem Märchen.«

»Ah, ich verstehe. Eure Großmutter habe ich bereits kennen gelernt. Der Schmerz hat sie offenbar völlig verwirrt.«

»Ach, die ist schon seit zehn Jahren nicht mehr richtig im Kopf. In unserer reizenden Familie schnappen alle in regelmäßigen Abständen über. Jeder hat seine Macke.«

»Du sprichst nicht gerade freundlich von deinen Angehörigen, Iwan«, meinte Kolossow. »Dabei hast du jetzt praktisch nur noch deine Brüder.«

»Diese Bastarde brauche ich nicht.« Iwan wischte sich mit dem Ärmel die Tränen weg. »Ich hätte nicht gedacht, dass es mit Vater so schnell passieren würde ...«

»Dass was so schnell passieren würde?« Kolossow sah ihm in die Augen.

Iwan wandte sich ab und schwieg. Kolossow fiel auf, dass der Junge über gewisse Themen nicht sprechen wollte, während er auf andere Dinge sehr ausführlich einging, wobei er manchmal gehässig wurde, trotz seines aufrichtigen Kummers.

»Kannst du dich nicht doch genauer daran erinnern, wer den Rasierapparat zuletzt benutzt hat?«

»Als wir hierher kamen – Dmitri. Aber wir sind ja erst nach Großvaters Beerdigung gekommen. Es waren schon Gäste da, die hier übernachtet haben. Von denen haben sicher auch welche den Apparat genommen.«

»Hat niemand gesagt, dass das Kabel beschädigt war?«

Iwan schüttelte verneinend den Kopf.

»Ich hab nichts gehört. Ich bin sowieso selten hier. Nur wenn ...«, er stockte, »nur wenn es sich nicht vermeiden lässt, zum Beispiel zur Gedächtnisfeier. Heute hatte mich mein Vater selbst darum gebeten.«

»Und wie bist du hierher gekommen?«

»Mit der Bahn.«

Kolossow brummte erstaunt. Dass dieses Enfant terrible aus einer solch piekfeinen Familie sich anderthalb Stunden lang in einem schmutzigen Eisenbahnwagen durchrütteln ließ ...

»Was starren Sie mich so an?« Iwan machte ein finsteres Gesicht. »Ich hab momentan kein Auto. Es wird zurzeit verkauft. Manchmal nehmen meine Freunde mich mit.«

»Diese Amnestiker? Entschuldige, dass ich sie so nenne.«

»Macht nichts. Hier nennt man sie noch ganz anders.« Iwan schlug die Augen nieder. Seine Wimpern waren dicht und samtig, wie bei einem Mädchen.

»Deine Familie ist wohl mit deinen Musikerfreunden nicht einverstanden, wie?«, vermutete Kolossow.

»Sie sind wie Brüder für mich.«

»Ihr wohnt zusammen?«

»Was? Ich ... ja, wir wohnen zusammen.« Iwan errötete erstaunlicherweise. »Es ist aber nicht so, wie Sie denken.«

»Was denke ich denn?« Kolossow unterdrückte ein Lächeln.

»Wir haben eine Wohngemeinschaft, weiter nichts!«

»Ich verstehe.« Kolossow horchte: Lärm, Getrampel und aufgeregte Stimmen waren zu vernehmen. Offenbar wurde die Leiche abtransportiert.

»Geh nach unten, Iwan, nimm Abschied von deinem Vater«, sagte er und stand auf. »Der Tod macht einen Menschen nicht schöner, und ein so schrecklicher Tod erst recht nicht, aber geh trotzdem zu ihm, sieh ihn ein letztes Mal an. So ist es nur recht. Männlich und tapfer.«

Er hielt dem Jungen die Hand hin.

Iwan zögerte, dann fasste er zu, und Kolossow half ihm auf. Vor der Abfahrt von der Datscha – draußen war es schon Nacht, eine kühle, sternenklare, tintenschwarze Nacht, wie es sie nur zu Anfang des Sommers gibt – beriet Kolossow sich kurz mit Spizyn. Der Chef der Rasdolsker Miliz hegte ebenfalls große Zweifel, dass es sich um einen Unfall handelte. »Der Teufel soll sich hier auskennen, Nikita Michailowitsch«, flüsterte Spizyn. »Eine reiche Familie. Basarow selbst war ein Profi, ein alter Fuchs, Geschäftsführer von ›Öl und Gas‹ – das ist schließlich kein Tante-Emma-Laden. Weiß der Kuckuck, was hier passiert ist. Das riecht mir nach einer Erbsache. Ich denke, man muss sich gründlicher damit beschäftigen. Das ist doch verdächtig – ein kaputtes Kabel! Wer hat es so plötzlich beschädigt? Vielleicht bringt ein Gutachten etwas zu Tage. Am besten, wir warten, bis es vorliegt. Inzwischen ... Mit dem Bruder habe ich schon gesprochen, der ist ein Säufer. Viel Vernünftiges war aus dem nicht rauszuholen. Weißt du was? Wir laden diese Zwillingssöhnchen für morgen vor und nehmen sie in die Mangel. Es ist doch merkwürdig: Der eine kurvt ständig in der Gegend herum, der andere hat einen Nervenzusammenbruch, obwohl er aussieht wie ein Stier.«

Kolossow nickte nur. Er hatte in Rasdolsk genug eigene Probleme; die Basarows und deren Familiengeheimnisse interessierten ihn momentan herzlich wenig.

»Ein Unglück kommt selten allein.« Spizyn schob seine Uniformmütze hoch und wischte sich mit einem Taschentuch die feuchte Stirn ab. »Vier Leichen haben wir schon in unserem Bezirk, eine fünfte hat uns gerade noch gefehlt. Und wo muss die auftauchen? Ausgerechnet in Uwarowka, wo sonst höchstens mal was aus einer Datscha geklaut wird.«

Wieder nickte Kolossow zerstreut. Uwarowka. Katja hatte ihn gebeten, hierher zu fahren. Nun war er hier gewesen – und was weiter? Wen kannte sie hier persönlich? Worauf hatte sie überhaupt hinausgewollt?

14 Der tote Hund

Vom frühen Morgen an klingelte pausenlos das Telefon in Kolossows neuem Büro. Die Einzelheiten von Wladimir Basarows Tod interessierten offensichtlich sehr viele Leute: Zeitungsredakteure, Vertreter von Immobilienfonds, von Holding- und anderen Gesellschaften, Ministerialbeamte.

Doch alle Neugierigen, ausgenommen natürlich die aus dem Ministerium, schickte Kolossow höflich zum Teufel. Als Letzter rief ein gewisser Herr Swiridow an, stellte sich als Leiter der Investitionsabteilung der Gesellschaft »Öl und Gas von Russland« vor und verlangte ein persönliches Treffen mit den Vertretern der Justiz, die die Umstände »des Ablebens meines lieben Freundes und Kollegen Wladimir Basarow, Leiter der Verwaltungsabteilung der Gesellschaft« untersuchten. Diesen Mann wimmelte Kolossow nicht ab; Swiridow konnte noch von Nutzen sein, was nähere Informationen betraf. Sie verabredeten, dass Swiridow um zwölf aufs Revier in Rasdolsk kommen sollte.

Bis zu diesem Treffen war noch Zeit, und Kolossow beschloss, sie nicht zu vergeuden. Hätte er Spizyn oder anderen Kollegen gesagt, wohin er nun fahren und was er aufklären wollte, hätten sie vermutlich geglaubt, er sei vor lauter Arbeit übergeschnappt. Daher zog Kolossow es vor, niemanden über seine Pläne zu informieren und nur dem Wachhabenden zu sagen, dass er bald zurück sei.

Er konnte es kaum erwarten, mit eigenen Augen zu sehen, was ihm seit einiger Zeit keine Ruhe ließ. Die Straße tauchte aus dem Wald auf und führte am Flussufer entlang. Direkt an der Strecke lag eine bescheidene kleine Tankstelle. Kolossow fuhr heran und stellte den Motor ab. Die Tankwartin, eine aschblonde Frau mittleren Alters, stand neben den Zapfsäulen und unterhielt sich lebhaft mit einem forsch aussehenden Mann in einer abgeschabten Lederjacke. Kolossow unterbrach das Gespräch mit der banalen Bitte um Benzin.

»Wie schön es hier ist, und wie ruhig«, seufzte er träumerisch. »Nur Wald ringsum. Haben Sie keine Angst hier, so allein?« Er lächelte die Blondine an.

»Ich kann mich vor Beschützern kaum retten«, erwiderte sie lachend.

»Als ich das letzte Mal hier vorbeikam, hatten Sie hier so einen aggressiven Hund.« Kolossow zeigte auf den leeren Zwinger neben der Einfahrt. »Wo steckt er?«

»Unser Kasbek? Der ist tot.«

»Vergiftet? Oder von einem Auto überfahren?«, erkundigte Kolossow sich gleichmütig.

»Von wegen Auto! Ich selber habe es nicht gesehen, aber mein Kollege war dabei. Es war schon spät am Abend. Plötzlich wurde Kasbek ganz wild, hat gebellt und geknurrt. Mein Kollege guckt zum Fenster raus – keiner zu sehen. Kasbek kläfft und kläfft und wird dann wieder ruhig. Tja, dann wurde es Zeit, ihn zu füttern. Mein Kollege, eine ziemliche Schlafmütze, macht die Zwingertür auf. Er hat beide Hände voll – er brachte Kasbek ja seine Schüssel. Kasbek, nicht faul, ist sofort draußen, schmeißt den Burschen fast noch um, rennt über die Straße und in den Wald. Und weg war er.«

»Vielleicht hat er irgendwas gewittert? Oder wollte Hundehochzeit feiern?«

»Das muss dann aber eine Teufelshochzeit gewesen sein«, sagte die Frau. »Zwei Tage später kamen zwei Jungs aus Mebelny. Euer Kasbek, sagten sie, liegt mit gebrochenem Genick in der Schlucht hinter der Brücke.« Die Frau seufzte. »Wie viel Liter wollen Sie?«

Kolossow bat sie, den Wagen voll zu tanken, zahlte und fuhr weiter. Ungefähr anderthalb Kilometer hinter der Abzweigung nach Mebelny führte ihn eine vom Regen aufgeweichte Straße zur Brücke über die Schlucht. Kolossow hielt und stieg aus. Ein dunkler, stiller Märchenwald, wie aus dem Bilderbuch. Frisches junges Gras, Schmetterlinge, die munter um den Löwenzahn flatterten. Stille. Frieden. Unten auf dem Grund der Schlucht plätscherte ein Bach. Vorsichtig stieg Kolossow den Hang zum Grund der Schlucht hinunter, wobei er immer wieder auf dem lehmigen Boden ausglitt und sich an Baumstämmen festhalten musste.

Plötzlich stieg ihm der Übelkeit erregende Geruch nach Aas in die Nase. Der Gestank wurde immer stärker. Kurz darauf entdeckte Kolossow den Hundekadaver in einem Gestrüpp aus Brennnesseln und jungem Farn. Schwärme von grünen Fliegen umschwirrten ihn. Kolossow holte seine Gummihandschuhe aus der Hosentasche, streifte sie über und beugte sich über den Haufen faulenden Fleisches. Tatsächlich, dieser Kasbek war ein imposantes Tier gewesen – ein Moskauer Wachhund. Kolossow berührte die von der Verwesung verunstaltete Schnauze. Der Schädel war unverletzt, aber der Hals ...

Er streifte die Handschuhe ab, warf sie ins Gebüsch und

stieg den Abhang hinauf zurück zum Auto. Es kam ihm vor, als hüllte der Gestank ihn von Kopf bis Fuß ein und klebte auf der Haut.

Als er auf den Hof den Reviers fuhr, sah er dort auf Anhieb den dunkelblauen Volvo Swiridows stehen. Allzu sehr stach der große ausländische Wagen von den schäbigen Kleinbussen und altersschwachen Shigulis der Miliz ab. Herr Swiridow selbst, ein dicker, kahlköpfiger, apoplektisch aussehender Mann, saß noch im Wagen und betrachtete durch die Scheibe mit sichtlichem Widerwillen das Gebäude der Rasdolsker Miliz. Er war mit Bodyguard und Chauffeur zum Treffen erschienen. Kolossow bat die Männer zu sich ins Büro.

15 Vater und Söhne

Nachdem Katja beschlossen hatte, nach Rasdolsk zu fahren, um den Ereignissen näher zu sein, bat sie ihren Chef um eine entsprechende Dienstreiseorder, die ihr auch sofort bewilligt wurde – und sogar noch einen Kameramann dazu.

Von den Umständen des Todes Wladimir Basarows erfuhr sie beim morgendlichen Lagebericht. Aber es waren nur kurze, karge Informationen. Wenig Klarheit, viele Fragen. Nachdem sie den Dienstreiseantrag ausgefüllt hatte, ging Katja ungeduldig im Büro auf und ab und wartete auf Dmitris Anruf. Sie hatte dem gramgebeugten Zwilling ihre Hilfe nicht zufällig angeboten. Es war weniger eine edle Geste gewesen als schlichte Berechnung.

Vor ihrer Abreise musste Katja noch mehrere dringende Anrufe erledigen. Andrej Krawtschenko, Wadims Vater, wusste bereits von dem Unglück und war »erschüttert«. Erschüttert war auch Sergej – er rief Katja selbst an. Steif und förmlich teilte er ihr mit, dass er »trotz seiner Arbeitsbelastung heute ganz zu ihrer und Dmitris Verfügung stehe«. Katja war Sergejs Gesellschaft bei ihrer geplanten Reise sehr willkommen. Erstens verstand er sich gut mit Kolossow und würde von diesem vielleicht erfahren, was sie, Katja, niemals zu hören bekäme. Und zweitens ... zweitens wollte sie nicht mit Dmitri allein im Auto sein.

Dmitri meldete sich pünktlich um drei Uhr. Er war bereits im Präsidium und rief aus dem Büro für Passierscheine an.

»Katja, ich bin schon hier in eurem Gebäude – mit Sergej. Kommen Sie herunter. Sie haben es sich doch nicht anders überlegt? Nein? Vielen Dank. Lisa hat von der Datscha angerufen. Sie würde Sie gern sehen. Und sie möchte, dass wir sie von dort wegbringen.«

»Warum?«, fragte Katja verblüfft. »Was hat sie denn?«

»Das möchte ich am Telefon nicht sagen.«

Auf der Fahrt schwiegen sie anfangs. Dmitri sah müde und blass aus, hielt sich aber tapfer. Seine Erregung zeigte sich nur darin, dass er hektisch und ungleichmäßig fuhr. Sergej ermahnte ihn mehrere Male sanft: »Rase nicht so.«

Das anhaltende Schweigen brach Dmitri schließlich selbst. An einer Ampel fing Katja im Innenspiegel seinen durchdringenden Blick auf.

»Ich dachte, Sie sind eine ganz normale Journalistin«, sagte er. »Erst jetzt habe ich erfahren, wo Sie tatsächlich arbeiten. Sergej hat mir heute den Weg zu Ihrer Dienststelle gewiesen. Welchen Rang bekleiden Sie denn, wenn es kein Geheimnis ist?«

»Hauptmann der Miliz«, sagte Katja.

»Und gefällt Ihnen die Arbeit?«

»Mal mehr, mal weniger. So wie es Ihnen wahrscheinlich auch mit Ihrer Arbeit geht, Dmitri. Wie es uns allen geht.«

»Tja, die Studienzeit liegt lange zurück. Das Schicksal hat uns in alle Winde zerstreut ... Sie waren vermutlich auf Strafrecht spezialisiert, oder?«

»Staats- und Rechtsgeschichte und Römisches Recht.«

Dmitri stieß einen Pfiff aus.

»Und das ist nun also aus Ihnen geworden. Lisa hat mir

erzählt, dass Sie Artikel und Bücher schreiben. Für mich hat mein Vater die Wahl des Spezialfachs getroffen, ja, mein Vater ...« Er umklammerte das Lenkrad fester und beugte sich nach vorn. »Wissen Sie, woran ich heute schon den ganzen Tag denke, Katja? Der Tod ist eine erniedrigende Sache. Stepan predigt seinen Hohlköpfen im Survival-Camp immer, wie schön der Tod auf dem Schlachtfeld sei. Er stopft sie voll mit lauter bescheuerten romantischen Illusionen. Aber in Wirklichkeit ... In welch obszöner Gestalt erscheint uns doch der Typ mit der Sense! Mein Großvater war ein Bild von einem Mann. Und dann – gelähmt. Er hat geweint, gejammert, Gott um den Tod angefleht. Ich konnte es nicht mehr hören, bin aus dem Zimmer geflüchtet. Und mein Vater ...« Dmitri zog pfeifend die Luft durch die Zähne, als hätte man ihm Jod auf eine offene Wunde gegossen. »Nackt in der Badewanne. Fremden Blicken schamlos zur Schau gestellt. Ich durfte ihn nicht mal zudecken. Man hat es mir nicht erlaubt. Ihre Kollegen wollten ihn ja untersuchen ... Noahs Sohn ist für eine solche Tat bestraft worden, aber ich ... Und jetzt muss ich immer daran denken, wie ich selbst wohl einmal sterben werde.«

»Es ist Unsinn, darüber nachzudenken, Dmitri«, erwiderte Katja. »Sie sind jung, Sie haben noch das ganze Leben vor sich.«

»Lass uns die Plätze tauschen, Dmitri«, schlug Sergej vor. »Ich fahre ein Stück, und du kannst dich ein wenig ausruhen.«

»Mir geht's gut.« Dmitri setzte sich bequemer auf dem Sitz zurecht, streckte die Hand aus und schaltete den Kassettenrekorder ein: »Passenger« von Iggy Pop. »Ich habe alles unter Kontrolle. Macht euch keine Sorgen. Ich bringe euch heil und gesund nach Rasdolsk. Kein Wort mehr über meine Nerven. Sonst halten Sie mich noch für einen Waschlappen, Katja, der immer nur jammert und klagt.«

»So denke ich keineswegs über Sie, Dmitri«, widersprach Katja.

Der Rest der Fahrt verlief wieder schweigend. Nur Sergej machte hin und wieder belanglose Bemerkungen über das Wetter. In Rasdolsk empfing Kolossow sie im Flur. Sergej und er begrüßten einander, als hätten sie sich vor kurzem erst gesehen. Dabei lag ihre letzte Begegnung fast ein halbes Jahr zurück.

»Wie steht's, Sergej?«, fragte Kolossow.

»Wie immer, Nikita. Keine besonderen Veränderungen außer Unannehmlichkeiten. Mein Freund hier hat einen schlimmen Schicksalsschlag erlitten. Darf ich vorstellen – Dmitri, der Sohn von Wladimir Basarow.«

Kolossow begrüßte Basarow mit Handschlag und warf Katja einen Blick zu. Sie verstand: Er brauchte ihre Erklärungen nicht. Sie selbst aber brannte darauf, mehr zu erfahren. Und zwar unverzüglich.

»Nikita Michailowitsch, kann ich Sie einen Moment sprechen?«, fragte sie in offiziellem Tonfall und warf dabei Dmitri und Sergej einen beschwichtigenden Blick zu: Regt euch nicht auf, gleich wird alles geklärt.

Kolossow trat schweigend beiseite und ließ sie in sein Büro, schloss die Tür aber nicht. Katja selbst stieß sie mit dem Fuß zu. Kolossow grinste.

»Du hast ja schnell Sehnsucht nach mir bekommen. Das sind also deine Bekannten aus Uwarowka. Nicht übel. Du verkehrst ja in den besten Kreisen! Und dieses geschniegelte Sensibelchen ist sicher dein Busenfreund, wie?«

»Nikita, was ist los?«, flüsterte Katja aufgeregt, ohne seine dreisten Bemerkungen zu beachten. »Warum hast du diese

Sache in die Hand genommen? Handelt es sich etwa um Mord? Hat man Wladimir Basarow umgebracht und den Unfall nur vorgetäuscht?«

Kolossow gab keine Antwort und riss stattdessen die Tür auf.

»Kommt rein, Jungs. Ich glaube, wir haben keine Geheimnisse voreinander. Katja, setz dich hierher in die Ecke, da zieht es nicht so durchs Fenster. Und sei um Himmels willen mal ein paar Minuten ruhig.«

Er verbot ihr den Mund, noch dazu in derber Form! Dabei hatte sie sich doch nur für das »geschniegelte Sensibelchen« verwenden und dabei en passant bestimmte eigene Fragen klären wollen. Na, darauf würde sie noch zurückkommen. So leicht ließ sie sich nicht abwimmeln!

Dmitri schob seinen Stuhl neben den Katjas – absichtlich und demonstrativ.

»Was ich wissen möchte«, wandte er sich an Kolossow, »haben Sie schon die Ergebnisse der Autopsie?« Er stellte die Frage so, als wäre er in diesem Büro die Hauptperson.

»Haben wir.« Kolossow blickte auf den Stapel Fotokopien auf seinem Schreibtisch.

»Und?« Basarow legte den Kopf zurück.

»Zuerst möchte ich, dass Sie mir einige Fragen beantworten, Dmitri. Eine Formalität, die sich nicht vermeiden lässt. Heute Nacht hatte ich keine Gelegenheit, mich mit Ihnen zu unterhalten. Ihnen war nicht gut.«

»Mit mir war alles in Ordnung.«

»Gut, dann hat es sich eben nicht ergeben. Vielleicht möchten Sie nicht, dass bei diesem Gespräch Außenstehende dabei sind ...«

»Sergej ist Ihr Freund, wenn ich es recht verstanden habe, und meiner auch. Und wie Sie ganz richtig bemerkten, haben wir keine Geheimnisse voreinander.« Dmitri legte die Hand auf die Rückenlehne von Katjas Stuhl. »Was möchten Sie wissen?«

»Wir haben zwei Vorladungen verschickt – an Sie und Ihren Bruder Stepan. Warum sind Sie ohne ihn gekommen?«

»Stepan kann jetzt nicht. Papas Tod ...« Dmitri stockte. »Mein Bruder ist erst kürzlich von einer schweren Krankheit genesen. Wir haben gerade unseren Großvater begraben. Stepan hat das alles sehr mitgenommen. Ich werde für ihn antworten. Auf alle Ihre Fragen.«

»Einverstanden. Dann verzichten wir auf sein Kommen.« Zu Katjas Verwunderung gab Kolossow sofort nach. »Heute war Arkadi Swiridow bei uns.«

»Ja, ich hatte ihn darum gebeten ... Entschuldigung, Sie heißen doch Nikita? Und wie lautet Ihr Vatername? Es ist mir unangenehm, Sie nicht mit Namen anreden zu können.« Dmitri zwang sich zu einem matten Lächeln.

»Für meine Freunde bin ich einfach nur Nikita. Also, Dmitri, sag mir Folgendes.« Kolossow wechselte ganz ungezwungen zum »Du« über. »Wie ich von Swiridow erfahren habe, hat dein Vater schon vor einem halben Jahr auf Grund seiner angegriffenen Gesundheit die Leitung der Firma niedergelegt.«

»Ja. Er ist nur noch Mitglied im Aufsichtsrat und hat seinen Aktienanteil an Swiridow verkauft.«

»Wie viel Prozent der Aktien besaß er bei ›Öl und Gas‹?«

»Zwei Prozent.«

»Du, Dmitri, arbeitest ebenfalls für diese Firma und hast volljährige Brüder. Warum hat dein Vater es trotzdem vorgezogen, seine Aktien zu verkaufen, statt sie dir zu geben?«

»Aktien sind bloß Papier. Sie bringen nur demjenigen

Gewinn, der eine gewisse Kompetenz in Finanzdingen hat und über Beziehungen und Informationen verfügt. All das hatte mein Vater im Überfluss. Meine Brüder und ich aber ... Unser Vater war der Ansicht, dass wir mit Aktien nicht umgehen könnten. Deshalb hielt er es für vernünftiger, seiner Familie das Geld zu hinterlassen, das er durch den Verkauf seines Anteils bekam. Ich habe ihn bei diesem Entschluss unterstützt. Meine Brüder hatten auch nichts dagegen.«

»Und dein Onkel Waleri? Würde er beim Tod seines Bruders ebenfalls etwas bekommen?«

»Nein. Vater hat ein Testament gemacht und darin nicht nur über das Geld verfügt, sondern auch über seinen Anteil an Großvaters Vermögen – die Wohnung, die Datscha in Uwarowka, die Münzen- und Bildersammlung und noch ein paar andere Dinge. Das alles hat er Stepan, mir und Iwan zu gleichen Teilen hinterlassen.«

»Ist das dein Elektrorasierer, Dmitri?« Kolossows Frage klang sanft, doch irgendetwas in seiner Stimme ließ Katja aufhorchen.

»Nein. Der Rasierer lag immer im Bad. Ich weiß gar nicht mehr, wer ihn mitgebracht hat. Er wurde von jedem benutzt, der ihn gerade brauchte.«

»Aber du hast ihn öfter verwendet als die anderen?«

»Schon möglich.«

»Ist dir aufgefallen, dass das Kabel beschädigt war?«

»Das Kabel war in Ordnung. Ein beschädigtes Elektrogerät hätte ich nicht benutzt. In solchen Dingen bin ich sehr vorsichtig.«

»Ich verstehe. Du warst derjenige, der euren Vater gefunden hat? Und du hast auch den Stecker herausgezogen und den Rasierer ausgeschaltet?«

Katja musste daran denken, dass bereits ein daktyloskopisches Gutachten vorlag und dass Dmitris Fingerabdrücke auf dem Gerät waren. Irgendwie schien Kolossow sich auf ihn eingeschossen zu haben.

»Hast du dich nicht gewundert, dass dein Vater sich noch so spät abends rasieren wollte?«, fragte Kolossow leise.

Fingerabdrücke des Vaters waren ebenfalls auf dem Apparat, wie Katja wusste. Sie verstand aber nicht recht, worauf Kolossow hinauswollte. Warum klammerte er Stepan bewusst aus? Warum fragte er nicht, wo *beide* Zwillinge sich aufgehalten hatten, als ihr Vater im Badezimmer starb?

»Ich weiß nicht, wieso Papa das getan hat, Nikita!« Dmitri ballte die Fäuste. »Aber gibt es bei solchen Unfällen überhaupt eine Logik oder etwas Ähnliches? Außerdem ist es nicht der erste Fall in unserer Familie, bei dem defekte Technik die Ursache für einen Unfall war.«

»Wen hat es denn noch getroffen? Stepan?«, fragte Kolossow. »Du hast gesagt, er war krank ...«

»Iwan. Iwan passieren ständig solche Sachen.« Dmitri runzelte die Stirn. »In seinem Auto haben die Bremsen versagt. Wie durch ein Wunder hat er nichts abbekommen. Das Auto war allerdings hinüber ... Ein Geschenk von Vater. Seitdem hat Iwan sich nicht mehr ans Steuer gesetzt.«

»Mit eurem Iwan habe ich heute Nacht gesprochen. Mir schien, dass er seine älteren Brüder nicht besonders liebt.«

»Das kann man wohl sagen! Unsere Linda Evangelista hat für uns nicht allzu viel übrig!« Dmitri grinste boshaft. »Er schlägt ganz nach seiner verlotterten Mutter, dieser Grünschnabel.« Dmitri senkte den Kopf. »Er hat unserem Vater großen Kummer gemacht. Was meinst du, Nikita, wie schlimm es für den alten Mann war, als er erfuhr, dass sein Sohn kein Mann ist, sondern eine männliche Nutte?

Mein Bruder Stepan ist ein Mensch, der nicht lange fackelt. Bei dem gibt's gleich was hinter die Löffel. Das ist seine Art, mit jungen Leuten zu reden. Aber ich ... Was habe ich mich mit dieser Rotznase abgeplagt! Vater hat mich darum gebeten. Mit Mädchen habe ich ihn bekannt gemacht, zum Arzt und zum Psychiater habe ich ihn geschleppt, habe mit Engelszungen auf ihn eingeredet, er solle den Ruf unserer Familie nicht besudeln! In diesem Jahr wurde Iwan zum Jura-Studium zugelassen. Vater hat eine Menge Geld dafür bezahlt. Aber er hat das Studium schon nach dem ersten Semester geschmissen. Jetzt hat er sich wieder mit seiner Pop-Clique zusammengetan. Ein Tonstudio haben sie gegründet – dass ich nicht lache! Der Rotzlümmel! Seit April, seit diesem Autounfall, lässt er sich zu Hause überhaupt nicht mehr blicken. Hat sich mit seinen Freunden eine Wohnung genommen. Vater hat mich angefleht, ihn aus diesem Puff herauszuholen, aber was kann ich tun?«

Im Büro herrschte unbehagliches Schweigen.

»Iwans wegen hat Vater seine Gesundheit ruiniert. Das ist eine Tatsache«, fuhr Dmitri schließlich fort. »Wie sehr er darunter gelitten hat, wissen nur Stepan und ich. Und das werden wir Iwan nie verzeihen. Er weiß das sehr gut. Und deshalb hasst er uns.«

»Also gut, die Formalitäten hätten wir damit erledigt, Dmitri. Entschuldige, wenn ich dir Schmerz zugefügt habe ...« Kolossow zog die Papiere mit dem gerichtsmedizinischen Gutachten näher zu sich heran. Einen Augenblick schwieg er; dann sagte er: »Wann stand eigentlich mit Sicherheit fest, dass euer Vater an Krebs erkrankt war?«

Katja drückte sich in ihren Stuhl und hielt den Atem an. Was sollte das jetzt bedeuten?

»Im Winter. Im Februar.« Dmitri fuhr sich mit der Hand durchs Gesicht, als wolle er eine unsichtbare, klebrige Spinnwebe wegwischen. »Man hat Krebs der Bauchspeicheldrüse bei ihm festgestellt. Inoperabel, wie es hieß. Im April war er für kurze Zeit noch einmal in der Klinik. Nikita, sag mir um Gottes willen die Wahrheit: War es gar kein Unfall? Hat Vater selbst ... hat er es selbst getan?«

Kolossow blätterte mit finsterer Miene in den zusammengehefteten Papieren.

»Möglich. Am Kabel sind neben der Bruchstelle der Ummantelung seine Fingerabdrücke gefunden worden. Dein Vater könnte diese Ummantelung absichtlich selber abgerissen haben. Du musst zugeben, sich in einer mit Wasser gefüllten Wanne zu rasieren, das ist ... Schließlich hat er eine technische Ausbildung. Hier, die Ärzte schreiben, die bösartige Geschwulst war bereits in einem Stadium, dass ihm höchstens noch ein Monat oder weniger blieb. Er nahm doch schon schmerzstillende Medikamente, nicht wahr?«

Dmitri nickte. Er saß tief gebeugt da und erinnerte an einen großen aufgeplusterten Vogel mit zerbrochenen Flügeln.

»Vielleicht hat euer Vater sich vor einem qualvollen Tod gefürchtet und deshalb ein schnelles Ende gewählt. Ein elektrischer Stromschlag, augenblickliche Lähmung des Atemzentrums ... Manche Menschen erschießen sich in einer solchen Situation, andere ...«

»Darf ich um einen Gefallen bitten?« Dmitri blickte zu Boden. »Niemand außer unserer Familie und den nächsten Bekannten soll erfahren, dass Papa sich möglicherweise selber umgebracht hat. Es soll für alle anderen ein Unfall bleiben.«

Kolossow stand auf.

»Ich werde tun, was ich kann. Weitere Fragen an eure Familie haben wir nicht mehr. Ihr könnt den Toten aus der Leichenhalle abholen und ihn begraben, wie es sich gehört. Nur eine letzte Frage noch. Du und deine Brüder ... Hattet ihr von Anfang an den Verdacht, euer Vater könne Selbstmord begangen haben?«

Dmitri ruckte krampfhaft mit dem Kopf.

»Deshalb habe ich ja gebeten, Stepan in Ruhe zu lassen«, sagte er heiser. »Für ihn ist das schlimmer als für alle anderen.«

Kolossow begleitete sie nach draußen auf den Hof. Neben Dmitris Auto erblickte Katja zu ihrer Überraschung Lisa Ginerosowa. Offenbar hatte sie sich mit Dmitri verabredet und war von der Datscha nach Rasdolsk gefahren. Sie stützte sich auf den Deckel des Kofferraums und trug merkwürdigerweise eine dunkle Sonnenbrille, obwohl es ein windiger, trüber Tag war, der gar nicht dazu einlud. Sie nickte Katja zu und sagte nur kurz und heiser: »Hallo.«

»Wir können sofort losfahren, Lisa«, sagte Dmitri. »Ich bringe dich nach Hause. Wo ist Stepan? Auf der Datscha?«

Lisa schüttelte den Kopf und schlüpfte rasch ins Auto. Die Brille nahm sie dabei noch nicht ab.

»Ich habe gehört, dein Bruder leitet hier in Otradnoje eine Sportschule oder so etwas. Es stört doch nicht, wenn ich in den nächsten Tagen dort mal vorbeischaue?«, fragte Kolossow im freundschaftlichsten Tonfall.

»Aber nein. Er hat sicher nichts dagegen. Vielleicht können wir auch zusammen ...«

Weiter kam Dmitri nicht, weil plötzlich ein ohrenbetäubendes, gellendes Heulen ertönte. Ein kanariengelber

Kleinbus der Miliz war vorgefahren. Inspektor Sidorow sprang heraus und zerrte eine wild schreiende Frau aus dem Innern des Wagens. Dem Aussehen nach war es eine Pennerin – schmutzig, abgerissen, mit zerrauftem Haar. Sie kreischte, schlug um sich, krallte sich an den Sitzen und der Wagentür fest.

»Was ist los?«, fragte Kolossow, als er in der Ruhestörerin die Landstreicherin Sima erkannte, die er auch schon in der Menge der Gaffer am Schauplatz des Grant-Mordes gesehen hatte.

»Vollkommen durchgedreht, die Alte.« Sidorow hatte es endlich geschafft und hielt die Landstreicherin mit der rechten Hand am Kragen gepackt. »Am helllichten Tag zieht sie sich auf der Bahnstation den Rock hoch und belästigt die Männer. Der Chef hat Anweisung erteilt, diesem obszönen Treiben ein Ende zu bereiten. Solange nicht entschieden ist, ob sie in die Psychiatrie eingewiesen wird, kommt sie zu uns.«

Die Landstreicherin war für einen Augenblick verstummt. Der Blick ihrer trüben Augen glitt über Kolossow, Katja und Sergej hinweg. Plötzlich fuhr sie zusammen und versuchte wie rasend, sich loszureißen.

»Werwolf!«, schrie sie und zeigte mit ihrem schmutzigen Finger auf Dmitri. »Er ist voller Blut ... Haltet ihn, sonst ist er über alle Berge! Sein Fell hat er gewendet! Haltet ihn fest, lasst ihn nicht laufen, solange er Menschengestalt hat!« Schaum stand ihr vor den Lippen, und sie stieß einen furchtbaren Schrei aus, zuckte und krümmte sich in den Armen des völlig verblüfften Sidorow. Der zerrte sie ins Haus und rief nach dem Wachhabenden, er brauche Hilfe.

»Eine Verrückte.« Kolossow wandte sich Dmitri zu. »Vermutlich Epileptikerin.«

Dmitri blickte der Pennerin halb neugierig, halb angeekelt nach.

»Wieso hat sie mich Werwolf genannt?«, fragte er. »Offenbar hat sie tatsächlich mich damit gemeint. Was für eine bizarre Fantasie!«

Auf dem Rückweg nach Moskau erzählte Sergej Dmitri mit halblauter Stimme von Kolossow: »Ein prima Kumpel, dieser Major. Immer zur Stelle, wenn man Hilfe braucht.«

»Mir geht diese Verrückte nicht aus dem Kopf«, gestand Dmitri, als Sergejs ein wenig gezwungen wirkende Beredsamkeit schließlich versiegte. »Warum hatte sie solche Angst vor mir? Und wieso hat sie mich Werwolf genannt? Was ist das für ein Unsinn?«

Er warf im Rückspiegel einen Blick auf Lisa, die beharrlich zum Fenster hinausstarrte.

»Wo soll ich dich absetzen, Lisa? Bei dir oder bei deinen Eltern?«, fragte er.

»Bei meinen Eltern.« Lisas Stimme versetzte Katja einen Schock. Was hatte die Freundin? Machte ihr der Tod des Schwiegervaters tatsächlich so zu schaffen? »Ich habe keine Kraft mehr, Dmitri. Alles ist zu Ende. Finita la commedia.«

»Soll ich vielleicht mit ihm sprechen?«, fragte Dmitri leise.

»Auf keinen Fall, misch dich ja nicht ein!« Lisa fuhr auf und griff nach der Rückenlehne des Vordersitzes. Durch die abrupte Bewegung rutschte ihr die Brille von der Nase und fiel zu Boden. Und da sah Katja es ... Das Make-up, das Lisa sich dick aufs Gesicht aufgelegt hatte, konnte den großen blauen Fleck unter einem Auge und die tiefe Schramme auf der Schläfe nicht verbergen. Rasch bückte sie sich, um die

Brille aufzuheben. Ihre Hände zitterten, als sie in der Handtasche nach Zigaretten suchte.

Seit wann raucht Lisa?, fragte Katja sich verwundert.

16 Probleme der Lykanthropie

»Dmitri, setzen Sie mich und Sergej doch bitte an der Metrostation ›Ismailow-Park‹ ab.« Zu Sergejs Erstaunen deutete Katja auf das soeben vorübergleitende, vom Licht der Straßenlaternen hell beschienene Gebäude der Station. »Wir haben einem kranken Bekannten versprochen, ihn auf dem Rückweg zu besuchen.«

»Was denn für einen Bekannten?«, fragte Sergej verständnislos und mürrisch.

»Andrej Galkin. Er hatte doch einen Sportunfall«, gab Katja augenblicklich zurück, ohne mit der Wimper zu zucken. »Hast du das etwa vergessen?«

Während Katja sich von Dmitri und Lisa verabschiedete, ihnen ihr Mitgefühl aussprach und sie bat, den Mut nicht sinken zu lassen, nickte Sergej den beiden nur zu. Sobald Dmitris Auto außer Sichtweite war, bemerkte er: »Was soll das mit dem Krankenbesuch? Erstens wohnt Andrej schon lange nicht mehr in dieser Gegend, und zweitens ist er nicht krank, sondern begleitet gerade eine Reisegruppe nach Tunis und kommt erst in zwei Wochen zurück. Wenn du nur einen Vorwand brauchtest, um ...«

»Andrej ist gar nicht in Moskau? Wie ärgerlich! Warum hast du mir das nicht gesagt?« Katja stampfte mit dem Fuß auf den Asphalt. »Muss er ausgerechnet jetzt wegfahren, wenn ich ihn mal dringend brauche? Ich wollte ihn um Rat fragen.«

Sergej seufzte nur. Jetzt war er auch noch schuld! Andrej Galkin war ein guter Freund und Kollege, ein Experte in allen Dingen, die mit Esoterik, Mystik und übersinnlichen Erscheinungen zu tun hatten – eine wandelnde Enzyklopädie alter Kulturen und Religionen.

»Wozu denn um Rat fragen? Mit dir hat man wirklich keine Langeweile, Katja!«

»Das finde ich auch! Weißt du was, wir nehmen uns ein Taxi und fahren zu mir.« Sie warf einen Blick auf die Uhr. »Es ist noch früh, erst kurz vor sieben. Ich lade dich offiziell zum Abendessen ein. Du hast doch immer davon gesprochen, dass du Wadim und mich mit Huhn in chinesischer Sauce bewirten willst. Ein gekochtes Huhn schwimmt bei mir zu Hause gerade in Bouillon. Die Sauce ist deine Sache. Während du dir überlegst, was alles hineinkommt, blättere ich ein paar Bücher durch. Ich muss einige Dinge überprüfen. Beim Essen können wir dann darüber reden. Einverstanden?«

Ungefähr um dieselbe Zeit trat Nikita Kolossow auf dem Milizrevier von Rasdolsk vor den Tisch des Wachhabenden und bat um einen Computerausdruck sämtlicher im Bezirk registrierter Vorkommnisse der letzten zwei Monate. In einer Ecke der Wachstube thronte hinter einem Schreibtisch Inspektor Sidorow. Um ihn herum saßen fünf Einsatzleute aus dem Kommando, das zusammen mit Kolossow nach Uwarowka gefahren war. Sie diskutierten lebhaft, ob man den Unglücksfall bereits als abgeschlossen ansehen dürfe. Alle wussten, dass eine gerichtsmedizinische Untersuchung der Leiche Basarows vorgenommen worden war, doch selbst die Experten hatten kein eindeutiges Urteil gefällt. Die gängigste Meinung war, dass hohen Tieren wie dem Firmenboss Basarow nicht so einfach irgendein dummer Unfall passierte. Bei »solchen Leuten« – was immer man darunter verstehen sollte, war nicht ganz klar, aber genauere Definitionen verlangte auch niemand – steckt gewöhnlich mehr dahinter. Der eine fällt zum Fenster raus, und danach rätselt man, ob er etwas mit dem Gold der Partei zu tun hatte. Ein anderer scharrt einen Haufen Geld bei potenziellen Kunden zusammen, gründet eine Bank, kollabiert dann urplötzlich mit einem Herzinfarkt in der Badewanne, und das Geld der Kunden ist futsch. Mit diesem Basarow ist doch bestimmt auch irgendwas faul, nicht wahr? Was meinen Sie, Genosse Major?

Kolossow lauschte den streitenden Parteien mit mürrischer Miene. Insgeheim hatte er sein Urteil im Fall Basarow schon gefällt. Ja, die Sache gefiel ihm nach wie vor nicht, aber inzwischen war es nicht mehr diese Familie, die ihn interessierte, sondern etwas ganz anderes.

»Immer die gleiche Leier – faul und oberfaul!« Das war Inspektor Sidorow, der seine Kollegen zu überschreien versuchte. »Hier bei uns gibt es seit einiger Zeit eine Menge sonderbarer Vorkommnisse. Guckt euch diesen Stapel Anzeigen an. Mir ist davon schon ganz wirr im Kopf! Dauernd verschwindet irgendwelches Kleinvieh – Ziegen, Schafe, Hunde. Unsere Weiber bringen mich mit ihrem Gejammer noch zur Verzweiflung! Gestern habe ich mir mit diesem Blödsinn den ganzen Tag verdorben, bin stundenlang durch den Wald gelatscht. Aber ich hab tatsächlich was gefunden. Bei uns im Wald, Nikita Michailowitsch, muss es irgendein Raubtier geben. Oder ein Rudel verwilderter Hunde.«

»Ein Raubtier?« Kolossow hob den Kopf vom Computerausdruck. »Was du nicht sagst, Sascha. Gehen wir doch nach drüben in mein Büro. Was hast du denn im Wald gefunden?«

»Ein abgeschlachtetes Schaf!« Sidorow, sichtlich geschmeichelt von Kolossows Interesse, erzählte bereitwillig.

»Kann höchstens gestern gewesen sein, dass es getötet wurde. Ein frischer Kadaver. Der Räuber hatte offenbar schon mit dem Festschmaus angefangen und wurde dann aufgeschreckt. Ich will mich gleich heute Nacht auf die Lauer legen. Vielleicht kommt diese Bestie ja zu ihrer Beute zurück. Und dann knall ich das Biest ab, und die Sache ist erledigt!«, ereiferte sich Sidorow. »In der Siedlung gibt es schon die wildesten Gerüchte. Ein rückständiges Volk ist das hier, fast nur alte Leute. Aber wer will heutzutage noch auf dem Land versauern? Haben Sie gehört, was Serafima da von einem Werwolf geschrien hat? Was die Leute hier reden, ist schlichtweg Blödsinn. Und ausgerechnet jetzt müssen auch noch diese Morde geschehen ...«

»Weißt du was, Sascha.« Kolossow stützte die Arme auf die Fensterbank und vertiefte sich in die Betrachtung des vor ihm stehenden mickrigen Kaktus, als könnte er in dessen Stacheln etwas außergewöhnlich Interessantes erblicken. »Hast du was dagegen, wenn ich dir bei deiner Nachtwache im Wald Gesellschaft leiste?«

»Nein.« Sidorow sah Kolossow überrascht an: Was war mit dem Chef der Mordkommission los? Hatte er nicht schon genug eigene Sorgen? »Sie haben ja auch eine Waffe, Nikita Michaillowitsch. Und zwei Knarren sind besser als eine, auch wenn es sich vielleicht nur um verwilderte Hunde handelt. Ich verschwinde vorher nur noch mal schnell nach Hause zum Abendessen, hole mir eine Taschenlampe und Gummistiefel, und dann kann's losgehen.«

Wenn jemand in diesem Moment Kolossow gefragt hätte: Wozu tust du das alles? –, er hätte keine einleuchtende Antwort geben können.

Die gepriesene chinesische Sauce zum Huhn war nichts anderes als gesüßte saure Sahne, dazu klein gehackte Zwiebeln, Knoblauch, ein Teelöffel Honig, Joghurt und Essig – das waren auch schon alle kulinarischen Raffinessen. Als Sergej gerade nicht hinsah, probierte Katja von der Sauce und schüttelte sich. Wo grub Sergej bloß immer diese ungenießbaren Rezepte aus? Ein süßes Huhn, du lieber Gott! Aber so waren die Junggesellen. Wenn sie ihr traditionelles Rührei und die Tütensuppen leid waren, begannen sie zu experimentieren.

»Sehr lecker, wirklich außergewöhnlich«, lobte sie heuchlerisch. »Aber man nimmt von der Sahne sehr schnell zu, deshalb für mich bitte nur ganz wenig von der Sauce.«

Doch der wohlmeinende Koch begoss den Hühnerflügel auf ihrem Teller großzügig mit seinem Meisterwerk. Jeden Bissen, den sie sich in den Mund steckte, begleitete er mit Blicken und erkundigte sich alle paar Sekunden: »Es ist doch nicht zu scharf? Es schmeckt doch nicht bitter?«

»Weißt du, worüber ich mit dir reden möchte? Besser gesagt, beraten möchte?«, fragte Katja, als er nach dem Essen den Kaffee servierte. Sergej lächelte wissend: über die Basarows. Genauer, über Dmitri. Worüber sonst? Katja nahm sich das Unglück der Zwillingsbrüder verdächtig zu Herzen. Aber sie trank erst noch einen Schluck Kaffee, legte sich eine Zitronenscheibe in die Tasse und erzählte dann plötzlich von etwas ganz anderem: von den Morden in Rasdolsk.

»Ja, das ist barbarisch«, sagte Sergej, als sie geendet hatte. »Aber worüber wolltest du dich mit mir beraten? Doch nicht über den Stand der Ermittlungen?«

Katja schenkte ihm heißen Kaffee nach.

»Lisa hat ein blaues Auge. Schuld daran ist Stepan. Das ist ganz klar«, bemerkte sie unvermittelt.

Sergej lehnte sich zurück. Aha, nun kam die Rede also doch noch auf die Basarows.

»Ein seltsamer Mensch ist das, Sergej, dieser Stepan Basarow. Aber ich wollte mit dir jetzt nicht über ihn reden.« Sie suchte sichtlich nach Worten, als wisse sie nicht, wie sie beginnen solle. »Ich habe vorhin, als du in der Küche warst, mal wieder Taylor gelesen – du weißt schon, den britischen Ethnologen. Was er über den Zusammenhang zwischen den alten Legenden, an die wir als zivilisierte Menschen nicht mehr glauben, und unseren Fantasien und Träumen schreibt, die in diesem alten Aberglauben wurzeln, ist wirklich verblüffend.«

»Ich verstehe nicht ganz, was du meinst. Was genau findest du bei Taylor so interessant?«

»Einen besonderen Fall von Lykanthropie.« Katja stand auf und ging in der Küche auf und ab. »Mich interessiert brennend, was Taylor über Menschen schreibt, die sich in Tiere verwandeln können. Beziehungsweise Menschen, die aufgrund bestimmter Umstände glauben, ein wildes Tier zu sein, und die sich entsprechend verhalten. Ich denke dabei vor allem an Lykaon und das Ungeheuer von Gévandan. Ich erinnere mich gut, wie ihr vor der Tansania-Expedition endlos über diese ... wie nennt man sie, Löwenmenschen, Leopardenmenschen, Hyänen diskutiert habt.«

»Aber das sind doch alles Märchen, Katja. Selbst für Afrika. Schauergeschichten, um Touristen anzulocken. In Mombasa wird eine solche Show sogar öffentlich gezeigt: ›Hyänenmenschen – Rituale, Mythen, Realität.‹«

»Aha, dann sind das alles also Märchen. Gut.«

»Wieso interessierst du dich dafür, Katja? Willst du nur deinen Horizont erweitern, oder musst du Material für einen Artikel sammeln?«, erkundigte sich Sergej. »Für einen

Artikel reicht das nicht. Schreib lieber was über UFOs oder über ...«

»Vorläufig weiß ich noch gar nicht, wozu ich das brauche«, unterbrach Katja ihn trocken. »Du hast dich selbst mal für dieses Thema interessiert. Deshalb will ich mit dir darüber reden.«

»Damals war ich jung und dumm und hab für Afrika geschwärmt.« Sergej seufzte. »Was willst du denn so dringend über Lykanthropie wissen?«

»Ich würde gern deine eigene Interpretation solcher Begriffe wie ›Werwolf‹ und ›Lykanthrop‹ hören.«

Katja sah ihn gespannt an. Sie wusste, dass all diese Mystik auch ihn brennend interessierte; er genierte sich nur, es zuzugeben. Sergejs Gedankengänge waren bisweilen sehr unkonventionell, wenn man ihm nur die Gelegenheit und Freiheit gab, sie zu entwickeln.

»Ein Werwolf ist die Verkörperung der ungezügelten Kräfte der Natur ... eine Art Widerhall unserer totemistischen Erinnerungen, ein Echo auf die unterdrückten Instinkte des Fleisches, die unbewussten dunklen Begierden. Im Mittelalter waren solche abergläubischen Vorstellungen weit verbreitet. Armut, Hunger, Krankheiten, Kriege, die Hälfte der Bevölkerung Europas litt unter chronischer Unterernährung. In den abergläubischen Vorstellungen vom Tiermenschen, vom Werwolf, der das Fleisch von Menschen und Tieren verzehrt, findet sich vieles wieder, das eine Folge dieser Hungersnöte ist. Aber heute hat dieser Begriff eine ganz andere Bedeutung bekommen. Unsere Auffassung vom Werwolf hat sich grundlegend geändert.«

»Und was liegt dieser Auffassung heute zu Grunde?«

»Der unterbewusste Traum vom Supermann, vom Alpha-Tier.«

»Meinst du das ernst?«

»Das ist meine persönliche Meinung.« Sergej lächelte. »Es ist ein rein phallischer, hypertroph-erotischer Begriff unserer Zeit: der Werwolf, die Bestie, der Tiermensch. Ein Sexsymbol, so wie Dracula oder Batman. Denk nur daran, wie viele Filme es über Werwölfe gibt und wie dieses Thema heutzutage dargestellt wird. Unterbewusst suchen wir in der Idee vom Tiermenschen das, was das Leben uns genommen hat: Freiheit, die Rückkehr zur unberührten Natur. Wir haben verworrene Träume von der Liebe, genauer, von Sexualität ohne Einschränkungen, ohne Rücksicht auf Moral, Sitte und Anstandsregeln. Wir sehnen uns insgeheim nach diesen entfesselten Instinkten, weil wir eingeengt sind, müde und voller Komplexe. Im Grunde sind diese Werwolf-Fantasien, ob nun in Büchern oder in Filmen, eine Flucht vor der Realität.«

»Aber es gab doch auch echte Fälle von Lykanthropie«, meinte Katja.

»Ja, die gab es, aber sie waren sehr selten. Lykanthropie ist ja nicht nur ein mythologischer, sondern auch ein medizinischer Begriff. Die Werwolf-Psychose ist nur eine von vielen verschiedenen Psychosen und Manien. Einer hält sich für Napoleon, ein anderer für ein zottiges Ungeheuer mit Klauen und Fangzähnen.« Sergej schenkte sich noch Kaffee ein. »Irgendwo habe ich gelesen, dass in den USA ein Farmer den Verstand darüber verloren hat. Er war Offizier gewesen, hatte in Korea gekämpft und sich nach seiner Entlassung aus dem Kriegsdienst eine Ranch gekauft. Und dann rastete er plötzlich völlig aus: Er rannte nachts umher, heulte wie ein Tier und verspürte das unbezwingbare Verlangen, Kaninchen zu jagen und zu fressen. Aber das ist eine Psychose, eine Krankheit des Gehirns.«

»Aber diese Novelle von Mérimée, ›Lokis‹ ...« Katja biss sich auf die Lippe. »Das Thema ist das gleiche – ein Geschöpf, halb Mensch, halb Bär. Ist das auch nur eine Allegorie? Eine Geschichte vom Supermann?«

Sergej schwieg eine Zeit lang. »Der Bär, der die Gräfin raubt«, sagte er dann und lächelte. »Die alte Oma der Basarows schwafelt ständig von dieser ›Bärenhochzeit‹. Ich hab's bei der Totenfeier gehört ... Übrigens wurde in diesem Stummfilm die Legende genau so interpretiert, wie ich es dir eben erklärt habe. Aber woher rührt dein plötzliches Interesse an Werwölfen? Hat diese Bettlerin dich so sehr beeindruckt? Erscheint dir unser Dmitri jetzt im Traum als Werwolf?«

»Du hast Recht«, sagte Katja ruhig. »Diese verrückte Bettlerin hat sich vor Dmitri gefürchtet, und er hat es gemerkt. Und da bin ich auf die Idee gekommen ...«, Katja beugte sich ein wenig vor, »sie könnte ihn vielleicht verwechselt haben.«

Sergej seufzte und blickte in seine Kaffeetasse.

»Entschuldige, Katja, trotzdem weiß ich bis jetzt nicht recht, wovon wir eigentlich reden. Erklär mir doch bitte genauer, was du meinst.«

»Warte einen Moment, ich will dir etwas vorlesen.« Katja eilte ins Wohnzimmer und kehrte mit einem Buch in der Hand zurück. »Erinnerst du dich an diese Weihefeier, die wir im Camp miterlebt haben? Daran habe ich die ganze Zeit gedacht. Sie kam mir wie ein Ritual vor, und ich habe nach etwas Ähnlichem gesucht. Ich wusste, irgendwann hatte ich von so etwas schon mal gehört oder gelesen. Und schließlich fiel es mir wieder ein. Bei Maximow! Hör mal, was er über den Aberglauben der Slawen schreibt: ›Einem Volksglauben zufolge braucht man nur im Wald einen

Baumstumpf mit glatter Oberfläche zu finden, unter Beschwörungen Messer hineinzustecken und dann einen Salto darüber zu schlagen, und man verwandelt sich in einen Tiermenschen.‹ Man wird ein Werwolf, Sergej! Aber nicht unbedingt ein Wolf. Es könnte zum Beispiel auch ein Bär sein ...«

»Du wolltest doch einen Rat von mir, nicht wahr? Dann gebe ich ihn dir jetzt, Katja: Vergiss diesen ganzen Unfug, ein für alle Mal.«

»Hier geht es nicht um Märchen über Werwölfe. Du verstehst mich nicht, Sergej«, sagte Katja bekümmert. »So richtig begreife ich es selbst noch nicht, aber ... irgendetwas an diesem Fall ist so merkwürdig, dass es Kolossow anscheinend keine Ruhe lässt. Ich glaube, wir denken alle viel zu realistisch. Vielleicht ist gerade das unser Problem. Bei Zen gibt es eine Parabel über eine Tasse Tee. Ein japanischer Zen-Lehrer hatte einmal einen Professor der Universität von Tokio zu Gast. Er schenkte ihm Tee ein. Er goss seinem Gast die Tasse voll und goss immer weiter, bis der Tee über den Rand der Tasse floss, und hörte auch dann nicht auf. Der Professor hielt es nicht mehr aus und rief: ›Die Tasse ist voll, mehr geht nicht hinein!‹ Darauf sagte der Zen-Lehrer: ›So wie diese Tasse, so sind auch wir bis zum Rand voll mit unseren Gedanken, Ideen und Meinungen. Wenn die Welt plötzlich eine andere Sicht der Dinge von uns verlangt, können wir nichts mehr aufnehmen.‹ Verstehst du, Sergej ... Ich will diese Sache frei von allen Klischees betrachten. Sicher hat Nikita auch etwas Derartiges von mir erwartet, als er mich mit zum Tatort genommen hat, aber damals hatte er nicht die nötige Geduld. Er hat lieber den traditionellen Weg gewählt.«

17 Auf der Lauer

Für die nächtliche Expedition in den Wald staffierte Inspektor Sidorow sich aus, als wollte er in den Krieg ziehen. Der verblüffte Kolossow erblickte am Abend in seinem Büro eine ausgesprochen malerische Gestalt: in Tarnjacke und koketter Militärreithose, die in dicke hohe Lederstiefel gesteckt war; auf dem Kopf Sidorows saß eine Baseballmütze mit der Aufschrift »United Rangers«, die er offenbar auf dem Trödelmarkt erstanden hatte.

»Zu Diensten, Nikita Michailowitsch.« Der Inspektor salutierte. »Und Sie ... wollen Sie einfach so los? In diesen Sachen?« Halb mitleidig, halb fassungslos betrachtete er die Jeans und die kurze Pilotenjacke Kolossows. »Nehmen Sie doch wenigstens meine wattierte Weste. Wo wir hingehen, ist es feucht. Wenn man da nicht warm angezogen ist, holt man sich leicht einen Hexenschuss.«

Kolossow wusste selbst, dass er für einen Hinterhalt im Wald denkbar schlecht ausgerüstet war. So akzeptierte er die Weste des gutmütigen Sidorow. Aus dem Safe nahm er seine Dienstpistole. Zwar würde er die Knarre kaum brauchen, aber trotzdem – die Macht der Gewohnheit!

Die Nacht war ziemlich kühl. Am Himmel leuchteten groß und hell die Sterne. Kolossow ging auf Sidorows uraltes Motorrad vom Typ »Ural« zu und zwängte sich mühsam in den engen Beiwagen. Der Inspektor schwang sich auf den im Laufe der Zeit brüchig gewordenen Sitz und gab Gas. Mindestens fünfmal während dieser grässlichen Fahrt schloss Kolossow die Augen und ergab sich in sein Schicksal – ein Unfall schien ihm unvermeidlich. Sidorow holte die letzten Reserven aus seinem Gefährt heraus. Das Motorrad knurrte, röchelte, schüttelte sich wie bei einem epileptischen Anfall, hüpfte über Schlaglöcher und rumpelte krachend und scheppernd durch Senken. Offensichtlich glaubte Sidorow, am Lenkrad einer Harley Davidson zu sitzen. Er benahm sich auf der Straße keineswegs wie ein braver Ordnungshüter, sondern wie ein völlig entfesselter Biker. Wenn jemand ihn überholte, jagte er dem Frechdachs sofort hinterher und startete seinerseits ein Überholmanöver. Der Anblick fremder Blinker war ihm schlichtweg verhasst. Kolossow klammerte sich krampfhaft an die Ränder seines »Körbchens«, wie Sidorow den Beiwagen zärtlich nannte, und fluchte leise vor sich hin.

Das Motorrad hüpfte wie eine Kröte über die Unebenheiten der Straße und bog schließlich von der viel befahrenen Chaussee auf einen Feldweg ein. Heulend, mit den Bremsen quietschend und über die Schlaglöcher polternd, legten sie etliche Kilometer über Land zurück. Schließlich stoppte Sidorow und stellte mit triumphierender Miene den Motor ab.

»Jetzt geht es in den Wald, Nikita Michailowitsch, immer mittendurch. Und dann lange Zeit am Ufer entlang. Mit dem Motorrad kommt man da nicht mehr weiter.«

Sie schoben ihr Gefährt in ein Gebüsch am Wegrand. Sidorow knipste die Taschenlampe an. In ihrem Lichtkegel tauchten aus der Finsternis Baumstämme auf, smaragdgrünes Riedgras und Haufen von halb verfaultem Bruchholz. Sidorow bog die Zweige auseinander und winkte dem Chef der Mordkommission, ihm ins nächtliche Dickicht zu folgen. Sehr schnell wurde Kolossow klar, wie voreilig er gewesen war, als er den klugen Rat, Stiefel anzuziehen, missachtet hatte. Unter seinen Füßen schwappte ein durch und durch mit Wasser getränktes Kissen aus Moos. Offenbar war während der Schneeschmelze im Frühling dieser Abschnitt des Waldes überschwemmt gewesen, und der Boden war bis jetzt noch nicht getrocknet, sondern hatte sich stellenweise in einen seichten, widerwärtig schmatzenden Sumpf verwandelt. Immer wieder stolpernd, trottete Kolossow hinter seinem Führer her, der sich im Wald wie zu Hause fühlte: Er ging sorglos, breitbeinig und trotzdem mit sicherem, festem Schritt, leuchtete den Weg mit der Taschenlampe aus und blieb hin und wieder stehen, um einzelne auffällige Stellen zu überprüfen.

Schließlich endete der Sumpf. Der Wald lichtete sich. Vor ihnen lag der in der Nacht trüb schimmernde Fluss mit seinem sanft abfallenden Ufer, das mit Riedgras und dichten Sträuchern bewachsen war. Kolossow holte tief Luft: Hier atmete es sich wunderbar leicht. Und erst die Sterne, diese Sterne! Auf dem anderen Ufer sah man orangefarbene Lichter im Dunkel.

»Gratschowka«, erläuterte Sidorow. »Und ungefähr einen Kilometer im Südosten liegt Uwarowka. Geht man den Fluss weiter hinunter, kommt das einstige Touristenheim Otradnoje. Aber wir, Nikita Michailowitsch, müssen da hinüber. Da ist es, das Wäldchen.«

Still war es in der Nacht. Am Himmel hing der Mond als schmale Sichel, die schon bald vom Firmament verschwinden würde. Sie spiegelte sich im ruhigen Wasser des Flusses und warf einen dünnen Lichtstreifen auf die glatte Oberfläche, ähnlich einem Kratzer, den eine Nadel auf einer Vinylscheibe hinterlässt. Kolossow blickte zum Mond und auf die Lichter jenseits des Flusses. Mein Gott, hier sollte man nicht auf der Lauer liegen, sondern mit der Angel im Boot dösen, am Lagerfeuer sitzen und Fischsuppe essen ...

»Die ganze Fahrt hab ich nachgedacht«, unterbrach der praktisch veranlagte Sidorow seine sehnsüchtigen Träume. »Einfach so sind Sie bestimmt nicht mitgekommen, stimmt's. Irgendetwas interessiert Sie ganz besonders.« Er drehte sich um und leuchtete mit der Taschenlampe zur Seite, aber so, dass das Licht auch aufs Gesicht des »Chefs aus dem Präsidium« fiel. »Sie haben einen Verdacht, das merke ich. Sie können volles Vertrauen haben, das wissen Sie, nicht wahr? Wenn etwas ist, brauchen Sie bloß zu zwinkern.«

»In Ordnung, danke. Aber sag mir noch eins, Sascha.« Kolossow schaute immer noch auf die Lichter jenseits des Flusses; er konnte sich gar nicht losreißen. »Was redet man eigentlich im Dorf über dieses verschwundene Viehzeug?«

»Da wird Verschiedenes erzählt. Auch ganz wirres Zeug, ich hab's Ihnen ja gesagt. Aber die Männer, die Verstand haben, sind der Meinung, dass sich da ein Dieb eingeschlichen hat. Die einen schieben's auf die Zugereisten, die anderen auf die Zigeuner – die leben ja in der Gegend. Manchmal verdächtigt sogar ein Nachbar den anderen. Anfangs hab auch ich geglaubt, dass da irgendein Vagabund seine Streiche mit uns treibt. Aber nachdem ich dieses Schaf gefunden habe, kommt mir das ziemlich zweifelhaft vor. Meiner Meinung nach weist das auf ein Tier hin.« Sidorow dachte einen Moment nach, ging gleichsam mit sich selbst zu Rate und wog verschiedene Ansichten ab. »Ich hab mir das Schaf genau angesehen – da ist nichts mit dem Messer geschnitten, nicht ein Gramm Fleisch, alles nur herausgerissen. Das Fell liegt in Fetzen im Gebüsch. Das sind verwilderte Hunde gewesen, todsicher. Dieses Geschwätz von Wölfen ist dummes Zeug. Woher sollen hier bei Moskau Wölfe kommen?«

Während des Gesprächs stiegen sie einen niedrigen, spärlich mit Bäumen bewachsenen Abhang hinauf.

»Hier hinüber, Nikita Michailowitsch. Da liegt es, das arme Vieh. Wer hat die schönsten Schäfchen ...« Sidorow leuchtete ins Gras.

Zu ihren Füßen erblickten sie schmutzig-weißes Schaffell. Kolossow hockte sich hin und drückte mit den Händen das Gras herunter.

»Wir sollten uns lieber nicht allzu lange hier aufhalten. Wenn diese Raubtiere uns wittern, kommen sie vielleicht wieder«, meinte Sidorow.

Kolossow zog ein frisches Paar Gummihandschuhe aus der Tasche.

»Leuchte lieber, statt wilde Vermutungen anzustellen«, flüsterte er.

Der Schafkadaver war noch verhältnismäßig frisch. An der Kehle fand sich keine Wunde; dafür war die Flanke schrecklich verstümmelt. Blutige Fleischfetzen und schmutzige Fellklumpen waren herausgerissen. Kolossow packte den Kopf des Schafes an den Ohren, hob ihn leicht an und drehte ihn auf die Seite. Ja, tatsächlich: Das Genick war gebrochen. Verdammt, wieder das gleiche Bild wie bei dem Hund in der Schlucht und wie bei ...

»Hör mal, Sascha, weißt du, wie ein Rudel Hunde oder Wölfe jagt? Sie gehen ihrer Beute an die Gurgel und beißen sie tot, nicht wahr? Aber hier ... sieh mal, das Rückgrat ist gebrochen.«

Sidorow zuckte die Schultern.

»Weiß der Teufel. Ich kenne mich da nicht aus. Ich habe

einen Onkel, der lebt auf Kamtschatka. Ein reicher Jagdgrund ist das, hat er erzählt. Und er hat immer gesagt – ich weiß es noch genau –, dass nur der Bär seinen Opfern das Rückgrat bricht, weil er Tatzen hat wie Vorschlaghämmer. Sehen Sie dort, Nikita Michailowitsch, da ist eine Senke, da können wir uns verstecken. Wenn diese Biester aus den Büschen springen, kann man von da bequem auf sie feuern.«

Sie stiegen zum Fluss hinunter. Sidorow trat das Gras platt und machte sich auf diese Weise ein Lager. Kolossow folgte seinem Beispiel. Im nassen Gras zu liegen war verdammt ungemütlich. Die Zähne fingen von der Kälte ganz von selbst zu klappern an, und die Gedanken drehten sich monoton im Kreis. Noch eine halbe Stunde hier im Hinterhalt, und Tuberkulose samt Ischias waren garantiert. Zum ersten Mal im Leben dachte Kolossow darüber nach, wie schwächlich und hilflos der heutige Stadtmensch in der freien Natur war, allein auf sich gestellt und ohne die Segnungen der Zivilisation.

Die Nacht zog sich in die Länge. Anfangs starrte Kolossow noch wachsam in die Finsternis und spitzte die Ohren, um auch ja kein verdächtiges Rascheln, kein Knacken von Zweigen oder Plätschern von Wasser zu überhören, doch nach einer guten Stunde konnte er kaum noch die Augen offen halten und kämpfte gegen den Schlaf an. Irgendwo weit entfernt keckerte eine Elster. Danach wurde es wieder still. Dann ertönte der lang gezogene Schrei eines Nachtvogels.

»Sicher ein Wachtelkönig.« Sidorow schauderte. »Klingt wie ein Vampir auf der Jagd. Oder vielleicht ein Uhu? Als ich noch in Mebelny zur Schule ging, hat mal einer einen lebendigen Uhu ...«

»Moment.« Kolossow reckte den Hals und starrte angestrengt zum Fluss hinüber. »Was ist das da?«

»Wo? Ich sehe nichts.«

Vor den Sträuchern, die das Ufer säumten, huschte irgendetwas vorbei wie ein Schatten.

»Das sah nur so aus, als wäre da was.« Sidorow gähnte. »Bald wird es hell. War wohl für die Katz, die Warterei ...«

Plötzlich knackten Zweige im Gebüsch. Das Geräusch brach jäh und unerwartet in die schläfrige Stille. Vom Flussufer versuchte offenbar jemand Großes, Schweres, sich durch das Faulbeerengestrüpp zu kämpfen. Dann wurde wieder alles still. Plötzlich tauchte eine stämmige dunkle Gestalt aus den Büschen auf, setzte mit einem einzigen mächtigen Sprung über den Haufen Bruchholz und lenkte die Schritte zu der Stelle, wo die Überreste des Schafes lagen. Kolossow konnte gerade noch sehen, dass der Ankömmling sich sehr sicher, schnell und fließend bewegte, als sei die Dunkelheit kein Hindernis für ihn.

»Oh, du verfluchter Halunke«, flüsterte Sidorow grimmig. »Jetzt bist du fällig ...«

Kolossow konnte ihn nicht mehr zurückhalten. Sidorow war schon aufgesprungen und hatte die Taschenlampe angeknipst. Er leuchtete in die Richtung des Unbekannten und brüllte aus vollem Halse: »Hände hoch! Hände hoch, oder ich schieße!«

Das Licht riss für einen Augenblick eine gekrümmte Gestalt in etwas Schwarzem aus der Finsternis. Kolossow, der wie ein Uhu vom grellen Licht der Taschenlampe geblendet war, sah nur eins: die Augen des Unbekannten – und auch das nur für den Bruchteil einer Sekunde. Etwas Unnatürliches war in diesem Blick, etwas Krankhaftes, Eigentümliches ... Mehr vermochte er nicht zu erkennen, weder das

Gesicht noch die Gestalt. Der Mann sprang ohne einen Laut zur Seite und stürzte Hals über Kopf durchs Gebüsch davon.

»Hinterher!«, rief Sidorow. »Fallt ihm in den Rücken, Jungs! Stehen bleiben, hab ich gesagt! Stehen bleiben, oder ich schieße!«

Doch trotz aller Drohungen zogen weder Sidorow noch Kolossow ihre Waffe. Wer konnte mit Sicherheit sagen, dass dieser nächtliche Streuner wirklich der Viehdieb war? Und selbst wenn – wegen einer solchen Bagatelle konnte man ihn schließlich nicht abknallen.

So wie in dieser Nacht war Kolossow noch nie im Leben gerannt. Sidorow, den der Jagdeifer gepackt hatte, polterte mit seinen schweren Stiefeln wie ein Elch, sprang über umgestürzte Stämme, Erdhügel, Baumstümpfe. Aber schon nach fünf Minuten Verfolgungsjagd begriff Kolossow, dass der nächtliche Gast ihnen entwischt war. Er hatte sich im Wald wie in seinem Element gefühlt.

Nachdem sie noch etwa einen halben Kilometer gerannt waren, ohne sich umzusehen, blieben sie schwer atmend wie abgehetzte Pferde stehen.

»Das war's, Nikita Michailowitsch. Seit dem Militär habe ich keinen solchen Spurt mehr hingelegt.« Sidorow beugte sich nach vorn und stützte die Hände auf die Knie. »So ein leichtfüßiger Halunke! Na warte, du entkommst uns trotzdem nicht. Ich krieg schon raus, wer hier nachts durch die Gegend schleicht. Der ist von hier, Nikita Michailowitsch, so viel ist sicher. Woher ich das wissen will? Der kennt den Weg zu gut, der Mistkerl! Am Ufer entlang wäre für ihn eigentlich am bequemsten gewesen, da ist alles offen, und man kann leichter ausbüxen. Aber da ist er nicht hin. Weil er nämlich genau weiß, dass es dort so schlammig ist, dass man nicht durchkommt. Man bleibt bis zu den Ohren im Dreck stecken. Bloß, wenn das wirklich irgendein Saufbold ist, was will er mit dem verfaulten Fleisch? Hunde, Raubtiere ... das ist etwas anderes, die fressen auch Aas, aber ein Mensch?«

»Hast du gesehen, wie er sich bewegt hat, Sascha? Sah das etwa nach einem Säufer aus? Wir, zwei junge, gesunde Männer, haben es nicht geschafft, ihn einzuholen.« Kolossow war es heiß geworden, und er zog die Weste aus. »Hast du ihn wenigstens richtig sehen können?«

Der Inspektor schüttelte betrübt den Kopf.

»Ich auch nicht«, tröstete ihn Kolossow. »Nur seine Augen hab ich gesehen. Tja, Leutnant, du warst ein bisschen voreilig mit deinem ›Hände hoch‹.«

»Ich dachte, das ist irgendein Alki, Nikita Michailowitsch. Aber es ist wahr, er hat sich bewegt wie ein Waldgott.« Sidorow schüttelte sich die Tannennadeln von der Jacke. »Zumindest haben wir uns nicht umsonst die Nacht um die Ohren geschlagen. Das heißt ... eigentlich doch, weil er uns ja durch die Lappen gegangen ist. Aber so langsam kapiere ich, Nikita Michailowitsch, warum Sie heute Nacht mitgekommen sind.«

»Was kapierst du, Sascha?«, erkundigte Kolossow sich müde.

»Ich glaube, Sie haben hier nicht auf streunende Hunde gewartet. Ich glaube, Sie haben einen bestimmten Verdacht. Nur eins verstehe ich bis jetzt nicht: Wenn Sie sich eine bestimmte Theorie in Bezug auf unsere Morde hier zurechtgelegt haben – was hat dann dieses krepierte Schaf damit zu tun?«

»Ich weiß es nicht, Sascha. Vorläufig weiß ich gar nichts. Und ich habe auch keine bestimmte Theorie. Zuerst hatte ich zu viele, aber jetzt ...« Kolossow lehnte sich an einen Baumstamm. »Ich weiß nur, dass uns hier und heute ein sehr ungewöhnlicher Strolch erschienen ist und kein versoffener Viehdieb. Ich kann dir nicht sagen, wer es war, aber ein zweites Mal möchte ich ihn unter solchen Umständen nicht treffen. Und noch etwas, Sascha ... Erzähl vorläufig keinem was von unserem Abenteuer, ja?«

18 Knastbrühe

Die nächtlichen Ereignisse waren nicht spurlos an Kolossow vorübergegangen. Bei der morgendlichen Chefbesprechung in Rasdolsk, bei der sich sämtliche Abteilungsleiter versammelten, war er mürrisch und nachdenklich. Er hatte alle Mitarbeiter der »Abteilung zur Bekämpfung von Verbrechen gegen Leben und Gesundheit« zu sich ins Büro gebeten. Diese Abteilung der Rasdolsker Kriminalmiliz war seit dem Mord an Grant damit beschäftigt, das lokale Kontingent verdächtiger Personen zu überprüfen: alle Vorbestraften, die noch unter behördlicher Aufsicht standen, sowie psychisch Kranke, sozial Auffällige und so weiter. Es war die übliche operative Routinearbeit: das Durchsieben potenzieller Verdächtiger und die Überprüfung ihrer Lebensweise – unabhängig davon, welche Hypothesen man zum Fall entwickelte. Kolossow hatte mehrere Mitarbeiter aus dem Präsidium geholt, die die Rasdolsker Ermittler unterstützen sollten, und eindringlich geraten, noch einmal alle Personen aus den Spezialkarteien zu überprüfen. Dem Kontingent der Verdächtigen fügte er die Zigeuner hinzu; außerdem weitere, auf den ersten Blick anständige und gesetzestreue Bürger: sämtliche Datschenbewohner männlichen Geschlechts von achtzehn bis fünfundvierzig, die den Bezirk Rasdolsk im April und Mai aufgesucht hatten; außerdem alle Armeeangehörigen der in und um Rasdolsk stationierten Einheiten sowie alle Sportler und Trainer des Survival-Ausbildungscamps im ehemaligen Touristenheim in Otradnoje.

Den Auftrag, sich Otradnoje näher anzusehen, gab er dem erfahrenen Koroljow und zwei von dessen Mitarbeitern. Seit einiger Zeit kam ihm immer öfter eine Bemerkung des Gerichtsmediziners in den Sinn, die dieser bei der Untersuchung von Grants Leiche eher beiläufig hatte fallen lassen. Der Experte hatte die Vermutung geäußert, der Mörder habe beim Überfall auf Grant einen besonderen Kampfgriff angewandt, der den kräftigen, durchtrainierten Grant sofort außer Gefecht gesetzt habe. Für den Angreifer hatte der Mediziner dabei das seltsame Wort »Subjekt« benutzt.

Kolossow ertappte sich immer häufiger dabei, dass auch er das Wort »Subjekt« gebrauchte – nicht »Mann«, nicht »Verbrecher«, nicht »Verdächtiger«, sondern eben »Subjekt«, ein vorerst noch unbestimmter, substanzloser, aber unheimlicher Begriff, um den Rasdolsker Täter zu bezeichnen.

Leider hatte die Untersuchung des Tatorts, das A und O für jeden professionellen Ermittler, in beiden Mordfällen wenig Nutzen gebracht. Das »Subjekt« hatte praktisch keine Spuren hinterlassen außer seiner charakteristischen Visitenkarte – der Art und Weise, sein Opfer zu töten, und den darauf folgenden Manipulationen an der Leiche: untypische Verletzungen, Haare aus dem Fell eines unbekannten Tieres, im Fall Grants auch Manipulationen mit dem Blut des Opfers. Hinweise auf Raub oder sexuelle Übergriffe gab es nicht.

Dieses Bild wurde durch die seltsamen Tötungen von Tieren ergänzt, die im Bezirk Rasdolsk mit unerfreulicher

Regelmäßigkeit begangen wurden. Und in dieses Puzzle mussten nun auch noch die Geschehnisse der vergangenen Nacht eingefügt werden.

Das gesuchte »Subjekt« passte in keins der üblichen Modelle kriminellen Verhaltens, wie Kolossow sie in seinen Dienstjahren bei der Miliz kennen gelernt hatte. »Irgendwas ist faul an dieser Sache« – das wurde für Kolossow langsam so etwas wie eine fixe Idee. Und an diesem Morgen, nach der durchwachten Nacht, als sein Kopf fast zerspringen wollte, seine Augen verklebt waren und alle Muskeln schmerzten, als hätte er stundenlang Kohlensäcke geschleppt, brauchte Nikita mehr denn je einen klugen Rat oder noch besser eine fruchtbare Diskussion mit einem erfahrenen Kollegen.

Doch die Umstände an diesem Tag wollten es, dass er gegen seinen Willen für einige Zeit von den Ereignissen ausgeschlossen wurde. Er musste sich mit anderen Problemen befassen und sich wieder einmal davon überzeugen, wie bitter das Brot eines operativen Mitarbeiters war.

Gerade als er nach der Besprechung endlich ein wenig verschnaufen wollte, begannen die Telefone in seinem Büro schrill zu klingeln. Sein Vorgesetzter rief an und äußerte seine Unzufriedenheit über das langsame Vorankommen der Ermittlungen. Dann meldete sich der Chef der lokalen Verwaltung. Auch er polterte in den Hörer wie rostiges Eisen auf dem Dach: »Wie lange soll das denn noch dauern! Die Einwohner unseres Bezirks sind in Panik! Wann ergreifen Sie endlich Maßnahmen? Wann wird der Verbrecher festgenommen ...«

Als Letzter rief Chalilow an. »Wir müssen uns treffen und einen kleinen Ausflug machen, ins Staatshotel nach Oktjabrsk. Ich hol dich gleich ab, einverstanden?« In Oktjabrsk befand sich das Untersuchungsgefängnis, in dem Grants Blutsbruder saß, der Hai.

Chalilow arbeitete weiter an der »Michailow-Version«. Im Mordfall Igor Sladkich, der vom Fall Grant getrennt und an die Staatsanwaltschaft überstellt worden war, musste eine sichere Beweislage geschaffen werden. Aussagen von Michailow und dessen Bandenmitgliedern zu bekommen, die man in Untersuchungshaft genommen hatte, um die heimlich auf Band mitgeschnittenen Geständnisse zu erhärten, war für die Staatsanwaltschaft ohne die aktive Hilfe der Kriminalmiliz und ihrer inoffiziellen Mitarbeiter sehr schwierig. Zurzeit führte Chalilow die Anweisungen des Staatsanwalts aus und versuchte, Genaueres über die Person des Auftragskillers herauszufinden. Der tote Grant selbst konnte keine Angaben mehr machen, doch ohne umfassende Informationen über ihn würde kein Gericht den Fall als hinreichend geklärt anerkennen.

Die Staatsanwaltschaft interessierte sich vor allem für die Frage: Wie war Grant auf die fremde Datscha in Polowzewo gekommen, wo er dann den Tod gefunden hatte? Mit wessen Hilfe hatte er das Haus gemietet? Hatte er einen Mittelsmann gehabt, einen Helfer? Vielleicht konnten diese Informationen ja auch bei der Fahndung nach dem Mörder des Berufskillers nützlich sein. Und so setzte Renat Chalilow seine V-Leute auf diese Fragen an. Nun hatte er offenbar irgendetwas herausgefunden und wollte sich darüber mit seinem Chef beraten – mit Kolossow.

Anderthalb Stunden später kam er in seinem billigen alten Wolga nach Rasdolsk gebraust. Von dort bis Oktjabrsk hatten sie eine gute Strecke zu fahren.

»Unser Hai hüllt sich weiterhin in Schweigen«, berichtete Renat. »Aber vor drei Tagen hat Moskau ihn sich mal ausgeliehen. Die hatten im April eine Serie von Wohnungseinbrüchen. Bei einigen scheint der Hai seine Finger mit drin gehabt zu haben. Deshalb hat man ihn kurzfristig ins Butyrka-Gefängnis verlegt, wo ganz zufällig ein gewisser Ukolow der Zellengenosse vom Hai war. Die beiden kennen sich aus alten Zeiten.« Chalilow grinste hämisch. Kolossow entging nicht die Betonung, die er auf »zufällig« legte. O ja, die Moskauer Kollegen wussten, wie man Leute vom Schlag eines Hai bearbeitete.

»Bei diesem Ukolow war der Hai gesprächiger. Unter anderem hat er einige Dinge ausgeplaudert, die für unseren Fall von Bedeutung sind. Wie sich zeigte, hat er bei unserem letzten Treffen höchstens ein Viertel der Wahrheit gesagt. Reingelegt hat uns dieser Schurke!«

»So wie wir ihn.« Kolossow grinste, als er an den nicht ganz legalen Trick mit der Ersatzdroge dachte.

»Grant und er haben sich eine Woche vor dem Todesschuss in Rasdolsk doch einmal getroffen, wie wir beide von Anfang an vermutet hatten. Den Unterschlupf in Polowzewo hat ihm sein Blutsbruder besorgt. Hätte er sich nicht so gewunden, wären wir damals in Polowzewo nicht zu spät gekommen!«

»Das lässt sich nicht mehr ändern«, murrte Kolossow. »Was hat er noch ausgeplaudert?«

»Auf dieser Datscha hat offenbar irgendwer im Auftrag der Besitzerin mit ihm verhandelt. Diese Alte, Dolores, wollte ja zu ihren Verwandten ins Ausland fahren. Vermutlich hat jemand auf ihre Bitte hin mit dem Hai gesprochen und die Miete kassiert.«

»Der Sohn? Ach nein, der ist ja auch verreist.« Kolossow fiel wieder ein, was über die Besitzerin der Datscha bekannt war. »Vielleicht ein Bekannter von ihr?«

»So eine Professorenwitwe hat eine Menge Bekannte: ehemalige Doktoranden und Schüler ihres Mannes, Freundinnen in ihrem Alter und so weiter. Es würde Monate dauern, die alle durchzugehen. Nein, wir werden einen einfacheren Weg beschreiten. Wir nehmen unseren Freund ins Gebet und reden diesmal Tacheles mit dem Burschen. Mir gibt man ihn nicht allein zum Verhör, ich bin nicht mehr befugt.« Chalilow spuckte aus. »Die Zeiten sind vorbei. Aber du, Nikita ...«

Kolossow hatte nichts dagegen. Wenn der Hai ihnen heute den Namen des Mannes nennen könnte, der im Auftrag von Dolores Prosorowa die Datscha vermietet hatte ... Vielleicht hatte die Staatsanwaltschaft ja Recht; das wäre den weiteren Ermittlungen zuträglich.

»Wieso bist du heute so finster, Nikita?«, fragte Chalilow und steckte sich eine Zigarette an. »Steckst du mit diesem Rasdolsker Fall so sehr in der Bredouille?«

Kolossow nickte, fasste sich ein Herz und erzählte dem Freund, was er seinen Rasdolsker Kollegen vorläufig noch verschweigen wollte.

»Die Wahl der Mordopfer ist allerdings untypisch, da hast du Recht«, bemerkte Chalilow, als Kolossow seinen Bericht beendet hatte. »Beide Opfer sind kräftige junge Männer. Scheint eine Art Sport für ihn zu sein, wie? Er lauert dem Burschen im Wald auf, wirft ihn zu Boden, bricht ihm das Genick ... Und dann noch dieser krankhafte Hang zu Tieren. Meinst du wirklich, das eine hat mit dem anderen zu tun?«

»Sicher bin ich mir nicht. Aber es gibt auf jeden Fall Übereinstimmungen. Allerdings sind die in unserem Beruf, Renat, eine zweischneidige Sache. Heute Morgen habe ich auf dem Revier sämtliche in den letzten Monaten registrierte Zwischenfälle durchgesehen. Die ersten Tiere sind in der ersten Aprilwoche verschwunden. Vorher war so etwas noch nie vorgekommen.«

»Ein ziemlich ausgefallenes Sortiment von Leichen: das erste Opfer ein Leutnant, dann Ziegen, Kaninchen, dann ein gedungener Killer, dann ein Hund, ein Schaf ... Viel Sinn ergibt das alles nicht. Wenn ihm keine jungen Kerle über den Weg laufen, dreht er dann harmlosen Vierbeinern den Hals um? Und was ist eigentlich mit diesem Säufer, der vermisst wird? Hat man den gefunden? Nein? Sag mal, Nikita, gab es unter früheren Serienmördern einen, der sich auf kräftige Männer spezialisiert hatte?«

»Ich hab in unserem Archiv gewühlt. Mitte der Sechzigerjahre gab es einen gewissen Nasarkin. Sechs Morde hat er auf dem Kerbholz. Und alles gesunde, starke Kerle.«

»Und sein Motiv?«, fragte Chalilow.

»Es war die Vorbereitung für einen Sparkassenüberfall. Nasarkin trainierte durch die Morde seinen Mut. Ganz offensichtlich war er nicht richtig im Kopf, aber man hat ihn für zurechnungsfähig erklärt, deshalb wurde er hingerichtet.«

»Tja, Nikita, alles im Leben wiederholt sich. Vielleicht ist in Rasdolsk wieder ein solcher Sportsfreund am Werk. So, wir sind da.«

»Diesmal werden wir uns streng an die Vorschriften des Gesetzes über operative Ermittlungstätigkeit halten«, sagte Kolossow grinsend. »Ohne deine faulen Tricks.«

Das Untersuchungsgefängnis von Oktjabrsk erweckte beim Chef der Mordkommission stets beinahe poetische Gefühle: Das Gefängnis war nämlich in einem Kloster untergebracht, das während der Regierungszeitung der Zarin Elisabeth im Stil des Rokoko erbaut worden war. Die

Backsteine der tief in die Erde eingesunkenen Klostermauern bröckelten stellenweise schon. Vor einigen Jahren hatte eine Gruppe besonders unternehmungslustiger Gefangener eine Bresche in die Zellenmauer geschlagen und war aus dem Untersuchungsgefängnis ausgebrochen. Kolossow erinnerte sich, dass man im gesamten Bezirk nach den Männern gesucht hatte. Seitdem wurden alle Gefängnisgebäude und die Mauern rund um den gesamten Komplex renoviert: Die Gefängnisverwaltung wollte sich vor ähnlichen Vorkommnissen schützen.

Kolossow und Chalilow wurden vom Direktor des Untersuchungsgefängnisses empfangen. Die Situation in seiner Anstalt war problematisch: Das Gefängnis war hoffnungslos überfüllt. In manchen Zellen, die für zehn bis fünfzehn Gefangene gedacht waren, saßen vierzig und mehr. Geschlafen wurde schichtweise. Erst zum Ende der Woche rechnete man mit einer gewissen Entspannung: Ein Teil der Häftlinge sollte nach erfolgtem Gerichtsurteil zu den Orten gebracht werden, an denen sie ihre Strafe verbüßen mussten. Der Gefängnisdirektor holte noch den Dienst habenden Aufseher und einen weiteren Mitarbeiter hinzu. Ein Teil der Häftlinge aus Block Drei, in dem man die besonders gefährlichen Verbrecher und die Rückfalltäter untergebracht hatte, war soeben beim Hofgang. Der Hai befand sich noch in seiner Zelle, wo er wartete, bis die Reihe an ihm war. Wie sich später herausstellte, hatte der Aufseher ihn zuletzt beim Mittagessen gesehen.

Kolossow und Chalilow wurden ins Vernehmungszimmer geführt, das sich im Erdgeschoss eines Seitengebäudes befand. Man versprach ihnen, dass der Hai in fünf Minuten gebracht würde. Sie warteten zehn Minuten, fünfzehn ... Plötzlich ertönten im Flur aufgeregte Stimmen, jemand rannte auf dem Flur vorbei, Stiefel polterten. Draußen am Gebäude heulte eine Alarmsirene los. Kolossow und Chalilow liefen hinaus auf den Flur. Der Leiter der Wachmannschaft kam ihnen entgegen. Dem Mann war auf den ersten Blick anzusehen, dass etwas Schlimmes passiert war.

Mit einer löchrigen Gefängnisweste notdürftig bedeckt, lag die Leiche des Hais in einer Ecke auf dem eiskalten Betonfußboden von Zelle sechzehn in Block Drei. Der drogensüchtige Dieb war mit einer Metallschnur erdrosselt worden. Sie wand sich um seinen Hals und schnitt tief in das Fleisch unterm Kinn. Die Leiche war bereits kalt.

»Wie viele Häftlinge sind in dieser Zelle?«, fragte Kolossow den verstörten Aufseher.

»Insgesamt sechzig. Wir führen sie in drei Schichten zum Hofgang.«

»Gab es in letzter Zeit Verlegungen aus anderen Zellen?«

»Nein, seit einer Woche ist keiner mehr verlegt worden. Hier ist sowieso schon alles überfüllt.« Der Aufseher betrachtete den Toten erschreckt und grimmig zugleich. »Diese Bestien haben ihren eigenen Kumpel ermordet. Dabei war er hier so was wie eine Autorität. Und nicht mal die Wache wurde geholt! Wenn Sie nicht gekommen wären und sie gerufen hätten, wäre der Schlamassel erst heute Abend bei der Kontrolle entdeckt worden. Die wollten Zeit gewinnen, die Schufte! Spuren verwischen! Hier deckt einer den anderen, Genosse Major. Wie die Wölfe sind sie!«

»Das ist Michailows Handschrift«, flüsterte Chalilow, als sie zu zweit im Flur zurückgeblieben waren. »Brillanten-Goscha sitzt jetzt im Untersuchungsgefängnis in Moshaisk, seine Bande in Wolokolamsk. Man hat sie absichtlich auf verschiedene Gefängnisse verteilt, aber trotzdem ... er hat dem

Hai den Überfall im Zug nicht verziehen, darauf wette ich meinen Kopf. Meinen ›Falschen Demetrius‹ hat er ihm nicht verziehen. Er muss durch irgendwelche Kanäle erfahren haben, wo der Hai einsitzt. Verdammt! Das Gefängnis ist wie ein See, Nikita. Wirfst du einen Stein hinein, zieht er sehr weite Kreise. Unter den sechzig Leuten, die in dieser Zelle sitzen, ist einer – vielleicht auch zwei oder drei –, die aus Moshaisk den Auftrag bekommen haben, den Hai zu erledigen. Und diesem vertrottelten Aufseher kannst du Folgendes sagen: Die Mörder vom Hai muss man unter den Gefangenen suchen, die für den Transport bestimmt sind! Heute ist Mittwoch, der Transport ist für Donnerstag angesetzt, also für morgen. Wenn es keine ausreichenden Beweise gibt – und die wird in dieser kurzen Zeitspanne niemand dem Gericht vorlegen können –, werden alle rechtskräftig Verurteilten aus dieser Zelle ins Lager transportiert. Und sind sie erst mal im Lager, können wir die Sache vergessen.«

Kolossow holte beim Gefängnisdirektor Erkundigungen ein. Es erwies sich, dass mehr als zwei Drittel der Gefangenen aus Zelle sechzehn für den Abtransport vorgesehen waren – siebenundvierzig Mann.

Das Untersuchungsgefängnis summte wie ein Bienenstock. Die Nachricht von dem Mord verbreitete sich in Windeseile im ganzen Block.

»Jetzt können wir noch so viel im Dreck stochern, wir werden die Sache nicht mehr klären«, prophezeite Chalilow düster, während er aus dem vergitterten Fenster das Tor des Klosters betrachtete, wo zwischen dem Stacheldraht noch Stuckreste des kaiserlichen Monogramms – »E« für Elisabeth – zu sehen waren. »Und da sagst du, wir halten uns streng ans Gesetz! Wo hast du hier ein Gesetz? Ein stinkender Sumpf ist das hier, eine trübe Knastbrühe. Man sollte sich ein Maschinengewehr schnappen und voll draufhalten!«

Renat schwieg eine Weile, dann fuhr er dumpf fort: »Wenn es wirklich Brillanten-Goscha war, der mit dem Hai abgerechnet hat, und davon bin ich überzeugt, habe ich diesen Unglückswurm auf dem Gewissen, Nikita. Ich bin schuld an seinem Tod. Ich habe nicht ausreichend berücksichtigt, dass Michailow ein gerissener, rachsüchtiger Mensch ist. Der lässt sich von keinem ungestraft anbrüllen und einschüchtern, noch dazu mit vorgehaltener Knarre. So was zahlt er dem Betreffenden gnadenlos heim. Aber niemals eigenhändig, sondern immer durch Mittelsmänner.«

19 Zigeunerglück

Das Treffen war im Grunde völlig unsinnig, und das wusste Katja nur zu gut. Mehr noch – wenn jemand ihr früher, als sie noch als Untersuchungsführerin arbeitete, gesagt hätte, dass einer ihrer Kollegen zu einer Wahrsagerin gegangen sei, um Informationen zu bekommen, hätte sie über einen so naiven Tropf nur gelacht. Oder sich an die Stirn getippt. Die Idee, bei Gelegenheit zu Madame Leila zu gehen, war Katja gleich nach dem Zwischenfall auf der Fahrt nach Uwarowka gekommen, als Sergej und sie den Enkel der Zigeunerin vor den Hunden gerettet hatten. Zunächst dachte sie dabei nicht an ein Beratungsgespräch, sondern eher an ein Interview – für die Rubrik »Offensichtliches und Unerhörtes«.

Katja glaubte Wahrsagerinnen nicht. Magiern und Medien ging sie möglichst aus dem Weg. Für Leute, die Anzeigen in die Zeitung setzten – »Beschwörungen und Hexenrituale, Erfolg garantiert!« –, hatte sie nur Mitleid übrig. Von Zeit zu Zeit rief ein solcher Magier im Pressezentrum des Polizeipräsidiums an und schlug vor, zwecks Eigenwerbung ein Treffen mit dem operativen Mitarbeiterstab der Kriminalabteilung für ihn zu organisieren, bei dem er seine ungewöhnlichen übersinnlichen Fähigkeiten demonstrieren könne, zum Beispiel: »Spüre Diebesgut auf, auch gestohlene Autos«, »Sage das Schicksal jedes Menschen voraus«, »Nenne den Aufenthaltsort Vermisster« und so fort. Ein paar Mal hatten solche Treffen tatsächlich stattgefunden, aber bei genauerem Hinsehen hatte sich all die spitzfindige detektivische Zauberei als Bluff erwiesen.

Im Grunde wusste Katja selbst nicht genau, warum sie zu der Wahrsagerin wollte. Der Gedanke, dass die Offenbarungen Madame Leilas bei den Ermittlungen weiterhelfen könnten, war lächerlich. Vom journalistischen Standpunkt aus machte der Besuch allerdings Sinn. Wenn man in einem zukünftigen Artikel über die Aufdeckung des »Albtraums von Rasdolsk« elegant darauf anspielen konnte, dass eine berühmte Hellseherin aus einem seit Generationen bekannten Geschlecht von Wahrsagern den Ermittlern geholfen hatte, würde ein so pikantes Detail der Reportage ein ganz besonderes Kolorit geben.

Doch journalistischer Ehrgeiz war nicht der Hauptgrund, weshalb Katja Madame Leila besuchte. Sie wollte mit der Zigeunerin ein Thema erörtern, das sie vergeblich mit Sergej zu besprechen versucht hatte – das Thema der Lykanthropie, des Werwolfs, des Tiermenschen. Immer öfter kamen ihr in dieser Hinsicht fantastische Ideen. Sergej hatte dieser Frage eine, wie Katja fand, höchst prosaische Deutung gegeben. Doch der Werwolf war nicht nur ein mystisch-erotisches Symbol für den Supermann, wie man es aus dem Kino kannte, sondern ebenso eine Legende, ein schreckliches Märchen, ein Aberglaube, ein Mythos. Und über Schauermärchen konnte man mit dem neunmalklugen Sergej nicht reden. Dafür eignete sich eine Wahrsagerin viel, viel besser.

Am Freitag wollte Katja für den ganzen Tag nach Rasdolsk fahren. Am Abend zuvor suchte sie die Vermisstenabteilung auf und besorgte sich dort ein Foto von Jakowenko.

Dann schaute sie in der Mordkommission vorbei, wo ihre alten Bekannten saßen. Der gutmütige Woronow gab ihr auf ihre Bitte hin Fotos von Sladkich und Grant. Diese Aufnahmen nahm Katja mit, um einen Ausgangspunkt für das Gespräch mit der Zigeunerin zu haben. Hätte sie gewusst, was ihr in Rasdolsk passieren würde – sie hätte es sich hundertmal überlegt, bevor sie zu den Zigeunern gefahren wäre!

Nachdem sie eine Weile kritisch den Fahrplan studiert hatte, beschloss sie, den Frühzug um acht Uhr zu nehmen. Die Vorortbahn fuhr im Schneckentempo und hielt an jeder Station. Die warme Sonne machte Katja schläfrig. Draußen waren Felder, Felder, nichts als Felder. Im Zug war ein buntes Völkchen versammelt: ein Betrunkener, der schnarchend auf der benachbarten Bank schlief; Hobbygärtner mit Körben voller Setzlinge, die mit ihren Rucksackbuckeln wie Kamele aussahen; eine finstere Gestalt mit Schirmmütze, in der Hand das rechtsradikale Blättchen »Limonka« und auf dem schwarzen, seit Ewigkeiten nicht gewaschenen T-Shirt die Aufschrift »Der Nationalbolschewismus wird siegen!«; fliegende Händler, die eifrig für Sekundenkleber, Hühneraugenpflaster und die gesammelten Werke von Raffaelo Sabatini warben; kurz: eine typische Vorortbahn.

Als sie in Rasdolsk eintrafen, war es fast schon Mittag. Die erste Straßenhändlerin wich entsetzt vor Katja zurück, als sie die Frage vernahm, mit welchem Bus man am besten zur Zigeunersiedlung komme. Schließlich gab ihr ein schüchterner, kultiviert aussehender alter Mann den Rat, mit der Linie »K« bis zur chemischen Reinigung zu fahren und von dort zu Fuß am Stadion und am Baugelände vorbei immer geradeaus zu gehen.

Kaum hatte sie das Gelände der Zigeunersiedlung betreten und auf der Anhöhe das bekannte Haus aus rotem Backstein hinter dem riesigen Zaun erblickt, als sie auch schon Lärm, Geschrei, Gepolter, Geklirr und Geknirsche vernahm. Die Bautätigkeit in der Siedlung war noch in vollem Gange. Kipper rumpelten, ein Bagger brummte, dröhnend wurden Pfähle eingeschlagen, Bretter wurden gesägt und gehobelt. Arbeiter liefen geschäftig umher, beaufsichtigt von braunhaarigen schnurrbärtigen Männern, die trotz der Gluthitze Lederjacken trugen.

Katja pochte laut an die Pforte. Sofort wurde ihr geöffnet, als hätte man sie auf der anderen Seite bereits erwartet. Eine junge Zigeunerin in einem schlichten Kleid aus Kattun mit kurzen Ärmeln stand vor ihr.

»Guten Tag, ich möchte gern Madame Leila sprechen«, sagte Katja liebenswürdig.

»Haben Sie sich telefonisch angemeldet? Um wie viel Uhr ist Ihr Termin?«

Katja biss sich auf die Lippe. Zu dumm. Offenbar ging es hier zu wie beim Zahnarzt – Termine nur nach Vereinbarung.

»Ich bin nicht angemeldet, aber ich muss ...«

»Ach, mein Herzblatt, mein Goldkind, alle, alle müssen. Rufen Sie an, man wird Ihnen einen Termin geben, und dann kommen Sie ein andermal.« Scheppernd schlug die Pforte zu.

Wie hatte Madame Leila doch gesagt: Kommen Sie, kommen Sie, egal, zu welcher Zeit ...

Aus einem Fenster im ersten Stock blickte jemand heraus. Ein Mann. Er schimpfte so laut, dass es über den ganzen Hof zu hören war. Hinter der Mauer krähte aufgeregt ein Hahn. Hühner gackerten. Wieder öffnete sich die Pforte ein kleines Stück. Nun erschien außer dem Mädchen auch noch ein junger Bursche, brünett, mager, mit einer dicken Hornbrille. An seiner Haltung war irgendetwas, woran Katja sofort den Invaliden erkannte. Als der Mann sich umdrehte, sah sie, dass er einen Buckel hatte. Er war sehr jung, noch ein halbes Kind. Braune Haut, schwarze Augen, wulstige Lippen. Er lächelte schüchtern. Männliche Zigeuner hatte Katja bisher nur im Fernsehen in Folklore-Ensembles gesehen. Von weitem ähnelten sie in ihren Seidenhemden exotischen Zaubervögeln. Einen Zigeuner mit Brille sah sie zum ersten Mal – ein sehr merkwürdiger Anblick.

»Entschuldige, Liebste, entschuldige großmütigst, wir haben dich nicht erkannt«, sprudelte das Mädchen hastig hervor. »Komm herein, erhol dich von der Reise. Das hier ist Georgi, der Sohn meiner Tante, und Nikola wird auch gleich da sein. Tritt ein, tritt ein, genier dich nicht. Tante Leila wird sofort kommen. Sie hat sich für ein Stündchen hingelegt. Ihr Herz, meine Liebe, ihr Herz ... Der Arzt sagt, sie müsse ins Krankenhaus.« Die Frau redete Russisch mit südlichem Akzent, so wie man es in Odessa sprach – mit weichen Gaumenlauten, aber schnell und deutlich. Wenn sie lächelte, blitzten weiße Zähne auf.

Der bucklige bebrillte Junge räusperte sich verlegen und bat Katja ebenfalls ins Haus. Er reichte ihr gerade bis zur Schulter.

Im Innern des Hauses wurde Katja von der kühlen Dämmerung einer großen Diele und einem Berg von Schuhen empfangen, der sich in der Ecke neben der Tür unordentlich auf dem nagelneuen Teppichboden türmte. So viele verschiedene Schuhe auf einmal hatte Katja sonst nur im Geschäft gesehen: Kindersandaletten, Turnschuhe, Damenpumps, Gummigaloschen, Strandsandaletten, teure Designerschuhe mit dicken Absätzen, Badeschlappen aus Gummi. Offensichtlich ging man hier im Haus ohne Schuhe wie im Orient. Bestimmt hatten sie hier kostbare Teppiche. Der Junge mit der Brille zog seine Turnschuhe aus. Auch Katja streifte ihre Pumps ab.

»Bitte hier lang.« Katja wurde nach rechts durch einen Flur geführt. Eine Tür aus finnischem Eichenholz öffnete sich. Das Zimmer dahinter wurde von einem riesigen Tisch ausgefüllt, groß wie ein Fußballfeld und bedeckt von einem gemusterten indischen Tischtuch. An der Zimmerdecke hingen mehrere Käfige mit Kanarienvögeln. Auf den Fensterbrettern wucherten üppig Zimmerpflanzen. Zwischen den Fenstern hing ein großes Kruzifix an der Wand. Aus dem ersten Stock war Lärm zu vernehmen; dann kam eine Horde Kinder die Treppe heruntergestürmt – lauter kleine Mädchen in Kattunkleidern und mit Zöpfchen wie aus gebogenem schwarzem Stacheldraht. Katjas Begleiterin fuhr sie scharf an, und sie verstummten für einen Augenblick, fingen aber gleich darauf wieder an zu schnattern und rannten zum Spielen nach draußen.

Katja wusste selbst nicht, warum, aber dieses gerade erst fertig gestellte, nach harzigem Holz riechende, mit Kindern, Schuhen, Kanarienvögeln und Kakteen voll gestopfte Haus gefiel ihr sehr. Sie lächelte dem buckligen Jungen zu und sagte: »Wie schön ihr es habt! Entschuldige, aber diese kleinen Mädchen – sind sie mit Madame Leila verwandt?«

»Ja, das sind Nichten, Enkelinnen und so weiter.« Der Junge schob ihr einen Stuhl hin. »Setz dich. Und sag nicht Madame zu ihr. Einfach nur Leila, das reicht. Ich habe dich gesehen, als ihr meinen Sohn gebracht habt. Sein Bein ist wieder geheilt. Die Bänder waren gerissen, aber jetzt läuft er schon wieder herum wie zuvor.«

»Dein Sohn?« Katja starrte den Jungen erstaunt an. »Das

war dein Sohn? Aber du ... du bist doch selbst noch so jung! Da hast du schon einen so großen Jungen?«

Der Zigeuner lächelte nur traurig.

Man servierte Katja auf dem indischen Tischtuch zwei Kännchen, eins mit grünem, eins mit gewöhnlichem Tee, dazu mehrere Schälchen mit Konfitüre und Honig, getrocknete Kisil-Beeren und Backpflaumen auf einem Teller, Nüsse, Zitronenscheiben und Kiwi in einer Plastikschüssel. Dann erschien Madame Leila persönlich, angetan mit einem weiten geblümten Gewand ohne Ärmel. In ihren Ohren funkelten winzige Brillantstecker, und um den Kopf hatte sie ein Seidentuch gebunden, das ein Stück abstand – offensichtlich hatte sie darunter Lockenwickler versteckt.

Katja hatte sich die Begegnung mit der weit über Moskau hinaus berühmten Wahrsagerin ganz anders vorgestellt: geheimnisvolles Halbdunkel, zugezogene Vorhänge, grünes Tischtuch, Karten, flackernde Kerzen, Kristallkugel. Aber hier gab es kein Lager, keine rauchenden Feuer und keine Gitarrenklänge, stattdessen Tee mit Konfitüre, zwitschernde Kanarienvögel und eine Hellseherin mit Lockenwicklern ...

»Sei gegrüßt, mein liebes Mädchen.« Leila rauschte heran wie eine Fregatte unter vollen Segeln. »Mein Traum ist in Erfüllung gegangen. Ich wusste, dass du mich besuchen wirst.«

Natürlich, wie sonst, dachte Katja. Plötzlich kam ihr ein alarmierender Gedanke: Die Wahrsagerin weissagt bestimmt nicht kostenlos! Sie hat ja, wie man sieht, einen so großen Kundenkreis, dass man sich sogar telefonisch anmelden muss.

»Über dein Anliegen reden wir nachher, mein Herz. Jetzt trink erst mal Tee.«

Der Bebrillte ging hinaus und ließ sie allein.

»Der junge Mann hat gesagt, er sei der Vater Ihres Enkels«, sagte Katja schüchtern. »So jung und schon ...«

»Mein Sohn.« Leila seufzte und schenkte sich grünen Tee nach. »Im Sommer wird er vierundzwanzig. Als ich ihn zur Welt gebracht und angeschaut habe – heilige Mutter Gottes! Aber was sollte ich tun? Gott hat ihm keine Gesundheit geschenkt. Aber er ist ein guter, lieber Junge. Kaum war er flügge, hat er auch schon einem Mädel den Bauch gefüllt. Na, wir haben das Brautgeld bezahlt und Hochzeit gefeiert. Sie war noch keine vierzehn, und er war gerade erst so alt geworden. Sie haben hier bei mir gelebt wie die Kätzchen. Ein gutes Mädel. Aber wieder hat Gott kein Glück gesandt, sondern es genommen: Bei der Geburt ist sie gestorben. Und wie ich sehe, hast du keine Kinderchen.«

»Nein.« Katja nahm einen Schluck Tee.

»Vom Geliebten musst du sie empfangen und gebären. Nur solchen Kindern gibt Gott Gesundheit. Sie haben einen guten Stern, der hoch und hell am Himmel steht und bis ans Ende der Tage nicht erlischt. Aber sein Stern wird bald erlöschen. Weh ist mir ums Herz. Aber was soll ich tun?«

»Aber warum denn, wie kommen Sie darauf? Heute gibt es viele Behinderte, die ein zufriedenes und langes Leben haben.« Katja war betroffen.

»Der Enkel ist mein Trost und meine Freude. Er wird bleiben und unser Geschlecht erhalten. Seine Lebenslinie ist stark. Und du, bist du wirklich gekommen, damit ich dir weissage?« Die Zigeunerin sah Katja scharf in die Augen und lächelte. »Du glaubst uns ja gar nicht.«

»Woher wissen Sie das?«, fragte Katja erstaunt.

»Das sehe ich.«

»Ich brauche Ihren Rat, Leila.« Katja holte die Fotos von Sladkich, Jakowenko und Grant aus ihrer Handtasche. »Bitte schauen Sie sich diese Männer an. Sie sind spurlos verschwunden.«

Leila schob Tee und Konfitüre beiseite und breitete die Fotos vor sich aus. Dann drehte sie die Bilder um.

»In dieser Welt brauchen Sie die Männer nicht mehr zu suchen – es ist zu spät«, erklärte sie schlicht.

Katja verschluckte sich am Tee und musste husten.

»Wie können Sie so überzeugt davon sein, Leila?«

»Wie soll ich es dir sagen? Die Wahrheit wirst du nicht glauben, wirst zweifeln. Sie haben kein Leben, diese Gesichter. Von ihnen geht der Geruch des Grabes aus.«

»Zwischen ihnen ...«

»War etwas? Und das willst du erfahren? Ja, es stimmt. Hier, dieser und dieser ...« Die Zigeunerin mischte die Fotos wie Spielkarten und drehte dann wie auf gut Glück zwei davon um: Sladkich und Grant. Das Foto des Killers legte sie auf die Aufnahme seines Opfers.

»Dieser hat diesen getötet. Und das weißt du sehr gut, meine Liebe. Du willst mich nur auf die Probe stellen.«

»Entschuldigen Sie.« Katja errötete. Ihre Augen waren vor Neugier ganz rund geworden. »Es stimmt, ich glaube eigentlich nicht an Wahrsagerinnen. Ich hielt das immer für Betrug.«

»Nicht alles bei uns ist Betrug.« Leila lächelte. »Aber manchmal, meine Liebe, wollen die, die zu mir kommen, betrogen werden. Sie sind bereit, für so einen Betrug, für ein kleines bisschen Hoffnung jede Summe zu bezahlen. Bei der einen trinkt der Mann und betrügt sie nach Strich und Faden. Immerzu will sie von mir wissen: Kommt er wieder zur Vernunft, liebt er mich, kehrt er zurück? Sagst du dieser

Frau: ›Nein, und das ist auch besser so für dich‹, ziehst du ihr den Boden unter den Füßen weg. Aber wenn du ihr Mut machst, ihr etwas vorlügst, dann ...«

»Leila, diese beiden hier«, Katja griff nach den Fotos von Jakowenko und Grant. »Ich weiß gar nichts über sie, Ehrenwort, nur dass sie bestialisch ermordet wurden. Können Sie mir etwas über diese Männer sagen?«

Die Zigeunerin lehnte sich zurück und legte ihre dicken braunen Hände auf die Fotos. So saß sie lange da, unbeweglich, schweigend. Katja kam es die ganze Zeit so vor, als spielte die alte Hexe ihr eine Komödie vor.

»Sie kennen einander nicht. Und sind sich nie begegnet. Viel Blut ist an ihnen herabgeflossen.« Leilas Augen verschwanden fast unter ihren schweren Lidern, wie bei einer Eidechse, die in der Sonne döst. »Aber der Tod war schnell. Er kam wie ein Blitz ...«

»Und können Sie mir sagen, wer sie getötet hat?«

Die Wahrsagerin schien gleichsam zu erwachen. Eilig, beinahe schon hastig, schüttelte sie den Kopf.

Was zu erwarten war, dachte Katja, fühlte sich aber trotzdem bitter enttäuscht.

»Glauben Sie an Werwölfe, Leila? Manchmal glaube ich, dass diese Männer von einem Werwolf getötet wurden ... oder von etwas Ähnlichem«, fabulierte sie drauflos. »An den Leichen hat man Reste von Fell gefunden. Was ist Ihrer Meinung nach ein Werwolf?«

»Ein Mensch.« Die Zigeunerin antwortete so ruhig, als hätte man sie nach der Uhrzeit gefragt. »Nur ist er von innen ganz mit Fell bedeckt.«

»Meinen Sie das im übertragenen Sinne?«

»Wieso übertragen? Heutzutage laufen viele solcher Zwitterwesen herum.« Die Zigeunerin blickte Katja seltsam an, der es immer noch vorkam, als würde sie auf den Arm genommen.

»Viele, sagen Sie? Und wo?«

»Du möchtest wohl gern mal einen Blick auf so ein Wesen werfen?« Die Zigeunerin wiegte sich lachend hin und her.

»Zu gern.« Katja schaltete heimlich das Aufnahmegerät in ihrer Handtasche ein. »Wäre das denn möglich?«

»Warum nicht? Gegen diese Missgeburten gibt es ein Gebet.« Wieder lächelte Leila spöttisch. »Einmal hat man einen zu mir gebracht. Anfangs war er böse wie ein Teufel, stinkend und grausig. Dann hat man ihn besprochen, und er wurde friedlich. Gott war ihm gnädig, hat ihm seine Sünde verziehen. Eine große Sünde. Jetzt kann man ihn sich ansehen.«

»Und wo?«

»Wo?« Die Zigeunerin schob Katja eine Serviette zu, »Schreib deine Adresse auf, mein Sohn wird dich morgen Abend abholen. Morgen ist Samstag, da ist hier bei uns Feiertag. Georgstag – Zigeunerglück. Unsere ganze Sippe wird zusammenkommen. Auch diese Missgeburt wird man mitbringen. Sie lassen ihn nicht allein, haben Mitleid mit ihm. Na, was ist? Schreib deine Adresse auf.«

Katjas innere Stimme untersagte ihr kategorisch, dieser Aufforderung nachzukommen. Wie viele Wohnungseinbrüche wurden hier in der Gegend von Zigeunern begangen! Wie oft hatte sie selbst schon Artikel und Reportagen über dieses Thema geschrieben und die Bevölkerung vor zu großer Vertrauensseligkeit gewarnt ...

»Hier haben Sie meine Adresse.« Sie kramte ihre Visitenkarte aus der Tasche. »Um wie viel Uhr soll ich morgen auf ihn warten?«

»Am Abend. Er ist ein stiller, sanfter Junge. Schöne Mädchen wie du machen ihm Angst. Aber er ist grundehrlich. In der Beziehung brauchst du dir keine Sorgen zu machen. Mein Enkel dagegen ist nicht zu bändigen. Der klaut alles, was glänzt, wie eine Elster. Dabei bekommt er hier alles, was er will, der Lausebengel. Bei uns im Haus gibt es alles im Überfluss, und er wird alles einmal erben. Hier, meine Liebe«. Leila griff in die Falten ihres geblümten Gewandes und hielt Katja die geöffnete Hand entgegen – eine silberne Krawattennadel lag darauf. »Gib das deinem Freund zurück. Und sag ihm, dass ich den Lauser eigenhändig verdroschen habe. Stiehl nichts von Menschen, die dir Gutes tun, hab ich zu ihm gesagt. Bring keine Schande über deine arme alte Großmutter.«

Samstag früh rief Sergej bei Katja an. An diesem Morgen bewegte ihn nur eine Frage: War es passend, zum Begräbnis von Wladimir Basarow ohne Krawatte und in einem kurzärmeligen Hemd zu erscheinen? Die Wettervorhersage hatte nämlich einen heißen, sonnigen Tag versprochen.

Katja hatte eigentlich nicht die Absicht, Sergej von ihren Plänen zu erzählen. Aber Frauen fällt es bekanntermaßen schwer, ihre Zunge im Zaum zu halten.

»Gestern Abend bin ich zu Wadims Vater gefahren und habe ihm Lebensmittel und Medikamente gebracht – er hatte mich darum gebeten. Er kommt zusammen mit Freunden auf den Friedhof und auch in die Kirche. Sie haben schon ein Taxi bestellt. Ich für mein Teil, Sergej, habe erst einmal genug von Begräbnissen.« Katja seufzte. »Richte den Basarows mein aufrichtiges Mitgefühl aus und alle guten Wünsche. Ich werde mich heute mit etwas anderem beschäftigen. Und weißt du womit? Man wird mir einen Werwolf zeigen.«

»Einen lebendigen?«, erkundigte Sergej sich ungerührt. Katja hörte durchs Telefon seinen Rasierapparat schnurren. »Oder in Spiritus eingelegt?«

»Ich meine es ernst!«

»Und wo soll das sein?«

»Nirgends.« Katja war beleidigt. Da redete sie ganz ernsthaft mit ihm, und er machte sich über sie lustig! »Übrigens kannst du dir deine Krawattennadel abholen. Man hat sie mir unversehrt wiedergegeben. Auch Zigeuner kennen so etwas wie Familienehre.«

»Wohin willst du, Katja?«, fragte Sergej beunruhigt. »Mit wem? Wo muss man dich suchen?«

»Nirgends«, wiederholte Katja, legte auf und schaltete den Anrufbeantworter ein. Jetzt konnte Sergej sich nach Herzenslust austoben.

Im Grunde ihrer Seele wusste Katja sehr genau, dass sie unvorsichtig und dumm handelte. Ein Rendezvous mit einem Werwolf! Sie hätte Sergej zumindest sagen sollen, wo er sie finden konnte. Aber sie hatte keine Lust mehr, sich seine Ausführungen über Supermann-Märchen und schwachsinnige Mystik anzuhören. Leise, im Singsang, wiederholte sie immer wieder die Worte, die sie am Vortag von Leila gehört hatte: Georgstag ... Zigeunerglück ... Ich fahre zum Feiertag des Zigeunerglücks. Was das wohl sein mag? Katja stellte sich vor, wie diese Reise beginnen würde. Die Uhr schlägt Mitternacht, jemand klingelt an ihrer Tür, und dann ...

Aber es klingelte erheblich früher – um fünf Uhr nachmittags. Vor der Tür standen der bucklige Georgi und sein Sohn.

»Guten Abend«, grüßte Georgi. »Wir haben dich schnell gefunden. Fahren wir?« Den kleinen Jungen hielt er fest an der Hand.

»Hallo, Tante. ’ne schicke Hütte hast du, hier kann man’s aushalten.« Der Knirps beäugte die Diele. »Krieg ich was zu trinken?«

»Möchtest du Saft?«, bot Katja ihm gastfreundlich an.

»Nicht nötig.« Georgi schüttelte seinen Sohn wie einen Sack Kartoffeln. Der quietschte und plapperte etwas Unverständliches. »Sprich gefälligst Russisch!«

Beim Anblick des Wagens, mit dem Vater und Sohn gekommen waren, blieb Katja die Spucke weg: ein weißer, schäbiger Mercedes aus den Zeiten der Kubakrise. Lang wie ein Schweinetrog, schwerfällig, voller Blechflicken und Rostflecken. Der Zigeuner trat mit dem Fuß gegen den Reifen, verwies seinen Sohn mit einem Kopfnicken auf den Beifahrersitz und ließ Katja hinten Platz nehmen. Im Innern des Wagens roch es betäubend nach Benzin und einem süßlichen Toilettenwasser. Katja bemerkte, dass der Bucklige sich herausgeputzt hatte: Die schwarzen Haare waren sorgfältig gescheitelt, und er trug ein giftgrünes Jackett, eine schwarze, knittrige Hose und eine grelle, tropisch-bunte Krawatte von Givenchy. Der Kleine hatte, genau wie damals auf der Landstraße, eine Adidas-Sporthose an, nur war sie diesmal nicht so verdreckt.

Der Zigeuner erwies sich als lebhafter und redseliger Gesprächspartner, lenkte den Wagen sicher und drosselte an den Posten der Verkehrspolizei jedes Mal abrupt die Geschwindigkeit.

Katja betrachtete ihn interessiert. Eigentlich sind sie uns so fremd wie ein Volk vom Mond, überlegte sie. Da leben diese Menschen Seite an Seite mit uns, haben ihre eigenen Gepflogenheiten, Traditionen, Rituale und Feiertage, und wir wissen nichts von ihnen, außer dass sie von Bahnhof zu Bahnhof ziehen, Drogen verkaufen und in der Metro betteln, dachte sie bekümmert, während sie Georgi aufmerksam lauschte.

Allem Anschein nach gehörte Leilas Familie zur Zigeunerelite. Georgi berichtete, dass zwei von Leilas Schwestern Ensemblemitglieder des berühmten Zigeunertheaters »Romen« waren. Er selbst hatte die achte Klasse beendet und eigentlich Sänger werden wollen.

»Und warum bist du es nicht geworden?«, fragte Katja.

»Meine Stimme war plötzlich weg«, erwiderte er und rückte seine Brille gerade. »Und dann bin ich ja ... na, du siehst ja selbst, was ich bin.«

Er lächelte traurig und schlug im selben Moment seinem Sohn auf den Arm – der Kleine hatte heimlich Zigaretten aus dem Handschuhfach stibitzen wollen.

»Und was machst du jetzt?«, erkundigte Katja sich vorsichtig.

»Verschiedenes. Mal hier, mal da«, erwiderte er ausweichend. »Und du?«

Katja stellte sich ebenfalls ziemlich vage als Journalistin vor. Sie erfuhr, dass »Zigeunerglück« so etwas Ähnliches wie die russische Woche nach Ostern war, die »Krasnaja Gorka«, ein Feiertag, an dem die Zigeuner ihre Verwandten besuchten, Hochzeiten feierten, manchmal auch Eheabkommen schlossen. Nicht nur die Sippen aus dem gesamten Moskauer Gebiet, auch die aus Wladimir, Rjasan, Tula, Moldawien und der Ukraine trafen sich hier in der Zigeunersiedlung. Leila hatte eine sehr große Sippe. Ihr Bruder – »Onkel Simeon«, wie der Bucklige ihn nannte – war eine Art Zigeunerbaron.

Als Ergebnis ihrer Reise zu den Zigeunern schwebte Katja bereits eine erstklassige Reportage vor. Nur eins störte sie: ihr innerer Spürhund, ihr »zweites Ich«. Als Georgi zum

Beispiel die Verwandten seiner Mutter aus Rjasan und Wladimir erwähnte, warnte die innere Stimme Katja sofort: Opium! Mohn kommt aus Mittelasien über genau diese Umschlagstellen. Bei Moldawien dachte sie sofort an Sprengstoffe, selbst gebastelte Bomben und bei Tula an die nicht ungefährliche Produktion der dort ansässigen Waffenfabriken. Katja wusste, dass ihre Kollegen sich ausschließlich aus solchen Gründen für die Zigeuner interessierten: Waffenhandel, Opium, Kokain ... Dazu hätte sie diesem jungen Mann mit Brille ein paar Fragen stellen sollen! Aber an diesem Tag war ihr nicht nach solchen Themen zumute. Schließlich fahre ich als Gast zu diesen Menschen, an einem ihrer Festtage, dachte sie seufzend. Und ich werde sogar einen Werwolf zu sehen bekommen! Auf Katjas diesbezügliche Frage winkte Georgi jedoch nur ab: »Ach, dieser Bekloppte.«

»Ein Geis-tes-kran-ker«, sagt der Junge bemüht und sprach jede Silbe einzeln aus. »Ich hab ihm mal was hinterhergerufen, da hat er mir fast ein Auge ausgeschlagen und geschrien, er würde mir das Herz rausreißen. Dann hat Oma ihn besprochen, und er ist weggegangen. Jetzt ist er ruhig, bloß die Spucke läuft ihm aus dem Mund.«

Katjas mystisch-romantische Stimmung bekam einen erheblichen Dämpfer. Spucke – das war nicht wirklich romantisch.

In der Zigeunersiedlung brodelte das Leben. So viele Zigeuner auf einmal hatte Katja noch nie gesehen. Besonders beeindruckt war sie von den Männern. Vom bartlosen Jüngling bis zum grauhaarigen Greis war jedes Alter vertreten. Gekleidet waren sie in bunte türkische Hemden, manche stolzierten sogar in Kreationen herum, die mit Spitzen besetzt waren und in den gewagtesten Farben prangten, von

Rosarot bis Grellorange. Alle Haustüren standen sperrangelweit auf. Die Straße war mit Autos zugeparkt. Zwischen den Erwachsenen tobten kreischend, pfeifend und lachend Scharen von Kindern. Die kleinsten Knirpse fuhren in Mini-Autos. Katja wunderte sich inzwischen nicht mehr darüber, dass die Kinder so teures Spielzeug hatten. Die Zigeuner waren keine armen Menschen, auch wenn sie sich manchmal in Lumpen kleideten und um Almosen baten. Nach den Bettlern fragte sie Georgi nach einigem Zögern aber doch.

»Ach, das sind die Gekauften, die das machen«, sagte er gleichgültig.

»Die Gekauften?«

»Wenn eine Familie sehr groß ist, kann sie schon mal ein Kind an die Genossenschaft zur Arbeit verkaufen. Die Genossenschaft kauft sie, damit sie betteln gehen. Das sind dann die, die in den Zügen herumlaufen und klauen.«

»Aber das ist ja Sklavenhandel, Georgi!«, rief Katja.

Georgi hob die Schultern. »Sonst verhungern sie. Manche Mutter hat ein Dutzend und mehr Kinder. Wo soll sie mit denen hin?« Er führte Katja ins Haus.

Drinnen wimmelte es von Menschen. Unter den meist dunklen Zigeunern erblickte Katja auch ein paar Jungen und Mädchen slawischen Typs, blond und hellhäutig. Georgi erklärte, dass diese die Kinder von russischen, ukrainischen und verschiedenen anderen Vätern waren, aber Zigeunermütter hatten. »Reingebummelte«, nannte er sie. »Es sind auch unsere Zigeuner, aber eben weiße«, erläuterte er.

Es roch nach gebratenem Fleisch, nach Minze, Zwiebeln, Pfeffer und anderen scharfen Gewürzen. Der riesige Tisch, der im Hof gedeckt war, bog sich unter der Last der vielen

Steingutschüsseln voller Fleisch, Geflügel und Würste. Zum Festtag waren mehrere Paare einander versprochen worden, wie Georgi erklärte. Der Bräutigam legte den Eltern seiner Braut ein dickes Bündel Geld auf den Tisch – das Brautgeld, vergleichbar dem orientalischen »Kalym«.

Während des Festessens gelang es Katja nur einmal, mit Leila zu sprechen. Schwitzend, mit rotem Gesicht, fächelte sie sich mit den Enden ihres schönen Spitzenschals Luft zu, kippte ein Gläschen nach dem anderen, bewirtete die Gäste und erteilte Anweisungen in der Küche.

»Ich bin ganz erledigt, meine Liebe«, sagte sie zu Katja. »Trinkst du ein Glas Wodka mit mir? Heute ist das keine Sünde.« Sie schenkte Katja ein Schnapsglas ein. »Auf dass alle Krankheiten uns ein für alle Mal verlassen!«

Es wurde schon dunkel, als Georgi sie zum Fluss führte. Die Siedlung lag direkt an dem Hang, der sich zum Flussufer hinabsenkte. Hier, in den Büschen am Ufer, hatten Zigeuner ihr Lager aufgeschlagen, die man aus verschiedenen Gründen nicht in die Häuser gebeten hatte. Mehrere Lagerfeuer brannten. Hier erblickte Katja endlich auch die traditionellen gestreiften Federbetten, die durchdringend nach Kinderpipi rochen.

Unter einer Birke hockte vor einem halb erloschenen Feuer ein magerer junger Mann. Lange, zerzauste schwarze Haare fielen ihm auf die Schultern. Zusammengekauert, die Arme um die spitzen Knie gelegt, schaute er ins Feuer und leckte sich immer wieder über die aufgesprungenen, trockenen Lippen. Neben ihm saß ein ungefähr zwölfjähriges Mädchen. Auf ihrem Schoß ruhte eine lange Gerte.

Plötzlich sprang mit Geheul eine Horde kleiner Jungen aus dem Gebüsch. Sie tanzten um den jungen Burschen herum und schrien dabei irgendetwas mit schrillen, kehligen

Stimmen. Das Mädchen erhob sich und versetzte einem von ihnen mit der Gerte einen schmerzhaften Hieb auf die Schulter, einem anderen auf die Beine.

»Sie sollen ihn nicht hänseln«, erklärte der Bucklige und fuhr die Kinder zornig an. Nachdem diese zum Fluss geflüchtet waren, näherte er sich dem jungen Mann. »Wenn er Lust hat, spricht er, und er versteht alles. Nur manchmal weint er. Hat man dir zu essen gegeben, Raka?«

Der Junge namens Raka reagierte nicht. Das Mädchen nickte.

Katja hatte den Eindruck, dass der viel gerühmte Werwolf nichts anderes war als ein gewöhnlicher Schwachsinniger: abwesender Blick, stumpfer Gesichtsausdruck, schlecht koordinierte Bewegungen.

»Man erzählt von dir, du hättest ein Fell im Innern«, sagte sie freundlich. »Ist das wahr?«

Georgi schnaubte spöttisch, der Junge aber kam gleichsam zur Besinnung, löste sich aus seiner Erstarrung und nickte langsam.

»Bist du denn kein Mensch? Bist du ein Tier?«

»Ich war es. Jetzt weiß ich es nicht.« Raka reckte sich und kratzte sich mit allen fünf Fingern seiner Hand am Kopf. Seine Stimme klang rau. Er dehnte die Vokale, sprach aber ein korrektes und fast akzentfreies Russisch.

»Und was hast du getan? Bist du nachts umhergewandert?«, fragte Katja.

Der Junge schüttelte den Kopf und schob mit der flachen Hand seine Zotteln beiseite. Mit Schaudern sah Katja, dass seine Wangen, sein Hals und sein Kinn über und über mit Narben bedeckt waren – schlecht verheilte Narben von Pocken, Furunkeln und Schrammen. Seine alte Sporthose war bis zu den Knien hochgekrempelt; auch auf den Waden waren halb verheilte Narben zu sehen. Plötzlich begann er sich hin und her zu wiegen, schneller und schneller.

»Geht weg«, presste er hervor, als drücke ein Krampf ihm die Kehle zusammen. »Ich darf das nicht ... Ich muss vergessen. Geh und frag die anderen nach dem Fell!«

»Welche anderen?« Katja sah ihm ins Gesicht. »Die anderen Werwölfe, oder was meinst du? Gibt es denn viele von euch?«

»Du brauchst sie nicht zu suchen. Wir selber ... wir selber finden dich.« Der Junge bebte vor unterdrücktem Gelächter. Katja wich erschrocken vor dem flammenden, wahnsinnigen Blick zurück, mit dem er ihr ins Gesicht starrte. »Ich bin nicht der letzte Wukodlak. Es gibt noch einen ... ich weiß es, ich fühle es. Im Wald ist sein Ort, im Dickicht ... nicht hier, aber ganz in der Nähe. Ich wittere ihn, ich wittere ...«

»Lass uns gehen. Er hat einen unguten Blick. Nachher geschieht noch etwas Schlimmes ...« Der Bucklige zog Katja am Ärmel. »He, Raka, gib Ruhe! Sonst kriegst du kein Wasser!«

Die Drohung wirkte erstaunlich schnell. Der Verrückte schluchzte kläglich auf, schlug sich an die Brust und stammelte etwas in seiner eigenen Sprache. Das Mädchen stürzte Hals über Kopf zu einem anderen Lagerfeuer in der Nähe und kehrte mit einer Thermosflasche zurück. Der Junge trank mit gierigen Schlucken. Offenbar quälte ihn ein starker Durst oder heftiges Fieber.

»Er müsste ins Krankenhaus«, wisperte Katja. »Er ist wirklich nicht nor...«

Sie sprach nicht weiter. Der Blick des Wahnsinnigen, der auf das dunkle Gestrüpp des Strauchwerks gerichtet war, erschreckte sie: wild, voller Angst und Unruhe. Im selben Moment wurden das trunkene Gelächter, der Lärm und die Musik, die aus der Siedlung herüberschallten, vom gellenden, schrillen Schrei einer Frau übertönt. Grauenerregendes Geheul zerriss die Sommernacht, steigerte sich immer mehr, bis einem fast das Trommelfell platzte. Mit blutigem Gesicht rannte eine Zigeunerin vorbei. An ihren Rock klammerte sich ein zweijähriges Mädchen. Dann hörte man die quietschenden Reifen eines aus voller Fahrt bremsenden Wagens. Das Licht der Scheinwerfer, die aus der Finsternis auftauchten, blendete Katja.

»Sie selbst werden dich finden!«, schrie der Wahnsinnige wild, kroch wie ein Tier auf allen vieren ins Gebüsch zurück und zeigte mit dem Finger auf die gleißend hellen Scheinwerfer. »Da! Ich hab's gesagt! Da sind sie gekommen, um uns zu holen! Uns alle!«

20 Supermann

Im ersten Moment begriff Katja nicht, wer die Männer in Tarnanzügen waren, die aus dem Gebüsch sprangen. Direkt vor ihren Augen schlugen zwei von ihnen Leilas Sohn zu Boden und traten ihn mit Füßen – schweigend und furchterregend, blitzschnell und effektiv.

Einer der Angreifer rannte dem Mädchen mit der Gerte nach, holte es ein, packte es an den Haaren, schlug ihm ins Gesicht und schleuderte es wie eine zerbrochene Puppe auf die Erde. Aus der Siedlung hörte man die gellenden Schreie der Zigeunerinnen und das Weinen von Kindern. Es roch brandig. Rauchschwaden stiegen zum Himmel.

Es dauerte eine Weile, bis Katja die Angreifer erkannte, dann aber wusste sie Bescheid. Sie brauchte sich das Logo auf den Tarnanzügen und die Bullterrier gar nicht genauer anzusehen – das waren sie, kein Zweifel. Hier tobten sich dieselben jungen Kerle aus, die Katja vor einer Woche auf dem Schulungsgelände des Survival-Camps in Otradnoje getroffen hatte. Dort hatten sie ruhig und konzentriert, unauffällig und strebsam gewirkt und wie ganz normale junge Männer – hier jedoch gebärdeten sie sich wie eine Horde von Schlägern oder ein Rudel wilder Tiere.

»Hört auf! Schlagt ihn nicht! Das ist barbarisch! Ich rufe die Miliz!« Katja schüttelte ihre Erstarrung ab und schrie die Männer an. Doch ihr Protest bewirkte nicht viel mehr als das Sirren einer Mücke. Solche Typen ließen sich nicht von der Drohung einschüchtern, die Miliz zu rufen.

Die Angreifer bewegten sich rasch und zielsicher, ohne überflüssige Bewegungen. Jeder von ihnen schien genau zu wissen, was er zu tun hatte. Sie ließen von Leilas Sohn ab, der mit heiserer Stimme unartikulierte Laute schrie und Blut spuckte. Einer der Getarnten bückte sich, zog ein brennendes Holzscheit aus dem Feuer und schleuderte es dorthin, wo im Gras die Federbetten der Zigeuner lagen. Dann tauchten die Schläger wieder in der Dunkelheit unter und stoben auf die Siedlung zu.

Katja stürzte zu Georgi. Der Bucklige stöhnte, wollte etwas sagen ... Seine Brille war ins Gras gefallen, und jemand hatte sie mit dem Absatz zertreten. Er tastete mit der Hand danach. Offenbar war ihm der Kiefer gebrochen worden, vielleicht auch die Rippen. An Katja geklammert, kam er mühsam auf die Beine. Sprechen konnte er nicht; er stöhnte nur und deutete dabei auf Leilas Haus. Stolpernd zog und schleifte Katja ihn dorthin.

In der Siedlung standen zwei Autos und eins der halb fertigen Häuser in Flammen. Laut schreiend rannten Zigeunerinnen umher und schleppten irgendwelche Bündel und Ballen auf die Straße. Die Männer in den Tarnanzügen schienen verschwunden zu sein. Dann aber, ganz plötzlich ... erst kam einer, dann ein zweiter wie ein schwarzer Blitz aus der Dunkelheit gejagt. Sie prügelten auf einen Zigeuner ein, der wohl vorhatte, einen Wagen aus dem Bereich des brennenden Hauses zu fahren. Wieder begann eine Schlägerei – besser gesagt, ein gnadenloses Niederknüppeln. Katja ließ den Blick entsetzt über das Lager schweifen und sah Leila. Die Wahrsagerin stand mit dem Rücken an einen Flügel des weit aufgerissenen Tors gelehnt und griff sich krampfhaft ans Herz. Als sie ihren Sohn sah, der in Katjas Armen hing, wollte sie zu ihnen und wäre beinahe gestürzt. Ihr braunes Gesicht war aschgrau.

»Er ist am Leben! Georgi ist am Leben, Leila! Aber sein Kiefer ist gebrochen!«, rief Katja.

»Meine ... Arznei«, ächzte die Zigeunerin. »Das Herz ... als hätte man mir einen Pfahl durchs Herz getrieben ... kann nicht gehen ... die Beine gehorchen mir nicht ... Georgi, mein Junge, wo warst du denn ...? Wir haben dich gesucht ... mein lieber Sohn ... Jana hat die Kinder weggebracht ... und ich ... kann nicht gehen. Meine Tabletten. Einen Pfahl ... einen Pfahl hab ich im Herzen!«

Katja lehnte Georgi an den Zaun. Panik erfasste sie. Leila hatte einen Herzanfall, vielleicht sogar einen Infarkt. Katja kannte die Symptome.

»Leila! Wo haben Sie im Haus die Medikamente?«

Die Zigeunerin sagte es ihr mit leiser, gequälter Stimme.

»Rühren Sie sich nicht von der Stelle, Leila. Ich bin gleich wieder da!« Katja rannte zum Haus.

Und da sah sie im Hof ... Stepan Basarow. Er stand einsam über dem umgekippten Tisch, ganz in Schwarz gekleidet. Zu seinen Füßen lagen das zerrissene Tischtuch und zerbrochenes Geschirr. Mitten in diesem Chaos und Schmutz lag zusammengekrümmt, die Arme schützend über den Kopf gelegt, eine junge Frau. Es war die Zigeunerin, die Katja gesagt hatte, sie müsse sich telefonisch bei Madame Leila anmelden. Sie schluchzte und versuchte immer wieder aufzustehen. Aber jedes Mal, wenn sie sich halb aufgerichtet hatte, warf Basarow sie mit einem Fußtritt zurück in den Staub.

Es gibt Augenblicke, in denen man vor Wut und Abscheu blind wird. Die Stimme der Vernunft verstummt und im Innern erhebt sich etwas Schweres, Klebriges, Schwarzes und Schreckliches – eine Woge, die einen von Kopf bis Fuß überrollt. Basarow trat noch einmal nach der Zigeunerin. Weinend fiel sie mit dem Gesicht auf den Boden. Diesmal kam sie nicht wieder hoch; sie hatte keine Kraft mehr. Da rannte Katja los, vor Wut völlig außer sich, hob einen großen Schieferstein aus dem Gras und schleuderte ihn mit aller Kraft nach Basarow.

Hätte sie ihn am Kopf getroffen – wer weiß? Vorm Bettelsack und vorm Gefängnis, heißt es, schützen keine Zaubersprüche. Doch Stepan reagierte blitzschnell, obwohl er mit dem Rücken zu Katja stand und sie nicht sehen konnte. Er warf sich zur Seite. Der Stein streifte nur seine Schulter. Im nächsten Moment drehte er sich um – und Katja wich entsetzt zurück. Sein Gesicht war schrecklich anzusehen, schweißnass und rußgeschwärzt. Doch er lächelte! Und schien nicht im Mindesten erstaunt, Katja mitten in diesem Hexenkessel zu sehen. Mit einem Sprung war er neben ihr, packte ihren Arm, warf den Kopf zurück und rief heiser lachend: »Ein tolles Schauspiel, was?« Die Worte kamen stoßweise hervor, als wäre er betrunken, doch er roch nicht nach Alkohol. »Bald wird keine einzige von diesen schmierigen Kreaturen mehr hier sein. Wir werden sie alle vertreiben.«

»Wovon redest du ...?« Katja wich zurück, doch er packte ihr Handgelenk. »Bist du verrückt geworden? Heute ist dein Vater begraben worden! Wie kannst du an so einem Tag ...«

Ihr zitterten die Knie, und ihre Stimme bebte. Erst jetzt wurde ihr bewusst, dass sie diesen nach Schweiß und Rauch riechenden Mann vor einer Sekunde beinahe getötet hätte.

»Was treibt ihr hier ... du und deine widerlichen Schüler …? Die Zigeuner haben euch nichts getan. Sie feiern ein Fest!«

»Keiner von diesem dunkelhäutigen Pack wird hier bleiben.« Er schien sie gar nicht gehört zu haben. »Zigeuner, Tschetschenen, Kaukasier – wir vertreiben sie alle. Schön von dir, dass du gekommen bist, um zuzuschauen …«

»Ich bin als Gast hier, um mit den Leuten zu feiern!«, rief Katja. »Komm endlich zur Besinnung! Was tut ihr? Das ist verbrecherisch! Weshalb schlägst du diese Frau? Du Schuft, du Faschist! Perverser Idiot! Friss doch lieber deine Raupen!«

Er zog sie mit einem Ruck zu sich heran.

»Du willst wissen, warum? Warum ich das tue? Unser Volk will nicht, dass diese schwarzen Ratten hier leben. Sie klauen und betrügen. In der ganzen Gegend. Überall! Du kannst fragen, wen du willst. Unser Volk …«

»Was soll dieses Gewäsch vom Volk!« Katja schrie, besinnungslos vor Wut, und versuchte mit aller Kraft, den Arm freizubekommen, doch seine Finger hielten ihn umklammert wie stählerne Zangen. »Ihr mit eurem Survival-Camp, euren Ritualen und Messern! Ich hab gleich gewusst, wozu ihr das braucht! Du sorgst dich um das Volk – dass ich nicht lache! Lass mich los! Der Frau ist schlecht, sie braucht Hilfe … Lass mich! Und das Volk … was tust du selber diesem Volk hier an? Da sagst du nichts mehr, was? Glaubst du, keiner wüsste, was du nachts hier treibst?«

Sie schrie es in wildem Zorn und … stockte plötzlich. Seine Augen jagten ihr entsetzliche Furcht ein, genau wie das Lächeln, das wieder auf seinen Lippen lag. Er beugte sich ganz nah zu ihrem Gesicht.

»Was treibe ich denn hier des Nachts? Was weißt du denn alles von mir?«

Plötzlich hörte man in der Ferne auf der Chaussee hinter dem Wald das Heulen einer Sirene. Hinter der Hausecke tauchten drei Männer in Tarnanzügen auf.

»Meister, verschwinden wir? Die Kabel haben wir durchtrennt. Diese Zigeunerbrut wird noch lange an uns denken!«

Basarow drehte sich um, mit einer ruckartigen Bewegung des ganzen Körpers. So fuhr ein Tier im Käfig herum, wenn man es reizte. Das Heulen der Sirene kam immer näher.

»Ich bin zufrieden. Alles ist erfolgreich abgelaufen«, sagte er ruhig und sachlich. Sein tranceartiger Zustand war völlig von ihm abgefallen. »Tut jetzt, was wir verabredet haben. Wir treffen uns – ihr wisst wo.«

»Lass mich los!« Katja versuchte wieder, sich loszureißen. Das Sirenengeheul verlieh ihr frische Kräfte. »Der Frau dort geht es schlecht, sie hat einen Herzanfall! Ich muss Tabletten für sie holen ... Lass mich gehen!«

»Wenn du weiter so zerrst, breche ich dir den Arm«, sagte Stepan mit erschreckender Ruhe.

»Tu's doch, zum Teufel!« Katja schlug ihn mit der Faust heftig gegen die Brust. Aber genauso gut hätte sie gegen einen Stein schlagen können. Beinahe hätte sie vor Wut und Hilflosigkeit getobt und geheult.

Auf Basarows Lippen lag wieder die Andeutung eines Lächelns. Er schien zu überlegen, was er tun sollte.

»Ein gebrochener Arm – das fehlte noch.« Mit einer jähen Bewegung verdrehte er ihr die Hand. Vor Schmerz stieß Katja einen unterdrückten Schrei aus. »Ja, jetzt heulst du Rotz und Wasser ... Ich hielt dich bloß für eine blöde Ziege, aber du bist eine dumme, hysterische Kuh ... noch dazu mit Prinzipien. Und so schön, wie Dmitri meint, bist du auch nicht ... Und dabei wolltest du doch immer nur mich, nicht ihn, Katjuscha. Ich habe es in deinen Augen gesehen. Ich sehe alles ... ich spüre es auf eine Werst Entfernung.«

Katjas Herz zog sich zusammen. Mochte er sie für eine hysterische Kuh und für hässlich halten, das war ihr egal, doch er hatte die Wahrheit über die Gefühle gesagt, die sie vor kurzem noch für ihn empfunden hatte – und deswegen wäre sie am liebsten wieder auf ihn losgegangen.

»Du lügst, lügst, lügst!« Katja wollte nicht, dass er die Tränen sah, die ihr in den Augen standen.

»Halt die Schnauze, blöde Kuh!«, zischte er und schmetterte ihr die Handkante gegen den Hals, und die Welt um Katja wurde schwarz ...

Sie kam in einem Auto wieder zur Besinnung, in einem Jeep, in dem Stepan und sechs seiner »Schüler« saßen. Katja selbst saß auf Basarows Schoß; er hielt sie mit der linken Hand fest. Katja erwachte in dem Moment, als er mit den Lippen ihren Hals berührte. Es war kein Kuss; er leckte mit der Zunge über ihre Haut. Sie konnte seinen Atem und seinen Herzschlag hören. Dann knöpfte er sich die Jacke auf – darunter war er nackt – und presste sich an Katja. Durch den dünnen Stoff ihrer eigenen Jacke spürte sie seinen heißen Körper. Ihr Schlüsselbein und ihr Hals schmerzten dumpf.

Nachdem Basarow sie geschlagen hatte, war in ihrem Innern irgendetwas zersprungen. Es hatte nichts mit dem Schmerz zu tun: Noch nie hatte jemand die Hand gegen sie erhoben und sie derart angeschrien. Katja hätte sich nicht einmal vorstellen können, dass jemand es wagte, sie so brutal und entwürdigend zu behandeln ...

Unterwegs hielt das Auto zweimal an. Je zwei Schüler

stiegen aus, nickten kurz und verschwanden in der Dunkelheit. Niemand verfolgte sie, die Chaussee war wie leer gefegt. Bald saß sie allein mit Basarow und dem Fahrer im Jeep. Der schaute nur auf die Straße und drehte sich nicht um.

»Deine Haut duftet nach Wermut«, flüsterte Basarow. Katja spürte seinen Atem im Nacken. »Was bist du doch für ein kleines Biest, Katja.« Er presste sich noch fester an sie. »Du hättest mir glatt den Schädel einschlagen können, und es hätte dir nicht mal Leid getan ... Hätte es dir wirklich nicht Leid getan?«

Er küsste ihre Schultern, ihren Hals, ihr Haar.

»Wir fahren jetzt zu mir ... Und reden wie Menschen miteinander ... nicht wie Tiere. Das sagt Lisa immer: wie Menschen, nicht wie Tiere. Bleib sitzen, reiß dich nicht los. Ich tue dir doch gar nichts ... Katja, mein Liebes ...«

»Wage es ja nicht, mich anzurühren«, flüsterte Katja.

»Wadim ist bestimmt immer sehr rücksichtsvoll, wie?« Er hörte nicht auf sie. »Er kränkt dich nie, ist niemals grob. Aber er ist nicht zufällig impotent?«

»Er wird dich umbringen, Stepan.« In diesem Moment hätte Katja nur zu gern geglaubt, dass Wadim, wenn er zurückkam, sich wie ein Ritter für sie schlüge.

»Eine Schlafmütze ist er! Kraft hat er ja, aber keinen Verstand. So einem drehe ich in null Komma nichts den Hals um ...«

Katja erstarrte.

»Degeneriert ist er, dein Wadim! Ihr alle seid degeneriert!« Basarow atmete schwer, als schwämme er durch einen Ozean und müsste gegen die Wellen kämpfen. »Ihr habt keinen Opfergeist. Euch fehlt, was den Menschen zum Menschen machte und den Mann zum Mann. Verfaulen werdet ihr, und niemand wird sich an euch erinnern. Keine Lieder werden über euch gesungen. Aber ich, ich gebe mein Leben für euch ... für dich, für Lisa, für Dmitri, sogar für deinen Wadim ... Bleib sitzen, hab ich gesagt! Weißt du etwa nicht, dass man uns manche Dinge nicht abschlagen darf? Sonst nehmen wir uns, was uns von Rechts wegen zusteht. Weil Gott uns ... mir ... die Opferbereitschaft gegeben hat ... den Todesmut ... Gott, verstehst du? Ich nehme mir nur, was mir gehört. Es ist mein Recht ...«

»Was redest du für einen Schwachsinn? Lass mich los! Wozu brauche ich dein Opfer!« Katja versuchte noch immer, sich aus seinem Griff zu befreien, doch ihr Widerstand wurde schwächer. Sie fühlte sich völlig in seiner Macht. Und obwohl in ihrer Seele Zorn und Widerwillen, Angst und Scham miteinander kämpften, war das Gefühl seiner körperlichen Nähe, seiner Kraft und gleichzeitig seiner Schwäche – er war ja vor Verlangen außer Atem – plötzlich gar nicht mehr so abstoßend für Katja. Sein Körper, seine Hände, seine Lippen, seine Stimme, das Pochen seines Herzens ... dies alles bezwang Katja mehr und mehr. Und Basarow wusste, was sie empfand. Ganz vorsichtig drehte er sie zu sich herum.

»Siehst du«, flüsterte er, »wie wunderbar alles mit uns werden könnte? Gleich sind wir da ... und dann werde ich dir die Schuhe ausziehen wie ein Sklave seiner Prinzessin. Die Füße werde ich dir küssen und dich auf Händen tragen. Du darfst nur nicht mit mir streiten ... Lisa ist danach immer sehr zufrieden mit mir, auch wenn sie vorher schreckliche Szenen macht ... sich nicht unterwerfen will. Dumm ist sie. Sie versteht nicht, wie ich sie lieben will, wie sehr ich sie liebe ... Früher habe ich nächtelang nicht geschlafen, nur neben ihr gelegen und sie angeschaut, wie schön sie ist.« Er vergrub sein Gesicht an Katjas Brust. »Ich bin schmutzig, ja? Das ist Ruß, nicht weiter schlimm, gleich wasche ich es ab ...« Er umarmte sie fest und küsste die Stelle am Hals, wohin er sie zuvor mit der Handkante geschlagen hatte. »Habe ich dir Schmerz zugefügt? Verzeih ...«

»Stepan, bitte ... hör auf, um Himmels willen.« Katja schloss die Augen. Er hielt sie nicht mehr fest, doch sie versuchte auch nicht mehr, sich von ihm loszureißen. Sie fühlte sich wie die Raupe, die gleich von seinen Zähnen zerbissen werden sollte.

Der Jeep passierte die baufällige Backsteinmauer. Im Licht der Scheinwerfer tauchte die dunkle Fassade des ehemaligen Touristenheims auf. Stepan sprang aus dem Wagen und hob Katja vorsichtig heraus. Sie befreite sich nicht aus seiner Umarmung.

»Eine verrückte Nacht ist das heute.« Er legte den Kopf zurück. »Dunkel, mondlos. Wie in der Höhle eines Bären ... du zitterst ja. Ist dir kalt?« Katja zuckte zusammen: Den gleichen Satz, mit der gleichen Betonung, hatte Stepans Bruder in der Todesnacht seines Vaters zu ihr gesagt.

»Es ist nicht die Kälte, es ist Angst. Habe ich dich erschreckt?«

»Wer ...« Katja holte Luft. »Wer hat dir ... Wer bist du denn, dass ich Angst vor dir haben müsste ...?«

Er blickte sie an und lächelte wieder leicht, wie in Gedanken, als ob sie Gott weiß was für dummes Zeug redete.

»Wenn die Menschen etwas sehr, sehr wollen, müssen sie es auch tun«, sagte er. »Nun komm schon her!« Mit einem Ruck hob er Katja ein Stückchen in die Höhe und legte die Hände zusammen, damit sie fest auf seinen Hüften sitzen konnte. Dann trug er sie ins finstere, hallende, leere Gebäude, setzte sie auf eine staubige Fensterbank, zog seine Jacke aus und öffnete den Reißverschluss seiner Jeans. Mit einer jähen Bewegung riss er Katja die Jacke weg. Die Plastikknöpfe kullerten über den gefliesten Boden. Es kam ihr vor, als machten sie einen Lärm wie ein Steinschlag, wie eine Berglawine.

»Nein!«, schrie sie und stieß ihn weg. »Nein! Niemals! Um keinen Preis ... nein!«

»Ja!« Stepan schlug sie auf die Wange. »Ja, hab ich dir gesagt! Ja! Ja! Ja!«

Er warf sie auf den Boden, drehte sie um, zog sie auf die Knie, packte sie an den Haaren und riss ihren Kopf nach unten. Katja hörte ein Knirschen – die Naht ihres Rockes war der Länge nach gerissen.

Und dann spürte sie, wie irgendeine Kraft sie von Basarow wegzog. Ein dumpfer Schlag war zu hören, wütendes Fluchen. Von oben streckte jemand Katja die Hand hin.

Es war Dmitri. Stepans Zwillingsbruder stand vor ihr, in blitzblank geputzten Schuhen und strahlend weißem Hemd, dessen Ärmel hochgekrempelt waren; sogar eine Krawatte trug er, die allerdings ein wenig verrutscht war. Trotzdem sah es so malerisch und gleichzeitig albern aus, dass Katja in hysterisches Gelächter ausbrach.

»Ruhig, Katja, ruhig, beruhigen Sie sich.« Dmitri half ihr hoch und stützte sie. »Es ist vorbei. Ich bin hier. Er wird Sie nicht mehr anrühren. Weder jetzt noch später – nie mehr. Er ist nicht normal. Er ist verrückt. Hörst du, Stepan? Du bist verrückt!«, brüllte er drohend. »Was richtest du an? Kommen Sie, Katja, da steht mein Wagen ... Ich werde ihn gleich selber ... dieses Vieh ...«

Sie verstand den Sinn seiner Worte nicht, zog sich nur krampfhaft die Jacke über der Brust zusammen.

Wütendes Geheul unterbrach Dmitris Rede. Stepan brüllte wie ein tobender Irrer, wenn man ihm die Zwangsjacke anlegt. Er hämmerte mit der Faust gegen die Wand, immer wieder.

»Du hast mich geschlagen!«, heulte er. In diesem Geheul lag etwas Wildes, Obszönes, Unheimliches, Unmännliches. »Mich hast du geschlagen! Wegen dieser Schlampe! Mich, der für dich sterben würde ... hundert Tode, tausend Tode! Mich, deinen Bruder, dem du unzählige Male geschworen hast, dass sich nie jemand zwischen uns stellt, hast du geschlagen ...«

Das Heulen und Fluchen ging in hysterisches Schluchzen über.

Dieser Ausbruch wilder Verzweiflung kam so plötzlich und passte so wenig zu seinem vorherigen Verhalten, dass Katja schockiert war. Einen Augenblick zuvor hätte Stepan sie beinahe vergewaltigt; jetzt schrie und wand er sich in Krämpfen auf dem Boden.

»Die Hand hast du gegen mich erhoben, wegen dieser Nutte, die du am liebsten selbst flachge...«

»Sei still!«, brüllte Dmitri. »Sieh dich doch an, du Idiot! Du richtest uns alle zu Grunde! Was bist du mir für ein Bruder, du perverser Kretin?«

Katja spürte, hier geschah etwas Schreckliches. Für beide Brüder. Stepan wurde still, richtete sich halb auf. Sein Gesicht wurde von einem Krampf verzerrt. Plötzlich grub er sich die Zähne ins Handgelenk und biss so fest zu, dass Blut floss.

Dmitri stieß Katja abrupt beiseite, stürzte zu seinem Bruder und fiel auf die Knie.

»Das wollte ich nicht, Stepan! Verzeih ... Ich weiß selber nicht, wie das ... Es war keine Absicht! Mir sind die Nerven durchgegangen ... verzeih. Beruhige dich. Das ist ein Anfall, das geht vorbei. Wir alle haben viel durchgemacht, viel Schlimmes ... Papa ist nicht mehr bei uns. Jetzt sind nur noch du und ich übrig, hörst du, Stepan ... mein Bruder. Morgen fahren wir zusammen zum Friedhof. Dann siehst du, wie gut ich dort alles gemacht habe ... Ruhig, ganz ruhig ... Gib mir deine Hand. Du hast dich verletzt ... ich werde dich verbinden.« Dmitri riss sich die Krawatte vom Hals und wickelte sie mehr schlecht als recht um Stepans blutendes Handgelenk. »Ich liebe dich, das weißt du doch. Ich werde bei dir sein, was immer auch geschieht ... Und niemand, niemand wird sich je zwischen uns stellen, hörst du?«

»Sie soll gehen.« Stepan versuchte aufzustehen. »Diese Schlampe soll verschwinden!«

»Gehen Sie, Katja!« Als Dmitri sah, dass sie sich nicht von der Stelle rührte, brüllte er hysterisch: »Nun hau endlich ab! Wie oft soll ich es noch sagen!«

Im Auto wartete sie vierzig Minuten lang auf ihn. Eigentlich hatte sie zu Fuß gehen wollen, doch die Beine gehorchten ihr nicht. Und wohin hätte sie mitten in der Nacht durch den Wald gehen sollen? Das Gelände des Survival-Camps war finster und menschenleer. Offenbar war nach dem Überfall auf die Zigeuner keiner der Schüler hierher zurückgekehrt, wahrscheinlich aus Angst vor Schwierigkeiten mit der Miliz. Katja blickte auf ihre zitternden Hände. Am rechten Handgelenk waren die blaulila Abdrücke von Stepans Fingern zu sehen.

Dmitri kam allein zum Wagen. Er setzte sich ans Steuer, krümmte sich und verbarg das Gesicht hinter den geballten Fäusten.

»Ihr Bruder ist ein gefährlicher Irrer, Dmitri«, sagte Katja dumpf.

»Er ist mein Bruder.«

»Er hat heute mit seiner Bande Schreckliches angerichtet. Er ist wahnsinnig, ein Besessener.«

»Er ist mein Bruder, Katja«, wiederholte Dmitri.

»Hier in der Gegend, im Wald, wurden bereits zwei Menschen ermordet. Kräftige junge Männer. Beiden wurde das Genick gebrochen. Und heute hat Ihr Bruder gedroht, das Gleiche mit Wadim zu machen, sobald er zurückkommt. Und mich hat er bewusstlos geschlagen, dieser Irre.« Katja berührte die schmerzende Stelle am Hals.

»Er ist krank, Katja! Sie können sich nicht vorstellen, wie ernst es ist. Er ist nicht verantwortlich für seine Worte und Taten, verstehen Sie doch! Vaters Tod hat das alles noch verschlimmert. Er war ja heute nicht mal beim Begräbnis!«

»Er war nicht beim Begräbnis seines eigenen Vaters?«

Dmitri schüttelte traurig den Kopf.

»Ich habe auf ihn gewartet, aber er ist nicht gekommen. Ich hatte Angst, dass irgendetwas Schlimmes geschehen sein könnte. Sergej hat mir gesagt, dass Sie zu den Zigeunern gefahren sind, Katja. Ich bin direkt aus dem Restaurant von der Beerdigungsfeier hierher gekommen. Zuerst wollten mir diese Hundesöhne nicht sagen, wo Stepan ist, ich musste sie erst gründlich zusammenstauchen. Als ich in der Zigeunersiedlung eintraf, waren dort schon die Feuerwehr, Krankenwagen, schreiende Frauen ... Ich war zu spät gekommen. Und Sie ... Sie habe ich auch verpasst.« Dmitri sah ihr nicht in die Augen. »Katja, vergib uns ... mir und ihm. Stepan weiß nicht, was er tut. Das ist nicht er, das ist diese Krankheit, verstehst du? Nur ich allein weiß, wie er früher war, vor dieser verfluchten Jagdpartie, vor dem Krankenhaus. Was du ... was Sie von ihm denken, was Sie vermuten, Katja, ist alles Unsinn. Ich schwöre dir, mein Bruder kann niemanden töten! Ich bitte Sie, Katja, stürzen

Sie Dmitri nicht ins Unglück! Sprich nicht ... sprechen Sie nicht über das, was geschehen ist. Der Miliz geht es doch nur darum, einen Täter vorweisen zu können, und Stepan ist nicht bei Sinnen. Ich bringe ihn gleich morgen früh zum Arzt, Katja. Vielleicht gelingt es mir, ihn ins Krankenhaus einweisen zu lassen!«

»Ist er dort geblieben?« Katja blickte zu den Fenstern der Schule hinüber.

»Ja. Ich bringe dich zu uns auf die Datscha. Dann fahre ich noch einmal los und hole Stepan. Er hat mir versprochen, hat mir sein Wort gegeben ... Bitte, verzeih ihm. Und sprich zu niemanden darüber ... mir zuliebe, Lisa zuliebe, unserer Familie zuliebe!«

Katja spürte, wie wieder Übelkeit in ihr aufstieg. Dmitri war seinem Bruder sehr ähnlich.

»Bring mich weg von hier«, sagte sie heiser. »Und stell mir keine Fragen mehr. Und bitte mich auch um nichts. Ich weiß noch nicht, was ich versprechen kann. Und was ich von euch allen halten soll ...«

21 Auf glühenden Kohlen

Die ganze Nacht träumte Katja von einem leeren Boot mit abgebrochenen Rudern. Es glitt über den Fluss, getrieben von der langsamen Strömung. Das Wasser des Flusses war braun und lehmig, und in seinen trüben Fluten waren weder Sandbänke noch der Grund zu sehen.

Erst spät wachte sie auf und schaute auf die Uhr, die sie immer noch an ihrem linken Arm trug und die sogar noch ging: Viertel vor elf. Regen prasselte ans Fenster.

Nur verschwommen erinnerte sich Katja, wie Dmitri sie gestern nach Uwarowka auf die Datscha gebracht hatte, wie die aufgeregte Hausangestellte Marussja sie dort begrüßt hatte und wie sie dann nach oben gestiegen war, in das Schlafzimmer im ersten Stock, in dem sie nun lag. Offenbar hatte Dmitri ein Beruhigungsmittel in ihren süßen heißen Tee getan, vielleicht auch eine Schlaftablette.

Gleich beim ersten Blick, den sie auf die Einrichtung warf, war ihr klar: Das war Dmitris Zimmer. Er hatte sie in sein eigenes Bett gelegt. Die Bettwäsche war frisch, sauber, gestärkt. Auf dem Nachttisch neben dem Bett lagen ein Handtuch und noch ein paar andere Sachen. Die Möbel im Zimmer waren einfach wie auf allen alten Datschen. Neu waren nur eine Videoanlage auf dem Fensterbrett und ein Stapel Kassetten. Auf dem Nachttisch lagen auch ein Feuerzeug und eine Schachtel Zigaretten. Daneben stand ein gerahmtes Foto; es zeigte eine sehr schöne Frau in einem kurzen bunten Crimplene-Kleid in der Mode der Siebzigerjahre. Sie hielt zwei ernst dreinschauende ABC-Schützen an der Hand, Zwillingsbrüder, jeder mit einem üppigen Gladiolenstrauß im Arm. Katja erinnerte sich, dass Sergej ihr erzählt hatte, die Mutter der Zwillinge, die erste Frau Wladimir Basarows, sei in ganz jungen Jahren an Diabetes gestorben.

Katja seufzte tief, rieb sich die Augen und schlug die Decke zurück. Sie auszuziehen hatte Dmitri sich offensichtlich nicht getraut, und so hatte Katja die ganze Nacht in ihren Kleidern geschlafen. Es waren nur noch Lumpen – an der Strickjacke war kein einziger Knopf mehr, und die Naht des Rockes war gerissen. Sie hob das Handtuch hoch. Darunter lagen ein ordentlich gefalteter Männerbademantel aus Frottee und ein dunkelblauer weicher Männerpullover. Dmitri hatte ihr seine eigenen Sachen gegeben.

Unten traf Katja auf die beiden alten Frauen: Anna Pawlowna und die Hausangestellte Marussja. Die eine – verwirrt, grauhaarig, gekrümmt in ihrem Rollstuhl sitzend – schaute Katja aus stumpfen, verständnislosen Augen an; die andere blickte mitfühlend und bekümmert. Marussja führte Katja sogleich auf die Terrasse zum Frühstückstisch und brachte ihr rasch heißen Kaffee, eine Pfanne mit einem Omelett und Brot. Sie schwatzte dabei ohne Pause; jedes zweite Wort war »Dmitri«: »Dmitri hat angerufen, wir brauchen uns nicht zu beunruhigen, sagt Dmitri.«

Katja sollte um zwölf von einem Wagen »aus der Firma« abgeholt werden – er selbst würde sie dann nach Hause fahren.

»Hat er Stepan zum Arzt gebracht?«, fragte Katja geradeheraus.

Marussja seufzte bitter und breitete die Arme aus. »Ich weiß es nicht.«

Aber man konnte ihr vom Gesicht ablesen, dass sie Bescheid wusste oder zumindest vieles ahnte.

Gemeinsam mit Katja setzte sich Iwan, der jüngere Bruder der Zwillinge, an den Frühstückstisch. Er war bleich und hohlwangig. Er nickte Katja kurz zu. Als er von dem Wagen hörte, sagte er, er komme mit nach Moskau, zusammen mit ihnen.

»Gestern bin ich mit Dmitri direkt vom Beerdigungsessen hierher gefahren«, sagte er und rührte mit dem Löffel den Kaffee um, »er ist dort völlig ausgerastet.«

»Waren viele Leute auf dem Friedhof?«, fragte Katja. Irgendetwas musste sie diesen Jungen, den sie kaum kannte, schließlich fragen.

Iwan nickte.

»Wurde eine Messe für deinen Vater gelesen?« Das war eine wichtige Frage, und Katja war sehr gespannt auf die Antwort.

»Ja.« Iwan warf Katja einen raschen Blick zu und senkte dann sofort die Augen. »In der Kapelle auf dem Nikolo-Archangelskoje-Friedhof. Mein Vater wollte dort neben Mama beerdigt werden. Nicht bei unserem Großvater, sondern dort.«

»Bei der Mutter deiner Brüder?«

»Bei meiner Mutter.« Der Junge stützte melancholisch das Kinn auf die Faust. »Was ist gestern eigentlich passiert? Wollen Sie nicht darüber reden? Hat Stepan Sie so schrecklich geschlagen? Dieses Schwein! Mich hat er auch schon verprügelt, dann Lisa, und nun ... Als er gestern nicht kam, wussten Dmitri und ich sofort, dass etwas geschehen ist. Bei Stepan muss man jetzt mit allem rechnen.«

Zum Begräbnis seines Vaters war Stepan nicht erschienen; stattdessen hatte er die Zigeunersiedlung verwüstet. Katja sprach diesen Gedanken nicht laut aus. Über die Ereignisse der Nacht wollte sie nicht reden. Mit niemandem.

Der Wagen traf pünktlich um zwölf ein. Ein nagelneuer weißer Audi mit Chauffeur. Iwan versuchte sofort, die Hausangestellte zu überreden, auch die Oma »einzupacken« und mitzufahren.

»Ihr müsst ebenfalls nach Moskau zurück«, wiederholte er immer wieder.

Marussja lehnte dieses Ansinnen rundweg ab. Man merkte, dass Iwan in solchen Dingen keine Autorität für sie war.

»Sie will auf keinen Fall mit mir fahren.« Iwan grinste schief. »Sie wartet erst auf Dmitris Anweisung. Ihm gehorcht die alte Närrin aufs Wort. Sie begreift nicht, dass unser guter Dmitri ... Dem sind die beiden doch völlig egal! Die Oma steckt er wahrscheinlich ins Altersheim, und Marussja schmeißt er sowieso achtkantig raus. Uns alle wird er rauswerfen – so weit weg wie möglich.«

»Du bist ungerecht, Iwan.« Katja wusste nicht recht, wie sie sich ihm gegenüber verhalten sollte. »Dmitri ist jetzt die Stütze eurer Familie.«

Iwan spuckte nur aus.

Zu Hause in Moskau angekommen, ging Katja noch einmal unter die Dusche und hörte dann die aufgeregten, flehenden Tiraden Sergejs auf ihrem Anrufbeantworter ab. Mehr als alles andere fürchtete sie, dass Wadim gestern angerufen haben könnte, als sie nicht zu Hause gewesen war. Aber der Kurgast hüllte sich in Schweigen. Egal, sie hätte ihm sowieso nichts erzählt. Eher hätte sie sich die Zunge abgebissen, als Wadim zu sagen, dass sie in der letzten Nacht fast vergewaltigt worden wäre.

Gewalt. Wie viele Artikel hatte Katja über die unglücklichen Frauen geschrieben, die Opfer von Vergewaltigung und sexueller Nötigung geworden waren. Was hatte sie sich alles für kluge, taktvolle, mitleidige Ratschläge ausgedacht!

Am folgenden Tag fuhr Katja etwas früher ins Büro und suchte aus ihrem Schreibtisch eine Broschüre des Rehabilitationszentrums »Schwestern« heraus, dessen Mitarbeiterinnen sie schon des Öfteren interviewt hatte. Dieses Zentrum bot den Opfern sexueller Gewalt psychologische und juristische Hilfe an. Fieberhaft blätterte sie in dem Heftchen und dachte dabei: Warum mache ich mich eigentlich verrückt? Schließlich ist doch alles glimpflich ausgegangen.

Aber innerlich war Katja zutiefst aufgewühlt und sich selbst zuwider, denn sie wusste, dass sie in der vergangenen Nacht trotz der Schläge bereit gewesen war, Stepan nachzugeben. Was hatte es für einen Sinn, sich selbst zu belügen? Sie schlug die Broschüre zu und warf sie zurück in die Schublade. Kurz dachte sie daran, wie Stepans Haut sich angefühlt hatte, seine Muskeln ... nein, denk lieber an etwas anderes, denk daran, wie er gebrüllt und getobt hat, wie er die Zigeunerin mit Füßen getreten hat! Denk daran, wie er auch dich geschlagen hat, du dumme Gans! Und so war er vermutlich auch mit Lisa umgesprungen – Iwan hatte es bestätigt. Und Katja selbst hatte ja Lisas blaues Auge gesehen. Zum Teufel mit so einer Liebe!

Katja stand auf und ging zum Fenster. Gut, dass sie so früh zur Arbeit gekommen war. Noch war niemand sonst im Pressezentrum, aber bald würden alle erscheinen. Was sollte sie tun? Wie sollte sie mit sich selbst zurechtkommen?

Trotz ihres zuvor unklaren Verdachts, trotz der tragischen

Ereignisse der Nacht konnte Katja sich nicht entscheiden. Wie sollte sie sich jetzt Stepan gegenüber verhalten? Was sollte sie unternehmen? Sollte sie überhaupt etwas tun?

Der Gedanke, dass dieser Mann womöglich der Mörder sein könnte, nach dem man in Rasdolsk nun schon drei Wochen lang fahndete, machte ihr viel mehr zu schaffen, als ihr lieb war. Sie konnte selbst nicht begreifen, was mit ihr war. Eigentlich hätte sie ihn hassen müssen, aber sie konnte es einfach nicht.

Psychisch war er offensichtlich nicht normal. Er war aggressiv und unvorhersehbar in seinen Handlungen. Ja, auch mit ihr war er umgesprungen, wie man es sich schlimmer kaum vorstellen konnte. Trotzdem – ihn auf Grund irgendwelcher verrückter, fantastischer Theorien über Werwölfe solch entsetzlicher Morde zu beschuldigen, einen jungen Mann aus einer so bekannten Moskauer Familie, einer Familie, die mit den Krawtschenkos seit langem gut befreundet war ...?

Andererseits, wenn Stepan wirklich der Gesuchte war, dann war sie schuld, wenn wieder etwas passierte ... Schuld woran? Angenommen, er beging einen weiteren Mord? Aber wie kam sie überhaupt darauf, dass er dieser Wahnsinnige sein könnte ...?

Und alles fing wieder von vorn an.

Schließlich rief sie bei Spizyn in Rasdolsk an. Der berichtete, dass in der Nacht bei den Zigeunern – offenbar aus Unachtsamkeit, im Alkoholrausch, denn sie hatten dort irgendetwas gefeiert – ein Feuer ausgebrochen war. Ein halb fertiges Gebäude und zwei Autos waren verbrannt. Ein Löschtrupp der Feuerwehr war zur Brandstätte ausgerückt.

Dann war das also die Feuerwehrsirene gewesen, nicht die der Miliz, überlegte Katja.

Ob es bei dieser Feuersbrunst Tote gegeben habe? Nein, beruhigte Spizyn sie, es gab keine Opfer. Zwar sei der Rettungswagen gekommen, aber nur zu einer Frau, die einen Herzanfall erlitten hatte. Doch eine Einlieferung ins Krankenhaus hatte sie abgelehnt. So sind die Zigeuner – sie glauben nicht an Ärzte.

Das bedeutete also, Leila und ihr Sohn waren am Leben. Gott sei Dank! Katja holte tief Luft. Sie hatte Leila hilflos zurückgelassen, wenn auch nicht aus freien Stücken. Gut, dass nichts Schlimmes passiert war.

Doch die Nachrichten waren nicht nur beruhigend. Offenbar ahnte also niemand in Rasdolsk, was in der Nacht bei den Zigeunern tatsächlich geschehen war. Die Zigeuner selbst schwiegen. Und würden weiter schweigen, denn auch an die Miliz glaubten sie nicht.

Katja rief noch einmal in Rasdolsk an. Diesmal bat sie den Wachhabenden, sie mit Kolossow zu verbinden. Sie wusste noch nicht, was sie ihm sagen sollte, wie sie sich herauswinden und die Wahrheit vertuschen konnte. Der Wachhabende teilte ihr mit, der Chef der Mordkommission halte sich das ganze Wochenende im Untersuchungsgefängnis von Oktjabrsk auf, wo er an einem neuen Mordfall arbeite. Katja legte auf. Folglich wusste Kolossow also auch nichts. Und er würde auch nichts erfahren, wenn sie es ihm nicht erzählte. Allmählich hatte Katja das Gefühl, dass in diesem verfluchten Fall alles von ihr abhing. Und das war einfach unerträglich!

Vielleicht sollte sie mit Dmitri sprechen, sich mit ihm beraten? Seltsam, aber ihm gegenüber verspürte Katja nicht diese quälende Scham, die ihr bei allen anderen den Mund versiegelte. Der Zwillingsbruder wusste ja ohnehin alles. Und er hatte sie gerettet, war im schrecklichsten Augenblick wie ein Filmheld aufgetaucht, in Lackschuhen und einem Hemd von Christian Dior. Kein übler Ritter ...

Ihr fielen Stepans Worte ein: »Du hättest sie doch am liebsten selber flachge...« Dmitri war ihm sofort über den Mund gefahren. Aber auch so war klar: Die Zwillinge hatten sich über sie unterhalten. Vielleicht waren sie ja nicht abgeneigt, auch diese Freuden des Lebens brüderlich zu teilen? Lisa hatte schließlich auch auf ihre besondere Beziehung zueinander angespielt. Lisa ...

Das blaue Auge, das ihr Make-up nicht hatte verbergen können, die dunkle Sonnenbrille an dem trüben Tag, die zitternden Hände ... Deshalb hatte Lisa damals nicht mit ihr reden wollen! Der Satte versteht den Hungrigen nicht. Katja hätte sie nicht verstanden; deshalb hatte Lisa geschwiegen.

Aber jetzt ... Katja seufzte. Jetzt hätten sie ein gemeinsames Thema, ein unerschöpfliches Thema. Sie nahm sich fest vor, Lisa bald aufzusuchen.

22 Die Bärenhochzeit

Lange brauchte sie nicht nach Lisa zu suchen. Katja rief in der Redaktion der Zeitschrift »Stil des Neuen Jahrhunderts« an, woraufhin ein höflicher junger Mann ihr mitteilte, dass Jelisaweta Maximowna gerade beim Chef sei. »Wenn Sie mir Ihre Telefonnummer geben, ruft sie Sie zurück.« Katja wartete ungefähr zwanzig Minuten, dann meldete Lisa sich.

»Ich habe Samstag bei dir angerufen«, sagte sie nach ihrem üblichen gleichmütigen »Hallo«. »Ich dachte, wir könnten zusammen zur Beerdigung fahren. Aber du warst spurlos verschwunden.«

Katja holte Luft. »Lisa, ich muss dringend mit dir reden. Es betrifft Stepan, dich, uns alle.«

»Ach, du warst also mit ihm zusammen?« Das »du« schepperte aus Lisas Mund wie ein rostiger Nagel.

»Nein. Das heißt ... ja, wir haben uns getroffen. Aber denk jetzt bitte nicht, Lisa, er und ich hätten ... Hör mich erst einmal an. Ich habe dir einiges zu erzählen. Und ich selbst muss dich auch etwas fragen. Wo können wir uns treffen?«

»Stepan ist nicht zum Begräbnis seines eigenen Vaters gekommen!«, rief Lisa fassungslos.

»Ich weiß, ich weiß. Schrei mich nicht an. Ich habe mir dir gegenüber nichts zu Schulden kommen lassen. Aber Stepan ... er hat mich erschreckt, verstehst du? Genauso wie dich.« Katja bemühte sich fieberhaft, den richtigen Ton zu finden, damit Lisa jetzt um Himmels willen nicht durchdrehte und auflegte. »Stepan hat sich sehr merkwürdig verhalten. Verrückt, besser gesagt. Und ich habe sogar den Verdacht ...«

»Verdacht? Wegen seines Vaters, meinst du?«

Katja verstummte verblüfft. Was sollte das jetzt? Wovon redete Lisa?

»Äh ... nein, es hat nichts mit Wladimir Kirillowitsch zu tun. Es geht um etwas anderes, aber sehr Wichtiges.«

»Wir müssen wirklich miteinander reden.« Lisas Stimme bekam einen anderen Klang. »Nur bin ich heute in schrecklicher Hektik ... Gerade erst hat mir der Chef einen Auftrag erteilt. Am Gartenring ist ein neuer Kosmetiksalon eröffnet worden, ›Rivoli‹, Kosmetikartikel zu erschwinglichen Preisen für die Mittelschicht. Ich fahre gleich mit einem Fotografen los. Wie wär's, wenn du dorthin kommst? Ich finde schon eine freie Minute ...«

»Gib mir die Adresse«, sagte Katja nach kurzem Überlegen.

Nachdem sie nun einen festen Plan hatte und vor allem endlich den Satz »ich muss dir etwas erzählen« ausgesprochen hatte, beruhigte sie sich allmählich.

Katja erblickte Lisa Ginerosowa an einem Stand, an dem Nagellack vorgeführt wurde. Lisa unterhielt sich lebhaft mit einem älteren Ausländer in einem Tweedjackett. Sie sprachen Französisch. Offenbar handelte es sich um einen Repräsentanten des Salons. Als Lisa Katja bemerkte, winkte sie ihr zu und gab ihr durch Zeichen zu verstehen, dass sie gleich frei sei.

Bis dahin schlenderte Katja durch das Geschäft und schaute sich die Stände und Auslagen an. In diesem Königreich der Kosmetik, zwischen kristallenen Vitrinen, bunten Werbetafeln mit Fotos von Models, schicken Leuchten und Parfümduft spürte sie, wie sie allmählich wieder in die wirkliche, die angenehme Welt zurückkehrte. Die nächtlichen Ereignisse kamen ihr beinahe schon unwirklich vor. War das alles tatsächlich ihr, Katja, zugestoßen? Und wenn – war es nicht Schnee von gestern? Es war ja alles glimpflich ausgegangen!

Wadim und Sergej warfen ihr oft vor, eine allzu leichtsinnige Einstellung zum Leben zu haben. Wie dumm von den beiden! Leichtsinn konnte auch ein undurchdringlicher Panzer sein. Der Schild, mit dem eine Frau die Schläge des Schicksals abwehrte.

»O je, hat der mich vielleicht zugelabert, dieser Papa Ragneau!« Lisa kam herangerauscht wie eine Jacht unter vollen Segeln. Wie immer war sie ganz in Schwarz. »Das war der Vertreter der Kosmetikfirma. Er hat mir ein Interview für unsere Zeitschrift gegeben. Weißt du, was der alte Molch gesagt hat? Nirgends auf der Welt hätte er so viele schöne Frauen gesehen wie in Russland.«

»Ein Franzose?« Katja lächelte Lisa ein wenig gezwungen an.

»Schweizer. Lebt in Genf. Drei Kinder, Enkel, Ehefrau. Aber er ist ganz vernarrt in die Russinnen. Er sagt, sie hätten so geheimnisvolle Augen.«

»Manchmal sind unsere Geheimnisse gar nicht so schwer zu enträtseln. Für einen Ausländer allerdings schon ...« Katja senkte den Blick, hob ihn dann wieder und sah Lisa in die Augen. Eine Russin kann drei Sprachen sprechen, sich schick anziehen – vorausgesetzt, ihre Mittel erlauben es –, kann Voltaire und Dante im Original lesen und dabei aller Welt geheimnisvolle Augen machen. Aber ihr wahres Geheimnis besteht darin, dass sie jeden Abend von ihrem betrunkenen Mann oder ihrem sadistischen Liebhaber verprügelt wird.

»Was wolltest du mir sagen?«, fragte Lisa. »Am besten gehen wir nach dort drüben, wo niemand uns stört.«

Sie wandte sich an einen Abteilungsleiter, flüsterte mit ihm und unterstrich ihre Bitte mit einem charmanten Lächeln. Der Abteilungsleiter rief eine der Verkäuferinnen, von der Lisa und Katja an Ständen und Vitrinen vorbei in einen Nebenraum geführt wurden. Sie stiegen eine Marmortreppe hinunter. In der engen, mit Plastikpaneelen verschalten und mit Schachteln voll gestopften Kammer, in der es nicht einmal Stühle gab, erzählte Katja Lisa alles, ohne etwas zu verheimlichen. Sie errötete, verhaspelte sich, stotterte, aber sie führte ihre traurige Geschichte ehrlich und mutig bis zum Ende.

»Warum hast du mir nicht sofort gesagt, dass Stepan dir gefällt?«, fragte Lisa.

»Ich hab's ja selber nicht begriffen. Das heißt ... ich hab's schon begriffen, aber ... Er hat mir eigentlich gar nicht gefallen, eher im Gegenteil. Es war mehr eine Art Sinnesverwirrung. Aber darauf kommt es jetzt gar nicht an; zwischen uns ist nichts gewesen. Aber er hat sich so wild aufgeführt wie ein Tier. Und Dmitri hat ihn in meinem Beisein einen Verrückten genannt. Er strahlt irgendetwas aus ... etwas Unnormales, Animalisches ...« Katja suchte nach den richtigen Worten, fand sie aber nicht. »Wenn du gesehen hättest, wie er die Zigeunerin geschlagen hat! Mit welchem Genuss!«

»Einmal habe ich so etwas auch gesehen, am Kiewer Bahnhof«, sagte Lisa. »In der dortigen Grünanlage hatten

Zigeuner ihr Lager aufgeschlagen. Eine von euren Spezialeinheiten kam angebraust – OMON, glaube ich. Riesige Muskelpakete in Tarnanzügen. Die Zigeuner, die sich weigerten, in den Bus der OMON-Leute zu steigen, wurden verprügelt. Allerdings wurden sie nicht mit Füßen getreten – man hat Gummiknüppel benutzt.«

»Die OMON gehört nicht zu unseren Leuten, Lisa.«

»Ach, was macht das für einen Unterschied! Ich meinte damit nur, es sind eben Männer. Damit ist schon alles gesagt.« Lisa lächelte schief; dann warf sie einen verstohlenen Blick zur Tür, knöpfte rasch ihr Kleid auf und entblößte Schultern und Rücken. Ihre matt schimmernde Haut war über und über mit purpurnen und gelben Blutergüssen bedeckt. Längs der Wirbelsäule verliefen drei tiefe Schrammen.

»Sieh dir das an, Katja. Aber sind wir deshalb besser als die Männer? Sie sind Tiere, aber wir sind Waschlappen!« Lisa schloss ihr Kleid wieder und richtete sich gerade auf. »Jedes Mal nach solchen ... Gastgeschenken bin ich die Wand hochgegangen, wollte ihn nicht mehr sehen. Aus, vorbei, habe ich mir geschworen. Soll er in der Hölle schmoren, ich lasse ihn nie mehr über die Schwelle! Aber dann ruft er an, bittet um Verzeihung, kommt angefahren, fällt auf die Knie, und ich bin Wachs in seinen Händen. Und er weiß das ganz genau! Auch dich würde er kleinkriegen, wenn er wollte. Das ist ein Talent, das Gott ihm geschenkt hat: sich die Menschen zu unterwerfen. Besonders die Frauen ...«

»Weshalb schlägt er dich so, Lisa?«

»Weshalb hat er dich geschlagen? Ich habe dir doch von unserer Hochzeit erzählt. Bestimmt hast du gedacht, ich will ihn nur aus Berechnung heiraten, um mich in diese Familie zu drängen, und dass ich mir deshalb alles von ihm gefallen lasse. Ja, das hast du gedacht – ich sehe es in deinen Augen! Ich habe es ja anfangs selbst geglaubt. Aber dann habe ich auf einmal begriffen. Selbst wenn er ein Bettler wäre, selbst wenn seine Familie der letzte Dreck wäre und nur aus Säufern und Pennern bestünde, würde ich mich nicht wehren. Ich kann ohne Stepan nicht leben. Und ich werde alles ertragen, weil ... nein, das kannst du nicht verstehen. Gestern habe ich mir noch geschworen: um keinen Preis mehr, niemals! Und heute hat er angerufen, und ich ...«

»Stepan hat dich angerufen? Von wo? Was hat er gesagt?«

»Dass er stirbt, wenn ich nicht zurückkomme.«

Katja biss sich ungläubig auf die Lippe. Wie melodramatisch! Wie in einer mexikanischen Seifenoper. Doch auf Lisa machte es offenbar Eindruck, denn sie war ganz blass geworden. Doch auch Katja blieb die sarkastische Entgegnung im Halse stecken, und das Herz zog sich ihr in der Brust zusammen. Vielleicht hatte Stepan tatsächlich Selbstmordgedanken? Schließlich war er nicht normal. Und er selbst hatte ihr ständig von irgendeinem Opfer erzählt ...

»Von wo hat er dich angerufen, Lisa?«, wiederholte sie.

»Ich weiß es nicht. So was sagt er mir nicht.« Lisa lächelte traurig.

»War er schon mal bei einem Psychiater?«

»Nein, aber Dmitri drängt ihn dauernd dazu.«

»Warum?«

»Weil ...« Lisa hob langsam den Blick, richtete ihn auf Katja. In ihren Augen lag ein Ausdruck, der an den eines Hundes erinnerte, der vergeblich auf Zuwendung wartete und schon müde geworden war, mit dem Schwanz zu wedeln. »Hat er dir in der Nacht, als ihr zusammen wart, nicht gesagt, er sei ein ... Bär?«

»Was?« Katja fuhr zusammen.

»Das ist so eine fixe Idee von ihm. Als wir uns kennen lernten, hat er mir erzählt, dass seine Oma ihm und Dmitri, als sie Kinder waren, immer aus Mérimées ›Lokis‹ vorgelesen hat. Diese blöde ›Bärenhochzeit‹, der Stummfilm aus ihrer längst vergangenen Jugendzeit, war für die alte Hexe so was wie eine Sinnesverwirrung. Ich glaube, sie war in Sawadski verliebt ... du hast ja selber gesehen, wie viele alte Fotos es auf der Datscha gibt. Die hat sie alle mitgebracht, als sie schon mit Basarow verheiratet war. Für seine Söhne war sie nur die Stiefmutter, aber für die Enkel, hat Stepan mir erzählt, war sie die liebevollste Großmutter, die man sich denken kann ... jedenfalls solange sie noch nicht völlig senil war. Sie hat ihnen die Kunst, den Film und die französische Literatur nahe gebracht. Du weißt ja, wie empfänglich Kinder sind, wie leicht zu beeindrucken. Stepan hat gesagt, als Kind hätte er immer wieder denselben Traum gehabt: Ein riesiger Bär schleppt eine Frau ins Dickicht. Die Frau trägt ein weißes Kleid, und ihre Schleppe bleibt an Dornen und Zweigen hängen, und der Stoff reißt ... Stepan sagte, diese Frau sei ich; das hätte er erkannt, als er mich das erste Mal sah. Ich habe das zuerst gar nicht wichtig genommen, aber dann«, Lisa schluckte, »hat er mich einmal auf die Datscha nach Uwarowka mitgenommen, und dort ... liegt dieses Fell auf dem Boden, du hast es gesehen. Und Stepan ... so hatte ich ihn noch nie erlebt, Katja! Er hat mich direkt auf diesem Fell genommen. Und dann hat er das Bärenfell übergezogen, und ich habe gelacht. Damals habe ich darüber noch gelacht, habe ihn zum Spaß ›Bär‹ genannt. Später sind wir dann öfter auf die Datscha gefahren, haben sogar einige Monate dort gewohnt. Und alle diese Marotten schienen mir nur ein Spiel zu sein. Menschen haben die wildesten Fantasien. Ich fand es sogar pikant und ungewöhnlich. Aber dann kam diese verfluchte Jagdpartie, und Stepan wurde krank.

Als er aus dem Krankenhaus entlassen wurde, merkte ich, dass sich sein Blick irgendwie verändert hatte. Er sah mich auf eine ganz andere Weise an. Dazu kam dieses eigenartige Schielen – und vorher war mit seinen Augen alles ganz normal gewesen. Einmal fuhr er mit mir zur Datscha, und wieder dieses verdammte Fell ... Er war ein anderer Mensch geworden. Er hat mich gezwungen. Ich bin nicht prüde und keine Heilige, aber es gibt Dinge ... Als ich mich sträubte, schlug er mich. Ganz kontrolliert, mit genau dosierter Kraft. Wie einem Bären gefiel es ihm, mich zu quälen. Ich habe geschrien und geweint, als er mich wie eine Nutte vergewaltigt hat. Als er wieder zu sich kam, hat er mir die Füße geküsst, mich um Verzeihung gebeten, und ich ... Er kann einen völlig besoffen reden!«

»Ich weiß, Lisa.«

»Gar nichts weißt du!« Erneut wischte Lisa sich die Tränen ab, die aus ihren geschminkten Augen tropften. »Ich dachte, vielleicht behandelt er mich so, weil ich ihm nichts bedeute ... weil ich nur eine Geliebte für eine Stunde bin. Deswegen wollte ich ja auch heiraten. Aber dann wurde mir plötzlich klar, warum er mir einen Heiratsantrag gemacht hat. Weil eine andere ihn zum Teufel geschickt hätte und auf diese Art von Bärenhochzeit nicht eingegangen wäre. Es ist bequem, so eine Ehefrau zu haben. Dann braucht man keine Prostituierte zu bezahlen. Die nehmen für Perversionen den dreifachen Preis.«

»Lisa, bitte, sprich nicht so«, sagte Katja flehend.

»Du wolltest doch die ganze Wahrheit hören! Meinst du, es wäre mir schmerzlich, darüber zu reden? Nein. Kein bisschen. ›Der Bär entführt eine Frau!‹ Ha! ›Was Merimée verschwieg!‹ Stepan hat mich tausendmal gezwungen zu sagen, wie sehr ich diesen verfluchten Bären begehre, wie sehr ich ihn liebe ... Man gewöhnt sich schnell an solche Erniedrigungen. Das ist wie eine Droge. Natürlich nicht die Schläge, aber dieses ganze Spiel. Es ist auch irgendwie erregend ... Stepan tobt, wenn du ihm widersprichst ... wenn du nicht tun willst, was er will. Aber wenn du dich fügst, ist er ein Mann wie vom Himmel geschickt. Wenn du ihn gehabt hast, willst du nie wieder einen anderen.«

»Er wollte, dass du in ihm einen Bären siehst? Und dass du diesen Bären liebst? Das ist doch wahnsinnig! Weiß Dmitri von diesen ... Absonderlichkeiten?«

»Natürlich. Sie sind schließlich Zwillingsbrüder. Sie haben keine Geheimnisse voreinander. Tja, nun habe ich es dir gesagt. Dmitri hat offensichtlich ein Auge auf dich geworfen, also sieh dich vor. Oder glaubst du, er ist anders als Stepan?« Lisa seufzte. »Nein, sie sind Kinder derselben Mutter, aus demselben Schoß gekrochen. Vielleicht sind Dmitris Fantasien sogar noch krasser als Stepans, nur fällt es ihm schwerer, sie in die Wirklichkeit umzusetzen.«

»Warum?«

»Weil er Geld mehr liebt als alles andere. Und für solche Perversionen braucht man eine Menge Geld. Stepan hat mich früher mit Geschenken bestochen. Und ich habe mich noch gefreut – was für ein großzügiger Mann, mit so viel Geld. Aber Dmitri ist berechnend wie ein Bankcomputer.«

»Lisa, eins musst du mir noch sagen.« Wieder war Katja unsicher. Sollte sie der Freundin von den seltsamen Morden in Rasdolsk erzählen oder besser nicht? Sie beschloss, mit etwas anderem zu beginnen. »Was wolltest du mir vorhin am Telefon über Wladimir Basarow sagen? Ich habe es nicht verstanden.«

»Macht nichts. Ich weiß es selbst nicht mehr.« Lisas Stimme zitterte: Eine gute Lügnerin war sie nicht.

»Lisa, das ist sehr wichtig. Ich sagte ›Ich habe den Verdacht‹, und da hast du sofort nach seinem Vater gefragt. Warum?«

»Nun ja, ihr seid doch damals zu dritt zur Miliz gefahren. Darüber weißt du mehr als ich. Es scheint also wohl kein Unfall gewesen zu sein.«

»Unsere Leute – die Miliz, meine ich – sind zu dem Schluss gekommen, dass Wladimir Basarow Selbstmord begangen hat. Er hatte Krebs, war unheilbar krank ...«

»Ja, ja. Aber er war ein sehr starker Mensch. Stepan und Dmitri haben das von ihm geerbt – die Charakterstärke. Ein tapferer Mann war er. Er trug die Krankheit schon in sich, aber kein Außenstehender hat auch nur davon geahnt ...«

»Selbst starke Menschen können zerbrechen«, warf Katja ein. »Für jede Widerstandskraft gibt es eine Grenze. Er nahm doch bereits schmerzstillende Tabletten. Bald hätte er Spritzen bekommen müssen.«

»Vielleicht, aber ... Ist es sicher, dass es Selbstmord war, Katja?«

»Das haben die gerichtsmedizinischen und daktyloskopischen Gutachten ergeben. Es gibt keinerlei Anhaltspunkte dafür, dass jemand anders ... also, dass er es nicht selbst getan hat. Auch die Zwillinge sind davon überzeugt. Dmitri ist der Meinung, dass Stepans Zustand sich aus diesem Grund so sehr verschlechtert hat, dass man ihn für sein Tun nicht mehr verantwortlich machen kann.«

»Ich habe Stepan gesehen, Katja. An dem fraglichen Abend. Er ist gleich nach dem Abendessen nach Otradnoje gegangen. Mir hat er gesagt, er komme in der Nacht zurück, aber er kam nicht wieder. Als Wladimir Kirillowitsch im Bad war, ist Stepan für kurze Zeit zu ihm hineingegangen. Ich habe es selbst gesehen. Es ist mir erst später wieder eingefallen.«

»Hast du ihn gefragt, was er dort getan hat?«

Lisa machte ein merkwürdiges Gesicht; dann sagte sie mit hörbarer Überwindung: »Ich ... hatte Angst, ihn danach zu fragen.«

»Erzähl mir der Reihe nach, Lisa, was an dem Abend geschah, als Wladimir Kirillowitsch gestorben ist.« Katja legte Lisa die Hand auf den Arm. »Und verschweig mir nichts, ich bitte dich.«

Doch plötzlich wurden sie gestört. Wie sich zeigte, wurde Lisa bereits seit geraumer Zeit von ihrem Fotografen gesucht.

»In einer Stunde ist hier alles vorbei. Ich fahre in die Redaktion und liefere mein Material ab. Und dann ... dann komme ich zu dir, Katja.« Lisa wandte sich an den Fotografen, der in die kleine Kammer schaute, und lächelte ihm nervös zu. »Sofort, Shenja, ich hab nur ein wenig mit meiner Freundin geschwatzt. Lass es uns so machen, Katja. Hier können wir sowieso nicht länger reden. Und ich habe auch noch einige Fragen an dich. Aber denk bloß nicht, ich wäre eifersüchtig.«

In ihren letzten Worten lag etwas so schlangenhaft Zweideutiges, dass Katja unwillkürlich wütend wurde – hier ging es um wichtige Dinge, um einen Mordverdacht, und Lisa fing von so was an!

»Um wie viel Uhr kommst du?«, fragte sie Lisa.

»Ich weiß nicht. Wie es sich ergibt. Vielleicht ... so gegen sieben.«

Damit trennten sie sich.

Den ganzen Abend wartete Katja. Weder um sieben noch um acht noch um neun tauchte Lisa auf. Das Telefon in ihrer Wohnung wurde nicht abgehoben. Und in der Wohnung ihrer Eltern war der Anrufbeantworter eingeschaltet – die Generosows machten Urlaub in Sotschi.

Katja rief Lisa um Mitternacht an, um ein Uhr nachts – das Telefon schwieg noch immer. Es schwieg auch um sieben Uhr und um acht Uhr am Morgen des nächsten Tages. Lisa war verschwunden, wie vom Erdboden verschluckt.

23 Die Leiche im Wald

»Sie ist nirgends zu finden, Nikita. Ich habe gestern zusammen mit Sergej den ganzen Tag nach ihr gesucht. Lisa ist verschwunden. Das war *er!* Er hat sie umgebracht. Ich weiß es, ich fühle es. Er ist wahnsinnig!«

So hatte Kolossow Katja noch nie erlebt. Um halb neun Uhr morgens war sie wie ein Tornado in sein Büro gestürmt. Er wollte sich nach der Besprechung beim Chef gerade auf den Weg nach Rasdolsk machen. Im Unterschied zu den Fällen dort war der Mord im Untersuchungsgefängnis so gut wie aufgeklärt. Am Wochenende hatte man unter den sechzig Zellengenossen des toten Hais sechs gefunden, deren frühere kriminelle Verbindungen direkt zur Michailow-Bande führten. Kolossow betrachtete diesen Fall als zu achtzig Prozent abgeschlossen. Nun erwachte sein Interesse an Rasdolsk wieder. Aber dieses unerwartete Auftauchen Katjas ...

»Wer ist *er,* Katja?«, fragte Kolossow. Als er ihrem Blick begegnete, stand er auf, ging zur Tür und schloss ab.

»Stepan Basarow.« Katja sprach diesen Namen erst nach einer längeren Pause aus. »Er ist auch derjenige, den du ... den wir, Nikita, in Rasdolsk gesucht haben.«

»Setzen wir uns erst mal.« Kolossow ging um den Schreibtisch herum, legte Katja den Arm um die Schultern und führte sie behutsam zu einem Stuhl.

Katja setzte sich und presste die Finger zusammen, bis weiße Flecken auf der Haut erschienen. Kolossow merkte, wie aufgewühlt und entsetzt sie war. Aber sie schwieg. Und das war gar nicht typisch für sie! Kolossow ließ sich ihr gegenüber auf der Schreibtischkante nieder.

»Sag mir eins, Katja: Bin ich ein Freund für dich?«

»Ja, Nikita.«

»Und du bist für mich ...« Er zögerte. »Du bist für mich mehr als eine Freundin.«

Sie blickte ihn an. Erstaunt – sonst nichts.

»Mir kannst du alles sagen, Katja.«

Da endlich öffneten sich die bis dahin fest verschlossenen Schleusen, und sie begann zu reden.

Kolossow stellte ihr keine einzige Frage, unterbrach sie nicht ein einziges Mal. Er lauschte geduldig ihren abgehackten Sätzen. Und nun wurden sie erkennbar, die Bestandteile des Mosaiks: Blut auf dem Zaun, Fell an den Leichen, Überlebenscamp, Trichinellose, die Raubtierkrankheit, Zigeuner, manische Paranoia, der Traum von einem Bären, der eine Frau in den Wald schleppt ... Weiherituale, Messer, die in einem Baumstumpf steckten, ein Bärenfell auf dem Fußboden (dieses Fell hatte Kolossow selbst gesehen, als er sich mit Iwan unterhalten hatte), ein Schatten im Wald, den sie nicht hatten einholen können, die von der Taschenlampe geblendeten Augen des Unbekannten, ein Hund mit gebrochenem Genick ... Noch waren es nur ungeordnete Splitter, die man am liebsten kräftig durchgeschüttelt hätte, damit sie sich endlich, wie in einem Kaleidoskop, an ihren jeweiligen Platz legten und im Zusammenwirken jenes Bild formten, das Kolossow schon so quälend lange zu rekonstruieren versuchte.

Katja sprach vom Tiermenschen, vom Bären, von der

Werwolf-Psychose, wie sie es aus irgendeinem Grund nannte – warum eigentlich? Ein Werwolf war ein Wolfsmensch, und hier handelte es sich um einen *Bären*. Dann berichtete Katja vom Besuch bei der Wahrsagerin Leila, von der gewaltsamen Zerschlagung der Zigeunerfeier, von den intimen Enthüllungen der Lisa Ginerosowa – in der Todesnacht Basarows hatte er selbst auch, wie er sich erinnerte, mit der Braut des einen Zwillings ein paar Worte gesprochen. Immer neue Fragen taten sich auf, auf die es vorerst keine Antwort gab. Und wieder wollte das Mosaik kein Gesamtbild ergeben.

Als Katja erzählte, was zwischen ihr und Stepan in der Zigeunersiedlung und später im Camp vorgefallen war, wurde sie krebsrot. Doch sie verschwieg Kolossow nichts, das spürte er.

»Er war also in der Neurologie in Behandlung?«, fragte er, als Katja endete. »Und sein eigener Bruder bezeichnet ihn als einen Verrückten?«

Katja nickte.

»Auch uns beiden könnte man vorwerfen, dass wir aufbrausend und jähzornig sind. Aber bei ihm ist es anders, Nikita. Das ist eine Psychose. Der Mann ist nicht normal«, sagte sie tonlos. »Manchmal ist er gar nicht er selbst, sondern der Bär aus seinen Kinderträumen. Und immer dann geht er vermutlich auf die Jagd und tötet. Ich weiß nicht, was er mit mir angestellt hätte, wäre Dmitri nicht erschienen. Und Lisa ... das war er. Er hat sie ermordet. Sie ist nirgends zu finden. Nirgends, verstehst du? Ich bitte dich, Nikita, ich flehe dich an, hilf mir. Niemand sonst wird mir helfen, niemand wird mir glauben. Du bist mein Freund, mehr als ein Freund, wie du sagst, darum glaub mir, dass er es war, und hilf mir. Wir müssen sie finden ...«

Sie trafen um ein Uhr mittags in Rasdolsk ein. Unterwegs fragte Kolossow nur: »Warum glaubst du, dass man dieses Mädchen gerade dort und nicht irgendwo in Moskau suchen muss?«

»Als Sergej und ich gestern sämtliche Adressen abgeklappert haben, wo sie hätte sein können, war ich auch in der Redaktion, in der sie arbeitet«, erklärte Katja ein wenig verworren. »Sie war nicht im Büro erschienen. Alle waren in heller Aufregung. Sie hatte Interviews in der Vertretung von ›Cartier‹ geplant, um die sie sich persönlich einen Monat lang bemüht hatte, war dort aber nicht erschienen. In der Redaktion sagte man mir, dass Lisa nach unserem Treffen in der Kosmetikfirma zurückgekehrt sei, ihr Material abgegeben habe und gerade wieder gehen wollte – wir hatten uns für den Abend verabredet. Und da sei ein Anruf für sie gekommen. Die Wache hat gesehen, dass sie sich kurz darauf zu jemandem ins Auto gesetzt hat. An die Automarke konnten sie sich nicht erinnern. Warum ich glaube, dass man sie in Rasdolsk suchen muss und nicht anderswo? Ich weiß nicht, ich habe so ein Gefühl ... Es zieht ihn zu diesem Bärenfell, besonders wenn er mit Lisa zusammen ist. Es ist ja eine Art Leidenschaft, die sie füreinander empfinden ... wenn auch eine unnatürliche, perverse, zumindest was ihn betrifft ... aber mir scheint, nur dort ist er wirklich ein Bär. Alle Morde sind ja in diesem Bezirk geschehen.«

Kolossow blickte Katja an. Sie machte eine verzweifelte Geste.

»Wir haben Dmitri gestern Abend von den Morden erzählt, ohne Einzelheiten zu nennen, nur in groben Zügen. Er war entsetzt, aber ich wurde das Gefühl nicht los, dass er schon lange einen ähnlichen Verdacht gegen seinen Bruder hegt. Er weiß sehr viel über Stepan, mehr als alle anderen vermutlich. Aber er wird nichts sagen. Sie sind Zwillinge – eine Einheit. Allerdings hat er gestern den ganzen Tag und Abend mit uns zusammen nach Lisa gesucht.«

»Aber die Datscha in Uwarowka ist ja nicht unbewohnt. Die beiden alten Frauen sind dort. Sie hätten doch etwas gesagt, wenn Stepan mit seiner Freundin dort aufgetaucht wäre.«

»Aber er braucht sie ja nicht ins Haus gebracht zu haben! Er kann mit ihr auch ins Camp oder in den Wald gegangen sein. Er war in einem solchen Zustand, dass ... Wenn du ihn nur hättest sehen können, Nikita! Das war ein *Tier*!« Katja verzog das Gesicht. »Weswegen ich so fest überzeugt bin, dass gerade er Lisa abgeholt hat? Weil Lisa mich todsicher angerufen hätte, wäre unsere Verabredung aus irgendeinem Grund geplatzt. Nur in einem Fall hätte sie sich nicht gemeldet: wenn *er* sie gerufen hat. Lisa konnte einfach nicht Nein zu ihm sagen, das hat sie selbst zugegeben.«

»Das ist ja alles gut und schön, Katja, aber was ist mit seinem Bruder? Was sagt der dazu?«

»Dmitri ist völlig außer Fassung ... so viel Leid in seiner Familie. Nein, von Dmitri können wir keine Hilfe erwarten, wenn es um den Kopf seines Bruders geht.«

»Die beiden Bären – das hat uns noch gefehlt ...«

»Was?« Katja fuhr zusammen.

»Iwan nennt sie so, ihr jüngerer Bruder.«

In Rasdolsk schloss Kolossow sich erst einmal für längere Zeit mit dem Chef des Reviers in dessen Büro ein. Sie hatten eine schwierige Aufgabe zu lösen. Es gab keine Vermisstenanzeige. Es gab keine Gewissheit, dass man nicht nach einer Vermissten, sondern nach einem Mordopfer suchen musste. Es gab nicht einmal den kleinsten Hinweis – abgesehen von Katjas verworrenen Schlussfolgerungen –, wo die Leiche sich befinden mochte, falls Lisa Ginerosowa tatsächlich ermordet worden war. Hinzu kamen die ewigen organisatorischen Probleme der Miliz bei Suchaktionen: zu wenig Autos, zu wenig Sprit, zu wenig Personal, um die Gegend zu durchkämmen. Und die Leute, die zur Verfügung standen, waren erschöpft, weil sie schon die zweite Woche wegen der unaufgeklärten Morde praktisch kaserniert waren.

Aber Katja erkannte wieder einmal, dass man Kolossow nicht umsonst zum Leiter der Mordkommission ernannt hatte. Der Mann hatte einen eisernen Willen. Jeder Stabschef hätte ihn um seine Fähigkeit beneidet, eine Operation zu organisieren, den hartnäckigen Widerstand unzufriedener Gegner zu brechen, sich Leute gefügig zu machen und sie dazu zu bringen, die ihnen gestellten Aufgaben auszuführen.

»Der Fall unterliegt der Kontrolle des Ministeriums«, erklärte er Spizyn, der inzwischen kaum noch Einwände hatte und bereit war, Kolossow die Organisation einer groß angelegten Suchaktion in dem gesamten Waldgebiet im Quadrat Otradnoje – Uwarowka – Polowzewo – Rasdolsk zu überlassen. »Wir haben jetzt eine gute Chance, den Mörder zu finden. Diese Aktion wird nur der Anfang sein, das sage ich gleich zur Warnung.«

Die Suche begann um halb fünf am Nachmittag und dauerte am ersten Tag bis Sonnenuntergang. Am Tag darauf wurde die Aktion ab acht Uhr morgens fortgesetzt. Die Suchtrupps bestanden aus Mitarbeitern sämtlicher Dienststellen der Rasdolsker Miliz, aus der lokalen OMON-Spezialeinheit, aus Inspektoren, Ermittlern und Mitarbeitern der Verkehrspolizei. Von einer Hundefarm wurden Schäferhunde gebracht. Die Operation bekam immer mehr Ähnlichkeit mit einer Treibjagd auf ein gefährliches Raubtier, das sich im Dickicht versteckt hielt.

Trotz aller Befürchtungen, die sie Kolossow gegenüber geäußert hatte, hoffte Katja im Grunde ihres Herzens auf ein Wunder – dass alles sich plötzlich als böser Traum erwies und Lisa irgendwo lebend und unverletzt auftauchte. Wenn sie tot war, würde Katja sich mitschuldig fühlen: Sie hätte Lisa sofort von den Morden erzählen und ihr ihren Verdacht mitteilen müssen. Sie hätte auch Kolossow sofort alles erzählen müssen.

Um vier Uhr nachmittags berichtete man Kolossow nach stundenlanger ergebnisloser Suche über Funk, dass in den Ruinen einer ehemaligen Schweinefarm nahe Mebelny ein skelettierter Tierkadaver gefunden worden sei, höchstwahrscheinlich die Überreste eines großen Hundes. Eine halbe Stunde später kam eine neue Nachricht: Kolossow möge unverzüglich zur Abzweigung eines Waldwegs an der Chaussee kommen, am Kilometerstein 18. Zehn Meter von der Straße entfernt hätten die Schäferhunde etwas entdeckt. Katja, die dem Chef der Mordkommission den ganzen Tag nicht von den Fersen gewichen war, begleitete ihn schweren Herzens auch jetzt. Sie wusste, Kolossow nahm sie nur aus einem Grunde mit – sie sollte, falls erforderlich, Lisa Generosowa identifizieren.

»Eine Leiche! Es sieht so aus, als seien wir fündig geworden!«, rief ihnen der Leiter des Suchtrupps, der diesen Waldabschnitt durchkämmte, entgegen, kaum dass sie aus dem Wagen gestiegen waren. »Hier gibt es noch Schützengräben aus dem Krieg. Die Befestigungslinie verlief durch diesen Wald. Im Frühjahr, als die Schneeschmelze einsetzte, wurden die Gräben überschwemmt. Das Wasser ist bis jetzt nicht vollständig abgelaufen. Aber dort haben wir etwas gefunden. Wir sind gerade dabei, es zu bergen.«

Sollte Lisa, die schöne, kluge Lisa Ginerosowa, wirklich hier den Tod gefunden haben? In diesem halb eingestürzten Schützengraben, in dem bis zum Rand braunes, lehmiges Wasser stand?

»Katja, komm her!«, rief Kolossow.

Sie ging zu ihm, erst langsam, dann schneller. Auf dem im Gras ausgebreiteten Segeltuch lag ein grausiger, aufgedunsener, halb verwester Körper. Katja, die ihren Augen noch nicht recht traute, sah Turnschuhe ohne Schnürsenkel an den Füßen des Toten. Es war ein Mann. Ihn zu erkennen, war praktisch unmöglich. Aus dem Gesicht war eine schwarze Masse geworden: verklebtes fauliges Laub, Lehm, Insektenlarven ... Kolossow bückte sich. An den Händen hatte er bereits seine vertrauten Gummihandschuhe. Dann machte er sich daran, den schaurigen Kopf und den Hals zu betasten.

»Na?«, fragte Spizyn heiser.

»Wie gehabt. Genickbruch.« Kolossow hob vorsichtig den vor Nässe triefenden Schoß der schwarzen Kunstpelzjacke an, die der Tote trug. Darunter kam ein zerfetztes Matrosenhemd zum Vorschein. »Das ist Tichon Soljony. Ich erinnere mich an die Personenbeschreibung: Turnschuhe ohne Schnürsenkel, Webpelzjacke.«

Die Suche wurde bis Sonnenuntergang fortgesetzt, doch mehr wurde nicht gefunden. Kolossow fuhr mit einer Ermittlergruppe nach Otradnoje. Dort empfing sie Grabesstille. Das Camp war leer – kein Basarow, keine Schüler. An der Tür zum Wohngebäude hing ein japanisches Sensorschloss.

Um halb zehn Uhr abends befahl Spizyn, die Suchaktion

abzubrechen. Nachdem man die Leiche des vermissten Alkoholikers entdeckt hatte, tat er alles, was Kolossow wollte.

»Holen wir uns morgen vom Staatsanwalt den Durchsuchungsbefehl für das Survival-Camp?«, fragte er. »Vielleicht finden wir dort Indizien oder Blutspuren? Die Leiche des Mädchens ist ja nicht aufgetaucht ... Sollen wir nicht gleichzeitig auch schon die Datscha in Uwarowka unter die Lupe nehmen?«

Kolossow schüttelte ablehnend den Kopf.

»Also keine Durchsuchung?«, fragte Spizyn verdutzt. »Was schlägst du dann vor, Nikita Michailowitsch?«

»Ich?« Kolossow schaute auf den Wald, der im leichten Nebel der sommerlichen Abenddämmerung versank. »Ich schlage vor, dass wir warten.«

»Auf was?«

»Nicht auf was, sondern auf wen. Auf den, den wir jetzt am Nötigsten brauchen.«

»Und du meinst, er wird hierher zurückkehren?«

Kolossow nickte.

»Aber wozu? Weshalb sollte er gerade hierher kommen?«

»Genau das werden wir dann erfahren – wenn wir Glück haben.« Kolossow seufzte müde. »Wenn wir Glück haben.«

24 Festnahme bei Mondschein

Der Juni begann mit schlechtem Wetter; am Himmel zogen sich bleigraue Wolken zusammen. Es nieselte ununterbrochen. Nach der stickigen Hitze im Mai war das besonders unangenehm: ein trüber Sommer – was kann bedrückender sein?

Der Mittwoch und Donnerstag der ersten Sommerwoche verliefen ruhig: In Rasdolsk geschah nichts Besonderes. Im ehemaligen Erholungsheim in Otradnoje herrschte weiterhin Friedhofsruhe. Das Leben schien dort für lange Zeit zum Stillstand gekommen zu sein.

Doch für Kolossow waren diese Tage alles andere als ruhig. Er musste zu vielen verschiedenen Stellen: zur Gebietsstaatsanwaltschaft, ins Serbski-Institut für Psychiatrie, zum Sportkomplex »Olympia«, wo das Sommertraining der Teilnehmer an den Meisterschaften im Kampfsport stattfand, und in die Leichenhalle des Krankenhauses. Er sprach mit vielen Leuten und erfuhr viel Nützliches und Neues. Aber wohin er auch kam, mit wem er sich auch traf – er kehrte regelmäßig nach Rasdolsk zurück.

Bei Kolossows Kollegen und Untergebenen festigte sich der Eindruck, dass ihr Chef einen fatalen Fehler begangen hatte, als er es rundweg ablehnte, Camp und Datscha sofort durchsuchen zu lassen. Aber wie groß war erst ihr Erstaunen, als die gesamte Einsatztruppe noch eine weitere strikte

Anweisung erhielt: Stepan Basarow durfte auf keinen Fall festgenommen werden, falls er auftauchte. »Ich entscheide selbst, wann Zeit dafür ist. Für diesen Schritt bin ich persönlich verantwortlich«, schmetterte Kolossow brüsk die Einwände seiner Kollegen ab. Die Erklärung für seine abwartende Taktik war die, dass noch immer keine eindeutigen Beweise gegen Stepan Basarow vorlagen, falls er nicht in flagranti festgenommen wurde.

Die Zigeuner bewahrten weiterhin völliges Stillschweigen über den Vorfall in der Siedlung. Man hatte sogar den Chef der Rasdolsker Kriminalmiliz zu ihnen geschickt, der den »Zigeunerbaron« Simeon Gerescu persönlich kannte und ihm auf den Zahn fühlen sollte. Doch keine einzige Beschwerde über die Basarow-Schüler wurde laut. Der »Baron« hatte eine herzkranke Schwester und schien völlig in der Sorge um ihre Gesundheit aufzugehen.

Die Ermittler wurden auch darüber informiert, dass der Enkel des Regisseurs vermutlich an einer akuten psychischen Störung litte. »An was für einer?«, fragten sie Kolossow. »Wozu die Sache in die Länge ziehen? Darüber müssen seine Brüder, sein Onkel und die Hausangestellte sofort und gezielt befragt werden. Die eigenen Angehörigen werden doch wohl Bescheid wissen! Bestimmt wissen sie auch, wo Basarow sich versteckt hält.« Doch Kolossow hatte alle direkten Kontakte der operativen Mitarbeiter zur Familie Basarow vorläufig kategorisch untersagt, was die Ermittler unverständlich und seltsam fanden. Sie wussten nicht, dass in diesen Tagen Katja und Sergej auf Kolossows Bitte hin zweimal bei Dmitri Basarow angerufen hatten. Der war zur Miliz in Strogino gefahren, wo die verschwundene Lisa gemeldet war, um dort eine Vermisstenanzeige zu erstatten. Doch man hatte ihm gesagt: »So viel Zeit ist ja noch gar nicht verstrichen. Vielleicht taucht Ihre Freundin ja wieder auf, junger Mann. Hat womöglich nur mal einen kleinen Ausflug gemacht.«

Von Katja erfuhr Kolossow, dass Dmitri selbst annahm, Stepan wohne zurzeit bei einem seiner Schüler. Das war auch früher schon vorgekommen, wenn die Zwillinge sich zerstritten hatten. »Er hat mir nicht verziehen, dass ich ihn geschlagen habe«, sagte Dmitri zu Katja. »Und ich selber werde mir das auch nie verzeihen. Vielleicht hat er einfach nur Hilfe gebraucht ...« Katja warnte Kolossow: Der Zwillingsbruder würde der Miliz bei der Suche nach Stepan freiwillig kaum behilflich sein. So beschloss Kolossow, den »Clan« einstweilen in Ruhe zu lassen, kein überflüssiges Porzellan zu zerschlagen und den, der ihn mehr interessierte als alle anderen, nicht aufzuschrecken. Doch langsam spitzte die Situation sich zu; Verwirrung und Anspannung wuchsen. Kolossow wusste: Sowohl die Vorgesetzten wie seine Kollegen warteten darauf, dass er ihnen erklärte, was er mit seiner Untätigkeit erreichen wollte.

Der Haken aber war, dass er es mit Worten gar nicht erklären konnte. Er wollte, dass die Kollegen es mit eigenen Augen sähen. Denn all das Gerede von einer seltenen psychischen Krankheit, einer »Werwolf-Psychose«, unter der dieser Mann angeblich litt und die ihn dazu brachte, sich wie ein wildes Tier zu verhalten, Haustiere abzuschlachten und Menschen zu töten – das blieben leere Worte für sie, ohne Beweise und konkrete Anschauung. Und keiner von ihnen, ausgenommen Inspektor Sidorow, hatte jenes seltsame Geschöpf im Wald gesehen, seine wilden Augen, die raubtierhafte Anmut seiner Bewegungen, seine Schnelligkeit und Geschmeidigkeit. Welcher vernünftige Mensch würde auch an die Existenz eines Werwolfs in einem Wald bei Moskau glauben, wenn er ihm nicht tatsächlich auf einem finsteren Pfad von Angesicht zu Angesicht begegnet war?

Ein Zufall – das war es, worauf Kolossow jetzt sehnsüchtig wartete. Ein Glückstreffer wie bei seinem geliebten Préférence-Spiel. Direkte Beweise gegen Stepan Basarow gab es nicht. Nähme man ihn jetzt fest – ob auf der Datscha, in seinem Wagen, in einer Moskauer Bar, in der Wohnung seines Großvaters oder irgendeinem anderen Unterschlupf –, würde eine zähe Kette von Untersuchungen bei der Staatsanwaltschaft und später vor Gericht ihren Anfang nehmen wie in jedem Fall, bei dem die Anklage sich nur auf indirekte Indizien stützte.

Kolossow lechzte förmlich danach, den Täter an eben dem Ort zu erwischen, an dem er sich in eine Tötungsmaschine verwandelte und seinen Instinkten freien Lauf ließ. Dort musste man ihn packen. Dann brauchte das Gericht keine Gewährsleute und Zeugen mehr zu suchen, die bestätigten, dass Basarow der Mörder war. Alles hing vom Zufall ab. Doch zu erklären: »Ich warte auf den passenden Zufall«, brachte Kolossow nicht fertig. Deshalb brach er sämtliche Gespräche darüber schroff ab und fuhr den Unzufriedenen über den Mund: »Ich weiß selbst, was ich zu tun habe. Ihr braucht mich nicht zu belehren. Ich trage die Verantwortung für diesen Einsatz.« Und dabei spürte er, dass der Fall sich auf des Messers Schneide befand. Wenn etwas Unvorhergesehenes geschah, wenn es in diesem Fall ein weiteres Opfer gab, lag die Schuld allein bei ihm.

Dann kam der Freitag. Und Gott hatte endlich Erbarmen. Der Regen hörte auf, in den dicht belaubten Kronen der Linden und Ahornbäume zu rauschen, und verzog sich irgendwohin in den Norden, Richtung Petersburg. Über der

Hauptstadt und der Umgebung strahlte ein frisch gewaschener, geradezu leichtsinnig blauer Himmel. Auf den Straßen staute sich der Verkehr – die Moskauer strebten einträchtig aufs Land zu ihren Datschen.

Auch in das Survival-Camp in Otradnoje kehrte plötzlich wieder Leben zurück. Am Freitagmorgen traf dort in zwei schwarzen Jeeps eine Gruppe von zehn sportlich aussehenden jungen Burschen mit Sporttaschen und Schlafsäcken ein. Allem Anschein nach war es frischer Nachschub für die Trainingskurse. Zur Erkundung der Lage wurde Sidorow ins Survival-Camp geschickt; auf den jungen Leutnant der Miliz verließ Kolossow sich in Rasdolsk mehr als auf den Chef Spizyn. Sidorow erledigte seine Aufgabe ohne Fehl und Tadel; er mimte den leicht beschränkten Dorfpolizisten, der das neue »Kontingent« in seinem Abschnitt kennen lernen will und gleichzeitig versucht, hintenherum sein eigenes Süppchen zu kochen. Er unterhielt sich mit einem der Trainer, der nach dem »Vedischen System der Selbstregulation« arbeitete. Einfältig und plump fragte Sidorow, wann er den Besitzer des Sportclubs, Stepan Basarow, sehen könne. »Ich würde gern mit eurem Boss darüber reden, ob ich meinen Bruder bei euch unterbringen kann. Der Junge ist gerade aus der Armee entlassen, hat bei den Fallschirmspringern gedient, ein kräftiger, gesunder Bursche. Jetzt sucht er eine gut bezahlte Arbeit – na, du weißt schon, was ich meine. Und da will er sich noch den nötigen Schliff holen. All das Zeug lernen, das ihr hier durchnehmt. Wu-Shu, Karate ...«

Der vedische Trainer war geschmeidig wie eine Katze, ein athletischer Typ mit Trillerpfeife. Katja hätte ihn als den Mann wiedererkannt, der sich bei ihrem ersten Besuch des Camps um sie »gekümmert« hatte, aber kaum als den Schläger identifiziert, der vor einigen Tagen auf den erschlafften Körper von Madame Leilas Sohn eingedroschen und mit dem Schuhabsatz die Brille des Behinderten zertreten hatte. Er lächelte Inspektor Sidorow mit seinen weißen Zähnen an und erwiderte, kein Problem, Leutnant, morgen kommt der Lehrer nach Otradnoje. »Wenn Sie wollen, bringen Sie Ihren Protegé dann her«, schloss der Trainer.

Der Mann, auf den sie seit so vielen Tagen warteten, würde also am folgenden Tag da sein! Wenn sie Glück hatten, würden bald alle Fragen auf einmal beantwortet sein. Oder fast alle.

Gegen Mittag trafen die Experten aus dem Präsidium vollzählig in Rasdolsk ein. Sie brachten ihre sorgfältig verpackte Spezialtechnik mit. Wenn die Kollegen gewusst hätten, welche Mühe es Kolossow gekostet hatte, bei seinen Vorgesetzten fast das gesamte Arsenal der Geräte für eine nächtliche Observierung loszueisen, über das die technische Abteilung verfügte! »Wofür brauchst du denn so viele Kameras, Nikita Michailowitsch?«, hatte sein Vorgesetzter Gladkow wissen wollen. »Du kannst dir doch nicht alles auf einmal unter den Nagel reißen. Meine Drogenabteilung ist für heute praktisch lahm gelegt!«

Kolossow beruhigte ihn: Ich brauche die Sachen höchstens für ein, zwei Tage. Wenn das, worauf er wartete, nicht in den nächsten Tagen geschah, musste die Operation sowieso abgebrochen werden.

Die große Zahl von Kameras und Nachtsichtgeräten benötigte er, um jeden Schritt des potenziellen Täters zu dokumentieren. Die Richter, der Untersuchungsführer der Staatsanwaltschaft und seine eigenen Kollegen sollten alles mit eigenen Augen sehen können. Doch hätte man Kolossow gefragt, was er unter dem Wort »alles« verstehe, hätte er keine klare Auskunft geben können und sich herausreden müssen.

Aber die Geräte wurden auch deshalb benötigt, weil es praktisch unmöglich war, einen solchen Verdächtigen mit Autos oder zu Fuß zu verfolgen und im Auge zu behalten. Bei seinem Besuch im Camp hatte Sidorow bemerkt, dass man Basarows Jungs nicht so leicht hinters Licht führen konnte.

»Die sind mit allen Wassern gewaschen, Nikita Michailowitsch«, berichtete er. »Wenn wir diese Typen beschatten wollen, müssen wir aufpassen, dass sie uns nicht eher entdecken als wir sie.«

Auf den Einbruch der Nacht wartete Kolossow so ungeduldig, als stünde ihm ein amouröses Abenteuer mit einem Fotomodell bevor. Von dem Funksignal, das ihm einer der Beobachtungsposten senden würde, hing es ab, wohin er fahren musste. Was dann folgte, mochte er sich noch gar nicht ausmalen. Als zweiten Mann nahm er nur Sidorow mit. Der Inspektor kannte die Gegend ausgezeichnet – in Kolossows Augen ein gewaltiges Plus.

Der Tag neigte sich langsam dem Abend zu. Am Fluss quakten aufdringlich die Frösche – sie feierten Hochzeit, die Lümmel! Kolossow beneidete sie glühend: Die liegen faul im Schlamm und schmeißen mit ihrem Laich um sich. Und er war hier allein, hungrig, die x-te Nacht ohne ausreichenden Schlaf, stets auf dem Posten. Und er wusste selbst nicht genau, worauf er eigentlich wartete ...

Das erste Signal des an der Datscha in Uwarowka postierten Mannes kam abends um Viertel nach sieben: Stepan Basarow war in einem alten Niwa zur Datscha gebracht worden, als wäre nichts gewesen. Er stieg aus, und der Niwa wendete und fuhr fünfzehn Minuten später auf dem Gelände des Camps in Otradnoje vor, wo vier junge Männer mit Rucksäcken ausstiegen. Auf der Datscha befanden sich außer Basarow nur die beiden alten Frauen: die Oma und die Hausangestellte. Auf der Terrasse brannte Licht. Dann wurde auch oben – in dem Zimmer, in dem das Bärenfell lag, wie Kolossow mechanisch registrierte – das Licht eingeschaltet. In Otradnoje verlief der Abend inzwischen ganz friedlich: Die Schüler kochten Gulasch und tranken Tee.

Um halb elf wurde es ruhig im Survival-Camp. Zapfenstreich wie im Pionierlager ging es Kolossow durch dem Kopf. Um elf erlosch auch auf der Datscha das Licht. Am längsten brannte es noch in der Küche. Dort hielt sich, wie man Kolossow meldete, die Hausangestellte auf und schien zu beten.

Kolossow selbst befand sich auf dem Hof des Rasdolsker Reviers in einem vom Präsidium geschickten Bus der technischen Abteilung, in dem sich ein starker Sender befand, der die Meldungen über die ausgewählten Kanäle störungsfrei empfangen konnte. Die gewöhnlichen Funkgeräte der Miliz eigneten sich für diese Operation nicht: Der Teufel mochte wissen, was diese Survival-Schüler alles an Ausrüstung bei sich hatten. Womöglich auch tragbare Funkgeräte.

Die Uhr zeigte Mitternacht, halb eins, eins, zwei. Grabesstille.

»Nikita Michailowitsch! Er hat das Haus verlassen.« Im Funkgerät erklang die Stimme des Posten an der Datscha. »Er geht die Treppe hinunter ... bleibt stehen. Jetzt setzt er sich wieder in Bewegung. Er geht langsam.«

Kolossow schaute auf die Uhr: siebzehn Minuten vor drei. Bald würde die Morgendämmerung einsetzen.

»Ist die Kamera in Betrieb?«, fragte er.

»Jawohl. Aber in einer Minute werde ich den Burschen verloren haben. Er geht in Richtung Fluss.«

Das passte ja großartig. Am Fluss war alles offen und überschaubar. Und dort standen drei Beobachtungsposten ...

»Ich sehe ihn«, meldete fünf Minuten später einer der Männer am Fluss. »Er bewegt sich ohne Eile. Sehr sicher, aber ohne erkennbares Ziel. Jetzt bleibt er stehen. Schaut zum Fluss. Jetzt ... jetzt setzt er sich ins Gras. Legt sich hin.«

Kolossow nickte dem neben ihm sitzenden Sidorow zu, der die Meldungen angespannt verfolgte: Komm, wir setzen uns ebenfalls in Bewegung.

»Behaltet ihn weiterhin im Auge«, ordnete er an. »Lasst die Kamera eingeschaltet. Wenn er sich an einen anderen Ort begibt, benachrichtigt uns. Wir machen uns jetzt auf den Weg zu euch.«

Sie hielten an einem Feldweg einen halben Kilometer von dem Posten entfernt, der den Verdächtigen lokalisiert hatte, und stiegen aus. Sidorow führte Kolossow durch das Weiden- und Hagedorngestrüpp am Flussufer entlang. Bis zum Posten waren es noch ungefähr hundertfünfzig Meter.

»Er rührt sich nicht von der Stelle«, meldete die Stimme in Kolossows Kopfhörern leise. »Jetzt sehe ich auch Sie, Genosse Major. Er ist links von Ihnen, drüben hinter dem Gebüsch. Gehen Sie ganz leise. Oder besser noch, kriechen Sie.«

Auf dem Bauch durchs nasse Gras zu robben war gar nicht nach Kolossows Geschmack. Am Riedgras schnitt Kolossow sich die Hände auf, stieß um ein Haar an einen verfaulten Ast und hatte die ganze Zeit den Eindruck, dass Sidorow und er so viel Lärm machten, dass es einen Toten aufwecken konnte.

Übrigens hatte auch Kolossow ein ziemlich nützliches technisches Gerät dabei, das die Kriminalmiliz respektlos »Glubschauge« getauft hatte, das es aber in sich hatte: eine elektronische Infrarotkamera. Ein teures Stück; er musste aufpassen, dass er die Linsen nicht beschädigte.

»Links von Ihnen!« Kolossow drückte das rechte Auge ans Okular der Zeiss'schen Erfindung. Sofort schien die Nacht gleichsam auszubleichen. Das Licht wurde kränklichgrün, die Landschaft silbrig wie im Mondschein. Aber die Sicht war gut: Man konnte das Gebüsch bis zum letzten Zweig erkennen, das Gras, jeden Erdbuckel.

Der Mann lag im Gras, die Arme hinter dem Kopf verschränkt, und starrte zum weiten Sternenhimmel empor, wie ein träger Urlauber am Strand. Er schien zu dösen: keine Bewegung, kein Geräusch. So lag er ungefähr fünfzehn Minuten. Kolossow wurde allmählich der Rücken steif.

Plötzlich erhob sich der Mann mit geschmeidigen Bewegungen. Er lauschte. Reckte sich raubtierhaft und voller Wohlbehagen wie nach einem erholsamen Nickerchen. Dann warf er mit einem Ruck irgendetwas ab – eine Jacke oder einen Pullover – und begann sich im taufeuchten Gras zu wälzen.

Er stand wieder auf. Kolossow spähte durchs Okular: Endlich konnte er den Burschen deutlich sehen. Eine halb nackte, mächtige Gestalt, übergossen vom silbrig-leblosen Licht der künstlichen Nacht. Der Mann schaute geradeaus. Sein Gesicht war Kolossow vertraut ... sie waren sich wirklich sehr ähnlich, die Zwillingsbrüder, aber in diesem Gesicht war etwas Besonderes. Man merkte es nicht gleich auf den ersten Blick. Vielleicht war es die übergroße Beweglichkeit seiner Züge? Es schien, als reagiere der Mann mit dem ganzen Gesicht, jedem noch so winzigen Muskel auf jeden

Laut: auf den Schrei eines Nachtvogels, auf den Froschchor, auf das Geräusch eines einsamen Autos, das irgendwo weit weg auf der Chaussee vorbeifuhr. Kolossow beobachtete ihn angespannt: gleich, jetzt gleich ... Was war es, das er auf keinen Fall versäumen wollte? Die Verwandlung eines Menschen in ein Tier? Mit Bärenfell bedeckte Schultern, Hauer und Krallen ...

Nichts geschah, gar nichts. Der Mann schaute zum Mond empor, holte tief Luft und ging dann langsam auf die Siedlung Mebelny zu, wobei er weich und geräuschlos im Gras auftrat.

»Nikita, wir verlieren ihn gleich«, flüsterte es in den Kopfhörern. »Verdammt. Er ist weg. Nummer fünf, kannst du ihn sehen?«

»Ja, er geht wie vorher am Ufer entlang. Vielleicht zu dem Bauernhof da vorn. Ja, ich glaube, da will er hin. Was ist, Nikita Michailowitsch? Sollen wir ihn provozieren wie verabredet?«

»Habt ihr den Hund bei euch?«, fragte Kolossow heiser.

»Ja. Im Moment sieht und wittert er ihn aber noch nicht, der Wind weht in die falsche Richtung.«

»Lass den Hund los«, befahl Kolossow. »Wir sind gleich da. Aber nicht schießen, egal, was passiert!«

Ohne sich noch länger zu verbergen, rannten Sidorow und er so schnell sie konnten zur Flussbiegung. Sidorow warnte ihn im Laufen: »Halten Sie sich direkt am Ufer, ganz am Rand, wo der Sand ist. Etwas weiter weg zur Seite ist es so verdammt sumpfig, dass man stecken bleibt.«

Von weitem hörte man heiseres Hundegebell. Der Schäferhund hatte die Fährte aufgenommen. Diese Methode – einen Hund auf den Verdächtigen zu hetzen und ihn so zu provozieren – war von Kolossows Kollegen und Untergebenen ebenfalls äußerst skeptisch aufgenommen worden. Keiner konnte sich erklären, was das bringen sollte.

Nun sahen sie den Mann wieder. Er stand unmittelbar am Wasser und lauschte nervös dem Gebell. Der aufgestachelte Schäferhund jagte wie toll aus dem Gebüsch, stürzte nach vorn und ... Das hatte Kolossow nicht erwartet! Der Hund wollte den Übeltäter schon nach allen Regeln der Kunst am Arm packen, da erstarrte das Tier plötzlich. Wich zurück, zog den Schwanz ein und knurrte dumpf und bösartig. Der Mann krümmte sich. Seine Muskeln spannten sich an, ein gewaltiger Sprung – und der Schäferhund ergriff jaulend die Flucht. Der Mann hechtete ihm nach ins Gebüsch. Man hörte Zweige krachen, ein heiseres Knurren, dann ein lautes, verzweifeltes Winseln.

»Nimm das auf!«, konnte Kolossow gerade noch zischen, bevor sie losstürzten. Sie kämpften sich durchs Gestrüpp. Da hockte der Mann auf allen vieren, tief über den schwarzgelben Körper des Hundes gebeugt. Der Schäferhund zappelte krampfhaft, trat mit den Beinen. Plötzlich drehte der Mann den Körper des Tieres zu sich herum und packte den Hund an den Vorderläufen. Man hörte es knirschen und knacken. Der Mann riss dem Tier den Bauch auf, fasste mit der Hand in die klaffende Wunde, dass das Blut ihm auf die Brust spritzte, fetzte einen Klumpen Innereien heraus, grub die Zähne hinein, und dann ...

Dann fiel sein Blick auf die Verfolger. Sein Gesicht verzerrte sich. Er schnellte in die Höhe wie von einer Feder getrieben und stieß einen furchtbaren Fluch aus. Kolossow stürzte nach vorn, um ihm den Weg zu versperren, doch ein gewaltiger Fußtritt in die Seite warf ihn zu Boden. Der Mann rannte davon, ohne nach rechts und links zu sehen, stürmte durch die Büsche tiefer in den Wald. Man hörte Sidorow rufen: Er versuchte, den Flüchtigen in die Arme der Posten zu treiben. Kolossow rang nach Luft. Ihm war schwarz vor den Augen. Hoffentlich schießen sie nicht, dachte er verschwommen. Irgendwie kam er wieder in die Höhe und lief humpelnd in die Richtung, aus der die Rufe kamen, die Flüche, das wilde, unmenschliche Geheul. Ein Irrer ... ein Sadist ... Schade um den Hund, er war für nichts und wieder nichts gestorben.

Stepan Basarow brüllte und wand sich wie rasend. Nur mit Mühe konnten drei Milizionäre ihn festhalten. Ein vierter versuchte, an den mit Blut und Schleim verschmierten Armen die Handschellen einschnappen zu lassen. Einer der Ermittler band seinem Kollegen mit einem Gürtel rasch den Unterarm ab (wie sich später herausstellte, hatte Basarow ihm den Arm bis auf den Knochen durchgebissen). Sidorow stand in der klassischen Pose des Schützen daneben, zielte auf Basarow und rief: »Keine Bewegung! Bleib ganz ruhig stehen, Mistkerl!« Aber Kolossow wusste, dass alle Befehle vergebens waren. Dieses Wesen konnte sie jetzt nicht verstehen. Später vielleicht, wenn der Anfall vorüber war ...

Aber wann hatte er sich in dieses Ungeheuer verwandelt? Als er den Hund erblickt hatte? Als er ihm das Genick gebrochen, sein Blut geschmeckt hatte? Oder schon früher, als er unter den Sternen im Gras lag? Oder noch früher, als irgendetwas in der Nacht ihn rief und er die Datscha verließ?

Endlich schnappten die Handschellen zu. Doch Basarow riss die gefesselten Arme los, schlug einem der Ermittler mit voller Wucht unter die Gürtellinie und machte einen Satz nach vorn.

»Sascha, nicht schießen!«, brüllte Kolossow, der gesehen hatte, dass Sidorow schon die Hand am Abzug hatte. Er sprang auf Basarow los, schlug ihn nieder und drückte ihn zu Boden. Selbst in dieser überlegenen Position merkte er, um wie vieles stärker sein Gegner war. Dabei war er gefesselt! Der Mann – oder sollte man besser sagen, das Tier? – drehte sich zu ihm um. Die wild funkelnden Augen, die jetzt so sehr schielten, dass sie aus den Höhlen zu springen schienen, waren unmittelbar vor Kolossows Gesicht. Blutgeruch schlug ihm entgegen; Basarows Kinn und seine Lippen waren rot verschmiert.

Ein Einsatzmann kam zu Hilfe und versetzte Basarow mit dem Gummiknüppel einen wuchtigen Schlag an den Kopf. Kolossow stieß den plötzlich erschlafften Körper beiseite, richtete sich auf und erbrach sich heftig würgend ins Gras.

25 Astrozytose

Erst zwei Tage nach der Festnahme Basarows wurden die Verhöre aufgenommen; ein früherer Beginn war wegen seines Gesundheitszustands unmöglich. Kolossow beobachtete ihn die ganze Zeit. Der Zustand des »Werwolfs« änderte sich in rascher Folge: Die wütende Hysterie, mit der er gleich nach der Verhaftung in seiner Einzelzelle auf und ab lief, wurde von finsterer Melancholie abgelöst; dann schien er sich langsam zu normalisieren. Er antwortete zusammenhängend auf Fragen (allerdings nicht auf alle), bat darum, »meinem Bruder auszurichten, dass sich alles aufklären wird«, und machte sich Sorgen um seine Angehörigen.

Kassjanow, der Untersuchungsführer der Staatsanwaltschaft, schlug nach Meinung Kolossows, der beim ersten Verhör dabei war, von Anfang an die falsche Taktik ein. Die Aufnahmen von der Festnahme des »Werwolfs« hatten ihn tief beeindruckt – die blutverschmierten Kiefer Basarows, die wilde Wut, mit der er Widerstand leistete, der zerfleischte Schäferhund. Offensichtlich waren für Kassjanow fast sämtliche Fragen dieses Falles geklärt, und seiner vorgefassten Meinung wegen bot er dem Festgenommenen ohne Umschweife an, er könne sich seine Lage erheblich erleichtern, indem er seine Schuld am Tod der drei Männer gestehe, im Verlauf einer Tatrekonstruktion angebe, wo er die

Leiche der Bürgerin Lisa Ginerosowa vergraben habe, und überhaupt zu allen Vorkommnissen ausführliche Aussagen mache.

Kassjanow hielt sich dabei an folgende Logik: Basarow war psychisch krank, und bei solchen Menschen waren Katz-und-Maus-Spiele eines Ermittlers sinnlos. Möglicherweise verstand Basarow aufgrund seiner Krankheit bald gar nicht mehr, was geschah, und reagierte auch nicht mehr auf die Fragen des Untersuchungsführers. Im Gespräch mit einem solchen Menschen waren raffinierte Winkelzüge und taktische Fallen reine Zeit- und Kraftverschwendung. Stattdessen musste man möglichst schnell an Informationen kommen, solange der Verdächtige noch ansprechbar war, und seine Aussagen durch zusätzliche Beweise erhärten.

Basarow lauschte Kassjanows Monolog aufmerksam und schweigend. Man zeigte ihm die Bilder von seiner Festnahme sowie Fotos von den Tatorten. Er saß in Handschellen vor dem Untersuchungsführer; es war ziemlich unbequem für ihn, auf diese Weise die Fotos durchzusehen. Kolossow half ihm dabei, obwohl auch er nicht allzu gelenkig war: Die Röntgenbilder der amtsärztlichen Untersuchung hatten gezeigt, dass infolge von Basarows Fußtritt eine Rippe angebrochen war. Das Atmen machte Kolossow Beschwerden, das Gehen noch mehr – die Ärztin hatte ihm einen straffen Verband um die Brust gelegt. Doch Kolossow konnte nicht anders: Er musste in sämtlichen Stadien dieses verteufelten Falles persönlich dabei sein.

Nachdem Basarow sich die eindringlichen Empfehlungen des Untersuchungsführers angehört hatte, »sein Herz zu erleichtern und die Morde zu gestehen«, zuckte er nur ratlos die Achseln: Er verstand nicht, wovon die Rede war. Und warum fragte man ihn nach Lisa Ginerosowa und wollte von ihm wissen, wo sie sich befand? Er begriff die Frage gar nicht. Außerdem konnte er sich an kaum etwas erinnern ... Vielleicht könnte man ihm einige Details wieder ins Gedächtnis rufen?

Das war dann Kolossows Meinung nach der Hauptfehler Kassjanows: Er kam Basarow entgegen. Kolossow war der Ansicht, dass das Verhör an dieser Stelle hätte unterbrochen werden müssen. Aber Kassjanow – ein dickköpfiger Mensch – konnte es nicht leiden, wenn man ihm Vorschriften machen wollte. Und so erklärte er sich einverstanden, Basarow verschiedene Details der Mordfälle Grant, Jakowenko und Soljony »ins Gedächtnis zu rufen«. Basarow lauschte, offenbar durchaus interessiert. Doch als die Rede wieder auf Lisa Ginerosowa kam, erklärte er seelenruhig, er kenne das Gesetz; ihm stehe seit seiner Festnahme ein Anwalt zu, und ohne dessen Teilnahme an den Verhören sei er nicht länger gewillt, sich diese »lügenhaften, provozierenden und verleumderischen Anschuldigungen« anzuhören und lehne es ab, weitere Aussagen zu machen.

Dabei benahm er sich ruhig – gar nicht wie der Mann, der noch vor wenigen Tagen im Griff der Einsatzleute wie ein Besessener gezappelt, gestöhnt, geheult, gebissen und alle mit den schlimmsten Flüchen beschimpft hatte. Über Nacht sperrte man ihn wieder in eine Einzelzelle. Am Morgen darauf meldete der Leiter des Untersuchungsgefängnisses, dass mit dem Häftling aus Zelle fünf etwas nicht in Ordnung sei. Sie eilten los, um nachzusehen. Basarow saß splitternackt im Lotossitz in einer Ecke der Zelle. Abgeklärt, ruhig, teilnahmslos. Seine Kleidung lag zerfetzt in einer Ecke; seine Arme waren voller Blut – zerbissen.

Als der Krankenwagen kam und der Notarzt ihn versorgte, verhielt Basarow sich fügsam, doch sein Blick war abwesend.

Eine Woche verging, und alles schien wieder in normale Bahnen zu geraten. Der Anfall von Selbstverstümmelung wiederholte sich nicht. Doch bei den Verhören schwieg Stepan weiterhin hartnäckig. Inzwischen kam die Ermittlung in wesentlichen Punkten voran, wie Kassjanow fand. In Otradnoje, auf der Datscha in Uwarowka, in der Wohnung der Zwillinge am Prospekt Mira und in der Mietwohnung Stepans hatte man gründliche Hausdurchsuchungen vorgenommen. Auf der Datscha und in Otradnoje wurden zwei zerrissene Sportanzüge Stepans aus Baumwolle gefunden. Bei einer ersten Express-Analyse entdeckte man zahlreiche Blutspuren an der Kleidung.

Die biologische Untersuchung dieser Blutspuren wurde auf den 18. Juni festgesetzt – ein früherer Termin war nicht zu bekommen. Kassjanow hielt diesen Beweis für entscheidend. Er hatte nun kaum noch Zweifel an Basarows Schuld. Selbst wenn das Blut an Stepans Kleidung nicht die Blutgruppen Jakowenkos, Grants und Soljonys aufweisen sollte ... Wer sagte denn, dass der Wahnsinnige nur diese drei ermordet hatte? Und nicht fünf oder zehn? In der heutigen Zeit verschwanden jeden Tag Menschen.

Auch Kolossow selbst versuchte in dieser Woche, Genaueres zu erfahren. Er setzte sich mit den Angehörigen des Festgenommenen in Verbindung – das heißt mit seinen Brüdern Dmitri und Iwan. Denn aus der senilen neunzigjährigen Oma und der alten Hausangestellten war nichts Vernünftiges herauszubekommen. Sie stammelten nur schluchzend: »Doch nicht unser Stepan! Der liebe Junge ... der gute Junge ...« und so weiter.

Dmitri bemühte sich übrigens selbst um ein Gespräch mit den Justizbehörden. Überhaupt hatte Kolossow den Eindruck, dass Dmitri schon längst eine ähnliche Entwicklung der Ereignisse befürchtet hatte.

Die Nachricht von Stepans Verhaftung nahm er äußerlich gelassen auf. Kolossow war zur Geschäftsstelle der Ölgesellschaft gefahren und ließ ihn dort über das interne Telefon der Wache ins Vestibül bitten. Dmitri fragte, unter welchen Umständen Stepan festgenommen worden sei. Kolossow verschwieg ihm nichts. Er antwortete auch auf die Frage, was man Stepan zur Last lege: die Morde sowie das Verschwinden der Bürgerin Lisa Ginerosowa. Dmitri erklärte sofort, sein Bruder werde von Alfred Markowitsch verteidigt. Der Name dieses Anwalts war so prominent, dass Kolossow zu dem Schluss kam, entweder müsse diese Koryphäe schon lange als Familienanwalt im Dienste des Basarow-Clans stehen, oder Dmitri habe diese Schutzmaßnahme für seinen Bruder schon lange im Voraus geplant, weil er bereits befürchtet hatte, dass früher oder später ein qualifizierter und namhafter Verteidiger gebraucht werde.

Was Stepans Krankheit betraf, schlug Dmitri Kolossow vor, die damit verbundenen Fragen möglichst bald zu besprechen; er versprach sogar, umgehend alle medizinischen Dokumente herbeizuschaffen und den Arzt hinzuzuziehen, der Stepan nach der Trichineninfektion in der Neurologie behandelt hatte.

Man gewann den Eindruck, als käme Dmitri den Ermittlern bereitwillig entgegen und wüsste eine Antwort auf jede Frage, die Kolossow und seine Kollegen interessierte. Doch Nikita hatte Katjas Hinweis auf die besonderen Beziehungen zwischen den Zwillingsbrüdern nicht vergessen. Und sehr bald konnte er sich selbst davon überzeugen, dass von dem Bruder keine Hilfe zu erwarten war, wenn es darum ging, Stepan zu überführen – was allerdings nicht verwunderlich war. Selbst bei solchen Monstern wie Tschikatilo, Golowkin oder Sliwko hatte keiner der Angehörigen freiwillig den Ermittlern geholfen. Auch diese Scheusale waren von ihren Verwandten geschützt und verteidigt worden; man hatte sie nicht als Wölfe hingestellt, sondern als Schafe, die sich im Labyrinth ihrer Krankheiten, Instinkte und Leidenschaften verirrt hatten.

So wartete Kolossow zunächst einmal ab, verschob das Gespräch mit Dmitri auf einen Zeitpunkt nach dem detaillierten Studium der Krankengeschichte Stepans und der Beratung mit den Spezialisten des Serbski-Instituts, wo den »Werwolf« in Kürze ein gerichtspsychiatrisches Gutachten erwartete.

Bei der Suche nach Belastungsmaterial gegen Stepan Basarow hoffte Kolossow mehr auf den jüngeren Bruder Iwan. Er hatte nicht vergessen, mit welchem Hass sich der junge Bursche über seine älteren Brüder geäußert hatte. Aber auch dieses private Gespräch verlief nicht ganz so, wie Nikita es sich vorgestellt hatte.

Sie saßen in Kolossows Büro im Gebäude des Präsidiums an der Nikitski-Straße. An diesem Tag fühlte der Chef der Mordkommission sich besonders schlecht. Die angebrochene Rippe machte ihm zu schaffen; auf jede Bewegung antwortete sie mit einem ziehenden Schmerz in der Seite. Auch Iwan blickte finster wie eine Gewitterwolke. Seit ihrer ersten Begegnung in der Todesnacht Wladimir Basarows schien er noch magerer, sein Gesicht noch eingefallener geworden zu sein. Ein blasses, schmächtiges Jüngelchen. Sein Blick war mürrisch zu Boden gerichtet. Auf den höflichen

Vorschlag, »ein bisschen über seinen Bruder zu erzählen«, reagierte er mit der schroffen, zwischen den Zähnen hervorgestoßenen Antwort: »Ich weiß nichts! Fragen Sie Dmitri!«

»Weißt du wirklich nichts, oder willst du mit mir nicht über Stepan reden?«

»Ich will nicht.«

»Warum?«

»Es ist mir unangenehm, darüber mit einem Mann zu reden, dem ich es zu verdanken habe, dass die ganze Welt mich als kleinen Bruder eines irren Killers betrachtet.«

»Meinst du denn, wir täuschen uns in Stepan?«

»Dmitri hat gesagt, dass Sie ihm irgendwelche bestialischen Morde vorwerfen und auch, dass Lisa verschwunden ist.« Iwan stockte. »Das stimmt alles gar nicht.«

Kolossow schwieg eine Weile.

»Dmitri hat dir gesagt, wie du dich verhalten sollst, nicht wahr?«, fragte er dann leise.

»Ich hab meinen eigenen Kopf. Ich brauch keinen, der mich belehrt und mir Ratschläge gibt, ist das klar? Das mit Stepan ist alles Lüge, weil ... weil in unserer Familie so was einfach nicht sein kann!«

»In jeder Familie gibt es schwarze Schafe, sogar in einer so berühmten wie der euren.« Kolossow kniff maliziös die Augen zusammen: wirklich, eine nette kleine Familie. Dabei hatte der Großvater in seinen Filmen, für die er so viele Preise eingeheimst hatte – Stalinpreise, Leninpreise, Staatspreise –, ständig sozialistische Moral gepredigt.

»Stepan ist krank. Er muss behandelt werden.« Iwan verschränkte nervös die Finger und löste sie wieder. »Er darf nicht im Gefängnis vermodern.«

»Iwan, antworte mir bitte ehrlich auf eine Frage: Warum

bist du von zu Hause weggegangen?«, fragte Kolossow unerwartet.

»Das geht Sie nichts an.«

»Alles, was mit deiner Familie zu tun hat, geht mich jetzt etwas an. Aber du musst mir nicht antworten, wenn du nicht willst. Vor deinem Auszug ist doch irgendwas mit einem kaputten Auto gewesen? Du schweigst? Dann müssen wir uns wohl mit deinen Freunden von der ›Amnesie des Herzens‹ unterhalten. Sie wissen sicher viel über dich. Nicht alles, aber fast alles, hm?«

»Wollen Sie die etwa auch hierher schleppen?« Iwan wäre fast aufgesprungen. »Sind Sie völlig von Sinnen?«

»Warum bist du von zu Hause weggegangen? Hat Stepan dich schlecht behandelt?« Kolossow ließ nicht locker.

»Nein!«

»Hat dein Bruder dich geschlagen?«

Iwan schwieg – ein beredtes Schweigen.

»Also ja. Weshalb?«

»Ich werde Ihnen nichts mehr sagen!«

»Er selbst hat sich beim letzten Mal sehr freimütig über dein Privatleben geäußert. Wenn ich mich recht entsinne, hat er von ›unserer Linda Evangelista‹ gesprochen ...«

Das war ein unfairer Trick, Kolossow wusste es. Trotzdem gelang es ihm nicht, die Brüder aufeinander zu hetzen. In Iwans Gesicht arbeitete es, doch er schwieg.

Diese Runde hatte er verloren; das merkte Kolossow. Aber so schnell gab er sich nicht geschlagen.

»Eine letzte Frage, Iwan. Einer der Zeugen hat gesehen, dass in der Nacht, als dein Vater starb, Stepan kurz zu ihm ins Bad gegangen ist ...«

Iwan hob ruckartig den Kopf und starrte Kolossow an.

»Wer hat Ihnen das gesagt?« Seine Stimme bebte.

»Lisa Ginerosowa.«

»Lisa ist wieder aufgetaucht?«

»Nein, ist sie nicht. Das hat sie gesagt, bevor sie verschwand.«

»Zu wem hat sie es gesagt? Zu Dmitri?«

»Du hast noch einen Bruder. Der interessiert mich jetzt mehr.«

»Lisa hat gelogen!«

Kolossow seufzte. Es war zwecklos, mit diesem jungen Spund zu reden, zumindest solange ihm der zwanghafte Gedanke »Wie schrecklich, vor der ganzen Welt als Bruder eines Killers dazustehen« buchstäblich den Mund verschloss.

»Ich gebe dir Stift und Papier, und du schreibst alles auf, wenn du nicht reden willst.«

»Ich werde Ihnen gar nichts aufschreiben. Ich hasse Sie! Gott, wie ich euch alle hasse!«

Und so war kein vernünftiges Gespräch mit dem jüngsten Basarow zu Stande gekommen. Das Gespräch mit Dmitri begann Kolossow mit der direkten Frage: »Wieso hältst du Iwan zum Lügen an?«

Die Unterredung mit dem Zwillingsbruder fand am Samstag statt, da Dmitri unter der Woche zu beschäftigt war. Kolossow hatte die Zeit genutzt und sich inzwischen mit einer großen Menge medizinischer Dokumente vertraut gemacht, angefangen beim Autopsie-Gutachten zur Leiche Soljonys bis hin zur Krankheitsgeschichte Stepan Basarows, die so unverständlich war wie eine chinesische Urkunde.

Der Blick, mit dem Dmitri den Chef der Mordkommission bedachte, besagte deutlich: »Zum Teufel mit dir«, doch seine Antwort war höflich-unbestimmt: »Wenn du etwas über Stepan erfahren willst, Nikita, dann frag mich, nicht Iwan. Er ist noch ein grüner Junge und hat mit dieser Sache nichts zu tun.«

»Dieser Tage war Stepans Anwalt bei Kassjanow in der Staatsanwaltschaft und ...«

»Und was?« Dmitri horchte alarmiert auf. »Ich unterstütze die von ihm gewählte Strategie der Verteidigung voll und ganz. Falls man Stepan doch nachweisen sollte, dass er diese schreckliche Tat begangen hat – du sagst ja, du hast unwiderlegbare Beweise dafür –, kann nur von medizinischen Maßnahmen die Rede sein. Du hast doch gelesen, was ich dir gebracht habe? Du kennst die Diagnose?«

»Zuerst wird es einen Prozess geben. Und dein Bruder, Dmitri, ist des Mordes angeklagt. Die Frage seiner Zurechnungsfähigkeit wird ein gerichtsmedizinisches Gutachten klären.«

»Das weiß ich selbst. Ich bin Jurist. Das brauchst du mir nicht zu erklären. Aber Stepan muss in ärztliche Behandlung! Er gehört nicht ins Gefängnis, sondern in eine psychiatrische Klinik!«

Kolossow legte die Krankengeschichte auf den Schreibtisch und blätterte darin. Sein Blick blieb an dem unbekannten Wort »Astrozytose« hängen.

»Wann hat deine Familie bemerkt, dass Stepan sich verändert hat?«, fragte er müde.

»Von den anderen weiß ich es nicht. Ich persönlich habe es praktisch sofort gemerkt, gleich als sein Fieber heruntergegangen war, noch auf der Infektionsabteilung.« Dmitri saß mit hängenden Schultern da. »Unmittelbar darauf bekam er heftige Migräneanfälle. Der Arzt sagte, die Trichinellose führe oft zu unvorhersehbaren Komplikationen. Dann geschah irgendetwas mit seinen Augen. Es war keine Verschlechterung des Sehvermögens ... eher im Gegenteil. Und dann fing es mit der Schlaflosigkeit an. Die Ärzte machten eine Computertomographie.«

Kolossow sah dies alles in der Krankheitsgeschichte bestätigt.

»Als man ihn einmal zu einer Therapie brachte, versuchte er plötzlich, sich loszureißen. Der Arzt sagte, es sei eine Art hysterischer Anfall gewesen. Stepan habe versucht, die Schwester in den Arm zu beißen ... Die Ärzte hatten keine Erklärung, wodurch dieser Anfall hervorgerufen worden war.« Dmitri rieb sich mit der Hand übers Gesicht. »Aber mir war bereits klar, dass mit Stepan irgendwas nicht stimmte. Sein Blick ... er schielte. Aber das war nur ab und zu und nur für kurze Zeit. Dann war er wieder wie früher.«

»Schädigung des peripheren Nervensystems«, las Kolossow in der Krankengeschichte. »Wiederholte Untersuchungen ... Überweisung in die Neurologie empfohlen ...« Er blickte Dmitri an. »Und wurde er dorthin überwiesen?«

»Ja. Die Ärzte selbst haben es veranlasst. Sie konnten keine eindeutige Diagnose stellen. Und in der Neurologie gibt es Spezialisten.«

Kolossow nickte und wandte sich wieder der Krankengeschichte zu: »Untersuchung der Hirnfunktionen ... partielle Schwächung der Aufmerksamkeit und Konzentrationsfähigkeit ... Erinnerungsvermögen intakt ... Urteilsvermögen und Abstraktionsfähigkeit entsprechen der Norm ... Familiengeschichte in Bezug auf Nervenkrankheiten und psychische Probleme ohne Auffälligkeiten ... erneute Computertomographie des Gehirns durchgeführt ...«

Erst einen Tag zuvor hatte Kolossow sich bei einem Experten des Serbski-Instituts über die Ergebnisse der Tomographie von Basarows Gehirn erkundigt. Der Spezialist hatte erklärt: »Es wurde eine starke Vergrößerung des Raums unter der Spinnwebenhaut festgestellt. Die Untersuchungen des Nervengewebes zeigen eine ungewöhnlich ausgeprägte Astrozytose mit Degenerationszonen. Das heißt, es liegt eine abnorme Korrelation der verschiedenen Typen von Nervenzellen vor – ein eindeutiger Beweis für eine Störung der Hirnfunktionen.«

»Chronisches Hirnsyndrom auf Grund einer Komplikation nach überstandener Trichinellose« – so lautete Basarows Diagnose. Eine Behandlung mit Medikamenten war verordnet worden. Mühsam, Silbe für Silbe, entzifferte Kolossow den Namen des Präparats, das man dem »Werwolf« in hohen Dosen – fünfzig Milligramm drei- bis viermal täglich, eine wahre Rosskur – verabreicht hatte: Chlorwasserstoffthioridazin ...

Kolossow legte die Krankengeschichte beiseite. Astrozytose also – Degeneration von Nervenzellen. Und der Fachmann hatte am Vortag bestätigt, dass eine Störung der Gehirnfunktionen der Auslöser für eine psychische Krankheit sein konnte. Unter den Dokumenten befand sich auch das Urteil des Arztes, der Basarow in der Neurologie beobachtet hatte: »Symptome: Patient leidet nach eigener Aussage unter schubweisen akuten Unruhezuständen, in denen er von der Idee besessen ist, ein Raubtier zu sein, ein Bär ... das Produkt kindlicher Fantasien. Verspürt zeitweise ein starkes, unkontrolliertes Verlangen, Tiere im Wald zu jagen und zu essen. Neigung zu sexuellen Perversionen. Suizidgefährdet.«

Aber nirgends ein Wort über potenzielle Aggressivität Menschen gegenüber. Andererseits – war nicht das »starke

Verlangen, Tiere zu jagen und zu essen«, Aggression in Reinform?

»Ist es wahr, dass Stepan nach seiner Entlassung aus dem Krankenhaus immer wieder euren jüngeren Bruder und seine Verlobte geschlagen hat?«, fragte Kolossow. Während er in den ärztlichen Gutachten gelesen hatte, hatte Dmitri geschwiegen und aus dem Fenster geblickt, wo die Sonne sich gleißend in den unzähligen Glasscheiben des Zoologischen Museums brach.

»Iwan hatte er auch vorher schon verprügelt. Und Lisa ... ja, ihr gegenüber hat er sich erst seit dieser Zeit so benommen.«

»Wusste dein Vater, was mit Stepan los war?«

Dmitri fuhr sich erneut mit der Hand übers Gesicht. Er war kreidebleich.

»Glaubst du, er hätte es ertragen mitanzusehen, wie sein Lieblingssohn vor die Hunde geht?«, fragte er heiser.

»Stepan war sein Lieblingssohn?«

Dmitri schwieg.

»Du willst deinen Bruder unbedingt retten, nicht wahr?« Kolossow stand auf und trat ans Fenster. »Ich fürchte, das wird schwierig.«

»Bei einer solchen Diagnose kommt nur die Einweisung in eine psychiatrische Anstalt in Betracht«, wiederholte Dmitri hartnäckig.

»In die Klapse? Weißt du nicht, was das heutzutage bedeutet?«

Wieder schwieg Dmitri.

»Allerdings, wenn man genug Geld hat ...« Kolossow kniff die Augen zusammen: Er hatte das Gefühl, Dmitris Gedanken lesen zu können.

»Ich kann nicht, verstehst du? Es geht einfach nicht, kapier das doch!« Dmitri schlug sich plötzlich heftig mit der geballten Faust an die Brust. »Was glotzt du mich so an? Ja, ich habe Iwan gesagt, er soll lügen! Ich war es ... Was hättest du denn an meiner Stelle getan? Wir waren eine Familie, und nun liegt alles in Schutt und Asche, nach nur einem einzigen Monat! Erst Großvater, dann unser Vater und nun ... Wer konnte denn wissen, dass diese Krankheit bei Stepan einen so schrecklichen Verlauf nehmen würde? Wer?«

Der Psychiater hatte Kolossow erklärt, dass das Krankheitsbild Stepan Basarows sehr kompliziert sei. »Wir wissen noch sehr wenig über die Natur derartiger Erkrankungen und ihre Folgen. Manchmal dauert der Prozess der Persönlichkeitsveränderung Jahre, manchmal jedoch ...«

»Beruhige dich Dmitri, schrei nicht.« Kolossow fuhr mit dem Finger über die schmutzige Fensterscheibe. »Persönlich kann ich dich ja verstehen. Aber ich kann darauf keine Rücksicht nehmen. Stepan gibt die Morde nicht zu – das hat der Anwalt dir sicher schon gesagt. Vor allem will Stepan nicht mit der Sprache heraus, wo sich die Leiche des Mädchens befindet. Dabei wäre es wichtig, dass er angesichts einer solchen Diagnose endlich gesteht!«

»Wieso?« Dmitri war auf der Hut, fürchtete offensichtlich eine Falle.

»Er spart Zeit. Jetzt, da er in einer Einzelzelle sitzt, geht es ja, da ist es noch erträglich. Aber bald wird man ihn ins normale Gefängnis verlegen. Weißt du, was das für einen Geisteskranken bedeutet? Schon die Gesunden halten es dort kaum aus: Schmutz, überfüllte Zellen, Läuse, Tuberkulose, man kann nicht schlafen, nicht mal sitzen und die Beine ausstrecken. Wenn es noch eine geringe Chance auf Heilung gibt«, Kolossow sprach mit großem Nachdruck, »sollte man sie schnellstens nutzen, denn nach dem Gefängnis wird es für Stepan hoffnungslos sein. Dann bleibt tatsächlich nur noch die Klapse bis ans Ende seiner Tage. Zwangsjacke und Gummihöschen – so wird das Schicksal deines Bruders aussehen. Du liebst ihn doch! Also hilf ihm, wirke auf ihn ein!«

»Damit er möglichst schnell alles gesteht?« Dmitri grinste boshaft. »Und wenn er unschuldig ist?«

»Ich sag dir jetzt die Wahrheit. Du bist Jurist und wirst es begreifen. Stepan hat nicht den Hauch einer Chance. Ich denke, das weiß auch der Anwalt. Er hat ja die Videokassette gesehen.«

Dmitri senkte den Kopf und blickte zu Boden. Kolossow seufzte. Endlich hatte er begriffen.

»Komm morgen früh gegen zehn nach Rasdolsk. Ich rufe Kassjanow an.« Kolossow überlegte in Gedanken bereits, was sein würde, wenn er Glück hatte und Dmitri seinen Bruder wenigstens so weit brachte, dass dieser verriet, wo die Leiche des Mädchens zu finden war.

»Ich werde zusammen mit dem Anwalt kommen«, sagte Dmitri.

Kolossow nickte – bitte sehr, wenn's dir um das Geld nicht Leid tut.

»Du hast wahrscheinlich früher intensiv Sport getrieben, genau wie dein Bruder, nicht wahr?«, fragte er plötzlich, beinahe unerwartet für sich selbst, als Dmitri sich zum Gehen wandte. Kolossow schien es, als sähe er ihn zum ersten Mal richtig: Schultern wie ein Preisboxer, ein mächtiger Hals, die kräftige Hand auf der Türklinke ... Wie ähnlich sie sich doch waren, diese verdammten Zwillinge!

Dmitri drehte sich langsam um.

»Ja. Aber das ist schon lange her. Inzwischen habe ich mit dem Sport ganz aufgehört.«

Kolossow nickte verständnisvoll. O ja, es gab Dinge im Leben, die einem den Spaß an Bodybuilding, Sauna und fernöstlicher Massage durchaus verderben konnten.

26 Faule Fische

Die Tage nach Stepan Basarows Verhaftung waren schwierig für Katja. Jeden Morgen, wenn sie zur Arbeit kam, führt ihr erster Weg sie nach unten zur Kriminalmiliz, um sich die neuesten Informationen zu diesem Fall zu holen. Jeder Tag begann für sie und Kolossow mit ein und derselben peinigenden Frage: »Hat er gesagt, wo Lisa ist?«

Für eine Anklageerhebung gab es vorläufig noch nicht genug Material. So wie Basarow sich geweigert hatte, Aussagen zu machen, so weigerte er sich auch entschieden, seine Unterschrift unter irgendwelche amtlichen Dokumente zu setzen. Der von Dmitri engagierte Anwalt beharrte unter Verweis auf den Gesundheitszustand seines Mandanten und die bereits früher gestellte Diagnose »chronisches Hirnsyndrom« darauf, es müsse schnellstens eine stationäre gerichtspsychiatrische Begutachtung vorgenommen werden. Falls das Verdikt »nicht zurechnungsfähig« gefällt werden sollte, wäre sowieso jegliches Ansinnen des Untersuchungsführers, Basarow des Mordes anzuklagen, im Keim erstickt. Und eben darauf rechnete die Verteidigung.

Doch eine Begutachtung Basarows versprach, eine langwierige Angelegenheit zu werden. Fälle von klassischer Lykanthropie waren äußerst selten, wie ein Experte der Moskauer Klinik für Psychiatrie Katja erklärte. Katja erfuhr, dass die psychiatrische Praxis weltweit nur drei solcher Fälle kannte. Damit war Basarows Fall für die Spezialisten von größtem Interesse. Und sie wollten keine übereilten Schlussfolgerungen ziehen.

Katja befragte den Experten eingehend zu den schwer verständlichen medizinischen Fachbegriffen der basarowschen Diagnose. Der Begriff »psychisch krank« rief bei ihr wie bei den meisten Menschen, die der Psychiatrie fern stehen, die Assoziation von etwas Schrecklichem hervor; es war gleichbedeutend mit »alles ist zu Ende« – ein Mensch ist ein für alle Mal erledigt. Stepan hatte bei ihren letzten Begegnungen tatsächlich einen gestörten Eindruck gemacht; jetzt aber fielen Katja auch wieder ganz andere Ereignisse ein: das Begräbnis auf dem Wagankowskoje-Friedhof, die Trauerfeier, bei der Stepan Verse vorgetragen hatte, oder wie er mit Sergej in Otradnoje vollkommen vernünftig und sachlich über das Survival-Camp und geschäftliche Angelegenheiten diskutiert hatte ...

»Wie kann ein und derselbe Mensch so verschieden sein?«, hatte Katja gefragt. »Wie kann er ein Survival-Camp für Kampfsport leiten, bärenstarke Kraftprotze in Schach halten, die Geschäfte der Familie führen und sich auf die eigene Hochzeit vorbereiten – und andererseits nachts durch den Wald rennen, Menschen ermorden und Tiere anfallen?« Auf diese Frage hatte der Experte nur die Schultern gezuckt. »Eine seelische Krankheit ist etwas Elementares. Was wissen wir schon darüber? Wenig, sehr wenig, trotz aller Fortschritte der Wissenschaft. Wir treten auf der Stelle: Serbski, Freud, Bechterew ... Basarows Diagnose ist schlimm, mehr kann ich Ihnen auch nicht dazu sagen. Ein krankes Hirn ist eine sehr komplizierte Angelegenheit. Manchmal werden die Krankheitssymptome nur sehr langsam sichtbar. Es vergehen Jahre, Jahrzehnte. Aber wenn wir berücksichtigen, dass Basarow vier grässliche Morde zur Last gelegt werden ... Auch wenn er zeitweise vielleicht den Eindruck eines ganz normalen Menschen gemacht hat – eigentlich war das immer nur eine Art Schatten seiner selbst, verstehen Sie?«

Katja wusste, dass der schmale Grat zwischen normal und anormal in Basarows Charakter auch Kolossow beschäftigte. Einmal gestand er ihr, dass er den Fall noch nicht für abgeschlossen hielt: »Es lässt mich einfach nicht los, Katja.«

Mit dem Studium einer psychisch kranken Persönlichkeit befasste Nikita sich weitgehend aus eigenem Antrieb; eigentlich war dies jetzt Aufgabe des Untersuchungsführers Kassjanow. Die Ermittler der Mordkommission brachten die Schüler des Survial-Camps in Otradnoje zum Verhör in die Staatsanwaltschaft. Aber offenbar handelte es sich um lauter Neulinge – sie wussten kaum etwas über Basarow. Der Stoßtrupp, der die Zigeunersiedlung überfallen hatte, wie Katja bezeugte, war spurlos verschwunden. Im Survival-Camp selbst gelang es nicht, Informationen über die ehemaligen Schüler zu bekommen. Die Listen erwiesen sich als gefälscht. Offenbar wollten die Schüler, die zu Basarow kamen, sich nicht zu erkennen geben. Deshalb ließ sich die Frage, die die Ermittler am meisten interessierte – wo Basarow sich vor und nach dem Überfall auf seine Braut verborgen haben könnte –, nicht aufklären.

Immerhin konnte ein gewisser Konstantin Barinow einige wenige Angaben zu seinem »Meister« machen. In Barinow erkannte Katja jenen Mann wieder, der sich in Otradnoje um sie »gekümmert« hatte. Er war tatsächlich Trainer, Leichtathletik- und Judo-Champion, ein noch sehr junger Mann mit viel Elan und Energie. Barinow ließ sich lang und breit über das Unterrichtssystem des Survival-Camps und das »Überleben unter Extrembedingungen« aus und schien nichts zu verbergen.

Kolossow versuchte von ihm zu erfahren, ob die Schüler sich an irgendwelchen »Orgien« beteiligt hätten, wie er sich ausdrückte, an der Jagd auf Haustiere zum Beispiel. Barinow druckste eine Weile herum und gab schließlich zu: Ja, Stepan Basarow hatte ein paar Mal solche Experimente durchgeführt. In einer Extremsituation wie im Krieg oder bei der Erledigung eines Spezialauftrags, wenn man kein Lagerfeuer anzünden kann oder der Lebensmittelvorrat aufgebraucht ist, müsse man auch mit »unüblicher« Nahrung überleben können, insbesondere mit dem rohen Fleisch erbeuteter Tiere. Barinow erbot sich diensteifrig, den Schaden zu ersetzen, und erzählte: »Die Jungs haben mal irgendwo Kaninchen gefunden, ihnen das Fell über die Ohren gezogen und sie ausgeweidet – außerdem, glaube ich, auch eine Ziege. Aber von dem Fleisch haben nicht alle gegessen. Die Hälfte fing sofort an zu kotzen. Stepan war schrecklich wütend ...«

Außerdem sprach Barinow sehr anschaulich von den Methoden der Selbstkontrolle und der Anpassung an die Gegebenheiten der Natur, von der tibetischen Lehre der »Entwöhnung von der Zivilisation«, vom Training solcher Legenden des Karate-Do wie Masutatsu Oyama und Hisataka Masayuki sowie von der Kunst des Überlebens »ohne alles«, wie die Schule von Kyokushinkai sie erarbeitet habe.

Nach diesem Gespräch mit Barinow erschien es Kolossow eher verwunderlich, dass Stepan, falls er psychisch krank war, sich in all diesen Dingen auskennen und andere sogar darin unterrichten konnte (und offensichtlich gar nicht schlecht, denn das Überlebenscamp florierte, wie Barinow versicherte).

Aus Kolossows Erzählungen wusste Katja von den vergeblichen Versuchen, die einzige potenzielle Augenzeugin in diesem Fall zum Sprechen zu bringen. In Rasdolsk hatte man unverzüglich die Landstreicherin Serafima aufgestöbert. Auch Kolossow hatte die Szene im Hof des Rasdolsker Milizreviers nicht vergessen. Er vermutete, dass die halb verrückte Bettlerin den »Werwolf« bei einem seiner Jagdausflüge in flagranti überrascht hatte. Aber was genau hatte Serafima dort gesehen? Wie einem Hund das Genick umgedreht wurde oder wie jemand einen Mensch ermordet hatte? Sidorow sowie Vertreter der Staatsanwaltschaft nahmen sich die Landstreicherin vor, sehr geduldig und sehr freundlich. Kassjanow lüftete nach jedem dieser Gespräche gründlich sein Büro und knurrte: »Wo hat man so was schon erlebt, dass ein Bekloppter über den anderen Aussagen macht? Mit solchen Vernehmungsprotokollen machen wir uns vor Gericht ja zum Gespött der Leute!«

Zu viele Verrückte ... Das begann auch Katja allmählich zu beunruhigen. Doch sie sprach ihre Befürchtungen nicht laut aus. Ohnehin brachte ihre tägliche Frage: »Hat Stepan gesagt, wo Lisa ist?« Kolossow beinahe zur Verzweiflung.

Ein wichtiges Detail hatte Kolossow, der Katja sonst fast alle seine Karten freiwillig aufgedeckt hatte, jedoch verschwiegen: dass er sich persönlich um Lisas Verschwinden kümmerte und aus diesem Grund Renat Chalilow auf Stepan angesetzt hatte.

Damit Renat mit dem »wahnsinnigen Werwolf« Kontakt aufnehmen konnte, wurde Stepan, für ihn unerwartet, in eine andere Zelle mit zwei Mithäftlingen verlegt. Gleichzeitig besuchte ihn eine Gruppe von Psychiatern aus dem Serbski-Institut, die sich den »Werwolf« vor der stationären Aufnahme persönlich ansehen wollten. Sie unterhielten sich lange und ausführlich mit Stepan. Ihre Schlussfolgerungen teilten die Ärzte der Staatsanwaltschaft Kolossow aber nur knapp mit: Der Kranke sei durchaus kontaktwillig, lehne die Schuld an den Morden kategorisch ab, scherze über die »nächtlichen Jagdausflüge«, weiche direkten Antworten aus, äußere rechtsextreme politische Ansichten und halte seine Inhaftierung für ein Missverständnis, für das er übrigens gar kein besonderes Interesse zeige; sehr viel mehr regten ihn die Ereignisse im Kosovo auf, von denen er im Radio gehört habe, das sich in seiner neuen Zelle befand, und das nicht zufällig.

Du liebe Güte, dachte Kolossow, ausgerechnet für den Kosovo interessiert sich dieser Verrückte.

Am Abend las er Chalilows Bericht – darin stand in etwa das Gleiche. Der »Werwolf« war ein schweigsamer Zellengenosse. Nur nachts stand er manchmal auf und lief monoton im Kreis durch die Zelle, wobei er mit den nackten Füßen weich auf den eiskalten Betonfußboden tappte. Wie ein Schatten oder ein Tier im Käfig.

Ein Treffen der Zwillingsbrüder, das Kassjanow gestattet hatte, brachte für die Ermittler praktisch keine Ergebnisse. Dmitri schwieg über das Gespräch mit dem Bruder. Es tat einem in der Seele weh, ihn anzuschauen, als die Wache Stepan wieder abführte. Kolossow drang nicht in ihn: Wenn Dmitri nicht reden wollte, konnte er es nicht ändern; irgendwelche Lügen wollte er nicht hören.

Auch Katja erfuhr von dem Wiedersehen der Zwillinge. Eines Tages richteten die Kollegen ihr aus, ein Mann habe mehrmals angerufen und nach ihr gefragt. Katja war ziemlich sicher, dass es sich bei dem Anrufer um Sergej gehandelt hatte. Er war nach Stepans Festnahme sehr aufgeregt und besorgt gewesen. Von seinen eigenen Angehörigen und durch die Familie Krawtschenko wusste er, dass man in den

Kreisen, in denen die Basarows verkehrten, Stepans Verhaftung »als Willkür und Verhöhnung einer berühmten Familie, die ohnehin schon viel Kummer hat«, betrachtete. Auf Bitten von Verwandten und Bekannten hatte Sergej immer wieder bei Kolossow angerufen. Sie trafen sich, und Kolossow zeigte ihm das Band von der Festnahme sowie einige Aufnahmen von den Orten, an denen man die Leichen von Grant und Jakowenko gefunden hatte.

Der meldete sich um Viertel vor sechs erneut, als Katja gerade nach Hause gehen wollte.

»Katja, ich möchte Sie sehen. Ich bin ganz in der Nähe, am Zoologischen Museum.« Es war Dmitri. Kein »Guten Abend«, kein »Hallo«. »Ich möchte Sie sehen« klang wie ein Befehl. Katja fügte sich, ohne überflüssige Fragen zu stellen. Immerhin hatte sie dem Zwilling viel zu verdanken.

Dmitri sah so erbärmlich aus, dass es Katja vor Mitleid einen Stich ins Herz gab. Er fuhr mit ihr in die Bar an der Metrostation »Teatralnaja«. Die Bar war teuer und halb leer; vor acht Uhr abends war hier nichts los. Dmitri bestellte für sie beide das erstbeste Getränk auf der Karte – Tequila. Er fragte nicht einmal, ob Katja diesen Agavenschnaps überhaupt mochte.

Sie betrachtete seine Hände: kräftig, muskulös, mit knotigen, dick hervortretenden Adern. Am breiten Handgelenk trug er eine goldene Armbanduhr.

»Katja, ich war heute bei Stepan.« Dmitri ergriff sein Glas, hielt es in der Hand und stellte es wieder ab, ohne einen Schluck getrunken zu haben. »Dieser Kassjanow hat mir ein Treffen mit ihm erlaubt. Damit ich ihn überrede, dass er gesteht. Er sagte, das würde die Sache beschleunigen. Dann würde man Stepan ins Krankenhaus verlegen und behandeln.«

Katja schwieg abwartend.

»Und ich habe es versucht, Katja. Ich habe es ehrlich versucht.«

»Haben Sie ihn gefragt, wo Lisa ist?«

»Ja. Und er sagte, dass ich ... dass ich ein Stück Scheiße sei.« Dmitri starrte auf seine glänzenden, eleganten Schuhe. »Nicht einmal mir, seinem Zwillingsbruder, will er es sagen.«

»Haben Sie denn gehofft, er würde es ihnen anvertrauen?«

Dmitri zuckte mit den Schultern. »Das sind doch alles erbärmliche Intrigen, Katja, faule Fische ... Er ist krank, und sie wissen, was für eine Krankheit er hat. Warum tut man ihm das an?«

Eine so naive Frage aus dem Mund dieses gewieften Geschäftsmanns wirkte so seltsam, ja kläglich, dass Katja wieder Mitleid verspürte.

»Sie haben jetzt kaum noch Einfluss auf diese Sache, Dmitri.«

Er sah sie mit einem seltsamen Blick an. »Na, und wenn schon.«

In seinen Augen war ein anderer Ausdruck erschienen, der Katja mit plötzlicher Unruhe erfüllte.

»Ich bin ganz allein«, sagte Dmitri. »Niemals hätte ich gedacht, dass es so weit kommen könnte ...«

Sie spürte seine schwere, heiße Hand auf der ihren. Entschlossen schob er das volle Glas beiseite.

»Lass uns zu mir fahren. Ich fühle mich so schrecklich allein. Ich kann nicht mehr. Komm mit, Katja.« War das nun eine Bitte oder ein Befehl? Sein Tonfall war schwer zu deuten. »Oder ist der Bruder eines irren Mörders inakzeptabel für dich?« Er blickte sie fast schon verächtlich an.

»Ich kann nicht, Dmitri.«

»Wadim wird nie davon erfahren. Und ich schwöre, wenn irgendetwas zwischen uns nicht so sein sollte, wie ... ich meine, wenn es nicht so läuft ... dann werde ich nie, nie wieder ... Katja, bitte. Ich kann nicht allein sein. Ich werde noch verrückt!«

»Aber es ist doch kein Mittel gegen Einsamkeit, mit einer Frau ...« Sie verstummte.

»Du weißt sehr gut, dass es doch so ist.«

»Es geht nicht. Das ist unmöglich.«

»Für mich gibt es nichts Unmögliches!«, stieß er hervor, zog seine Hand aber doch zurück. »Das heißt also, all meine Worte und Bitten bedeuten dir nichts?«

Katja stand auf.

»Ich muss jetzt gehen.«

Er richtete sich gerade auf. Nur mit Mühe hielt Katja seinem Blick stand.

»Sie brauchen mich nicht nach Hause zu bringen, Dmitri. Die Metro ist ja gleich nebenan, ich komme schon allein zurück.«

27 Gefesselt

»Ich muss ihn sehen, Nikita, ich flehe dich an ...«

»Ein Knast ist kein Zoo, Katja!«

Kolossow stand am Fenster und hatte sich demonstrativ abgewandt.

»Ich will ihn aber sehen. Ich muss unbedingt mit ihm reden«, wiederholte sie hartnäckig. »Nach allem, was ich für dich getan habe, kannst du mir das nicht abschlagen. Dazu hast du kein Recht!«

Kolossow drehte sich um. Oho, jetzt wurde schon aufgerechnet, wer in diesem Fall wie viel geleistet hatte. Das passte gar nicht zu Katja!

»Ich will ihn ja nur eins fragen – wo Lisa ist. Ihr kriegt auf diese Weise sowieso nichts aus ihm raus!«

»Auf diese Weise? Was meinst du damit?«

»Mit miesen Tricks. Zum Beispiel, seinen Bruder anzustiften, den Judas zu spielen!«

Kolossow fühlte, wie ihm das Blut ins Gesicht schoss, als hätte Katja ihm eine Ohrfeige verpasst.

Sie wandte sich ab; dann durchquerte sie rasch das Büro, setzte sich auf einen Stuhl und kauerte sich zusammen.

»Entschuldige, Nikita. Ich weiß selbst nicht, was mit mir los ist. Ich bin mit den Nerven am Ende. Kannst du's mir wirklich nicht erlauben? Ich *muss* Stepan sehen. Auch wenn er mir nichts sagt ... kann ich nicht trotzdem zu ihm?

Ich will ihn mit eigenen Augen sehen ... mich überzeugen ...«

»Wovon? Wovon willst du dich überzeugen, Katja?« Kolossow stand kurz davor, aus der Haut zu fahren und ihr Dinge zu sagen, die sie ihm so bald nicht verzeihen würde.

»Ich will mir selber sagen können: Es ist vorbei, Lisa ist tot, und er hat sie ermordet. Aber jetzt ... jetzt kann ich das nicht sagen. Ich muss es von ihm selbst hören oder es in seinem Gesicht sehen.«

»Kannst du jetzt auch Gedanken lesen?«

»Nein, aber ... Für mich ist es vielleicht sogar schwerer als für euch alle, mit ihm zu reden. Aber es ist meine Pflicht Lisa gegenüber ...« Katja stockte und holte tief Luft. »Ich kann diese Verantwortung nicht wegschieben.«

»Ich muss einen Fall lösen, Katja! Diese Verantwortung kann *ich* nicht wegschieben, denn dieser Fall ist noch nicht endgültig aufgeklärt. Uns liegt weder ein Geständnis vor, noch ist die Waffe gefunden, mit der er den Opfern die Wunden zugefügt hat!«

»Das ist es nicht allein, Nikita. Mich kannst du nicht hinters Licht führen. Und du brauchst mich auch nicht anzuschreien.«

Sie blickten einander an, bis Kolossow resigniert seufzte und klein beigab.

Im Verhörraum des Untersuchungsgefängnisses warteten sie, dass die eigens verstärkte Wache Stepan Basarow zu ihnen führte. Katja spürte ein unangenehmes Ziehen in der Magengrube. Es war keine Angst, keine Schwäche und auch nicht die frühere ungesunde Neugier. Die Wahrheit war, dass all ihre beharrlichen »Ich muss ihn sehen« nur auf eins hinausliefen: Katja konnte sich nicht so ohne weiteres von diesem schrecklichen Menschen befreien – und das, obwohl sie beim Gedanken an das Video von seiner Festnahme jedes Mal ein Brechreiz überfiel. Vielleicht würde diese Begegnung von Angesicht zu Angesicht sie endgültig von dieser unheimlichen Faszination befreien.

Dass sein Bruder sich ihr angeboten hatte, ließ Katja ebenfalls keine Ruhe. Konnte Dmitri vielleicht eine Art Heilmittel sein gegen diese sündhafte Versuchung, wie man früher sagte? Denn was waren Zwillinge anderes als ein und derselbe Mensch in zwei Gestalten?

Katjas verworrene Gedankengänge rissen abrupt ab: Die Wache führte Stepan herein. Sie hatte erwartet, ein halb irres Geschöpf zu sehen, schmutzig, zottelhaarig, unrasiert, furchterregend. Aber Basarow sah vollkommen normal aus: glatt rasiert (Gibt man ihm hier etwa einen Rasierapparat?, fragte sich Katja.) und gepflegt. Er trug einen frischen Anzug von Reebok.

Wie schon damals in der Zigeunersiedlung schien er sich über Katjas Anwesenheit nicht zu wundern. Überhaupt wirkte er so souverän, als könne ihn nichts mehr überraschen. Er bedachte Kolossow mit einem flüchtigen, abschätzenden Blick und lächelte spöttisch.

»Hallo.«

Katja schluckte. Ihre Angst war mit einem Mal verschwunden. Doch nun kam sie sich wie eine Närrin vor. Weshalb war sie eigentlich hergekommen? Wie sollte sie das Gespräch mit ihm anfangen? Wenigstens *das* hätte sie sich vorher überlegen müssen ...

Stepan ging auf den fest am Boden verschraubten Stuhl zu.

»Darf ich mich setzen?«

Kolossow nickte. Die Wachsoldaten standen noch in der Tür. Ihre Mienen waren aufmerksam und angespannt. Kolossow warf Katja einen raschen Seitenblick zu: Und was jetzt, Fräulein?

Sie nahm am Tisch gegenüber Basarow Platz.

»Guten Tag.« Ihre Stimme schwankte ein wenig.

»Guten Tag.«

Sie schaute Kolossow an. Basarow bemerkte ihren flehenden Blick.

»Außenstehende haben hier nichts zu suchen«, sagte er laut.

Kolossow brummte indigniert. So eine Dreistigkeit! Basarows Blick traf ihn wie ein spitzer Nagel.

»Sie ist zu mir gekommen«, sagte er und streckte die Arme aus. »Hier, du kannst mich ja an die Heizung fesseln. Und beruhige dich. Wir reden nur ein bisschen. Allein.«

Nikita wollte der Wache schon ein Zeichen geben: Führt diesen unverschämten Fatzke wieder ab. Dieses verdammte Rendezvous ging ihm jetzt schon auf die Nerven. Doch Katja fasste ihn am Arm.

»Nikita, bitte. Geht doch hinaus. Wenigstens für eine Minute!«

Kolossow sah die Milizionäre an. Sie blickten undurchdringlich und gleichmütig. Nach Dienstvorschrift war es zwar nicht erlaubt, doch sie schienen sich zu sagen: »Du bist der Chef aus dem Präsidium, du kannst entscheiden.«

Kolossow fesselte Basarow nicht an die Heizung, sondern an das Eisenbein des Stuhls. Er legte die Kette um das Stuhlbein und ließ die Handschellen zuschnappen, sodass Basarow sich unwillkürlich nach vorn beugen musste, näher zu Katja.

Nachdem die »Außenstehenden« hinausgegangen waren, zog Stepan leicht an der Kette und grinste wieder spöttisch.

»Der gefesselte Prometheus ... ein ungewöhnliches Schauspiel, nicht wahr, Katja? Wozu hast du dich herbemüht? Mit der gleichen Absicht wie vorgestern Dmitri? Um mich weich zu klopfen?«

Katja erwiderte nichts. Die Stille wurde drückend. Dann, unerwartet sogar für sich selbst, sagte sie: »Ich würde gern wissen ... wie es ist, ein Bär zu sein.«

Stepans Gesicht verdüsterte sich. Die aufgesetzte Ruhe verschwand. Er schloss die Augen.

»Man behauptet, ich sei verrückt«, sagte Basarow leise.

»Und wie denkst du selbst darüber?«

»Ich bin normaler als ihr alle zusammen!«

Die Empfindungen, von denen Katja sich eigentlich befreien wollte, drückten ihr wie mit Schraubstöcken die Kehle zusammen.

»Sie wissen, woran du leidest, Stepan. Denn du bist ernsthaft krank.«

»Überhaupt nichts wissen sie von mir! Sie können gar nichts wissen! Auch du nicht!« Er zerrte an der Fessel, dass der Tisch bebte. »Niemand kann etwas wissen, weil ... Ich weiß ja selber nicht, was mit mir ist, ich ...«

»Erinnerst du dich nicht mehr, was mit dir war?«

»Ich erinnere mich an alles. An alles! Was soll denn mit mir gewesen sein? Wieso raunst du mir das in so einem dämlichen melodramatischen Tonfall zu? Was war mit mir?«

»Ich habe das Video von deiner Festnahme gesehen. Ein schauriges Schauspiel.«

»Ich hab einen Köter erledigt, na und? Du lieber Himmel!« Stepan zerrte erneut an seiner Fessel. »Das Biest hat sich auf mich gestürzt. Sollte ich vielleicht warten, bis es mir die Eingeweide rausreißt?«

»Aber so etwas hast du auch früher schon getan. Das stimmt doch, nicht wahr? Und nicht nur mit Hunden. Und es hat dir Spaß gemacht.«

»Bist du jetzt eine von diesen Tierschutz-Fanatikern?«

»Wozu hast du die Tiere getötet?«

»Die Menschen sind durch die Zivilisation verdorben, versteh doch! Degeneriert sind wir ... schwache, kränkliche, feige Missgeburten! Aber war der Mensch ursprünglich so geschaffen? War er nicht stets ein Räuber? Er liebte frisches Fleisch, Blut, dürstete nach Freiheit und nach der Jagd. Wälder und Berge waren seine Welt, sein angestammtes Element. Der Mensch lebte wie ein Gott, frei und ungebunden. Er kämpfte, um zu überleben. Er suchte Tierfährten und ging auf die Jagd, um sich Fleisch zu beschaffen. Und das wollte ich an mir selbst erproben. Bevor ich anderen etwas darüber beibringen konnte, wollte ich selbst alles verstehen. Eine Welt erfahren, die keiner von euch anderen mehr erfahren kann! Könntest du es doch erleben, wie es sich nachts im Freien atmet, welche Gerüche man wahrnimmt, welche Geräusche man hört, was für einen Himmel man sieht, wie schön es dort ist ...«

»Was ist dort? Im Wald? In der Höhle des Bären?« Katja schaute ihm ins Gesicht: Seine Mundwinkel begannen zu zucken wie bei einem nervösen Tick. Es waren nicht die Worte, es war der Tonfall, die Art zu sprechen – das hatte sich tatsächlich verändert, seit Katja ihn das letzte Mal gesehen hatte. Sie wandte den Blick ab. Ein Erlebnis aus ihrer Studienzeit fiel ihr ein. Man hatte die Studenten ins Serbski-Institut zu einer Vorlesung über Gerichtspsychiatrie geführt. Dort schilderte ein psychisch Kranker – ebenfalls ein junger, kräftiger Kerl – mit dem gleichen Feuer, der gleichen Begeisterung wie Stepan seinen Zustand: In seiner Brust befände sich, sagte er, eine Bombe mit einem Zeitzünder. Wenn er nur wollte, würde ganz Moskau in die Luft fliegen. Nicht berühren – Explosionsgefahr! Katja erinnerte sich, dass er ausführlich erklärt hatte, warum er so sicher war, eine Bombe in sich zu tragen. Solche Menschen können einfach alles erklären; sie sind beredt und überzeugend ...

»Lisa hat mir von deinem Traum erzählt«, sagte sie leise, da Stepan verstummt war. »Ein Bär, der eine Frau in den Wald schleppt. Sehe ich dieser Frau ähnlich?«

»Nein.« Er blickte zu Boden. »Überhaupt nicht.«

»Aber der Bär in deinem Traum warst du?«

»Nein, niemals.«

»Es war ein alter Braunbär, nicht wahr? Er lebte in einem alten Haus ... auf einer Datscha. Und manchmal bekam er Lust, von dort wegzugehen. Er fühlte sich wie im Käfig, und er ging in den Wald, ja?«

Stepan schwieg. Rote, hektische Flecken erschienen auf seinem Gesicht. Katja wartete vergeblich auf Antwort. Dann stellte sie eine neue Frage: »Wieso hast du Menschen getötet?«

Stille. Sie konnte sein Atmen hören.

»Oder hat der Bär diese Menschen getötet? Der auf der Datscha lebte und dessen Fell du ...«

Er warf jäh den Kopf zurück und verzog die Lippen. Doch seine Stimme klang ruhig, sogar spöttisch: »Katja, es reicht. Hör auf damit. Ich sitze hier in einer Zelle zusammen mit zwei Typen. Der eine nervt mich von morgens bis abends mit Geschichten darüber, wie oft er's mit den Weibern treiben kann und was für eine tolle Frau seine Untersuchungsführerin ist, mit einem Dekolleté bis zum Bauchnabel. Der andere behauptet, er müsse wie ich mit dem Schlimmsten rechnen – Tod durch Erschießen. Er versucht, den Bekloppten zu markieren. Mich beneidet er. ›Du brauchst nicht zu simulieren‹, sagt er, ›dir bestätigen die Ärzte auch so, dass du sie nicht alle beisammen hast.‹ Dauernd will er mir weismachen: ›Je mehr du dich belastest, je ausgefallener deine Erklärungen für deine Taten sind, desto weniger wird man dir später vor Gericht glauben.‹ Von einem Verrückten erwartet man nichts anderes. Von morgens bis abends quatschen diese beiden Typen mir die Ohren voll. So sieht es aus, Katja. Einen dritten Quälgeist kann ich nicht brauchen, auch dich nicht, also lass es bleiben. Das kannst du auch deinen Kollegen ausrichten. Sag ihnen, sie sollen ihre beiden Schnüffler wieder aus der Zelle holen. Und möglichst weit fortschaffen. Sonst ... sonst werden sie am Ende noch die Ersten sein, die ich wirklich um die Ecke bringe.«

Katja erstarrte.

»Was willst du damit sagen?«

Basarow lehnte sich zurück.

»Ich habe niemanden umgebracht. Niemanden, hast du kapiert? Verprügelt, ja. Ich hab den Idioten eine Lehre erteilt, das geb ich zu. Aber töten? Nein. Nicht weil ich ein Schwächling wäre, sondern weil ... ich habe es Dmitri bei unserer Mutter geschworen, aber er glaubt mir nicht. Na, egal, ich werd's verkraften. Er will mich vor der Todesstrafe retten und hört auf alles, was ihm dieser vertrottelte Anwalt sagt. Sie wollen einen Irren aus mir machen, aber ich bin gesund, versteht ihr? Der Arzt hat schon damals im Krankenhaus gesagt: ›Der Bursche ist vollkommen gesund.‹ Und ich fühle mich auch gesund. Ich werde euch degenerierte Schlaffis noch allesamt überleben!« Er knirschte mit den

Zähnen. »Und alles andere ... was ich fühle, was in meinem Innern ist ... darüber will ich nicht mehr reden. Mit keinem. Das ist in mir und wird mit mir sterben.«

»Wo ist Lisa?« Katja stand auf. »Wenn du ihr nichts getan hast, wo ist sie dann?«

»Ich weiß es nicht! Wieso sollte ich ihr etwas tun? Diese dumme, hysterische Kuh! Und wieso sollte ich die anderen umbringen? Ich weiß ja nicht mal, wer die Typen sind! Bei den Verhören hält man mir die Fotos irgendwelcher verrotteter Leichen vor die Nase ... Ich bin kein Idiot, begreift das doch. Ich begehe keine sinnlosen Verbrechen! Warum sollte ich diese Leute ermorden, die mir völlig unbekannt sind?«

»Ist nicht unser Blut und das von Tieren vom Geschmack her gleich? Du hast doch selbst zugegeben – du liebst den Geschmack von Blut.« Katja war empört, wie er über Lisa gesprochen hatte. Was war das für eine Bestie! Kein Funke Mitgefühl!

Stepan Basarow blickte auf seine gefesselten Hände. Auf seinem Gesicht erschien ein seltsames Lächeln – das gleiche Lächeln wie in der Nacht des Überfalls auf die Zigeuner, rätselhaft, wild ...

»Nein, ich glaube, der Geschmack ist verschieden. Aber ich weiß es nicht, ich hab noch kein Menschenblut probiert. Du stellst sehr merkwürdige Fragen, Katja. Wer ist hier eigentlich der irre Mörder?«

Die Kette mit den Handschellen klirrte.

»Geh jetzt.« Er versuchte aufzustehen. »Und denk daran, was ich dir gesagt habe. Es ist noch nicht zu Ende. Wir werden schon noch sehen, wer von uns verrückt ist!«

»Wie ist das Gespräch gelaufen?«, fragte Kolossow brennend vor Neugier, als die Wachsoldaten die Handschellen losgemacht und Basarow zurück in die Zelle geführt hatten.

»Schlecht. Es war dumm von mir, hierher zu kommen. Du hattest Recht.«

»Was genau hat er dir gesagt?«

»Dass er niemanden getötet hat.«

»Das hat er den Ärzten auch gesagt.«

»Er hat hinzugefügt, dass er keine sinnlosen Verbrechen begeht. Angeblich hat er Dmitri bei ihrer beider Mutter geschworen, dass er es nicht getan hat.« Katja trat an das staubige, vergitterte Fenster. Sie fühlte sich entsetzlich müde, als hätte sie schwere körperliche Arbeit hinter sich. Nein, sie hatte nicht erwartet, dass das Gespräch mit Basarow so verlaufen würde.

»Übrigens hat er noch gesagt, ihr solltet seine beiden Mithäftlinge aus der Zelle nehmen. Er hat euch durchschaut, Nikita. Wenn sie nicht aufhören, ihn zu bearbeiten, will er sie beide umbringen.«

Kolossow richtete sich auf und kniff die Augen zusammen. Als er wieder sprach, hatte sein Tonfall sich verändert. »Und was für einen Eindruck hattest du von ihm?«

»Ich weiß nicht, Nikita. Er ist jedes Mal anders. Manchmal denke ich, der Mann bei den Zigeunern und bei euch auf dem Video war gar nicht er.«

»Worüber ihr in intimer Zweisamkeit sonst noch geplaudert habt, wirst du mir wohl nicht verraten?«

»Über nichts sonst«, erwiderte Katja in beiläufigem Tonfall. »Was Lisa angeht, hat er das Gleiche gesagt wie über die anderen ... dass er sie nicht getötet habe.«

Kolossow trommelte mit den Fingern auf die Tischplatte.

»Ich habe die ganze Zeit nachgedacht, während ihr euch

unterhalten habt. Entschuldige, wenn ich unfreundlich zu dir war – meine Nerven sind auch nicht mehr die besten. Ich kann mir vorstellen, wie dir zu Mute ist. Also, ich habe mir Folgendes überlegt: Wir haben unsere Arbeit getan, aber trotzdem, irgendwas stimmt an der Sache nicht. Alles läuft auf diesen Irren hinaus, zu sehr sogar, nur ... Den Gegenstand, mit dem er Grant und Jakowenko die Kehle zerrissen hat, haben wir immer noch nicht gefunden. Bei seiner Festnahme hatte er nichts bei sich, das weißt du ja selbst. Und bei den Durchsuchungen konnten wir trotz aller Bemühungen keine Waffe finden. Aber er muss etwas gehabt haben. Der Pathologe hat gesagt, es handle sich um eine ungewöhnliche, von außen zugefügte Verletzung. Aber sowohl Grant wie Jakowenko wiesen ein mechanisches Trauma auf und keine ...«

»Bissspuren?« Katja schauderte. Mein Gott, wie hatte es bei Mérimée geheißen: »Das ist keine Verwundung, sondern ein Biss!« Hier war es gerade umgekehrt ...

»Er muss irgendeine Waffe gehabt haben, ein Werkzeug. Vielleicht hat er es anschließend weggeworfen ... Aber wäre das nicht seltsam? Die blutbefleckte Kleidung hat er zu Hause ausgezogen und sie dort anscheinend ganz vergessen. Diesen Gegenstand jedoch hat er so schnell wie möglich verschwinden lassen. Warum? Und dann ist da noch etwas ...«

»Die Haare an den Leichen?«

»Nein, das hat sich aufgeklärt. Als wir die Datscha durchsuchten, habe ich das Bärenfell für unsere Experten beschlagnahmt. Gestern kam das Gutachten: Die Haare, die man bei Jakowenko und Grant gefunden hat, die Fellreste eines unbekannten Tieres, stammen von eben diesem Bärenfell. Nein, das meine ich nicht, sondern ...«

»Sondern?« Katjas Neugier kehrte wieder.

»Ich kann mir einfach nicht erklären, wieso wir diese Lisa Ginerosowa immer noch nicht gefunden haben.«

»Ja, und? Ich verstehe nicht, Nikita ...«

»Überleg doch mal: Soljony wurde nur deshalb nicht sofort gefunden, weil man ihn gar nicht erst gesucht hat. Hätte man gleich in den ersten Tagen nach seinem Verschwinden die Gegend gründlich durchkämmt, wäre er mit Sicherheit gefunden worden. Er lag ja ganz nahe an der Straße. Weiter: Erinnerst du dich, was diese Listow-Bengel erzählt haben, wie sie Jakowenko entdeckt haben? Die Leiche lag gleich neben einem Fußpfad, in der Nähe der Bahnstation. Und bei Grant hat der Mörder auch nicht versucht, ihn zu verstecken – seine Leiche wurde am Tatort liegen gelassen, und der Zaun wurde zusätzlich mit Blut verschmiert, als sollte zusätzlich auf den Toten hingewiesen werden. Dabei hätte man die Leiche auch in den Schuppen schleppen können oder hinter den Holzstapel. Mit anderen Worten: Bisher hat Basarow – wenn er der Mörder ist – die Leichen gar nicht versteckt. Warum ist er bei Lisa Ginerosowa anders vorgegangen? Wozu? Das muss geklärt werden.

Warten wir erst mal die Ergebnisse der Blutanalyse ab. Ich denke, dann wird sich einiges klären. In jedem Fall müssen wir nicht mehr lange warten.«

Katja nickte. Ja, das Gutachten über die Blutspuren. Sie sah Stepans Gesicht vor sich, hörte seine Stimme: Ich habe niemanden getötet! Ich begehe keine sinnlosen Verbrechen!

In diesem Gesicht war keine Reue gewesen, keine Trauer, kein Mitleid mit den Ermordeten ... Oder kannte ein krankes, von dieser merkwürdigen Astrozytose befallenes Hirn solche Begriffe gar nicht mehr? Während der Regen immer noch ans Fenster klopfte wie ein kleiner, unsichtbarer Trommler, wurde Katja bange.

Denn sie ahnte, dass dieser Fall noch längst nicht aufgeklärt war.

28 Die Flucht

An jenem Abend – dem letzten vor der Auflösung dieser seltsamen, tragischen Geschichte – kam Katja ungewöhnlich früh nach Hause, schon um halb sieben. Augenblicklich hörte sie das hartnäckige Klingeln des Telefons: Wadim meldete sich aus Österreich. Sie redeten so lange, bis seine Telefonkarte leer war, und sprachen im Grunde nur über Belanglosigkeiten. Wadim beklagte sich, sein Chef bringe ihn zur Verzweiflung. Von all den Untersuchungen und dem Nichtstun im Krankenhaus sei der so genervt, dass er wieder heimlich zu trinken angefangen habe. Es hänge ihm zum Hals heraus, dem Chef die Flaschen wegzunehmen und sich mit dem österreichischen Sanatoriumspersonal herumzustreiten. Außerdem regne es in Bad Hall unaufhörlich, über den Alpen hingen dichte Wolken. Es seien zwar eine Menge Leute hier, aber hauptsächlich gichtgeplagte Greise, verfettete Muttchen und rachitische Jünglinge, die von ihren reichen Eltern geschickt worden seien, um von ihrer verderblichen Leidenschaft für Drogen geheilt zu werden. Kurz und gut, es sei todlangweilig.

Katja verlor kein Wort darüber, was ihr in den letzten Tagen widerfahren war. Dieses Gespräch hob sie sich für später auf.

»Ich habe solche Sehnsucht nach dir, Katja«, sagte Wadim schließlich, allerdings in recht munterem Tonfall.

»Beim nächsten Mal düsen wir gemeinsam in die Alpen. Wir müssen nur genügend Geld zusammenkratzen. Für ein Pärchen gibt es hier jede Menge Möglichkeiten, Spaß zu haben.«

Katja antwortete: »Ja, natürlich.« Und dann das Übliche: »Ich liebe dich auch. Küsschen.« Und damit hatte es sich. Mit Wadim konnte sie kein richtiges Telefongespräch führen – immer blieb es bei unverbindlichem Geplauder.

Am Telefon stundenlang über Gott und die Welt reden konnte Katja nur mit einem Menschen: mit Sergej Meschtscherski. Er war nicht nur ein angenehmer Gesprächspartner, er gab auch nützliche Ratschläge, zerstreute Zweifel, diskutierte über fremde Geheimnisse, versuchte sogar, manche der verworrenen Rätsel zu lösen, die Katja unaufhörlich quälten.

Trotz der Anspannung der letzten Tage aß Katja mit gesundem Appetit zu Abend. In den ausländischen Krimis, die sie manchmal vorm Zubettgehen las, pflegten die Heldinnen überhaupt nichts zu essen; sie schütteten ständig nur Kognak, Martini und schwarzen Kaffee in sich hinein und rauchten nervös eine Zigarette nach der anderen. Katja schlug sich den Bauch lieber mit Tomaten, gekochtem Kabeljau und gedünsteten Mohrrüben voll. Auf Kaffee verzichtete sie: Abends getrunken, machte er eine schlechte Gesichtsfarbe. Nach dem Essen kauerte sie sich in Wadims Lieblingssessel, zog das Telefon zu sich heran und wählte Sergejs Nummer.

»Grüß dich, Sergej, ich bin's. Ich muss dich etwas fragen«, legte sie ohne lange Vorrede los. »Erklär mir doch bitte folgende Situation. Ein Mann begeht drei grauenhafte Morde und unternimmt in keinem der Fälle etwas, um die Leichen zu verstecken. Im Gegenteil, er lässt sie an Orten liegen, wo jemand sie sehr schnell entdecken muss. Und nur durch ein schicksalhaftes Zusammentreffen verschiedener Umstände findet man die Toten nicht sofort.«

»Fängst du wieder davon an?« Sergejs Stimme klang erstickt. »Die Oma hat mich heute angerufen. Du kannst dir nicht vorstellen, was derzeit bei uns los ist – es ist unbeschreiblich! (Mit »bei uns« waren die Familien Meschtscherski, Krawtschenko und Basarow samt ihrem großen Bekanntenkreis gemeint.) Irgendjemand hat sogar vorgeschlagen, eine Kollektivbeschwerde an den Generalstaatsanwalt zu schicken. Niemand glaubt, dass Stepan ...«

»Sei so gut, unterbrich mich nicht. Erklär mir, wonach ich dich gefragt habe.«

»Was gibt es da zu erklären? Es gibt nur drei Möglichkeiten. Erstens: Dem Mörder ist piepegal, ob man die Leichen findet oder nicht – in dem Geisteszustand, in dem er sich zum Zeitpunkt der Morde befindet, denkt er gar nicht darüber nach. Zweitens: Er hat keine Angst, die Leichen liegen zu lassen, weil er sicher ist, dass es keinen Beweis gibt, der ihn verrät. Oder drittens: Er *will*, dass man die Leichen seiner Opfer möglichst bald findet.«

»Und weshalb?«

»Woher soll ich das wissen, Katja?«

»Na gut.« Katja schwieg einen Moment. »Aber was ist, wenn sein Verhalten sich auf einmal grundlegend ändert? Wenn er ein viertes Opfer tötet und dessen Leiche sorgfältig versteckt?«

»Die Prämissen sind die gleichen. Entweder glaubt der Mörder, dass diesmal etwas nicht richtig gelaufen ist – er hat Indizien hinterlassen, die deutlich auf ihn hinweisen. Oder es ist nicht mehr wichtig, dass die Leiche seines Opfers sofort nach der Tat gefunden wird.«

»Warum?«

»Vielleicht, weil er sein Ziel schon erreicht hat.«

»Was für ein Ziel?«

»Katja, du vergisst schon wieder, dass es nur Theorie ist, eine Abstraktion.«

»Gut, gut. Jetzt noch folgende Frage: Drei Morde werden im selben Bezirk begangen, mehr noch, unter ähnlichen Bedingungen – im Wald, auf einer Datscha. Heißt das, der Mörder hält sich an ein bestimmtes Stereotyp, was den Tatort angeht?«

»Du meinst, dass man auch die vierte Leiche, die noch nicht gefunden wurde, an ähnlichen Orten suchen muss? Ja und nein, Katja. Möglicherweise werden die Taten des Mörders auch von einer völlig anderen Logik diktiert.«

»Von welcher?«

»Die Leiche zu verstecken«, erwiderte Sergej, »ist eine zweckbestimmte Handlung, die fast immer einem Ziel dient: Hinweise zu vernichten, nicht gefasst zu werden. Aber alle meine Hypothesen haben nur unter einer Bedingung einen logischen Sinn. Dass der Mörder nicht psychisch krank ist. Nur in diesem Fall, bei Stepan ...«

»Er hat mir gesagt, er habe Dmitri bei ihrer Mutter geschworen, niemanden ermordet zu haben. Auch Lisa nicht«, sagte Katja. »Dmitri hat ihm aber nicht geglaubt.«

»Und du?«

»Ich glaube Stepan nicht, Sergej. Nach allem, was geschehen ist, kann ich bloßen Worten ohne Beweise nicht mehr glauben.«

»Und warum rufst du mich dann an und stellst mir so seltsame Fragen?«

»Warum ... Ich habe nicht nur seltsame Fragen, ich habe auch ein seltsames Gefühl ... Der Fall hat so banal angefangen. Die übliche Abrechnung zwischen Gangstern, ein Auftragsmord, ein Pate aus der Provinz, der irgendeinen Dämlack mit krimineller Vergangenheit anheuert, um die Rolle des Killers zu spielen. Aber dann ging es mit den Eigentümlichkeiten los ...«

»Die Idee mit dem Werwolf hast du selbst ja als Erste ins Spiel gebracht, und gar nicht mal zu Unrecht.«

»Ich habe dir aber auch gleich beim allerersten Mal gesagt, dass es hier nicht um Werwölfe geht. Damals ist mir das unwillkürlich rausgerutscht, ohne dass ich mir groß etwas dabei gedacht habe, aber jetzt – was ist, wenn es wirklich so wäre? Dass es gar nicht darum geht, meine ich?«

»Du drückst dich sehr nebelhaft aus, Katja.« »Nebelhaft« war ein Lieblingswort von Sergej. »Von mir verlangst du Logik, aber du selbst ... Mehr kannst du mir nicht sagen?«

»Vorläufig nicht.« Katja seufzte. »Genaueres weiß ich nicht, aber ich kann auch nicht einfach die Hände in den Schoß legen und nichts tun.«

An diesem unklaren Punkt endete die telefonische Beratung mit Sergej. Katja rollte sich im Sessel zusammen und zog die Beine hoch. Sie schaltete den Videorekorder an, legte eine Kassette mit Musikclips ein und starrte geistesabwesend auf den Bildschirm.

Am nächsten Morgen wachte sie früh auf: Der Wecker zeigte Viertel vor sieben. In ihrem Kopf herrschte Leere; gleichzeitig aber war sie voller Tatendrang. Die Dienstreise nach Rasdolsk hatte bislang noch niemand abgesagt. Um neun fuhr der letzte Vormittagszug – sie durfte sich nicht verspäten!

Dieser Vormittag, der sich den meisten Protagonisten dieser Geschichte aus vielen Gründen tief ins Gedächtnis prägte, begann ganz normal. Alle hatten zu tun, am meisten wohl Kolossow. Nach dem Großeinsatz der Ermittler war eine kurze Ruhepause eingetreten, die man höheren Ortes nicht ungenutzt verstreichen lassen wollte. Daher waren Nikita und seine Abteilung beauftragt worden, sich um eine Delegation der finnischen Polizei zu kümmern, die am Vortag im Präsidium eingetroffen war. Nach dem üblichen Erfahrungsaustausch äußerten die Finnen den Wunsch, die berühmteste Sehenswürdigkeit des Moskauer Umlands zu besichtigen – das Troize-Sergijew-Kloster. Und so kam es, dass Kolossow an diesem Junitag viele Kilometer von Rasdolsk entfernt war.

Auch im Rasdolsker Milizrevier begann der Vormittag des 18. Juni so wie immer. Um halb zehn schickte man den Geländewagen des Reviers zum Untersuchungsgefängnis – Stepan Basarow sollte zur Blutuntersuchung ins Institut für biologische Expertisen gebracht werden. Begleitet wurde er von drei Wachsoldaten plus einem Chauffeur. Oberstleutnant Spizyn, der die Vorbereitungen für den Transport kontrollierte, war so weit zufrieden, nur mit dem Wagen nicht. Das Rasdolsker Revier jedoch war leider ärmlich ausgestattet und verfügte über keinen speziellen Gefängniswagen, in dem Häftlinge nach Vorschrift transportiert werden konnten.

Um zehn führte man Basarow in den Hof zum Auto. Er wurde auf die Rückbank gesetzt, zwischen seine Begleiter, doch ohne ihn mit Handschellen an die Männer zu fesseln. Der in diesen Dingen erfahrene Chauffeur riet dazu, den »Bekloppten« an die Eisenstange zu ketten, die das Segeltuchverdeck des Wagens stützte. »Die anderthalb Stunden wirst du's schon aushalten, Kumpel«, sagte einer der Wachsoldaten. »Auf dem Rückweg drücken wir für unseren Blutspender dann vielleicht ein Auge zu.«

Ächzend setzte der Geländewagen sich in Bewegung – bis Moskau war es noch weit.

Katja traf erst um halb zwölf in Rasdolsk ein. Wozu war sie hergekommen? Was wollte sie hier schon wieder? Es war der reine Tatendurst, der sie antrieb – vielleicht auch ein Gefühl der Schuld gegenüber Lisa.

Von der Bahnstation bis zum Revier war es nur ein Katzensprung, doch die Beine trugen Katja wie von selbst in die entgegengesetzte Richtung – zur Autobusstation nach Uwarowka. Sie fuhr mit dem Bus allerdings nicht bis Uwarowka, sondern stieg eine Haltestelle vorher an der Chaussee aus. Langsam schlenderte sie über die betonierte Straße. Hier entlang war sie mit Sergej zur Gedächtnisfeier auf die Basarow'sche Datscha gefahren ... über diese Straße hatte Dmitri sie nach jener Nacht im Survival-Camp gebracht ...

Die Sonne brannte vom Himmel. Nach den Regenfällen schien das Wetter jetzt wieder schön zu werden. Über den Heckenrosen am Wegrand summten die Bienen. Katja stieg einen kleinen Hügel hinunter. Da tauchten auch schon die ersten Datschen von Uwarowka auf. Über den grasüberwucherten Fußweg sauste lärmend und kreischend eine Horde kleiner Jungen auf Fahrrädern an ihr vorbei. Dann erblickte sie plötzlich eine vertraute Gestalt, die ihr entgegenkam, eine gebeugte ältere Frau in Jogginghose und altem, ausgeleiertem T-Shirt – die Hausangestellte der Basarows! Auch Marussja erkannte Katja sofort wieder. »Wollen Sie zu uns, Kindchen? Zu Dmitri? Der muss arbeiten. Vor zwei Tagen war er noch da und hat Lebensmittel gebracht. Er kommt nur selten, hat immer was um die Ohren, muss sich um alles kümmern. So ein Unglück. Du weißt ja, Kindchen, unser Stepan ...« Die alte Frau brach in Tränen aus.

Katja fragte sie, wohin sie wolle, und bot ihr an, sie zu begleiten, aber Marussja schüttelte den Kopf – nicht doch, Kindchen, nicht nötig. Sie erklärte, dass an diesem Tag der Milchwagen nach Mebelny komme. »Da hole ich immer frische Milch, die aus dem Laden mag unsere Anna nicht. Quark und Kefir mache ich ihr selber. Es ist nicht weit bis dorthin, ich bin's gewohnt. Schauen Sie doch bei uns herein, Kindchen – im Haus ist alles offen. Hier haben Sie den Schlüssel zur Gartenpforte. Verschnaufen Sie ein bisschen. Anna schläft noch.«

Vielleicht wäre Katja ohnehin unter irgendeinem Vorwand zur Datscha gegangen. Aber so traf es sich noch besser. Nun konnte sie sich noch einmal ungestört Haus und Grundstück ansehen.

Sie nahm den Schlüssel entgegen und bedankte sich. Natürlich würde sie warten, bis Marussja zurück war, natürlich ...

Haus und Garten empfingen sie mit Stille. Katja schlenderte zuerst lange über das Grundstück, scheinbar ziellos, steckte dabei aber die Nase in sämtliche Ecken und Winkel. Manchmal blieb sie vor einem Blumenbeet stehen und berührte die Erde. Sie erinnerte sich, dass in einem Film von Hitchcock die Leiche in einem frisch angelegten Beet vergraben war. Aber hier war die Erde überall trocken und seit langem nicht umgegraben.

Sie schritt auch den ganzen Zaun der Länge nach ab, schaute in den Schuppen – Gartengerät, Schaufeln, Harken – und rüttelte an den verschlossenen Garagentoren. Nein, es war vergeblich: Vor ihr hatten an diesem Ort schon andere gesucht. Und überhaupt, wer sagte denn, dass er sie hier getötet hatte?

Katja stieg die Stufen zur Veranda hoch. Der Frühstückstisch war gedeckt, aber niemand saß daran. Anna Mansurowa, die Oma, war noch nicht aufgestanden.

Sie ging weiter ins Wohnzimmer. Dämmerlicht, Fotos. Sie zog die Vorhänge auf, ließ die Sonne herein und betrachtete die Fotos an den Wänden genauer. Sehr alte waren darunter, aus den Zwanzigerjahren, offenbar von den Dreharbeiten zur »Bärenhochzeit«: Schauspielerinnen mit Bubiköpfen, imposante Männer, sichtlich aus der alten, von der Revolution damals noch nicht restlos ausgerotteten Schauspielergeneration ... und die Mansurowa selbst, fast noch ein Mädchen.

Katja zuckte zusammen, als plötzlich die Uhr zu schlagen begann. Könnten ihre Vorgesetzten sie jetzt sehen ... aber das gehörte schließlich auch zur Materialsammlung für eine Kriminalreportage und konnte als journalistische Recherche gelten.

»Wer ist da?«, ertönte hinter ihr eine krächzende Greisinnenstimme. »Marussja, bring mir das Radio. Dmitri, bist du das?«

Stepan Basarow wurde ohne Zwischenfälle ins Institut für biologische Expertisen gebracht. Die Prozedur selbst dauerte kaum mehr als eine Viertelstunde: Aus der Vene des Verdächtigen wurde zwecks einer Vergleichsprobe ein wenig Blut entnommen. Stepans weitere Anwesenheit im Institut war nicht erforderlich. Auf dem Rückweg fuhr Untersuchungsführer Kassjanow mit, der den Rasdolsker Transport im Foyer des Instituts in Empfang genommen hatte.

»Heute ist Ihr jüngerer Bruder Iwan bei mir zum Verhör geladen«, sagte er zu Basarow. »Möchten Sie ihm vielleicht etwas ausrichten?«

Stepan schüttelte den Kopf. Seine ganze Aufmerksamkeit schien dem Gazeverband in der Ellbogenbeuge zu gelten, der die kleine Wunde vom Einstich der Nadel bedeckte. Sobald Kassjanow an der Staatsanwaltschaft ausgestiegen war, wurde Basarow von der Wache wieder »angeschmiedet«. Den verletzten linken Arm, den er gebeugt hielt, ließen sie in Ruhe; den rechten fesselten sie wie auf der Hinfahrt an die Eisenstange des Verdecks.

»Du siehst ja reichlich blass um die Nase aus«, sagte einer der Wachsoldaten grinsend. »Kannst wohl dein eigenes Blut nicht sehen? Nur fremdes, was?«

Sie fuhren mit hohem Tempo zurück. Der Chauffeur hatte es eilig, nach Hause zum Abendessen zu kommen. Basarow schwieg, starrte durchs Fenster auf die vorüberhuschende Straße. Manchmal bewegte er sich, beugte und streckte vorsichtig den linken Arm. Auf dem Gazeverband erschienen rote Blutstropfen.

»Was soll das Herumgerutsche?«, fragte einer der Wachsoldaten. »Sitz gefälligst ruhig!«

Sie fuhren über die Ringstraße, Kilometer um Kilometer, vorbei an Pawlowo-Possad. Die Straße machte einen Bogen nach Dorochowo und von dort zum Fluss Kljasma. Nun war Rasdolsk schon ganz nahe. Die Chaussee war wie ausgestorben – nur Wald, nichts als Wald zu beiden Seiten.

»He, was ist los?« Der Geleitsoldat sah Basarow überrascht von der Seite an. Der ächzte heiser, als bekäme er keine Luft.

Niemand von den Insassen des Geländewagens hatte mit dem gerechnet, was nun geschah. Basarow krümmte sich, stieß ein heiseres Geheul aus und schlug wie rasend mit dem linken Arm gegen die Rückenlehne des Vordersitzes. Augenblicklich spritzte Blut hervor, und der Verband rutschte herunter ...

»Halt seinen Arm fest! Du lieber Himmel, so viel Blut! Mach die Handschelle los, schnell! Man muss ihm die Arme von vorn fesseln! Er hat einen Anfall! – Ruhig, mein Freund, ganz ruhig!«

Der Wagen bremste. Eine leere Straße. Vier Männer im Wageninnern wie Heringe in der Dose. Basarow verbiss sich mit den Zähnen in seinen Arm. Der Bewacher rechts von ihm versuchte ihn loszureißen und packte ihn bei den Haaren.

»Beide Arme müsst ihr fesseln, beide! Hört ihr denn nicht, was ich sage!«, rief er. »Schnell, runter mit der Handschelle, sonst verstümmelt er sich selbst! Halt ihn fest, zieh den Arm hier rüber, los! So halt doch endlich seinen Arm fest!«

Das Schloss der Handschelle schnappte auf, doch die Wachsoldaten schafften es nicht mehr, Stepans Arm festzuhalten.

»Wer ist denn da?« Anna Mansurowa kam in ihrem Rollstuhl ins Wohnzimmer gefahren. Sie trug einen flauschigen bunten Pyjama. Ihre grauen Haare waren ungekämmt. »Dmitri? Wer sind denn Sie? Ach, natürlich, er hatte ja eine Schwester eingestellt ...«

»Ich bin keine Schwe...«

»Geben Sie mir das Radio, es steht hinter Ihnen. Im ›Moskauer Echo‹ müssen jetzt die Nachrichten kommen.«

Katja drehte sich um – auf dem Kamin hinter ihr stand

ein kleines japanisches Radio mit Kopfhörern. Offenbar hatte die Mansurowa ganz vergessen, dass man ihr Katja schon einmal als »Frau von Wadim, dem Sohn Andrej Krawtschenkos« vorgestellt hatte, und auch ihr Gespräch über die »Bärenhochzeit« schien ihr entfallen zu sein.

»Ist Dmitri mit Ihnen gekommen? Nicht? Wann kommt er denn?« Die Greisin warf kokett den Kopf zurück.

Auf der Terrasse erklangen Schritte: Marussja war zurück. Umständlich versuchte sie der Mansurowa klarzumachen, dass es sich bei dem Mädchen nicht um die neue Schwester handelte.

»Trinken Sie erst mal eine Tasse Tee«, sagte sie schließlich mit einem resignierten Abwinken zu Katja. »Müssen Sie denn zurück nach Moskau?«

»Wenn Sie in Moskau Dmitri sehen, sagen Sie ihm, er soll dieses grässliche Ding aus seinem Telefon nehmen. Marussja und ich konnten ihn tagelang nicht erreichen«, krächzte die Mansurowa dazwischen. Katja erriet, dass sie damit die Mailbox von Basarows Handy meinte. »Und sagen Sie ihm unbedingt, dass Dolores angerufen hat. Sie ist in Sorge wegen ihrer Datscha, aber vergessen Sie es nicht, Schwester ...«

Katja blickte Marussja fragend an. Die winkte wieder ab.

»Dolores ist ihre Freundin. Zurzeit ist sie bei ihrem Sohn im Ausland, aber sie regt sich ständig wegen ihrer Datscha auf«, erklärte Marussja, als sie auf die Terrasse gingen, um Tee zu trinken.

»Welche Datscha?«, fragte Katja.

»Die Datscha ihres verstorbenen Mannes, ganz in der Nähe in Polowzewo. Dolores vermietet sie immer – auch dieses Jahr. Deswegen hat sie angerufen und war ganz aufgeregt. Aber wir haben jetzt wirklich andere Sorgen. So viel

Not, so viel Unglück! O Gott!« Marussja schluchzte und wischte sich mit dem Schürzenzipfel über die Augen. »Soll der Teufel diese Datscha holen! Als ob Dmitri sich jetzt um so was kümmern könnte!«

Katja schob ihre Tasse zur Seite. »Vielen Dank für den Tee, ich muss jetzt wirklich los. Wie heißt diese Freundin von Anna Pawlowna mit Nachnamen?«

»Prosorowa. Das ist der Name ihres Mannes. Er war mit unserem Kirill Arsentjewitsch befreundet. Drei Jahre ist's jetzt her, dass er gestorben ist ... Die Kinder von Dolores sind alle ins Ausland gegangen, haben die alte Frau allein gelassen. Nun muss sie sehen, wie sie zurechtkommt. Sie wollte die Datscha wieder vermieten. Als sich dann einer dafür interessiert hat, konnte sie sich nicht mehr selber darum kümmern, weil sie schon ein Flugzeugticket hatte, denn sie wollte den Sommer über zu ihrem Sohn. Darum hat sie ihn gebeten ...«

»Wen gebeten? Stepan? Sie hat Stepan gebeten, sich um die Datscha zu kümmern?«

»Aber nein, doch nicht Stepan.« Marussja schluchzte wieder auf. »Dmitri hat ihr geholfen. Er ist jetzt das Familienoberhaupt, auf das sich alle verlassen. In Gelddingen ist er sehr umsichtig.«

Katja nickte. Der Name Prosorowa war ihr seit ihrer ersten Fahrt mit Kolossow nach Polowzewo im Gedächtnis: Das war die Besitzerin der Datscha, auf der Grant ermordet worden war. Und diese Frau erwies sich nun als Freundin der Mansurowa. Dass die Datscha an einen allein stehenden Mann vermietet worden war, wusste man in der Familie Basarow. Dmitri wusste es ganz bestimmt. Stepan wahrscheinlich auch. Und vielleicht auch der jüngste Bruder, Iwan ...

Nach diesem eigentlich nicht eingeplanten Abstecher hatte Katja es eilig, aufs Rasdolsker Revier zu kommen. Wenn Kolossow noch dort war, würden ihn ihre Neuigkeiten über die Datscha in Polowzewo bestimmt interessieren. Obwohl ... was änderte es eigentlich?

Katja musste endlos lange auf den Bus in die Stadt warten, sodass sie erst um kurz nach drei im Milizrevier eintraf, wo sie zu ihrer Enttäuschung erfuhr, dass Kolossow an diesem Tag gar nicht in Rasdolsk war. Sie erkundigte sich, ob man Stepan Basarow schon aus dem Institut zurückgebracht habe. Nein, noch nicht, bekam sie zur Antwort. Wir warten auf ihn.

In seinem wegen der Hitze sperrangelweit geöffneten Büro saß der unermüdliche Sidorow korrekt in voller Uniform und verhörte irgendeinen Saufbruder – es ging um Ruhestörung und Hausfriedensbruch. Sidorow nickte Katja wie einer guten alten Bekannten zu: Schön, dich zu sehen, setz dich nur, gleich hab ich Zeit für dich.

Im Hof hielt mit quietschenden Bremsen ein Wagen. Gleich darauf hörte man schwere, schnelle Schritte auf der Treppe. Sidorow reckte erstaunt den Hals. Was ist da los? Im selben Moment kam auch schon wie eine Rakete sein Kollege ins Büro geschossen – ein blutjunger Leutnant, keuchend und mit hochrotem Kopf. An seiner Miene sah Katja sofort, dass etwas passiert war.

»Sascha, Alarm!«, rief der Kollege und stürzte zum Panzerschrank. In der Eile ließ er die Schlüssel fallen. »Er ist geflohen! Der Verrückte! Dieser verfluchte Werwolf ... er ist weg! Unsere Männer haben von unterwegs angerufen. Glaskow ist verletzt. Dieser Irre hat ihm den Arm gebrochen. Und Besdoroshny ist bewusstlos, hat einen fürchterlichen Schlag auf den Kopf gekriegt ...«

Sidorow scheuchte den Saufbruder mit einer Handbewegung davon. Der Mann packte verschreckt seinen Stoffbeutel, in dem leere Flaschen klirrten, und wich eilig zur Tür zurück. Da schrillte auch schon das Telefon – der Apparat für Auswärtsgespräche.

29 Schicksal

Kaum war die Nachricht aus dem Präsidium auf Kolossows Handy eingegangen, verließ er das Troize-Sergijew-Kloster und die Finnen und fuhr nach Rasdolsk.

»Wie konnte er fliehen, verdammt? Wo hat die Wache ihre Augen gehabt?«, schnauzte er den Diensthabenden wütend an, der ihn aus dem Präsidium anrief, als wäre der Mann daran schuld.

Als Antwort erhielt er folgende Informationen: Stepan Basarow hatte im Auto einen Anfall simuliert und so getan, als wollte er sich selbst verletzen. Die Wachsoldaten hatten versucht, ihn zu beruhigen und ihm neue Fesseln anzulegen – im Wagen, was streng verboten war. Basarow hatte den Augenblick, als die Handschellen geöffnet wurden, blitzschnell genutzt, hatte einem der Wachsoldaten einen Schlag ins Gesicht verpasst und war aus dem Wagen gesprungen. Ein zweiter Mann hatte versucht, ihn mit Waffengewalt zurückzuhalten, doch Basarow hatte dem Bewacher die Pistole aus der Hand geschlagen und ihm dabei den Arm gebrochen. Dann war er in den Wald geflüchtet. Der Fahrer sowie der dritte, unverletzte Wachsoldat hatten ihn verfolgt, doch er war entkommen.

Auf Kolossows Frage nach der Pistole teilte der Diensthabende mit, dass Basarow die Waffe nicht mitgenommen habe. Seltsam, dachte Nikita. Doch wenn man so viel Kraft besitzt wie Basarow, braucht man eigentlich gar keine Knarre – seine Hände sind seine Waffe. Aber weshalb war er durchgedreht? Hatte er Angst vor dem Ergebnis des Gutachtens?

Kurz darauf rief Untersuchungsführer Kassjanow an – auch ihn hatte man inzwischen informiert. Er teilte mit, dass Iwan, der jüngste der Basarow-Brüder, zum Verhör bei ihm gewesen sei; die Nachricht von Stepans Flucht sei noch während Iwans Anwesenheit eingetroffen. »Ich habe dem Jungen ans Herz gelegt, vorsichtig zu sein, und ihn dann gehen lassen. Er ist nach Uwarowka gefahren. Offenbar hat er sich Sorgen um seine Verwandten gemacht.«

Als Kolossow das hörte, knirschte er vor Wut mit den Zähnen. Zum Teufel, natürlich kann die Staatsanwaltschaft tun, was sie will, trotzdem – Iwan Basarow hatte in diesem ganzen Schlamassel gerade noch gefehlt! Kolossow trat das Gaspedal durch und jagte den Wagen bis zur Höchstgeschwindigkeit, obwohl er sehr genau wusste: Selbst wenn es unterwegs keine Staus gab, würde er als Letzter in Rasdolsk eintreffen, kurz vor Toresschluss. Vom Auto aus versuchte er Dmitri anzurufen. Der hatte ihm alle seine Telefonnummern gegeben, die dienstliche, die private, sogar seine Handynummer. Doch unter keiner dieser Nummern meldete er sich, und auf seinem Handy war nur die Mailbox eingeschaltet. Kolossow sprach eine kurze Nachricht darauf, um auch ihn zu warnen: Bei Stepan müsse man jetzt mit dem Schlimmsten rechnen, er sei wie ein tollwütiger Hund ...

Zehn Minuten später rief Dmitri zurück.

»Was ist passiert, Nikita? Von wo ist er geflohen?« Seine Stimme bebte vor Aufregung. »Wie konnte so etwas geschehen?«

Kolossow wiederholte kurz, was er wusste, und fügte widerwillig hinzu: »Vielleicht will er zu dir.«

»Ich ...« Dmitri seufzte tief. »Ich lass alles stehen und liegen und fahr sofort nach Uwarowka, zu Oma und Marussja, sonst geschieht dort womöglich noch ein Unglück.«

»Iwan ist schon unterwegs zu ihnen.«

»Was will der denn da, um Himmels willen?« Dmitri fluchte bitter. »Ah, jetzt ist es zu spät, jetzt hockt er schon im Zug! Ins Auto setzt der sich ja für kein Geld der Welt mehr. Mit dem Zug braucht er fast zweieinhalb Stunden, da kommt er erst abends an ... Nikita, falls ich's nicht rechtzeitig schaffe, dann bitte einen deiner Mitarbeiter, Iwan abzuholen und zur Datscha zu bringen, ja?«

»Wird gemacht. Aber sei auch du vorsichtig. Und sollte etwas sein ... sollte Stepan sich bei dir melden, musst du nach deinem Gewissen handeln.«

Dmitri gab keine Antwort; er wiederholte nur, er werde sofort nach Uwarowka fahren, und legte auf. Kolossow richtete seine ganze Aufmerksamkeit auf die Straße und holte die letzten Reserven aus seinem altersschwachen Shiguli. Er hoffte inständig, dass die Karre durchhielt. Bisher hatte sie ihn selten im Stich gelassen.

Aber das Schicksal macht nun einmal, was es will: Bei Kilometer achtundsechzig an der Jaroslawler Chaussee ging Kolossow das Benzin aus. In der Eile hatte er das Tanken vergessen. Während er auf eine Mitfahrgelegenheit wartete, rief er bei Sidorow in Rasdolsk an.

»Sascha, ich hab eine Autopanne und komme wahrscheinlich erst später als alle anderen«, erklärte er kurz und knapp. »Hör mir genau zu und tu, was ich sage. Fahr zur Bahnstation und warte sämtliche Vorortzüge aus Moskau ab.«

»Aber hier bei uns im Bezirk wurde eine Suchaktion angeordnet. Operation ›Fangschuss‹, Befehl von ganz oben. Ich muss ...«

»Sascha, ich verlasse mich auf dich! Mehr als auf jeden anderen in eurem Armenhaus!« Kolossow fluchte wütend. »Tu, was ich sage. Du wartest am Bahnhof von Rasdolsk auf Iwan Basarow und folgst ihm dann zur Busstation und zur Datscha. Dort bleibst du so lange, bis ich oder Dmitri Basarow eingetroffen sind.«

»Glauben Sie im Ernst, der Irre würde seine eigenen Verwandten ...«

»Für Vermutungen ist jetzt keine Zeit. Möglich sind mehrere Verhaltensvarianten. Du wirst dich um die familiäre Variante kümmern. Deine Kollegen nehmen sich die anderen vor. Es gibt für alle genug zu tun.«

»Verstanden, wird erledigt. Katja, seien Sie so nett, und gehen Sie für einen Moment nach draußen«, sagte Sidorow überraschend, nachdem er mit lautem Knall den Hörer aufgelegt hatte. Als er Katjas verblüfftes Gesicht sah, fügte er erklärend hinzu: »Ich muss mich schnellstens umziehen!«

Eine Minute später kam Sidorow in Zivil aus dem Büro gestürzt, rückte sich im Laufen die Pistolentasche zurecht und stopfte sich das tragbare Funkgerät in die Innentasche seiner Jacke. Katja begriff, dass Kolossow dem Grünschnabel einen wichtigen Auftrag erteilt haben musste.

»Ich komme mit, Sascha!« Sie rannte hinter ihm her. »Was hat Kolossow gesagt?«

»Er lässt ausrichten, Sie sollen hier auf ihn warten«, log Sidorow rasch. Von wegen, ich komme mit! Weiber konnte er bei der Arbeit nicht gebrauchen.

Er stürmte die Treppe hinunter, nahm immer drei Stufen auf einmal. Katja verlangsamte ihre Schritte. Auf dem Flur kamen ihr Männer in Kampfausrüstung entgegen. Ein Bus der Spezialeinheit OMON fuhr auf den Hof. Oberst Spizyn, eine »Uzi«-Maschinenpistole unter dem Arm, kam die Treppe heruntergerannt.

Katja kehrte in die Wachstube zurück. Hier würden sämtliche Informationen über den Hergang der Operation eingehen. Wenn man Basarow fasste, war sie eine der Ersten, die davon erfahren würden. Der Wachhabende gab Katja eins der tragbaren Funkgeräte, die auf den Sonderkanal der Einsatzwagen eingestellt waren.

Inspektor Sidorow stand schon eine geschlagene Stunde auf dem Bahnsteig der Station Rasdolsk. Zwei bewaffnete Patrouillen, die hier Dienst taten, waren für alle Fälle von ihm vorgewarnt worden. Aber für die Milizionäre war es schwierig – sie wussten nicht, wie Iwan Basarow aussah.

Nach sechs Uhr kamen die Züge in immer rascherer Folge: sechs Uhr fünfzehn, sechs Uhr fünfundvierzig, sieben Uhr. Aus dem Sechs-Uhr-fünfundvierzig-Zug, der bis Tscherusti fuhr, stiegen in Rasdolsk besonders viele Fahrgäste aus. Sidorow musterte die Leute scharf, wobei er über den Bahnsteig ging, bis er zu den letzten Wagen gelangte. Immer noch stiegen Fahrgäste heraus. Und plötzlich ...

Er bemerkte Iwan Basarow eher zufällig. Der junge Mann stand auf der Plattform des drittletzten Wagens, machte aber keine Anstalten, herunterzukommen.

»Bitte zurücktreten, die Türen werden geschlossen. Nächste Station ...«

Sidorow, der den strikten Befehl erhalten hatte, dem Bruder des »Irren« heimlich zu folgen, überlegte nicht lange, sprang in den viertletzten Wagen und ging an Iwan vorbei in den dritten Waggon. Hinter Rasdolsk waren nicht mehr viele Passagiere im Zug.

Iwan kehrte in den Waggon zurück. Er setzte sich nicht, sondern blieb am ersten Fenster stehen, wo es keine störenden Bänke gab. Er blickte nach draußen auf den vorbeihuschenden Wald. Deutlich hob er sich von den üblichen, verarmt wirkenden, abgerissenen Fahrgästen der Moskauer Vorortzüge ab. Man sah sofort, dass er teure Kleidung trug – das neueste und angesagteste Szene-Outfit. Nur die Farben waren ein bisschen zu knallig, wie bei einem tropischen Papagei. Und die Frisur – gelglänzende Locken, die ihm wie einem Mädchen in die Stirn fielen. Eine Gruppe Jugendlicher mit Rucksäcken kam durch den Wagen. Sidorow bemerkte den Blick, mit dem Iwan die Jungen verstohlen musterte.

Die nächste Station war die Siedlung Mebelny. Iwan wandte sich zum Ausgang. Offenbar hatte er von vornherein vorgehabt, nicht in Rasdolsk, sondern erst an dieser Station auszusteigen. Busse fuhren von hier zwar nicht, doch bis Uwarowka war es nicht mehr weit – nur drei Kilometer, wenn man durch den Wald ging, in dem es Dutzende von Trampelpfaden gab. Sidorow erinnerte sich, dass hier ganz in der Nähe die Leiche dieses Elitesoldaten aus Moskau entdeckt worden war, Jakowenko, den er persönlich gesucht hatte.

Die Bahn verlangsamte das Tempo und hielt. Die Türen öffneten sich. Iwan stieg aus. Sidorow sprang hinterher. Der Bahnsteig war fast menschenleer. Die Passagiere, die den Zug verlassen hatten, überquerten die Gleise und gingen in Richtung Mebelny. Iwan stieg die wackligen Stufen des Bahnsteigs hinunter und ging über den fest gestampften Pfad, der in die entgegengesetzte Richtung führte, in den Wald. Sidorow kannte diesen Weg sehr gut: vorbei am Haus der Stationswärterin, durch ein Waldstück und dann auf die Hauptstraße. Von da war es nur noch ein Steinwurf bis Uwarowka.

Es war nicht so einfach, Iwan unbemerkt zu folgen, denn einen anderen Weg als diesen gab es nicht. Sidorow wartete zwei Minuten, um Iwan ein wenig Vorsprung zu geben; dann ging er los und folgte dem Jungen etwa anderthalb Kilometer weit. Unterwegs begegnete ihnen nur ein einziger Datschenbewohner, ein alter Mann mit einer Einkaufstasche auf Rädern. Von Uwarowka nach Mebelny ging kaum jemand zu Fuß – die Leute aus der Datschensiedlung waren wohlhabend, und fast alle besaßen Autos.

Sidorow schritt nun schneller aus. Bald gelangte er auf die betonierte Hauptstraße. Auch Iwan ging rascher, mit großen Schritten. Der Inspektor wunderte sich, dass ein solch herausgeputzter Schnösel kein eigenes Auto besaß. Hatte der Junge vielleicht keinen Führerschein? Iwan ging am Waldrand entlang und mied die Hauptstraße, als wolle er nicht gesehen werden.

Plötzlich hörte Sidorow ein Auto herankommen. Dann bog es auch schon um die Ecke – ein weißer, schmutzbespritzter Audi – und bremste abrupt. Sidorow erstarrte und sprang in die Deckung eines Baumes. Was hatte das jetzt zu bedeuten? Seine Hand fuhr wie von selbst unter seine Jacke, die Finger öffneten die Pistolentasche.

Ein Mann stieg aus. Als Iwan ihn erblickte, blieb er stehen. Auch der Inspektor in seiner Deckung rührte sich nicht von der Stelle. Verdammt, das war doch ... Der Mann winkte Iwan zu. Sidorow, dessen Herz heftig klopfte, ließ aufatmend die Pistole sinken. Der Mann war nicht Stepan, sondern Dmitri. Iwan hatte ihn ebenfalls erkannt und ging auf ihn zu. Aber wie ähnlich sich die Zwillinge sahen!

Dmitri hatte den jüngeren Bruder offensichtlich abgepasst, weil er sich Sorgen um ihn machte, genau wie Kolossow. Dmitri wusste ja, welchen Weg Iwan von der Bahnstation aus nehmen würde, und war mit dem Wagen hergekommen.

Nun stand Dmitri neben dem Auto. Mehrere Male trat er mit dem Fuß gegen einen Reifen. Dann öffnete er den Kofferraum. Sidorow fiel auf, dass er Lederhandschuhe trug. War etwa keine Luft mehr in dem Reifen? Wollte er ihn flicken? Iwan, der das Auto jetzt erreicht hatte, sagte irgendetwas zu seinem Bruder und gestikulierte dabei nervös. Dmitri nickte bedächtig, als wolle er Iwan zu verstehen geben: keine Angst, wir fahren gleich. Er holte einen Gegenstand aus dem Kofferraum, schloss dann fast geräuschlos den Kofferraumdeckel und legte den Gegenstand darauf. Iwan ging zur Beifahrertür, beugte sich nach vorn, um sie zu öffnen ...

Dann geschah alles in Bruchteilen von Sekunden. Dmitri sprang mit einem plötzlichen Satz auf seinen Bruder zu, drehte ihm den Arm auf den Rücken, zerrte ihn nach vorn und drückte ihn auf die Motorhaube. Mit der rechten Hand packte er ihn an den Haaren; die Finger der Linken schlossen sich wie Schraubstöcke um Iwans Hals.

Dann krachte ein Schuss. Gleich darauf ein zweiter. Ein wilder Schrei ertönte. Sidorow sprang aus seiner Deckung hervor, bereit, wieder und wieder zu schießen. Er begriff nicht sofort, wen er da wie wahnsinnig schreien hörte.

Es war Iwan. Er brüllte, winselte, kreischte hysterisch, fiel auf den Asphalt und versuchte, halb auf dem Rücken, halb auf der Seite liegend und wie eine Schabe mit den Beinen zappelnd, hinter das Auto zu kriechen.

Dmitri rührte sich nicht von der Stelle. Er presste die Hand auf den linken Unterarm, aus dem schwarzes Blut strömte, und starrte in die Mündung einer Pistole. Den Mann, der die Waffe in der Hand hielt, kannte er nicht. Dmitri erinnerte sich zwar noch gut an die Szene im Hof des Rasdolsker Milizreviers, als die verrückte Bettlerin ihn einen blutbespritzten Werwolf genannt hatte – eine Szene, bei der auch Sidorow zugegen gewesen war –, aber damals hatte Dmitri dem Inspektor keine Beachtung geschenkt.

Das Schicksal erlaubt sich bisweilen seltsame Scherze.

30 Solo für den Chef der Mordkommission

Der Juni ging langsam dem Ende entgegen. Eigentlich hatte sich gar nicht so viel geändert seit dem Tag, an dem die Schüsse auf dem Waldweg gefallen waren. Nur ein neuer Vorname war in dem Mordfall aufgetaucht; der Nachname war der Alte geblieben, und in der Zelle des Untersuchungsgefängnisses saß nun ein weiterer Häftling.

Katja nahm die Geschehnisse äußerlich ruhig auf. Sie erklärte Sergej gegenüber sogar, sie werde jetzt unbedingt die ganze Wahrheit über diesen Fall schreiben. Sergej verstand sie nicht: Wie konnte man etwas so Persönliches, das die eigenen Freunde, Bekannten und Angehörigen betrifft, auf den Seiten einer Zeitung breitwalzen? Doch alle persönlichen Gefühle Katjas waren in dem Augenblick gestorben, als sie die über Funk eingehende Nachricht vom Mordversuch an Iwan Basarow gehört hatte – verübt vom eigenen Bruder, dem niemand einen so gemeinen und schrecklichen Verrat zugetraut hätte.

Iwan hatte sich von seinem schweren Schock mittlerweile ein wenig erholt und präzisere Aussagen gemacht. Sein Bruder Stepan befand sich noch immer auf der Flucht und war an keiner der den Ermittlern bekannten Adressen aufgetaucht. Der Plan »Fangschuss« war übrigens aufgehoben worden, denn jetzt war nicht mehr ein geisteskranker gefährlicher Mörder auf der Flucht, sondern ein »verhaltensauffälliger psychisch Kranker«, der sich den Angehörigen der Miliz widersetzt hatte.

Der echte Mörder aber saß in einer Einzelzelle, schwieg bei den Verhören ebenso wie bei der Gegenüberstellung mit seinem jüngeren Bruder und lehnte es sogar ab, mit seinem Anwalt zu sprechen. Seine Verletzung war nicht lebensgefährlich, deshalb hatte man ihn aus dem Gefängniskrankenhaus in die Zelle verlegt.

Der Mörder bewahrte sein finsteres Schweigen auch dann, als Untersuchungsführer Kassjanow ihn mit den Ergebnissen des Gutachtens über das Tatwerkzeug und der Untersuchung der daran gefundenen Blutspuren konfrontierte.

Der »ungewöhnliche Gegenstand«, mit dem Jakowenko und Grant die Kehlen zerrissen worden waren, erwies sich als Schlosserzange, ein klobiges Spezialwerkzeug, das bei Metallarbeiten benutzt wird und mit Leichtigkeit dicke Metalldrähte durchkneifen konnte. Die Experten stellten daran Blutspuren der Blutgruppe A und B fest, übereinstimmend mit den Blutgruppen der beiden Opfer. Diese Beißzange war genau der Gegenstand, den Dmitri Basarow vor den Augen Inspektor Sidorows aus dem Kofferraum seines Autos geholt hatte.

Die Ergebnisse der Analyse des Blutes, das an Stepan Basarows Kleidung gefunden worden war, hatte Kassjanow inzwischen ebenfalls erhalten. Es handelte sich um das Blut eines Tieres.

Die Leiche von Lisa Ginerosowa blieb unauffindbar. Dmitri Basarow ignorierte alle Fragen über die Braut seines Zwillingsbruders.

So verging die Zeit. Eines Freitagabends – es war ein besonders schwüler, drückender Tag in Moskau gewesen – besuchte Sergej Meschtscherski Katja im Büro. Auf seine Bitte: »Ich halte es zu Hause nicht mehr aus, könnten wir nicht irgendwohin gehen?«, zuckte Katja nur mit den Schultern. Wie du möchtest.

Sergej wählte rasch Kolossows interne Telefonnummer, die 46-10.

Katja hörte nicht, worüber sie sprachen; sie hatte sich taktvoll zurückgezogen, um den Wasserkocher zu spülen.

»Nikita lädt uns zu sich ein«, teilte Sergej ihr mit, als sie zurückkam.

Sie gingen hinunter in die Kriminalabteilung. Als sie Kolossows Büro betraten, kochte bereits das Kaffeewasser. Er hatte die Blechdose mit dem Kaffee geholt und schüttete gerade Zucker in die Tassen. Eine Flasche Kognak aus dem Safe stand ebenfalls auf dem Tisch – daghestanischer, mit drei Sternen.

Nikita warf einen Seitenblick auf Katja, die sich auf einem Stuhl am Fenster niedergelassen hatte, mit trübem Blick und müdem Gesicht, blass und mager.

Kolossow schloss das Büro ab und schenkte für sich und Sergej einen ordentlichen Schluck Kognak in die Tassen. Katja nahm wie immer nur einen Fingerhut voll. Sie stießen auf ihr Treffen an und unterhielten sich über die Ergebnisse der Fußballmeisterschaft.

Dann schaute Kolossow die beiden an. In Sergejs Augen lagen Erwartung, aber auch Zweifel, Schmerz und Unsicherheit. Katja dagegen sah zu Boden; offensichtlich war ihr Nikitas forschender Blick unangenehm. Kolossow seufzte.

»Wir waren von Anfang an auf der falschen Spur«, sagte er leise. »Ich genauso wie du, Katja. Dieser Fall hat begonnen wie eine Abrechnung unter Gangstern, wie ein Auftragsmord in der Provinz, und hat sich dann allmählich in einen kaum vorstellbaren Albtraum von einem wahnsinnigen Werwolf verwandelt. Aber in Wirklichkeit war es von Anfang an die Geschichte einer Familie. Sergej, du sagst immer wieder: ›Ich begreife es nicht.‹ Dabei ist es gar nicht so schwer zu begreifen. Ein berühmter Großvater, mit dessen Filmen unsere Väter aufgewachsen sind. Sogar wir haben diese Filme noch gesehen, haben im Pionierlager die Lieder daraus gesungen – Lieder über unser Heimatland, in dem die Menschen frei atmen. Alles Lüge und Heuchelei, sagt ihr? Nun, weder die Filme noch die Lieder kamen uns damals verlogen vor. Kirill Basarow war viel zu begabt, um etwas offensichtlich Heuchlerisches zu schaffen. Er hat ein gutes Leben gelebt und alles gehabt: Anerkennung, Erfolg, sogar ein Artikel in der Großen Sowjetenzyklopädie ist ihm gewidmet. Und er hatte eine Familie, ein Haus. Aber dann ist er gestorben. Es heißt, es war kein leichter Tod. Darüber wisst ihr besser Bescheid als ich. Zwei Söhne hat er hinterlassen. Der eine war, wie die Zeitungen schreiben, ein großes Talent, ein in ganz Europa berühmter Regisseur. Aber leider ein Säufer. Der zweite war, wie im Märchen, der Kluge, der praktisch Veranlagte. Er machte Karriere – zuerst in der Partei, dann als Geschäftsmann, wie so viele heute. Als er fast alles hatte, was er wollte – Geld, Macht, eine Familie, Söhne –, zerfraß ihn der Krebs. Und er zog ein schnelles Ende einem langsamen, qualvollen Sterben vor.«

Katja lauschte und sah dabei zum Fenster hinaus, wo über den Dächern die Sonne unterging. Nikita in einer so ungewohnten Rolle ... Vielleicht hatte der Kognak ihm die Zunge gelöst, oder er war es leid, zu schweigen. Die Zeit war reif, sich auszusprechen.

»Nach seinem Tod blieben drei Söhne zurück. Einer nicht ganz richtig im Kopf, der zweite ein Schwuler, der dritte ein eiskalter, zynischer Schuft ...« Kolossow leerte sein Glas in einem Zug. Katja wunderte sich – war es auch für ihn schmerzlich, darüber zu sprechen? Dabei war Kolossow alles andere als sentimental. »Ich glaube, für Dmitri begann diese Geschichte in dem Moment, als klar wurde, dass sein Vater an Krebs stirbt. Die Ärzte gaben Wladimir Kirillowitsch höchstens noch ein halbes Jahr. Und er würde nach seinem Tod ein großes Vermögen hinterlassen.«

»Aber Dmitri hätte doch in jedem Fall seinen Anteil bekommen – den gleichen wie seine Brüder? War ihm das denn zu wenig?«, fragte Sergej.

Kolossow lächelte spöttisch. »Dmitri ist einer von der Sorte, die keinen Anteil wollen, sondern alles, und das sofort. Er kommt aus einer Familie, die niemals Not gelitten hat. Als der Vater auf die geliebte Kommunistische Partei spuckte und sich stattdessen aufs Business warf, ging es der Familie materiell sogar noch besser. Kassjanow und ich haben Erkundigungen über das Vermögen der Familie eingezogen, das den Brüdern Basarow zugefallen ist: außer den Anteilen an ›Öl und Gas‹ noch mehrere privatisierte Wohnungen – und was für welche. Eine Sechszimmerwohnung an der Granowski-Straße, die dem Großvater gehört hat, die Vierzimmerwohnung ihres Vaters und eine weitere Vierzimmerwohnung – die der Zwillingsbrüder. Außerdem zwei Datschen, ein Grundstück an der Rubljower Chaussee und das Camp in Otradnoje. Dazu eine Gemäldesammlung – Rodschenko, Kandinsky, Röhrich, Somow, Bakst, Dobushinski –, eine Porzellansammlung aus den Zwanzigerjahren und eine Münzsammlung. Insgesamt Sachwerte, Immobilien und Geldeinlagen in Höhe von fünf Millionen Dollar. Und das alles sollten die Brüder nach dem Tod von Vater und Großvater unter sich aufteilen.«

»Aber das kann Dmitri doch nicht zu wenig gewesen sein!«, platzte jetzt auch Katja heraus.

»In ihrer Ölfirma waren sie seit langem gewohnt, mit Summen umzugehen, die für uns fantastisch klingen. Unter Wladimir Basarows Geschäftsfreunden gibt es noch viel reichere Leute, für die fünf Millionen nur ein Klacks sind. Dmitri war mit dem ganz großen Geld vertraut, obwohl er nach den Maßstäben seiner Kreise zunächst noch beinahe ein armer Schlucker war – bloß ein gutes Gehalt, einen klingenden Namen und die Aussicht auf sein Erbe. Dmitri wollte keinen Anteil von anderthalb Millionen, er wollte die fünf Millionen, und zwar sofort. Für unsereins sind schon anderthalb Millionen Dollar unvorstellbar viel Geld, aber in seinen Kreisen ist es ein großer Unterschied, ob einer anderthalb oder fünf Millionen hat ...

Dmitri liebt das Geld nicht nur leidenschaftlich, er weiß auch, damit umzugehen. Ich verwette meinen Kopf, dass er bis heute der Überzeugung ist, das Kapital der Familie besser als seine Brüder verwalten und das meiste herausholen zu können. Und damit hat er wohl Recht. Dmitri gehört zu den Menschen, denen nichts unmöglich erscheint. Sie setzen sich ein Ziel und rollen darauf los wie ein Panzer, der alles zerquetscht, was ihm im Weg ist. Doch zwischen Dmitri und dem gesamten Erbe standen zwei Menschen – seine beiden Brüder. Und damit war ihr Schicksal besiegelt. Wie jeder berechnende, vorsichtige Schurke begann Dmitri schon früh, noch zu Lebzeiten seines Vaters, sein Ziel anzusteuern. Denn es ist ja viel ungefährlicher, die Konkurrenten zu beseitigen, solange das Ziel noch nicht offensichtlich ist und der Vater noch lebt ...

In der Beziehung zu seinen Brüdern, den Konkurrenten, gab es allerdings gewisse Besonderheiten, die Dmitris

Handlungen beeinflussten. Den einen Konkurrenten – den jüngeren Bruder Iwan – hasste sowohl er als auch Stepan. All ihre Feindseligkeit gegenüber der Stiefmutter übertrugen die Zwillinge auf Iwan. Den zweiten Konkurrenten jedoch, seinen Zwillingsbruder, sein zweites Ich, liebte Dmitri auf seine Weise und hatte Mitleid mit ihm. Die beiden waren zu sehr miteinander verbunden. Den Jüngeren aber verurteilte Dmitri sofort.

Iwan wollte mit uns nicht über Familienangelegenheiten sprechen; inzwischen aber hat die Angst ihm ein wenig die Zunge gelöst. Aus seinen Aussagen ergibt sich folgendes Bild: Gleich nachdem bekannt wurde, dass der Vater an Krebs erkrankt war, hatte Iwan einen Autounfall – aus heiterem Himmel versagten plötzlich die Bremsen. Iwan gibt zu, dass er damals zu Tode erschrocken war und gleich den Verdacht hatte, dass etwas nicht stimme.

Die Vermutung liegt nahe, dass es sich um einen Mordanschlag handelte, aber dieser erste Versuch war nicht von Erfolg gekrönt. Daraufhin unternahm Dmitri den nächsten Schritt seines langfristigen Plans. Iwan würde er früher oder später noch erwischen – der führte ein allzu ausschweifendes Leben. Niemand würde sich wundern, wenn er eines Tages in irgendeiner verrufenen Gegend mit einem Messer im Rücken gefunden würde. Für Dmitri wäre es ein Leichtes, einen Auftragskiller vom Typ unseres verstorbenen Grant zu engagieren. Und die Miliz würde Iwans Tod auf Zwistigkeiten zwischen eifersüchtigen Homos zurückführen. Das waren vermutlich Dmitris ursprüngliche Pläne. Dann aber beschloss er, anders vorzugehen ... aber darauf komme ich noch zu sprechen. Zuerst einmal unternahm er Anfang April erste Schritte, den zweiten Konkurrenten zu neutralisieren – seinen Zwillingsbruder. Ich sage absichtlich

›neutralisieren‹ anstatt ›beseitigen‹, denn Stepan zu töten, dazu war Dmitri einfach nicht fähig. Für diesen Mann, dem nichts unmöglich schien, bedeutete der Tod seines Zwillingsbruders ... Nun, ein Psychologe hat es mir so erklärt: Zwillinge empfinden sich oft als Einheit, besonders, wenn sie gemeinsam aufwachsen und fast nie getrennt sind. Und unsere beiden waren von Kindesbeinen an immer zusammen – zu Hause, in der Schule, beim Studium, sogar eine gemeinsame Wohnung besaßen sie, denn beide waren unverheiratet.

Dmitri wusste alles über Stepan. Zwischen ihnen gab es niemals Geheimnisse – dass Stepan krank war, dass sein Benehmen manchmal verrückt war, wusste Dmitri natürlich auch. Wir haben erst vor kurzem aus Stepans Krankenakte von seinem heftigen, unkontrollierbaren Verlangen erfahren, Tiere zu jagen und zu verspeisen, von den erotischen Spielen im Bärenfell und von der fixen Idee, ein Bär zu sein. Dmitri wusste das alles von Anfang an – von Stepan selbst. Der Psychologe sagt, Stepan sei von dieser Wahnvorstellung, die ihm Mérimées Novelle und der Film ›Bärenhochzeit‹ suggeriert haben, seit seiner Kindheit besessen gewesen, und die später ausgebrochene Hirnkrankheit habe seine pathologischen Neigungen noch verstärkt. Dmitri beobachtete seinen Bruder aufmerksam, und eines Tages kam ihm der geniale Gedanke: Er konnte den Zwillingsbruder, sein zweites Ich, dessen Leben ihm kostbar war, für alle Zeiten vom Erbe fern halten, wenn er nicht bloß als psychisch krank, sondern als gefährlicher und geistesgestörter Verbrecher galt.«

»Aber Dmitri hätte doch auch so Stepans Vormund werden und seinen Anteil verwalten können, wenn Stepans Gesundheit sich verschlechterte! Wieso musste er das alles auf so grauenhafte Weise komplizieren und ein solches Risiko eingehen?«, fragte Katja.

»Ja, er hätte zum Vormund seines Bruders werden können, aber in ferner Zukunft. Stepans Krankheit war langwierig und schritt nur schleichend voran. Es hätte Jahre gedauert, ihn für geschäftsunfähig zu erklären und unter Vormundschaft zu stellen. Außerdem entwickelt die Medizin sich heutzutage rasant: Stepan hätte behandelt und geheilt werden oder sein Gesundheitszustand sich zumindest so sehr verbessern können, dass eine Entmündigung gar nicht mehr in Frage gekommen wäre.

Kurz und gut, Dmitri beschloss, die Sache so zu drehen, dass für alle Zeiten zweifelsfrei feststand, dass Stepan eine tödliche Bedrohung für die Gesellschaft war, ein wahnsinniger Killer, den man isolieren, aber nicht vor Gericht stellen und als Mörder zum Tode verurteilen musste. Eine geschlossene Anstalt für besonders gefährliche Geisteskranke – das war das Schicksal, das Dmitri seinem Bruder zugedacht hatte. Ein Leben in der Zwangsjacke, aber das *Leben* und nicht den Tod wie für seinen Bruder Iwan.

Als Jurist berücksichtigte Dmitri dabei noch einen sehr wichtigen Umstand: Wenn ein Mensch, der einen Mord begangen hat, als psychisch krank und unzurechnungsfähig eingestuft und in eine Anstalt eingewiesen wird, wird sein Vermögen nicht konfisziert. Alle Wertsachen, das gesamte Kapital wäre in der Familie geblieben. Und das Gericht hätte Dmitri als den älteren Bruder zum Vormund seines geistesgestörten Bruders eingesetzt.«

»Aber auf diese Weise hat er sich selbst zum Bruder eines wahnsinnigen Mörders gestempelt!« Sergej war knallrot im Gesicht, vielleicht vom Kognak, vielleicht vor Erregung.

»Das ist natürlich wenig erfreulich. Aber das Gerede der

Leute hört irgendwann auf. Erst wird geklatscht und getratscht, und dann vergisst man die Sache, aber die fünf Millionen bleiben in der Tasche.

Und so bereitete Dmitri sofort nach dem Misserfolg mit den defekten Bremsen den Boden für das Auftauchen eines blutigen Serienmörders in Rasdolsk vor. Stepan wohnte seit April in Otradnoje und auf der Datscha in Uwarowka. Dmitri begann gleichsam eine Schachpartie, bei der er zunächst einige Bauernopfer brachte. Der erste Bauer war der Säufer Soljony.

Übrigens haben Kassjanow und ich noch einmal einige Leute vom Bund für Kampfsport befragt und interessante Dinge erfahren: Die Brüder Basarow waren schon auf der Universität aktive Kampfsportler. Später haben sie beide einige Jahre lang bei einem persönlichen Lehrer Aikido trainiert – damals wurden bei den jungen Leuten gerade die fernöstlichen Nahkampfsportarten populär. Dmitri sagte seinen Freunden, er mache das ›nur so, der Gesundheit zuliebe‹, aber der Trainer berichtet, er sei ein begabterer Schüler gewesen als Stepan, der sich mit diesen Kenntnissen dann seinen Lebensunterhalt verdient hat.

Das gebrochene Genick des Alkoholikers Soljony – das ist ein besonderer Kunstgriff beim Aikido, ein Element aus der Technik der Griffe und des Würgens. Die Überlegung dabei war folgende: Dmitri brachte den erstbesten Mann in unmittelbarer Nähe von Otradnoje um – und zwar tötete er ihn auf eine Weise, die uns sofort ein bestimmtes Bild des Mörders vermittelte, eines Mörders, der über gewaltige Körperkraft und Geschicklichkeit verfügt und vermutlich ein durchtrainierter junger Mann ist, der sich mit der Technik der Kampfsportarten auskennt. Dann, so Dmitris Überlegung, konnte es nicht ausbleiben, dass die Miliz sich früher oder später für Stepans Survival-Camp in Otradnoje interessierte.

Aber die Miliz zeigte kein Interesse. Der April verging, ohne dass es Reaktionen von Seiten der Behörden gegeben hätte. Dmitri wusste nicht, dass Soljony gar nicht gefunden worden war, weil man ihn gar nicht gesucht hatte – wir können es nicht leugnen. Aber er wusste, irgendetwas hatte nicht funktioniert! Ein neues Opfer war nötig – und noch ungewöhnlichere, schrecklichere, auffälligere Hinweise am Tatort.

Damals kam die berüchtigte Beißzange für Metallarbeiten ins Spiel. Stepan ging es zu der Zeit mal besser, mal schlechter. Mal schien alles in Ordnung zu sein, dann wieder benahm er sich wie ein tollwütiger Hund, der sich von der Kette losgerissen hat: Er verprügelte Iwan, er verprügelte seine Braut, und in den Nächten verschwand er.

Dmitri wusste, wo Stepan sich herumtrieb. Vermutlich ist er seinem Bruder mehr als einmal gefolgt und hat ihn auch in den Augenblicken beobachtet, wenn dieser in seinen Bärenwahn verfiel, auf die Jagd ging und rohes Fleisch aß. Daraufhin fasste Dmitri seinen Entschluss. Und Stepan selbst brachte ihn darauf, welcher Art die Indizien sein mussten, die man später am Ort des neuen Mordes entdecken sollte.

Mehrere Male fuhr Dmitri nach Rasdolsk und wartete im Wald, nicht weit von der Bahnstation, auf ein neues Opfer. Was er brauchte, war ein körperlich kräftiger Mann in jüngeren Jahren, weil die Miliz dann auf einen bestimmten Tätertyp schließen würde. Es dauerte eine Weile, bis er Glück hatte. Eines Tages lag er bei Mebelny auf der Lauer und sah, wie Jakowenko, der zu seiner Exfrau wollte, um Frieden mit ihr zu schließen, aus der Bahn stieg.

Dmitri war wirklich ein talentierter Schüler seines Trainers, wenn er mit einem ernst zu nehmenden Gegner wie diesem Elitesoldaten so rasch fertig wurde. Aber entscheidend war wohl die unvorhersehbare, plötzliche Art des Angriffs: Jakowenko geht ahnungslos seiner Wege, da springt ihn aus dem Gebüsch jemand von hinten an. Ein brutaler Griff, ein scharfer Ruck ...

Die Leiche legte Dmitri mit Vorbedacht gut sichtbar mitten auf den Weg über den umgestürzten Stamm einer Birke. Es war wichtig für ihn, dass der Tote so schnell wie möglich gefunden wurde. Die Miliz belieferte er mit sehr beredten Hinweisen: Reißwunden am Hals, einer Blutlache und ... Bärenhaaren. Aber alles war nur eine grausige Inszenierung. Dmitri wollte lediglich das Interesse der Miliz auf das Survival-Camp in Otradnoje lenken. Früher oder später würde Stepan ins Blickfeld der Ermittler geraten. Man würde Erkundigungen über ihn einziehen, feststellen, wo er behandelt wurde, an welcher Krankheit er litt. Die Krankenakte und die Diagnose der Ärzte würden ans Licht kommen: Lykanthropie in Form einer Bärenpsychose, sexuelle Perversionen, ein Hirnsyndrom.

Aber wieder klappte es nicht, denn Jakowenkos Leiche wurde nicht gefunden. Niemand kam nach Otradnoje, niemand zog Erkundigungen über Stepan ein. Alles blieb ruhig. Die Listow-Jungs, von deren Existenz Dmitri keine Ahnung hatte, machten ihm einen Strich durch die Rechnung. Wieder musste er von vorn anfangen und dabei neue Risiken in Kauf nehmen. Ich denke, das ist der einzige Grund für die Anzahl der Morde. Hätte sein Plan sofort funktioniert, hätten wir nur ein einziges Opfer gehabt: Soljony. So aber beschloss Dmitri, ein großes Risiko einzugehen und nicht einfach ein zufälliges Opfer im Wald zu töten, sondern einen Bewohner der Siedlung, an den er selbst auf Bitte der Prosorowa eine Datscha vermietet hatte.

Dass dieser Mieter ein professioneller Killer war, der wegen eines Auftragsmordes auf unserer Fahndungsliste stand, konnte er natürlich nicht ahnen. Doch was gibt es nicht alles für Zufälle im Leben.«

»Aber mit wem hatte er es denn zu tun, als er über den Mietpreis verhandelte? Mit Grant oder ...« Katja stockte.

»Richtig, Katja – oder. Grant hatte einen Helfershelfer, einen Mittelsmann namens Karpow, der den Spitznamen ›der Hai‹ trägt.« Kolossow musste sich räuspern, als er an den armen Teufel dachte, der erwürgt worden war. »Grants Blutsbruder. Von ihm erfuhr Dmitri, dass auf der Datscha der Prosorowa nur ein einziger Mieter wohnen würde.

Als wir uns die Datscha in Polowzewo anschauten, konnten wir uns zunächst nicht vorstellen, was mit Grant passiert war. Aber es hat sich wohl folgendermaßen abgespielt: Er ging mitten in der Nacht mit einem Gewehr auf den Hof. Vielleicht hatte er etwas gehört oder gesehen, einen Schatten, der vorbeihuschte. Jedenfalls wurde diese Neugier verhängnisvoll für ihn. Ein Sprung aus der Dunkelheit – und Grant kam gar nicht mehr dazu, den Abzug zu betätigen. Wieder war das Überraschungsmoment entscheidend.

Die Basarow-Brüder, sowohl Dmitri als auch Stepan, verfügen über gewaltige Körperkräfte. Ohne Waffe, im Nahkampf, hätte Grant gegen keinen der beiden eine Chance gehabt.

Nach dem Mord ging Dmitri wieder nach dem feststehenden Plan vor: die Beißzange, die Reißwunden, die Bärenhaare. Der Miliz sollten keine Zweifel bleiben, womit dieser Mord in Verbindung stand. Denkt nur an den blutverschmierten Zaun.

Was Dmitri so hartnäckig inszeniert hatte, funktionierte schließlich auch. Die Sache kam in Gang. Die Gerüchteküche in Rasdolsk begann zu brodeln. Dmitri wartete geduldig und erbot sich sogar, uns zu ›helfen‹. Dann wurde auch die Leiche Jakowenkos entdeckt. Die Gerüchte wurden konkreter. Man sprach bereits von einem wahnsinnigen Mörder und erinnerte sich an die Geschichten von dem angeblichen Werwolf. Das Tüpfelchen auf dem i waren die verschwundenen Haustiere, die Opfer von Stepans nächtlichen Beutezügen. Allmählich begann man sich für Otradnoje zu interessieren.

Apropos ... das hatte Dmitri direkt von dir, Katja. Er brachte in Erfahrung, wo du arbeitest, und beschloss, dich bei Gelegenheit zu benutzen. Aber dann änderte sich plötzlich alles für ihn – sein Vater starb.«

»Sag mir bitte, Nikita, hat Lisa ihn deswegen verdächtigt? Wladimir Basarows Tod war doch kein Selbstmord, oder?« Katja holte Luft und fuhr fort: »Hat er seinen Vater ermordet? War es Dmitri?«

»Nein. Seinen Vater hat er nicht ermordet.«

»Aber du schilderst ihn als grausames Monstrum.«

»Das ist er auch. Ein Ungeheuer. Aber der Tod seines Vaters war ein Schock für ihn, ein schrecklicher Schlag. Und nicht deshalb, weil es für ihn vorteilhafter gewesen wäre, wenn sein Vater noch so lange gelebt hätte, bis er mit seinen Brüdern abgerechnet und sie als Konkurrenten ausgeschaltet hatte, sondern ...«, Kolossow hielt einen Moment inne, »weil er seinen Vater liebte. Wenn Dmitri einem Menschen wirklich ergeben und dankbar war, wenn er jemanden wirklich schätzte und liebte, dann seinen Vater. Alle Bekannten der Familie Basarow haben mir bei den Verhören gesagt, dass Vater und Sohn sich charakterlich sehr ähnlich waren, und ihre Beziehung war eine ganz besondere. Ich glaube, die Nacht, in der Dmitris Vater sich umgebracht hat, war die schlimmste Nacht im Leben seines Sohnes.«

Katja erinnerte sich an diese Nacht. Wie Dmitri an ihrer Schulter geschluchzt hatte ... Nein, das durfte nicht wieder von vorn anfangen. So wollte sie nicht mehr an die Brüder denken. Nach allem, was Dmitri getan hatte, durfte sie ihn nicht mehr bemitleiden.

»Aber weshalb stand Lisa Dmitri im Weg?«, fragte Sergej leise.

»Lisa Ginerosowas Leiche wurde bis jetzt nicht gefunden. Formal kann man gegen Dmitri keine Anklage wegen Mordes an Lisa erheben. Aber ich denke, er hat auch sie als Schachfigur in seinem Spiel benutzt. Der Zeitpunkt erforderte ein neues Opfer. Stepan, der den Tod seines Vaters nur schwer verkraften konnte, überfiel mit seinem Sturmtrupp die Zigeunersiedlung. Wieso? Verzweiflung ruft Aggressionen hervor – so erklärte der Psychologe Stepans Tat. Auch Katja gegenüber konnte Stepan sich ja nicht beherrschen. Dmitri hat die Situation sofort richtig eingeschätzt: Katja konnte nicht nur eine nützliche Zeugin werden, sondern von Stepans Übergriffen auch gleich den richtigen Leuten berichten. Er wusste, Katja war ein Profi, sie würde sich wegen der versuchten Vergewaltigung nicht genieren oder einen Bekannten decken, wenn es um Kapitalverbrechen wie Serienmorde ging. Dmitri hielt es nun für an der Zeit, in seiner Schachpartie den entscheidenden Zug zu tun und die Miliz direkt auf die Person des wahnsinnigen Mörders zu lenken. Deshalb tötete er Lisa – Stepans Braut. Denn für wen, wenn nicht für den Verlobten des vermissten Mädchens, hätten wir uns in erster Linie interessiert? Und da kamen Katjas entlarvende Aussagen gerade recht. In diesem Stadium hat Dmitri, wie die Umstände zeigten, die Partie gegen uns gewonnen.«

»Aber wozu hat er ihre Leiche versteckt?«, fragte Sergej.

»Das werden wir erst erfahren, wenn wir sie finden. Falls Dmitri uns nicht von selbst sagt, wo sie ist. Vielleicht hat er die Leiche versteckt, weil der Mord Spuren hinterlassen hat, die deutlich auf ihn als den Täter hinweisen, und er hatte keine Zeit mehr, diese Spuren zu beseitigen. Er hat Lisa Generosowa bloß als eine der Figuren in seinem Spiel ermordet und nicht, weil sie irgendeinen Verdacht gehabt hätte. Leider ist er sehr clever vorgegangen und hat alles so gedeichselt, dass ihn bis ganz zum Schluss niemand verdächtigt hat.« Kolossow seufzte traurig. »Das wird uns für die Zukunft eine Lehre sein.

Bei Lisas Beseitigung spielte sicher auch der Umstand eine Rolle, dass Stepan und sie heiraten wollten. Sie hätte schwanger werden können, und Scherereien mit neuen Erben konnte Dmitri ganz und gar nicht gebrauchen.

Nach Stepans Verhaftung verlief die Sache so, wie Dmitri es geplant hatte. Er wartete einfach ab. Dann, plötzlich, bot sich Stepan die Gelegenheit zur Flucht, weil diese Rasdolsker Schlafmützen nicht aufgepasst haben. Er nutzte seine Chance. Während wir in hektische Aktivität verfielen und die Brüder warnten, vorsichtig zu sein ... auch ich selbst habe sie gewarnt«, Kolossow lächelte bitter, »erkannte Dmitri, dass die Stunde gekommen war, auf einen Schlag beide Konkurrenten loszuwerden – durch die Ermordung Iwans. Er selber hat mir gesagt, wir sollten Iwan an der Bushaltestelle in Rasdolsk abpassen, obwohl er sehr genau wusste, dass Iwan mit dem Vorortzug bis nach Mebelny fahren würde. Das war sein üblicher Weg zur Datscha. Er ging immer durch den Wald und dann über die Chaussee, so war es näher – und genau dort lauerte sein Werwolf-Bruder ihm auf. Dmitri ging damit ein tollkühnes Risiko ein. Er zählte darauf, dass man einen Mord, der aussah wie die früheren, dem geflüchteten Verrückten zuschreiben würde: Stepan. Aber Dmitri hatte es zu eilig. Hätte er weniger überhastet gehandelt, weniger riskant, sondern einfach abgewartet, hätte er wahrscheinlich Erfolg gehabt. Aber er wollte alles auf einmal und sofort. Das ist die Natur der Basarows.«

»Willst du damit sagen, es war purer Zufall, dass ihr ihn auf frischer Tat ertappt habt?«, fragte Sergej ungläubig.

Kolossow schwieg.

Draußen dämmerte es bereits, als sie das Büro des Chefs der Mordkommission verließen. Kolossow blieb noch. Er hatte offenbar keine Eile zu gehen. Zu Hause erwartete ihn ja auch niemand ...

»Möglicherweise wird Stepan zu dir kommen«, sagte er Katja zum Abschied. »Soll ich einen Wachposten bei dir aufstellen? Er ist zwar kein Mörder, aber doch ein psychisch Kranker.«

»Zu mir wird er nicht kommen, Nikita.« Katja blickte zu Boden. »Wenn jetzt jemand für Stepan wichtig ist, dann ...«

»Dmitri?«

Sie nickte.

»Am Montag will Kassjanow mit Dmitri und Iwan zum Tatort fahren. Vorläufig gibt es ja nur die Aussagen des Opfers und Sidorows über die Umstände des Überfalls. Kassjanow will die Aussagen mit einer Rekonstruktion des Tathergangs untermauern und Filmaufnahmen davon machen.« Kolossow räusperte sich. »Deshalb wollte ich dich fragen, Katja ... hast du nicht Lust, uns zusammen mit deinem Kameramann ein letztes Mal behilflich zu sein? Meine Männer sind keine professionellen Filmemacher. Aber wenn es dir zu sehr zusetzt, diesen Schweinehund zu sehen, dann sag es.«

»Ich komme, und ich bringe auch den Kameramann mit.« Katjas Antwort klang ganz ruhig: »Am Montag, sagst du? Um wie viel Uhr?«

Doch als Katja in Sergejs Auto saß, war es mit ihrer gespielten Ruhe vorbei. Sie verkroch sich auf den Rücksitz. Sergej, der den ganzen Weg bis zum Frunse-Kai kein Wort sagte, hörte ihr unterdrücktes Schluchzen. Er versuchte nicht, sie zu trösten – sollte sie weinen, wenn ihr danach war. Er reichte ihr nur schweigend sein kariertes, frisch gestärktes Taschentuch.

31 Geiselnahme unter Brüdern

Der Montagmorgen war sonnig und warm. Um acht Uhr sollten das Einsatzkommando, der Häftling samt Bewachung, die vom Gesetz vorgeschriebenen zivilen Zeugen sowie Iwan Basarow auf dem Feldweg zwischen Mebelny und Uwarowka eintreffen. Viertel vor acht waren alle auf dem Rasdolsker Revier versammelt, nur Iwan fehlte. Kassjanow wurde nervös. Er wollte die Tatrekonstruktion mit Dmitri Basarow so früh und so zügig wie möglich durchführen, um unliebsame Zwischenfälle zu vermeiden. Die Staatsanwaltschaft hatte nämlich die inoffizielle Information erhalten, dass die Kollegen des ermordeten Jakowenko aus der Spezialeinheit »Sirene« ungewöhnliches Interesse an der Person des Verdächtigen gezeigt hätten.

Iwan Basarow meldete sich eine halbe Stunde später: Freunde brächten ihn im Auto, erklärte er, doch sie steckten im Stau und würden frühestens in einer Stunde erscheinen. Sie wollten dann gleich zum Tatort fahren und nicht erst zum Revier.

So setzte sich die Karawane der Ermittler in Bewegung: an der Spitze der kanariengelbe Kleinbus der Rasdolsker Miliz, in dem Kassjanow, die Zeugen, Katja und der Kameramann saßen, dahinter der geschlossene Gefangenentransporter mit dem Häftling und der Wache und schließlich Kolossow wie immer in seinem eigenen fahrbaren Untersatz. Katja wirkte sehr ruhig und gesammelt. Sie beriet sich mit dem Kameramann über die Filmaufnahmen, überprüfte die Geräte und sprach einen ersten Text für den geplanten Artikel auf ihren Recorder. Doch ihr Blick schweifte dabei immer wieder zum Gefängniswagen hinter ihnen.

Bei ihrer Ankunft erwarteten sie nur Wald und ein leerer Feldweg. Katja sprang rasch aus dem Kleinbus.

»Verdammt, der ist ja immer noch nicht da!« Kassjanow wurde wütend. »Was bildet dieses Bürschchen sich ein! Macht der sich lustig über uns?«

Doch in diesem Moment erblickten sie Iwan Basarow. Er bog um die Ecke, allein und zu Fuß.

»Na endlich!« Kassjanow lief ihm entgegen. »Wo kommen Sie denn her?«

»Von der Datscha. Meine Freunde haben mich abgesetzt und sind dort geblieben.« Iwan blickte sich gehetzt um. »Muss das alles überhaupt sein? Für mich ist das furchtbar schwer, verstehen Sie? Ich ... ist er da drin?«

»Ja. Es wird nicht lange dauern. Sie wiederholen einfach Ihre ursprünglichen Aussagen vor den Zeugen und der Videokamera und zeigen uns, wo genau Sie überfallen wurden und von wem.« Kassjanow winkte der Wache. »Führt ihn raus.«

Der Kameramann schaltete die Videokamera ein. Katja setzte die Kopfhörer auf, nahm das Mikrofon in die Hand und drückte auf die Aufnahmetaste. Im grellen Sonnenlicht blinzelnd, sprang Dmitri vom Trittbrett. Er trug Handschellen. Sein Arm war verbunden; die Wunde war noch nicht verheilt.

Katja brachte es nicht über sich, ihn anzusehen. Iwan wandte sich ebenfalls ab und ging etwa dreißig Meter über die asphaltierte Chaussee voraus. An einem Holunderstrauch, dessen Zweige über die Straße hingen, blieb er stehen.

»Hier«, sagte er dumpf. »Hier ist es passiert. Hier stand sein Auto.«

»Achtung! Die Zeugen bitte näher treten.« Kassjanow nickte dem Kameramann zu und beugte sich über Katjas Mikrofon. »Also, die Rekonstruktion der Tat findet bei klarem, trockenem Wetter statt, die Sicht ist zufrieden stellend, Moskauer Zeit – neun Uhr, achtzehn Minuten. An der Tatrekonstruktion nehmen teil ...«

Katja rückte ihre Kopfhörer zurecht und wandte sich ein wenig ab, um ihre Sonnenbrille aus der Handtasche zu holen; die Sonne schien ihr direkt in die Augen. Im selben Moment ertönte ein unterdrückter Schrei, ein heiseres, überraschtes Stöhnen; dann klirrte Metall, eine Autotür schlug krachend zu, und Kolossow rief: »Alle in Deckung! Lass ihn sofort los!«

Vor dem Holunderstrauch, wo noch eine Sekunde zuvor Iwan allein gestanden hatte, waren jetzt zwei Personen: Iwan, wie erstarrt, gespannt wie eine Saite, mit angehaltenem Atem, und hinter ihm, den linken Arm fest um seinen Hals geschlungen und den Bruder wie einen Schutzschild vor sich haltend – Stepan Basarow. Er bog Iwans Kopf weit in den Nacken. Am schmächtigen Hals des Jungen trat scharf der Adamsapfel hervor. In seiner Hand hielt Stepan ein Messer. Katja erkannte das Finnmesser wieder, das damals so malerisch mit der Spitze nach oben aus dem Baumstumpf ragte, als in Otradnoje die Weihefeier stattgefunden hatte. Jetzt zeigte die Spitze direkt auf Iwans Hals, funkelte silbern in der Sonne ...

Nein!, dachte Katja, die nicht einmal hatte erschrecken

können, so schnell war alles gegangen. Nein, das kann nicht sein. Das ist unmöglich!

Stepan sah keineswegs aus wie ein Mann auf der Flucht oder wie ein Verrückter, der im Wald schläft und sich von rohem Fleisch ernährt. Er war frisch rasiert und hatte nicht einmal abgenommen. Schweigend starrte er sie an, schwer atmend, als wäre er gerade eine steile Anhöhe hinaufgerannt.

»Ihr werdet alles tun, was ich sage«, rief er laut und deutlich. »Sonst schneide ich ihm die Kehle durch.«

Erst jetzt sah Katja aus dem Augenwinkel, dass Kolossow seine Pistole auf Basarow gerichtet hielt. Hinter ihm standen die Wachsoldaten mit ebenfalls schussbereiten Maschinenpistolen, den Häftling fest zwischen sich geklemmt.

»Mach keinen Blödsinn!«, stieß Kolossow heiser hervor. »Lass sofort deinen Bruder los!«

»Ich wiederhole: Ihr werdet tun, was ich sage, sonst ist Iwan ein toter Mann!«

Katja wagte nicht, sich zu rühren, sah aber, dass die Kamera lief und alles aufnahm. Iwan keuchte und stöhnte. Offenbar hatte er Schmerzen – Stepans Griff war eisern wie der eines Bären. Da plötzlich bemerkte Katja eine leichte Bewegung: Stepan zog den Arm ein kleines Stück zurück, als wolle er seinem Bruder das Atmen erleichtern.

Mein Gott, dachte Katja, legen die uns etwa herein?

Irgendetwas stimmte nicht an dieser Geiselnahme! Das merkte schließlich auch Kolossow, doch er kam nicht mehr dazu, etwas zu unternehmen. Stepan war schneller. »Dmitri – komm nach vorn, hierher zu mir! Ohne Wache, rasch!«, befahl er. »Du da, mit der Pistole! Lass die Knarre fallen, sonst ...« Die Klinge seines Messers schnitt leicht in die Haut unter Iwans Kinn. Blut trat hervor.

Das ist nicht wahr, Nikita, er wird ihn nicht töten, es ist nur ein Bluff!, schrie Katja in Gedanken auf, wagte es aber nicht, den Mund zu öffnen.

»Zum letzten Mal – Dmitri, her zu mir! Du«, Stepan nickte zu Kolossow hinüber, »lass die Pistole fallen. Oder nein ... gib sie ihr da drüben. Sie wird ganz bestimmt nicht auf mich schießen, stimmt's, mein Schatz? Und du führst ihn selbst hierher. Das ist keine Fluchthilfe, Dmitri, mach dir keine Hoffnungen. Vor den Bullen kannst du vielleicht fliehen, aber nicht vor mir, Bruderherz.«

»Warum tust du das?«, fragte Kolossow leise. Er zielte noch immer auf Basarow, aber Katja war klar, dass er nicht schießen würde.

»Er wird dir und mir jetzt gleich zeigen, was er aus freien Stücken niemals gezeigt hätte.«

»Sie begehen eine Straftat, Stepan«, warnte Kassjanow. In seiner Stimme lag ein seltsamer Unterton.

»Du hältst die Klappe! Ich erinnere mich noch zu gut an deine Verhöre!«, zischte Stepan. »Ich zähle bis drei. Eins ... zwei ...«

Katja zuckte zusammen: Kalter Stahl berührte ihre Hand. Kolossow reichte ihr die Pistole. Dann gab er der Wache ein Zeichen, und die Männer stießen Dmitri nach vorn. Er war bleich wie ein Leintuch. Schweißtropfen liefen ihm übers Gesicht.

»Näher«, befahl Stepan und beobachtete scharf jede Bewegung um sich her. »Noch näher. Rührt euch ja nicht! Dmitri – mit dem Rücken zu mir. Los!«

Die Rochade vollzog sich im Bruchteil einer Sekunde. Iwan wurde zur Seite gestoßen und presste sofort den Handrücken auf die blutige Schramme am Hals. Er sprach kein Wort, doch Katja sah in seinen dunklen Augen ein triumphierendes Aufblitzen. Die Klinge des Finnmessers legte sich nun an Dmitris Kehle.

»Los, gehen wir«, zischte Stepan. »Und komm ja nicht auf die Idee, irgendwelche Tricks zu probieren. Vergiss nicht, ich bin ein Psycho.«

»Stepan, ich ... kann nicht ... bring mich lieber um ...« In Dmitris Stimme mischten sich auf eigenartige Weise Flehen und Wut. »Ich kann nicht ... bring mich lieber um!«

Sie ähnelten zwei Giftschlangen, die sich im Kampf auf Leben und Tod wanden. Es war schrecklich, ihre verzerrten Gesichter zu sehen, die sich so sehr glichen, als reflektierte ein Doppelspiegel ein einziges Gesicht.

»Sei still! He, Kolossow, oder wie du heißt ... komm her. Um die Ecke steht ein Wagen. Du setzt dich ans Steuer und fährst, wohin dir gesagt wird.« Stepan wich langsam zum Gebüsch zurück und zerrte seinen Zwillingsbruder wie einen Schild hinter sich her. »Eine falsche Bewegung, und ihr habt eine Leiche mehr.«

Sekunden, Minuten ... Die Zeit schien auf diesem stillen Waldweg unter der sengenden Sonne gleichsam anzuhalten. Die Männer verschwanden aus dem Blickfeld. Dann hörte man das Geräusch eines davonfahrenden Autos.

»Hinterher!« Kassjanow erwachte aus seiner Erstarrung. »Aber auf keinen Fall schießen! Das ist keine Flucht. Genossen Zeugen – bewahren Sie Ruhe. Natürlich ist das eine Wahnsinnstat, aber ich denke, gleich werden wir ...«

Katja wusste nicht, wohin mit Kolossows Pistole. Der Kameramann nahm ihr die Waffe ab, kontrollierte sie und steckte sie in die Tasche. Für ihn und Katja war im Milizbus, in den sich die Wachsoldaten setzten, kein Platz mehr. Sie mussten sich gemeinsam mit den Zeugen in den gepanzerten Gefängniswagen zwängen. Sie fuhren lange, aber wie sehr Katja auch nach einer Ritze zum Hindurchspähen suchte, sie konnte nichts sehen. Schließlich hielt der Wagen. Krachend wurden die Türen aufgerissen, und der Fahrer ließ sie heraus. Am Wegrand standen der schwarze Jeep aus Basarows Survival-Camp und der kanariengelbe Milizbus. Beide Wagen waren leer. Links von ihnen waren Wald und eine Schlucht zu sehen, über die eine bucklige kleine Brücke führte; rechts befand sich ein von Unkraut überwuchertes Feld, das von einer Reihe kränklicher Pappeln begrenzt wurde.

Die Gespräche, die zuvor im Jeep geführt worden waren, hatte Katja nicht hören können – zum Glück, so wüst hatten die Männer geflucht. An Dmitris Kehle zeigten sich bereits zwei tiefe Einschnitte; sein Zwillingsbruder verstand es, mit dem Finnmesser umzugehen.

Kolossow sah im Innenspiegel die Gesichter der Brüder und packte das Lenkrad fester. »Wohin jetzt?«, fragte er zum x-ten Mal.

»Wohin sollen wir fahren, Dmitri?«, flüsterte Stepan. »Wohin hast du Lisa gebracht?«

»Warum tust du mir so weh? Du Schlächter ...« Über Dmitris Gesicht strömte der Schweiß, und sein Pullover war an der Brust voller Blut. »Schlächter ... Mistvieh ...«

»Ein Psycho bin ich, Dmitri, ein Irrer. Ich gehöre in die Klapse! Du hast doch für alles gesorgt! Und *dein* Platz ist auf dem Friedhof. Du selbst hast es dir ausgesucht ... Und so wäre es für mich und dich auch am besten. Für uns alle. Aber wenn du am Leben bleiben willst, dann zeig mir, wo Lisa ist.«

»Aber sie war dir doch immer scheißegal! Als sie noch

gelebt hat, hast du dir die Füße an der Schlampe abgewischt!«

»Mag sein. Schließlich bin ich ja verrückt, und was kann man von einem Verrückten schon erwarten?« Stepans Stimme war schrecklich: Es lag etwas darin, das Kolossow, den so leicht nichts umwerfen konnte, einen kalten Schauder über den Rücken jagte. »Aber wenn du mir jetzt nicht sagst, wo sie ist, mach ich dich kalt.«

Als Katja, die Zeugen und der Kameramann aus ihrem Gefängnis auf Rädern sprangen, war die Stelle schon gefunden. Kassjanow und die rechtzeitig eingetroffenen Wachsoldaten halfen Kolossow.

Es war ein alter, verlassener Atombunker, wie man sie auf den Feldern um Moskau öfter findet: eine kleine, mit Steppengras bewachsene Anhöhe mit einer verrosteten Eisentür darin. An dieser Tür machten sich Kolossow und ein Wachsoldat gerade zu schaffen. An den Eisenringen der alten, rostigen Absperrvorrichtung hing ein auffälliges, neues, in der Sonne funkelndes Schloss. Mit dem Kolben der Maschinenpistole schlugen sie es herunter.

Die Tür öffnete sich leicht – offensichtlich war sie erst vor kurzem geschlossen worden. Aus der steinernen Höhle schlug ihnen Kälte, Feuchtigkeit und unerträglicher Verwesungsgeruch entgegen. Kolossow zerrte ein in Segeltuch verpacktes Bündel über die Schwelle, bückte sich und wickelte es auf ... Der Gestank war entsetzlich, doch Katja trat trotzdem näher.

»Ist sie es? Ist sie es, Katja?«

Katja blickte in das Gesicht. Wie schrecklich der Tod ist, wenn kein Grab ihn verbirgt ...

»Ja, das ist Lisa.«

»Der Schädel ist eingeschlagen.« Kolossow schob die Falten des Segeltuchs beiseite.

Katja sah die blau verfärbte, wächserne Hand, den kleinen Goldring am Ringfinger ... Kolossow zog verschiedene Gegenstände aus dem Segeltuchballen: eine eiserne Brechstange, an deren einem Ende schwarzes Blut und Lisas rote Haare klebten. Ein ehemals weißes Hemd von Dmitri, das jetzt dunkelbraun vom Blut war; ein stutzerhaftes, ebenfalls blutverschmiertes Jackett; eine schwarze Krawatte, die Dmitri bei der Beerdigung seines Vaters getragen hatte – es waren die Kleidungsstücke, in denen ihn Katja, Sergej und sämtliche Angehörigen und Bekannten gesehen hatten. Alles war blutdurchtränkt. Diesmal hatte er es wirklich nicht mehr geschafft, die Indizien zu beseitigen.

»Das reicht jetzt. Lass ihn los.« Kolossow richtete sich auf. Seine Stimme klang müde. »Es ist genug, Stepan. Der Fall ist klar.«

Doch Stepan drückte seine Geisel nur noch fester an sich.

»Keiner rührt sich!«, zischte er böse. »Und jetzt, Dmitri, erzählst du vor allen Leuten, was mit Vater geschehen ist ...«

Dmitri zuckte zusammen. Als die Leiche aus dem Versteck gezogen worden war, hatte er mit leerem, abwesendem Blick vor sich hin gestarrt, ohne sich zu bewegen. Jetzt aber wand er sich verzweifelt im Griff seines Bruders. Die Klinge des Messers schnitt erneut in seine Haut, doch er schien keinen Schmerz zu spüren.

»Was redest du da?«, brüllte er wild. »Glaubst du etwa, ich hätte Vater ermordet? Du selber warst doch der Grund, dass er Hand an sich gelegt hat! Wegen dir hat er es getan ... du Versager, du wahnsinnige Kanaille! Ihr alle habt ihn umgebracht! Und du zuerst, du verdammter Irrer! Du Wahnsinniger! Du Psycho!«

Er riss mit aller Kraft und kam tatsächlich frei. Mit den gefesselten Händen versetzte er Stepan einen wuchtigen Schlag auf den Solarplexus. Kolossow und der Wachsoldat erfassten sofort die Situation: ein Sprung, ein heiserer Aufschrei, dann eine Maschinengewehrsalve ... Der Kameramann versetzte Katja einen Stoß in den Rücken. Sie fiel ins Gras. Ihr Mikrofon rollte über den Boden.

Doch es war zu spät. In dem Moment, als die Gewehrsalve Stepans Beine durchsiebte – der Konvoisoldat hatte, wie vorgeschrieben, nur auf die Beine gezielt –, stieß er seinem Bruder das Messer in den Bauch. Dmitri fiel zu Boden, die gefesselten Hände auf die Wunde gepresst. Während Kolossow, Kassjanow und die Wache zu ihm stürzten, starrte er ungläubig auf seinen Pullover, auf dem sich rasch ein scharlachroter Fleck ausbreitete. Es war dieser ungläubige Blick, der sich Katja tief ins Gedächtnis prägte.

EPILOG

Katja und Iwan Basarow saßen auf dem Hof der Rasdolsker Miliz in Kolossows Wagen. Alles war vorüber. Kolossow kam aus dem Haus.

»Das Krankenhaus hat angerufen. Stepan wurde bereits operiert und liegt auf der Intensivstation. Er ist über den Berg. Er wird uns noch alle überleben. Aber Dmitri ... er liegt im Augenblick auf dem Operationstisch.« Kolossow setzte sich ans Steuer und ließ den Motor an. »So, hier werden wir nicht mehr gebraucht. Also zurück ins traute Heim.« Er warf einen Blick in den Rückspiegel auf Katjas blasses Gesicht und fügte hinzu: »Es wird eine interne dienstliche Untersuchung geben, Katja, hat das Präsidium mir telefonisch mitgeteilt. Zu allen Einzelheiten unseres Rasdolsker Gastspiels.«

Katja schwieg nur und schaute aus dem Fenster.

»Eine dienstliche Untersuchung«, wiederholte Kolossow und bog auf die Chaussee zum Bahnhof ein. »Na, von mir aus. Auf dem Film ist alles drauf. Das können die sich gern ansehen und dann urteilen, was richtig und professioneller ist – einen Fall restlos aufzuklären oder den Angeklagten bis zum Prozess unversehrt zu erhalten.«

Er sagte nicht »am Leben zu erhalten«. Noch war die Operation im Gange.

Katja wandte sich Iwan zu. Er saß weit nach vorn gebeugt auf der Rückbank, die Arme um die Knie geschlungen, und zitterte am ganzen Körper. Mit dem verletzten Kinn berührte er beinahe die Lehne des Vordersitzes.

»Warum habt ihr das alles ausgeheckt, du und Stepan?«, fragte Katja ihn bekümmert.

Iwan schwieg.

»War Stepan die ganze Zeit bei dir?«, forschte sie hartnäckig weiter.

»Nein. Er ist erst vorgestern gekommen.«

»Wo hat er sich nach seiner Flucht versteckt?«

»Er hat viele Verstecke. Überhaupt gibt es viele von ihnen.«

»Von ihnen? Was meinst du damit? Seine Schüler oder ...« Katja stockte. »Oder solche ... solche Werwölfe?«

»Alle. Es gibt viele von ihnen. Er wird nicht der Letzte sein.«

»Aber wozu habt ihr euch diesen Irrsinn mit der vorgetäuschten Geiselnahme ausgedacht? Jetzt bist du ein Mittäter. Wenn Stepan beim Verhör aussagt, dass ihr euch im Voraus verabredet habt ...«

»Das wird er nicht. Er hat es mir geschworen.« Iwan schloss die Augen. »Er ist mein Bruder. Seltsam, aber das ist uns erst vorgestern so richtig klar geworden. Und wir haben es getan, weil es so besser ist. Es ist keine Rache. Es ist einfach nur besser so.«

»Was ist besser? Ihr habt euch mit ihm auf eine Stufe gestellt. Und wenn er stirbt, werdet ihr ...«

»Es ist besser so«, wiederholte Iwan störrisch. »Für alle. Für die Familie, für uns, für unseren Namen. Von Anfang an war es eine Familienangelegenheit. Niemand sollte sich da einmischen. Wir haben beschlossen, alles selbst zu regeln. So hat mein Bruder Stepan es mir gesagt. Und ich bin seiner Meinung.«

Das Handy klingelte. Kolossow nahm das Gespräch entgegen und lauschte schweigend. Dann hielt er an und drehte sich um.

»Es war das Krankenhaus. Dmitri ist soeben gestorben. Die Ärzte haben getan, was sie konnten, aber er hatte schon zu viel Blut verloren.«

Der Wagen fuhr wieder an. Im Rückspiegel sah Kolossow Iwans Gesicht. Er weinte. Dann wischte er sich jäh die Tränen ab.

»Es ist egal«, sagte er störrisch. »So ist es sogar noch besser.«

Sie fuhren noch ungefähr zweihundert Meter, vorbei an der Abfahrt zur Zigeunersiedlung und an der Schlucht, in der noch immer der Kadaver des getöteten Hundes verfaulte, stinkend und die Luft verpestend. Zu beiden Seiten der Straße war nun wieder Wald zu sehen: Tannen, Kiefern, ein dicker Teppich von Tannennadeln aus dem Vorjahr, der jeden Schritt dämpfte. Es begann zu regnen.

»Halten Sie an«, bat Iwan plötzlich.

Kolossow bremste.

»Wir bringen dich nach Moskau. Nach Hause.«

»Nein, nicht nötig. Ich will eine Weile allein sein.« Iwan fasste nach dem Türgriff. »Ich werde nicht weglaufen. Wenn Sie mich sprechen wollen, mich vorladen ... ich werde kommen. Aber jetzt will ich allein sein.«

Er stieg aus und ging im Regen langsam über die Chaussee zurück. Kolossow fuhr wieder los. Katja blickte sich um. Iwan bog von der Straße in den Wald ein und trat unter die regennassen Gewölbe der dicht stehenden Bäume.

Die Zweige der Tannen schaukelten leicht, sodass sich Regentropfen davon lösten und auf die Erde fielen.

»Schnell. Hart. Präzise. Patterson.«

BILD AM SONNTAG

Alex Cross ist wieder im Einsatz, um gegen das Böse zu kämpfen, und jagt den gefährlichsten Gegner seiner Laufbahn: das »Superhirn«. Der brutale Killer hält ganz Washington in Atem.Die Menschen geraten in Panik und verlieren das Vertrauen in die Polizei. Kann Cross den raffinierten Mörder aufhalten?

ISBN 3-404-15173-9

BASTEI LÜBBE

Der neue Roman von Bestseller-Autor Peter Millar

Der Journalist Eamonn Burke und seine deutsche Kollegin Sabine Kottke sind einer heißen Sache auf der Spur: Nach dem Fall der Berliner Mauer wurde in Geheimarchiven ein Dokument entdeckt, das vermuten lässt, der nach dem Krieg als Atomspion verurteilte Klaus Fuchs sei Opfer einer Intrige geworden. Es scheint Gruppen zu geben, die auch heute noch alles daransetzen, die wahren Ereignisse von damals zu vertuschen. Burke und seine Kollegin machen sich auf die gefährliche Suche nach der Wahrheit, verfolgt von skrupellosen Killern. Ihr Weg führt sie durch ganz Europa bis nach Isalnd und schließlich zum spektakulären Showdown nach Deutschland. Die Lösung ist überraschend – und könnte die ganze Geschichte Europas ändern ...

»Ein erstklassiger Polit-Thriller.« THE TIMES

»Umwerfend gut!« DAILY MAIL

ISBN 3-404-15175-5

BASTEI
LÜBBE